王德义 ◎ 著

社会热点引发的典型刑案

深度关注

中国检察出版社

图书在版编目（CIP）数据

深度关注/王德义著. ——北京：中国检察出版社，2010.10
ISBN 978-7-5102-0356-5

I. ①深… II. ①王… III. ①纪实文学—作品集—中国—当代 IV. ①I25

中国版本图书馆 CIP 数据核字（2010）第 184422 号

深度关注

王德义　著

出版发行：	中国检察出版社
社　　址：	北京市石景山区鲁谷西路 5 号（100040）
网　　址：	中国检察出版社（www.zgjccbs.com）
电　　话：	（010）68682164（编辑）　68650015（发行）　68636518（门市）
经　　销：	新华书店
印　　刷：	北京佳明伟业印务有限公司
开　　本：	710mm×1020mm　16 开
印　　张：	20.25 印张
字　　数：	307 千字
版　　次：	2011 年 2 月第一版　2011 年 2 月第一次印刷
书　　号：	ISBN 978-7-5102-0356-5
定　　价：	34.80 元

检察版图书，版权所有，侵权必究
如遇图书印装质量问题本社负责调换

让思想朝着阳光的方向生长（代序）

《检察日报》副总编辑　王守泉

我看重才情，但是比不上我看重思想，我看重思想，比不上我看重胸怀。

我想要成功，但是比不上我想要快乐，我想要快乐，比不上我想要做人的健康和阳光。

所以，我欣赏德义，因而，我们成为朋友。

我和德义，因为文而相识，因工作而相往，因人品而相惜。长久以来，德义辛勤耕耘，笔耕不辍，各种体裁的作品一直见诸全国各大报刊杂志。由于他长期在检察系统从事检察宣传工作，我们交往多年。他健康阳光，坚守执著，真诚善良，率性耿直，所以当德义把一部几十万字的书稿给我看时，我感到很高兴，这沉甸甸的果实，是他坚持写作、勤劳不辍的结晶。

德义这部书稿是他近年创作的案例纪实文学的结集，描写的都是发生在身边的真实故事。这些好看耐读的作品，一部分是检察机关运用法律监督职能查办的职务犯罪案件，重头却是社会上形形色色的刑事犯罪案件。作者以洞察问题的深刻功力，通过对这些看似普通寻常个案的真实、细致描写，不露声色地从不同的视角管窥社会的病态、人性的扭曲、制度的缺失，把这些独具特色的个案连缀在一起，就是一幅反映社会世相的画卷。虽然案例来源有所局限，但作者择取的范围还是很广泛、很有代表性的，拜金狂、暧昧、杀熟、仇富、蜗居、房奴、蚁族、一夜情、家庭冷暴力、虚拟世界的诱惑与罪恶，这些社会热点问题都有反映，读来确有触目惊心、引人唏嘘的感觉。在每篇文章的最后，作者还特意附带了百余字的点评，或对案件反映的社会问题略作梳理，或对案例反映出的当今时代的人们，尤其是年轻人对幸福和爱情的迷惘，对性的随意，对社会责任的淡漠，对法律的无知，略作阐发。单纯的案例报道很容易变成猎奇的读本,作者在文尾附加点评的做法,无疑是对人性的关怀,对弱者的呵护,对非法的揭露,对正义的觉悟,深化了本书的法律的、社会的警示教育意义。

勤奋学习的德义文采飞扬,各种体裁的文章都有涉猎,尤其擅写案例报道。阅读书中情节各异的案例纪实可以发现,作者有较深的文学功底,能够很娴熟地驾驭文字。好的案例报道与司法文书的区别,就在于前者在尊重事实的基础上,还能够凭借文学的技巧,赋予作品一定的文学感召力和情感力量。而要把一个个已经结束的案例复现出来,用细节与情景恢复其鲜活的本相,没有一定的文学想象力和文字驾驭能力是不行的。德义这部书稿体裁是纪实文学,读来流畅、鲜活,有思想深度,很有生活的质感。

不过,无须讳言,这部书也还有些欠缺。比如,法律文书的痕迹依稀可见,文章的结构和模式趋于雷同。即便是案例纪实,也应力求使用不同的结构。优秀的作者对文章的结构总是非常精心的,甚至到了苛刻的地步。再比如,作者有待于进一步强化自身的语言风格,拓宽作品的更高文学境界,以期写出更有哲学意味、人生深度和社会反思的作品来。

书外的德义爱好广泛,如读书、运动、摄影、音乐等,熟悉他的朋友都知道,他有一个习惯就是早晨跑步,听说坚持了10年,风雨无阻,即便下冰雹也一天没有耽误,他说能够让自己坚持下来的理由是,从来不给自己不坚持的理由。

有所钟爱,就有所坚守,尽管生活工作中一切都难以尽如人意,但历经艰辛依然痴爱文学的他,经过多年的磨炼和积累,刚刚进入创作的成熟期,更没有就此停笔的意思。由此我衷心地希望,也坚信,在今后的创作道路上,他能永葆生命的激情,进一步扬长避短,取得更好的成绩,结出更丰硕的果实。

其实,坚守本身就是一道最美的风景!

2010年6月11日夜于北京石景山

目 录

让思想朝着阳光的方向生长（代序）……………… 001

第一章　新情男女 …………………………………… 001

　1. "天之骄子"的爱情"出租" ……………… 003

　　透过两个在校男女大学生发生的情杀悲剧，可以发现，时下青年人在处理异性间的人际关系时有误区，反映出他们对待性和感情的随意性。其实，爱情是"借"不得的，否则收取的"利息"是高昂的。游戏感情，无疑是在玩火！

　2. 打工仔的"爱情魔术" ……………………… 011

　　一个农民工竭力抹去身上真实的色彩，硬着头皮装门面，欲获得漂亮女大学生的爱情，其苦心和坚持可悯、可叹。

　3. 大义男宽广胸怀阐释"爱的责任" ………… 016

　　珍惜来之不易的家庭吧，这里虽然平淡但是充满真情，外面的世界虽然精彩，但千万不要迷失自己，真爱你的人在你困难的时候选择了你，所以任何时候都不会抛弃你，只有经历风雨才会见彩虹，希望时凤能走好以后的路。

　4. 风流老总命丧"三角恋" …………………… 023

　　印度有句民谚："财色如火，如果你把它当成是能满足奢欲的仆人，它转瞬间就会变成可怕的主人，像魔鬼一样毁灭你的一切！"

5. 局长遭遇干女儿"逼宫" ………………… 033
  一个漂亮女孩的青春就这样被葬送,令人倍感惋惜。建立在别人痛苦之上的所谓的爱是得不到幸福的,优秀的她本可以靠自己的努力得到幸福,最终却被这种扭曲的爱毁灭,自己种下的苦果只有自己吞。

6. 女会计用公款包装"高温热男" …………… 042
  据说,一个女人如果为情所惑,智商几乎等于零,在是非黑白面前,就会缺乏辨别能力,失去正确的判断。

7. 亲密爱人是个江洋大盗 ………………… 047
  我们不去妄加评判两个主人公的感情,也不想怀疑两人的所谓爱情。而本案能告诉我们的是,在生活中迷失了自我的人,往往是因为踏进了自设的陷阱。

8. 总经理的爱情被"潜伏" ………………… 052
  两个男人之间的事情,无须在这里多说。这里想对难逃干系的妻子说的是,对丈夫的忠诚与不弃,其实才是她人生最珍贵的一件名牌服饰、最昂贵的一套化妆品,也是她最实在的幸福基础。女人给自己同床共枕的男人以尊严,才是给了自己以尊严。

第二章　灯火人家 ………………………… 059

1. "一夜情"套牢"偷腥男" ………………… 061
  对"问题女孩"的正义报复——郭凌峰为自己的行为找到了多么"合乎逻辑"的解释!但法律不相信这种解释。结果,他把自己埋葬在曾经发誓重新爬起的地方。

2. 黑色浪漫引发盗婴奇案 ………………… 067
  此案虽小,结局也已分明,但案中暴露出的问题,却是需要人们深思的,因为生活还在继续,问题也许还会重复……

3. 宽容:为毒杀自己的妻子跪地求情 ………… 073
  庸常的日子里,我们在不经意间,可能会与伤害、背叛、仇恨等不期而遇,面对这些"不速之客",宽容,有时也会成为我们走好人生的最有力支撑。

4. 裸婚:"吉普赛夫妻"血染围城 ················· 079

既然选择携手走进婚姻,就要有一份承担,就要客观地去面对,唯有风雨同舟,用爱去包容、理解、体贴、关爱,方能相伴到老。恶劣的心态是生活的大敌。

5. 四龄童成了无辜的牺牲品 ················· 085

一个幼小的生命何罪之有?而且还是自己最亲最近的人!没有了感情,人就什么也不是了。

6. "我不快乐":15 岁少年的弑母理由 ········· 090

杀人凶手是那样的无知、不明后果;被杀的受害人又视杀人凶手为其最爱,至死仍在为其描绘美好的明天。这不能不让人发出"可怜天下父母心"的感叹。

7. 言传身教,母女同盗 ················· 098

家庭是青少年性格、人格教育发展的场所。如果家庭结构失调,家长存在不良言行或教育不当,都可导致家庭教育缺陷。小心!家庭教育缺陷是子女形成不良个性的诱因,潜伏着使青少年走上违法犯罪道路的危机!

8. 一个"孩奴"父亲的育儿宣言 ················· 104

秦韵昆本想在出生于城市的妻子面前,树立不俗男人的形象,为儿子创造一个优越的成长环境,然而,由于不能按照自身实际出发,量力而行,却盲目攀比,超前消费,债台高筑,死要面子活受罪,进而恶向胆边生,不惜冒犯法律,试图走发财捷径,结果锒铛入狱,导致令人扼腕叹息的家庭人生悲剧。

第三章 社会看台 ················· 111

1. "败家子"忙着找退路 ················· 113

再殷实的家庭,倘若出了一个败家子,无疑是家门不幸、败落的开始。即便拥有金山银山,也填不满无底的黑洞。

2. 现代版的"农夫与蛇" ················· 117

好心遭遇戕害的确令人义愤!倘若本案中的被害人能保持一定的警惕性,在遇到陌生人时有一定的距离感,不摆谱儿不露富,或许不会轻易遭遇侵害……

  3. 一支"盗油游击队"的黑色档案 …………… 126
  私欲的膨胀,很容易利令智昏,到头来,只能走上一条不归路。

  4. 富豪与打工仔的闹市决斗 ………………… 130
  冲动是魔鬼!莽撞的刘佳鹏害了别人,也毁掉了自己的美好青春。

  5. "冷面杀手"的罪恶人生 …………………… 136
  仇视社会,与人民为敌,终将会被钉到历史的耻辱柱上,遭到万人唾弃。

  6. 一个女贪官的生命之痛 …………………… 141
  家里藏着百万余元巨款,自己一分钱也舍不得花,但为儿子和丈夫,她却舍得投资。铁窗之外,丈夫说:"你真傻!你知道什么是生活中最为重要的吗?"然而,在享受她营造的种种安乐时,他怎么就没想到这些呢?

  7. 罪案上"玩火"的经侦队队长 ……………… 146
  一个人迷失了自我以后,就失去了做人的方向,没有方向感的人,走在悬崖绝壁而浑然不知以为如履平地。

  8. 罪恶锁在黑色密码箱 ……………………… 151
  和长江热衷于烧香拜佛,甭看日常生活中他挺节俭的,但每次出差公干,都要去朝拜神庙,抽签算卦,然后留下不少的香钱。看起来他的主要目的,也就是求个心安理得。不过,他一方面大贪特贪,另一方面求神保佑自己。就是佛也不会保佑这样的人啊!

第四章 沉思一刻 ………………………… 157

  1. "钓鱼式"网聊:暧昧背后温柔一刀 ………… 159
  苍蝇不叮无缝的蛋。正是因为有隙可击,才让歹徒在网上嗅出"商机无限"。相信只要还有这样的"发财"空间,有人会继续铤而走险。

  2. 玫瑰掩映的"艳照门"陷阱 ………………… 165
  谁都有追求新生活的梦想,但理想的实现,需要脚踏实地地拼搏和奋斗,任何歪门邪道,最终都将成为自掘的坟墓。时年20岁的古靖靖,正值骄人的青春年华,然而,邪恶和贪婪,将让她在高墙铁网中度过漫漫人生。

3. 问题律师客串造假"导演" …………………… 171

为了蝇头小利,置职业道德于不顾,绞尽脑汁去造假。殊不知,神圣的法律容不得儿戏。

4."小偷针,大偷金"舅舅绑架亲外甥 ………… 177

一味的溺爱让刘军胜的心里只装得下他自己,卖掉亲外甥,勒索亲姐姐,罪恶终究会受到惩罚,但被撕碎的亲情呢?

5. 一对父女精心设计的招聘骗局 …………… 183

这对父女的演技并不高明,甚至漏洞百出。然而,就有一些人信以为真。一心想有份体面工作的人们,迷失在了这虚幻骗局中。

6. 一份不被祝福的爱情协议 ………………… 187

女人,与其把精力放在别的男人身上,不如用心去经营自己的婚姻,自己动手制造一些浪漫和惊喜。要经常去欣赏和体谅身边的爱人,你才会发现婚姻并没有那么糟糕。婚姻是需要去呵护的,只有那里才是幸福的属地。

7. 疑似"富翁千金"遭绑架 …………………… 195

人生道路漫长,谁都不知道会遇到什么情况。在遭遇不测时,需要胆大心细,需要机智应变。

第五章 人在旅途 ……………………………… 203

1."白领男"爱情至上变身"飞车党" ………… 205

一时的困窘和拮据并不可怕,可怕的是丧失做人的原则;清贫本身更不是罪过,因清贫而放弃生存的尊严,铤而走险公然向法律挑战,才是不可饶恕的罪过。

2."贴心小棉袄"投毒"问题妈妈" …………… 211

在现代家庭教育当中,身教重于言教。父母是子女的第一任老师。倘若父母言行不一,教育与实际脱离,培养出来的极有可能是裂变的人格。

3. "80后"女房奴上演现实版蜗居 …………… 216

想拥有一套属于自己的房子,本无可厚非,但前提是靠脚踏实地辛勤奋斗来实现梦想。任何被贪欲绑架下的疯狂行径,最后不仅伤害的了他人,还会把自己和家人都拖入万劫不复的深渊。

4. 一个都市"蚁族"的人生"蹦极" …………… 222

曾经的他们是"天之骄子",由于就业压力的增加、用人市场的紧张,走出校门的他们面临众多社会的挑战和诱惑,在苦苦找寻自己发展方向的人生紧要处,社会应伸出温暖之手,用更多关注、关心、关爱的目光,帮助、引导他们迎接新的人生,接受新生活的考验。

5. 公款成了哥俩好的"友情套餐" …………… 228

在家靠父母,出门靠朋友。人生在世,尤其是男人,没有几个好朋友无疑是一种悲哀,而交友不当,也容易酿成一场可叹的悲剧!

6. 一个花季女孩的杀人游戏 …………… 233

她酷爱玩的,是充满杀人乐趣的游戏。杀人狂往往就是她心目中的英雄,她在游戏中不断杀自己的对手,而且是自己操作,在不断的"杀人"中取得快感。

7. 一错再错,"漂女"深陷情欲迷城 …………… 238

其实,哪个年轻人没有对未来的憧憬?只是,方非夏编织的是一个不切实际的美丽童话。当她一味地做着荒唐梦时,最蹩脚的歹人也能窃走她的灵魂。

8. 教材发行员的"足球博彩梦" …………… 245

有梦想才有希望,但千万不要为自己编织输不起的噩梦。

第六章 深度关注 …………… 251

1. 冠军车手离奇自杀之谜 …………… 253

明星也是人,鲜花和掌声背后也有无奈和辛酸。但无论是谁,都必须做好人,做好事,遵纪守法当好公民。

2. 家庭冷暴力:心中难言的痛 …………… 261

家庭的"冷暴力",对婚姻的伤害要远远超过家庭暴力,是婚姻癌变的一种信号。倘若施暴者不翻然悔悟,不改弦更张,将会有更多的曾经爱他(她)们的亲人离开他(她)们。

3. 劫富"小侠女"暗藏玄机 ················· 268

虚拟的世界热闹而又精彩。就有这么一些无聊之人,怀着复杂的心情,寻找自己隐晦的欲求,结果正中犯罪人的下怀,最后,让现实狠狠幽了一默。

4. 女导游暧昧情感结沉冤 ················· 275

这是一个夫妻间因猜疑而导致的悲剧故事,主人公的遭遇告诫我们:爱上一只鸟,请给它飞翔的自由,给它歌唱的自由,给它蓝天大地的自由;爱上一个人,就请给她一点生活空间上的自由,给她隐私的自由,给她释放情感的自由。

5. 情同手足的亲兄弟缘何"火拼" ············· 282

一对情同手足、一起走过风风雨雨的老哥俩,突然变脸"火拼":"白眼狼"哥哥向"不仁"胞弟抛出"撒手锏"敲诈勒索,身为老总的弟弟不堪忍受报案灭亲。最后,两败俱伤:哥哥因敲诈勒索锒铛入狱,弟弟涉嫌贪污受贿失去自由。令人唏嘘的不仅仅是因贪欲而撕裂的亲情。

6. 色魔猖狂只因无呐喊 ··················· 289

做贼毕竟心虚,邪恶终究见不得阳光。可恶的歹人之所以连续作案得逞,就在于摸透了我们人性中的某些弱点。

7. "五毒律师"的铁血"小算盘" ············· 295

"小算盘"打得再精心,终有露破绽的地方。有道是:人算不如天算,聪明反被聪明误。

8. 小票据爆出惊天"大文章" ··············· 302

能够在小小发票上做出如此大的"手笔",不能把"成绩"都归功于犯罪分子的胆大包天,监督的缺位、人为的因素等,其实也"功不可没"!

后　　记 ································ 310

第一章　新情男女

《"天之骄子"的爱情"出租"》？听起来新鲜吧,当了解了男主角狡黠的求爱"秘籍",不由得连旁观者也会为危险的游戏捏上一把汗:现代男女在情感问题上,越另类、越有个性越好玩吗?

有人很崇尚"爱情36计",结果《总经理的爱情被"潜伏"》、《局长遭遇干女儿"逼宫"》,最后发现《亲密爱人是个江洋大盗》!

游戏爱情,是在玩火,是在对自己和对方不负责任的嬉戏。

有一百对男女爱情,就有一百个不同版本的两情故事,只是下面讲述的那么沉重……

1. "天之骄子"的爱情"出租"

这是一起由"出借"爱情引发的血腥惨剧:一名颇有理想的大学生向靓丽的女校友表白爱意,没想到,她与男友刚分手心情郁闷,便回绝了他。痴情的他决定"出借"自己的爱情,希望扮演一个亲密男友的角色给她疗伤,她默许了。从此,他们品尝着这种另类的"爱情"。

然而,一年多后,她突然决定"归还"他的爱情,难以放手的他苦苦相求无果后,拔出刀子,发疯似的向她猛捅了 17 刀……

求爱受挫逼出妙招,"出借"爱情为她疗伤

罗天亮 1982 年 10 月出生在河南省桐柏县一个农民家庭。从初中到高中,他都是班里的学习尖子。2002 年,他考上焦作某师范大学生物专业。入校后,不少同学开始谈恋爱,但他一面勤奋学习,一面温习高中功课,想继续参加高考,争取能上一所名牌大学。

2003 年 3 月的一个星期天下午,罗天亮和 10 多名同学结伴到市外的黄河文化影视城风景区游玩。其间,他发现,有一位长得娇小可爱的女生像一只不合群的小鸟一样,时而凝望着远处的景色发呆,时而神情黯然地低头沉思。

这时,从不和异性交往的罗天亮有了主动接近她的想法。攀登一处山坡时,看到这位女生行走很吃力,他想伸手拉她一把,又觉得难为情。最后,他弯腰捡起地上一根树枝让她拽着,她一笑算是感谢。

这以后罗天亮在校园里和她相遇,因为有那次郊游的经历,他们彼此都会点点头。他发现,每当她长发飘逸地走在校园里的时候,好多男生的目光都像被吸住一样。

一天中午,罗天亮排队买饭,看到长长队列后面的她,就马上买了两份盒饭,他笑着走到她面前,把一份盒饭塞到她手中。第二天,两人又在食堂碰面,她客气地走到罗跟前说道:"谢谢你昨天帮我打饭。"说完,将饭票塞给他,点点头离开了。

这以后她的形象总在罗天亮的脑子里徘徊。很快他打听到,她叫李芳,在英教系大一班。有几次,他主动接近她,目光相碰时,李芳总是迅速移开视线,似乎在回避着什么。罗天亮不甘心,他几次约她周末到校外玩耍,她一听,总是有一种要逃走的神情,她要么装糊涂,要么说自己有其他事,一直不接受他的邀请。

罗天亮有些失落,难道李芳看不上自己?经过几次试探接触,罗天亮隐隐约约地感觉到,李芳像是被一种久久不能摆脱的痛苦折磨着。这时,一些男生好像在她面前也碰了钉子,都议论李芳是一个不可捉摸的"冷美人"。

李芳冰冷、敏感的神情引来罗天亮多种猜测。经过多方努力,他终于从李芳要好的一位女生嘴里知道了她的秘密。

原来,李芳在杞县上高二时,与一名叫张运营的男生发生早恋,此后,这对少年"情人"互帮互学,并憧憬将来要考同一所大学。然而,张运营以高分考取了成都一所著名大学,李芳则进了师专。

临行前,他们情不自禁地体验了激情的快感。张运营信誓旦旦地表示,他们的爱情是坚贞不渝的。但是,两个月前,李芳突然收到男友一封信,他绝情摊牌:自己有了新的女友。没有思想准备的李芳旁若无人地哭起来……接下来,李芳被一种不能摆脱的痛苦折磨着,没人知道爱的霹雳给她内心造成怎样的创伤。

想到失恋给李芳的人生带来痛苦和阴冷的气息,同情之余,罗天亮有了接近她、想走进她内心世界的渴望。最后,一个主意在他脑子里酝酿成熟了……

一天晚上,罗天亮把李芳约到操场边,见她一副戒备状,罗心里一阵冲动,深情地说:"我知道你的事了。其实人不能一直生活在无望中,不属于自己的东西,没必要太留恋。也许你看不上我,我们没有缘分,但作为你最真诚的朋友,我愿在这段特殊的日子,陪伴你度过感情的沼泽地。请你暂时把我当做你的男友吧!"

怕引起李芳误解,他又解释说:"忘记一个人的最好办法就是重找一个新恋人。请你先试着把我想象成你的男友。你放心,我只是把爱情暂时借给你,若我真的不合适做你的男友,或者你有了新爱时,我会马上选择离开。"

在突然而来的失恋打击下,李芳的感情废墟上不可能很快接受新的爱情。看到一个极富同情心的男孩主动来关爱、同情自己,李芳心里热乎乎的。虽然知道这种提议不妥,但如果再去拒绝这份真诚,实在不好意思。想想自己只要保持一定距离与他交往,就不会有什么不妥,于是她就点头同意了。

这以后,罗天亮和李芳课余时间结伴散步,泡图书馆。像预先商定好的一样,两人在一起时知道如何保持距离感和把握分寸。而罗天亮在李芳需要帮助时又显得非常殷勤、细致。李芳逐渐打消了心中的顾虑,她的情绪明显地好转了,学习兴趣也浓了。

他们的交往很快被同学们发现了。一天,一名男生充满好奇地问罗天亮:"你真让我们嫉妒,告诉我,你是怎么搞定'冷美人'的?"罗天亮脸上露出一丝神秘的笑容,不予回答。

两个月过去了,时间强化了他们的友谊。在校园里,罗天亮在李芳面前依然很有分寸。但外出散步时,罗天亮偶然有了想牵李芳手的冲动,这时,李芳的手像触电般地躲开了。见罗天亮情不自禁地有了亲昵的动作,有一次,两人在校外一起闲逛,李芳半开玩笑地提醒罗天亮:"你不要因和我在一起而耽误了你,遇到好的对象你要抓紧进攻啊!"罗天亮也回应道:"你怕我会缠上了你吗?放心,我会遵守诺言的。"

一天晚上,罗天亮和李芳坐在校园的草坪上聊天。看着李芳迷人的神情,罗天亮慢慢地将手搭在她的肩上。看着他饱含爱意的眼神,李芳一惊,将肩膀抖动了一下,站起身来,对他说:"让我们做一个简单的好朋友好吗?我现在还不想涉及其他关系。"

其实,"出借"爱情给李芳疗伤,是罗天亮追求李芳的一个妙招。他脑海里时常想,扮演一个男友角色和李芳相处,只要他真心对她好,等她的心情重新活跃起来后,那样日久生情,她就会接受自己的爱情,他就会趁隙"溜"进她的心间。没想到,李芳对自己亲昵的表示还是不能接受,此时的罗天亮异常尴尬,他失落地低头不语……

这一幕触动了李芳最柔弱的神经,她突然意识到自己在无意中伤害了他的自尊。她愧疚又难为情地坐下来,对罗说:"对不起,我不是故意想伤害你的,我真的没有这种准备……"这时的罗天亮猛地伸臂紧紧抱住她,李芳吓得浑身发抖,但她已无法拒斥……

缠绵爱河露出偏执个性　美眉终止错位情事

此后,罗天亮表达爱意的方式显得自然、巧妙,他得陇望蜀的亲昵举动不断在李芳的心理防线上打开一个个缺口。随后,他们之间的亲密程度和热恋中的情人无异。

2003年,罗天亮又参加了高考。由于没有系统复习,他自感高考不理想,极度沮丧的他似乎把李芳也忘了。

开学前的一天晚上,罗天亮忽然把李芳约到校外。李芳这才发现,一个暑假不见,罗天亮面部黝黑、人瘦了一大圈。原来,暑假期间,他没有回家,悄悄在校外某建筑工程公司找了一份临时工,虽然出身农家,但从小没有干过重活,每日繁重的劳动让他有些承受不住。当知道他的高考总分比大专录取分数线低21分时,仿佛要用超体力劳动对自己施以惩罚,他硬是咬牙在工地上苦干了一个假期。

走到一个小树林里,四周变得寂静下来。罗天亮像变戏法似的从身后拿出一件时尚的女装,那是李芳一次逛商场试穿后嫌太贵而不舍得买的衣服。罗天亮激动地拉着李芳的手,说:"我虽然今生与名牌大学无缘,但是如果能收获一份爱情,也是一种最美。"李芳矜持地对罗说:"可是我还没有想……其实我没有你想象的那么完美……"罗天亮一下子抱住李芳,用颤抖的声音说:"我不在乎你以前做了什么,我只希望我们现在能快乐地在一起!"他疯狂地亲吻她的脸颊、脖颈,两人的身体在欲火中燃烧,于是一切都自然而然地发生了……

和罗天亮之间的交往,李芳一直认为这与爱情无关。在她因失恋经历人生苦难时,她没有想到会碰上有人"出借"爱情这种事。罗天亮用细致、真诚的友爱,让她走出了那些灰暗日子;至于跟他表示亲热,到后来委身于他,也是出于一种感激、报答以及生理需要的复杂心理。可罗天亮以为自己从李芳那里完全得到了爱情。

一个多月后,罗天亮在学校附近的城中村租了一间房子,并添置了生活用具。一天傍晚,他大着胆子对李芳说:"现在学校谈恋爱的同学很多都住在一起,我和你现在也可以吗?"此刻的李芳红着脸默认了"两人世界"的生活。

于是,这间狭小的房子成了他们爱的乐园。

一次,激情之后,罗天亮喃喃地说:"芳,我今生已经离不开你了!"李芳撒娇地说道:"别忘了,你还只是我暂时的男友啊。"没想到,一听这话,罗天亮气得从床上跳起来……李芳意识到自己的话有些过头了,急忙道歉,他这才消了气。当天夜里,罗天亮认真地对怀抱里的李芳说:"你知道吗?当初,我说的出借爱情给你,只是接近你的美丽借口。你知道我的良苦用心吗?"李芳很感动,答应和他好好相处。

把李芳巧妙地追到手以后,罗天亮感觉自己很有面子,但同时也多了一种担心。恢复了往日活泼的李芳深受同班男同学的喜欢,李芳也时常和他们说说笑笑,这让罗天亮很嫉妒。面对他的质疑,开始李芳还主动解释一通,见他一再小气,就难以忍受,认为他干涉了自己正常的交往,有时两人不免发生争吵。

2004年12月4日夜,为了能从李芳那里得到肉体快感,罗天亮不满足一种做爱姿势,还要求李芳配合他尝试不同的性爱花样。但是,看到李芳在床上顺从地迎合,他心里却有了一种怪异、难受的滋味。于是,罗天亮一边做爱一边冷不丁地问道:"芳,当初你和初恋情人做爱,也是这个姿势吗?"兴致正高的李芳听了这话,伤口被揭开的疼痛直刺心头。她气愤地推开他,蒙头就睡。

不久的一个晚上,陶醉在男欢女爱中的罗抚摸着李芳的额头,不经意似地问:"芳,我和那个人相比,谁的手粗糙?"忍无可忍的李芳一下子发作了。她声嘶力竭地吼道:"罗天亮,你简直是变态!你借给我的爱,我用跟你上床的方式报答你了,我还没想做你的女友,你没权利这么侮辱我!"

一气之下,李芳住回学校宿舍。罗天亮一个人待在"爱巢"里,他对自己用言语刺激李芳感到后悔莫及。四天后的早上,他守在李芳宿舍旁。一会儿,李芳走出宿舍,像有急事似的朝校门走去。本想上前赔礼道歉的罗天亮便跟踪在后想一看究竟。

在校门口,李芳和一位与她年龄相仿的男性会面后,然后一同进了一家宾馆。看到这一幕,他像被人砍了两条腿似的快要瘫了……原来,李芳的一位表哥从老家来焦作,顺便来看望她。李芳给表哥登记了房子,还请假带他游玩了一天,晚上,她才回到学校。

第二天,罗天亮当着同学的面,暴跳如雷地质问李芳:"你说,昨天你和那个男人都干了些什么?他是不是你那个初恋情人?"这时,几个男同学咧起嘴笑了起来。受辱的李芳仿佛心被撕碎了。在逆反心理作用下,她故意气他:"是又怎么了?你以为你是什么?其实男人只是个生活用品而已,你有什么资格干涉我的自由!"一旁的男生顿时起哄,哈哈大笑……

事后,了解真相的罗天亮用泪水、下跪等办法希望换回李芳的原谅。但罗天亮身上暴露出的自私、偏执的个性,让她的心凉透了。她突然感到,和他交往是一个错误和讽刺。于是,不管罗天亮如何认错和献殷勤,她一直神情漠然。

这时,知道他们交往真相的好友也劝李芳早点结束这段荒唐的感情游戏。加上李芳要考研,想静下心学习,她决定和罗天亮终止来往。

2005年清明节,罗天亮回校途中,发现李芳身边出现了男生刘某。当晚,感觉到爱情危机的他喝了很多闷酒。翌日,罗天亮耐着性子找到李芳。但对他的真情相求,李芳不为所动。她对他说:"我们再也不能这样发展下去了,就到此为止吧。你当初是怎么说的?堂堂一个男人要兑现自己的承诺。"

罗天亮难以置信,爱情如此来去匆匆。他空落落的心里被难以忍受的耻辱绞痛。

心已走远唤不回　爱恨逆转酿惨剧

2005年9月,学校安排毕业班外出实习。为了挽救自己的爱情,罗天亮向老师说情把他和李芳分配在同一所学校。但最后公布名单时,他却发现结果有变,那个刘某替换了他。罗天亮猜测,一定是李芳捣的鬼。

李芳到达实习地第二天,罗天亮就追到那里。李芳生气地说:"请你不要再这样纠缠我。我们要走向社会了,请把你的执著劲儿用在有用的地方。"碰了一鼻子灰的罗天亮悻悻地离开了。

罗天亮在实习地无心工作,从早到晚,李芳的影子在大脑里挥之不去。他给李芳打手机,对方总是不接。一条一条信息发送过去:"芳,分手难道如此简单,一句话就将所有改变?""芳,我愿泣血呼唤,以找回曾经美丽的爱情神话。"……李芳回短信："我已死心,别做梦了!"

2005年11月6日,罗天亮又到李芳的实习地。因事先知道他要来,李芳就跑到县城躲避。罗天亮滴水未进地等了一整天,最后带着满腹哀怨离开了武陟县。

11月10日,罗天亮杀了个回马枪,把李芳堵了个正着。李芳跟他出了校外,坐在田埂上一言不发。这时,罗天亮发现,刘某猫在不远处,一直朝这里观察。罗天亮冷笑道："想不到,你旧情未了,新情已到啊!"李芳也直截了当地说："当初你保证,若我找到真爱,你就会潇洒地离开我,你为什么说话不算数?"罗天亮双眼里呼地充满怒火："我的爱被你当成了抹布,你能把它原模原样归还我吗?"

两天后,心有不甘的罗天亮继续给李芳打电话、发短信,但李芳毫不理会。当天下午,罗天亮打电话到龙源一中,对接电话者称是李芳的亲戚,有急事找她。当李芳在电话另一端听出是他时,骂了一声"无赖",就将电话挂断了。见李芳如此绝情,罗天亮心里充满了无法发泄的怒火。

2005年11月15日早上,一夜无眠的罗天亮神情恍惚地在一家商店买了一把水果刀,揣在身上,然后乘车来到李芳实习的学校。见他又来骚扰自己,李芳闭门不见,他们的关系更加恶化。罗天亮最后表示,想再见她最后一面,今后就不再纠缠了。下午2时许,两人通过中间人传话在学校外麦田边相见。

"芳,难道我们没有和好的一丝希望吗?"罗天亮近乎哀求地望着李芳。李芳冷冷地说："我们之间的关系已经结束了,请你不要再纠缠不放,否则我们以后连一般朋友都不能做了!"罗天亮感到她的话特别残忍、无情。从来不笑的他挤出一丝怪笑："你对我难道就没有过真情吗?"李芳用一种像是嘲讽的语气说："我是没有过,如果你有,那也是自作多情!"

李芳话音刚落,她发现罗天亮苍白的面部抽搐了一下,便想缓和一下气氛："你要冷静点,我要考研,你也别荒废自己,让我们都回到正常的生活轨道上吧。"罗天亮仰天长叹："我明白了,我们之间的交往是一件荒唐事,我终于死心了!"他的愤怒好像一下化为乌有。他说他决定放手了,现在就赶班车返回焦作。

李芳心一软,就陪他向车站走去。当走到龙源村南街时,罗天亮轻蔑地看了一眼身后跟来的刘某,突然狂叫:"李芳,你忘恩负义,你还有良心吗?"他怒火又爆发了,发了疯一样猛地扑向李芳,一把扭住她,从身上抽出水果刀,恶狠狠向李芳的前胸、腹部一下接一下地捅去……李芳惨叫着,拼命挣脱罗天亮,本能地想往回跑,可刚迈出几步,身体便栽倒了。杀红了眼的罗天亮冲上去,又朝李芳的后背猛刺……

凶残的杀人场面把有的过路人吓瘫在地,有人发出恐怖的尖叫,罗天亮这才惊醒过来。看着李芳倒在地上,鲜血把地面染红了。他仓皇地逃离现场。接到群众报警,警方赶到案发现场。经法医鉴定,李芳身中17刀,致心脏、双肺、肝脏、脾脏、左肾、腹主动脉破裂,当场死亡。

2005年11月17日晚9点,逃亡至郑州的罗天亮花光身上仅有的30元钱后,用街头公用电话拨打"110"电话向警方投案。归案的罗天亮喝完一杯开水后,如实供述了自己的犯罪事实。2005年12月3日,罗天亮被正式批准逮捕。

羁押于看守所的罗天亮对自己的激情犯罪万分懊悔。为了表达自己赎罪的诚意,他通过律师不断和家人沟通,让他们积极赔偿李芳家人提出的经济损失。被击碎了寄托在儿子身上所有希望的父母四处筹款,将16万多元交给李芳的父母,并代表儿子深深谢罪。

2006年9月28日,河南省焦作市中级人民法院开庭审理了此案,认为,罗天亮的犯罪手段特别残忍,后果特别严重,其行为已构成故意杀人罪,依法应予严惩。鉴于其有自首情节,认罪态度好,已真诚悔悟并能积极赔偿原告人的经济损失,法庭当庭宣判,罗天亮因犯故意杀人罪,被判处死刑,缓期两年执行。

听到儿子的判决后,多病的双亲一下子瘫在旁听席上,被热心的人送往当地医院。罗开亮被带上警车的一刹那,看到了一夜之间白了头的李芳父母,他突然跪倒在他们的面前痛哭流涕,他高声喊着,余生一定当牛做马,给他们养老送终……

2. 打工仔的"爱情魔术"

西南某学院法律系女大学生房君,在暑假返校的火车上,邂逅"富家子弟"周知觉,很快坠入爱河,并在校外租房同居……

不料,男友终于露出了真面目,原来他是个来自农村的打工仔。在花光积攒的存款后,他又四处借债,还靠卖血救急,维持着与女友长达1年多时间的同居生活。感情受到莫大羞辱的房君悲愤之余,放弃了在成都找到的工作,到河南省焦作市谋职,准备彻底遗忘这段恋情。然而,一路追来的他对她下了杀手……

列车奇缘,邂逅"富家公子"

2004年8月,20岁的房君在家度过一个轻松的暑期后,告别父母,乘坐开往成都的火车返校。就在她为20多个小时的旅途如何打发而发愁时,目光无意间与身边座位上一位小伙子的目光相遇。"你好,你是去成都上学吧?"男青年很有礼貌地问候道。房君一边微笑着点了点头,一边细细瞟了一眼,这小伙子大约20岁,高高的个头,英俊潇洒。而小伙子似乎对她很有好感,一路与她聊了起来。他幽默风趣的谈吐,很快让房君开心不已。

交谈中,小伙子说自己叫周知觉,是西安人,又说这次去成都是开拓业务。房君不由得对这位年少持重的男孩另眼相看。第二天上午抵达成都前,男孩向房君要手机号码,房君红着脸答应了。

同年9月3日中午,周知觉给房君打来了电话。他说,火车上的邂逅令他难以忘怀,最近刚忙完手头的事务,因为是周末,想约她一起吃饭。房君心里怦然一动,答应了下来。下午6点,两人来到一家大酒店,边吃边聊。一个多小时后,服务生拿来账单结算,竟有1200多元。房君瞠目结舌之际,周知觉潇洒地掏出一沓钱付了账。

此后,周知觉经常给房君打电话约会,吃饭,游玩,大笔花钱。一天,周知觉告诉房君,他父亲在西安市开了一家房地产公司,因为对经商极有兴趣,自己毅然从西安一所大学退学来父亲的公司做事,现在负责打理成都公司的事务。

一听周知觉是个富家子弟,似乎应验了房君的猜测。她的眼睛马上一亮,但很快又红着脸说:"我是一个穷学生……"周知觉打断房君的话:"你真是我见过的最纯真、最有才气的女孩,认识你我很幸福,我想真心对你。"房君羞怯地低下了头。

房君怎么也没有料到,周知觉时年21岁,家住陕西省宁强县农村。由于家境贫困,3年前,他高中毕业后就来到成都打工谋生,曾在饭馆洗碗,后又在建筑工地干小工。其间,几次因找不到活计差点回家。由于他长得帅气,终于在成都市一家火锅店当了一名服务生。在火车上邂逅房君后,房君的纯洁和美丽让他陶醉。在虚荣心的驱使下,他强烈地希望自己能够讨得她的欢心。

于是他取出自己打工积攒下的钱,把自己装扮成一个富家子弟,频频约请房君。2005年元旦,周知觉租来一辆本田轿车,接房君和同寝室的好友一道外出游玩了一天。傍晚在郊外野味店吃完饭,又到一家KTV量贩唱歌。果然,他的豪气征服了房君。自此,两个人开始了恋爱。

苦心"忽悠",赢来荣耀之恋

2005年3月初的一天晚上,周知觉在商场给房君买了一些衣服和一条金项链。"君君,虽然这条项链只值800多元,但我不想让定情物掺杂太多的金钱成分,我已经死心塌地爱上你了……"房君将崭新的衣服和首饰一一穿戴起来,感到自己是最幸福的女孩。当天晚上,她把自己给了他。

情欲之门一旦打开,自然就一发而不可收拾。房君时常趁晚自习时和他在宾馆里缠绵。然而,一个月后的一天,房君拨打周知觉的手机时语音提示关机了,此后一连10天,周知觉都如同人间蒸发似的,令房君几乎开始怀疑自己被玩弄了。这时,周知觉却突然主动打电话约她。

一见面,周知觉就用哀伤的语气对房君说:"有件事我一直瞒着你,不知你能不能原谅我?其实,父亲反对我退学经商,最后以断绝父子关系逼我复学,我很反感才赌气来成都。父亲吓坏了终于让步,答应只要我回来就让我在公司做事。但命运安排让我遇到了你,我是为了爱你才留在成都的。不知情的父亲又气坏了。母亲心疼我,不时寄些零花钱过来。因为一个人时很空虚,这几天我在外面想找点事做。我目前的现状可能会令你失望。"

房君听了大吃一惊,涉世不深的她深深为之感动了。

原来,半年多时间,与房君亲密相处,周知觉付出了很大代价:3年里辛苦攒下的1.7万元仅剩下2000多元了。他这时才感到了痛苦。如果继续和房君交往,他一定要迫不得已地花钱;如果停止来往,这段恋情也就结束了。

几天后,周知觉对房君说:"我刚在火锅店找到一个服务员的差事,我想证明一下自己吃苦的毅力。"房君难以置信:"你不是说胡话吧?当服务生与你的身份不符啊!"

"这有什么大惊小怪?我从小饭来张口,只会花父母的钱,我想体验一下平常人的生活艰辛,为了我们的将来,也想锻炼自己。只要能陪在你身边,我真的很幸福。"浪漫脱俗之恋令房君无比感动。

2005年4月,周知觉在房君就读的大学附近租了套民房,和房君同居了。房君感觉自己幸福得像个公主。每天下午下课后,她就回到这温暖的小巢,烧好饭菜,等着周知觉回来。可几个月后,周手头的积蓄花光了,生活显得拮据起来。因为担心被房君识破,周知觉开始向工友借钱装门面。

缠绵的同居生活影响了学习,2005年期末考试,房君有两门功课不及格。放暑假了,房君不准备回家,想要好好复习功课准备补考。这让周知觉想趁暑假缓解一下经济压力的期望又要落空了。没想到,几天后,房君忽然对周知觉说:"你一直陪着我,仔细想想,我也挺自私的。要不这样,我想陪你去一趟西安,你刚好借机跟父母亲沟通一下关系。"周知觉不由得一愣。房君又说:"我是说,我到西安游玩一下,又不是去见你的家人。我知道,你和父亲的关系搞得很僵。"

生怕房君的不高兴会影响到"高价"爱情,周知觉只好想尽办法去借钱,又利用休息日到建筑工地打短工,终于凑够了1200元。

2005年8月2日,周带着房君刚出西安火车站,就遇到了来接站的时髦"小妹"。"小妹"神色凝重把两人拉到一边:"哥,大事不妙,听说你要回来,爸爸给你物色了女朋友,是房地局局长的女儿,已经在大酒店定了餐,说明天就把这桩亲事定下来。"周知觉又惊愕又生气地说:"小妹,你回去告诉父亲,我有意中人了。这个家我先不回了!"随后周知觉以爱房君、一刻也不离开她为由,拒绝回家。

周知觉作痛苦状地领着房君上了公交车,漫无目的地转悠了一天。下午,路过南郊一处家属区时,周知觉指着告诉房君:"这就是爸爸公司干的工程!"被爱情冲昏了头脑的房君万万没想到,"西安之行"是周知觉硬着头皮演的又一场把戏,"小妹"是他央求同乡帮忙找的"演员"。

骗局穿帮,错爱演变惨案

2005年11月,房君开始在市内的律师事务所实习,几个月后她就要大学毕业了。此时,周知觉已背上了1万多元的债务,这让他很害怕。周知觉此时才感到自己追求的爱情是多么的不现实。但他咬牙坚持着,他不想放弃,因为他对房君的爱是真心的。他甚至有了一种信心:即使房君最后知道了自己的真实身份,她兴许会接受这个现实。

为了还债,周知觉不得不继续东挪西借,他还找各种借口让父母给他寄钱。有时身上拿不出钱了,周知觉称是母亲用拖延寄钱的方式施加压力让他回家。休息日,他就悄悄到建筑工地打工。

2006年放寒假,承受不了经济压力的周知觉硬把房君支回了家。春节期间,周知觉都在一个工地上当搭架工,但所挣的钱被债主们"瓜分"了。一天,身无分文的周知觉甚至到血贩子那儿去卖血。

而房君也慢慢发现,从前趣话不断的"富家子弟"变得郁郁寡欢,没有了精神。2006年4月9日,一个老乡非要周知觉当天还钱,周知觉哀求他再延长几天期限。这一幕恰巧被房君看见了。她生气地问那人要干什么。"小事,这个老乡想借点钱!"周忙回答道。"混账!你借众人的钱装门面,欺骗女大学生的缺德事还要干多久?"老乡索性将周知觉的老底和盘托出。

"请你理解我吧,其实,我这么做都是太喜欢你了啊!我们在一起已经1年多了,我离不开你了,请你接受我的真爱吧。"被撕掉伪装的周知觉"扑通"跪在地上,痛哭流涕地请求房君的谅解。

真相差点儿令房君气晕过去,她抬手打了周知觉两记耳光,然后匆匆离去。2006年6月5日,本来能留在成都工作的房君作出了一个令人意外的选择,赴河南省焦作市某县工作。

爱情赌博输了,周知觉极度痛苦。每天他自愿加班加点,超强度工作着。夜里,他拼命喝酒,想让自己忘记一切。但他控制不住自己不想她。

2006年8月10日上午,周知觉走进了焦作市某县机关,突然出现在房君的面前。当天在一家小饭店,房君开口直奔主题:"我们的相识是个可怕的错误,我们之间不可能再有什么了,你今天就回去吧!"周知觉拼命想缓解他们之间的对立情绪,而房君却只顾打电话。不一会儿,走进一个男青年,房君介绍说:"这是我的同学,也是我刚相处的男朋友。"周知觉无法相信曾经深爱的女友闪电般投入到别人的怀抱,他受不了这个刺激,心中生出了巨大的仇恨。

第二天晚上,在旅社里,周知觉软磨硬泡要房君再"叙叙旧"。他说:"我想让你最后再陪我一晚,就一晚上,今后我永不再纠缠你。"这句话触动了房君柔弱的神经,她默许了。

疯狂过后,周知觉筋疲力尽地躺在床上,看着身边已经熟睡的房君,他怎么也无法入睡:为了将她追求到手,自己才陷入绝境,但没有人可怜自己的结局。就连今晚的情爱也是一种施舍。黑暗中,周知觉一根接一根抽着烟,突然一个可怕的念头出现了:与其这样痛苦,还不如同归于尽!

周知觉双手狠狠地掐住房君的脖子……看到曾经最爱的女友一声不吭地死了,周知觉想用携带的水果刀自杀,但一次次下不了手。最后,他爬上旅社的房顶……老板娘半夜出来上厕所,被屋顶上的黑影吓出一身冷汗,忙跑到值班室拨打"110",警方迅速赶到,呆若木鸡的周知觉束手就擒……

3. 大义男宽广胸怀阐释"爱的责任"

情感热线搭建幸福小家

时凤出生在河南省焦作市一个普通的矿工家庭,从小就是父母的娇娇女。她不仅聪明伶俐,性情活跃,而且长着一副电影明星的模样:大大的眼睛,像一泓明静的清泉;弯弯的眉毛,像柳叶般舒缓自然。尤其是那迷人的瓜子脸,白里透红,与众不同,逢人一笑,露出两个甜甜的酒窝。在新村家属院人们的眼中,时凤虽谈不上大家闺秀,也起码算是小家碧玉。

时凤就兄妹两人,哥哥时现12岁时因煤气中毒,最终导致脑神经受损,脑子一向不大够用。她成了家中的希望,成了父母的希望和寄托。

本来,时凤的人生天空宽广而清澈,然而,一场噩梦的降临,使得平静幸福的生活骤然变得阴云密布,一片狼藉。

那是在她20岁时,一天夜里她从就读的中专放学回家,途经一偏僻胡同时,突遭一伙歹徒强暴。

歹徒很快被绳之以法,可怜的时凤也由此成为人们津津乐道的"新闻人物"。

以后的日子,无论走到哪里,她怎么也躲不过飞短流长,总有异样复杂的目光如芒刺在背。一直对她穷追不舍的男朋友也一夜间销声匿迹。书也无法再读下去了,她只好含泪悄然离开了美丽的校园,父母在家中整日面对以泪洗面的女儿,无言以对,唉声叹气。

2000年的冬天,对于时凤来说,彻寒心骨,以致几次想自杀轻生。

第二年,在亲朋好友的热心引荐下,时凤到焦作市一家广告公司做文秘。来到新的工作单位,由于她勤奋能干,很快就融入工作中打开了局面,上上下下关系相处得十分融洽,深得同事的好评,也赢得上司的信任。

随着声望的日益提高,一个漂亮女孩子的各种背景,也逐渐引起一些好事之徒的兴趣,没过多久,她的那道伤疤,又被无聊之辈作为消磨时光的"佐料",在公司里传得沸沸扬扬。在一些人的眼中,她不是一个受害者而是一个不可饶恕的彻头彻尾的"坏女人"。

为此事,时凤忍受着人前人后的闲言碎语,在男大当婚、女大当家的年龄,婚事也受到了很大的影响。尽管她人长得漂亮,工作也相当能干,但因为有那么一段不堪回首的经历,找朋友谈恋爱真是一波三折。身边很多的小伙子嫌她"名声不好",有过婚史离异的男人倒愿意接受时凤,而时凤却不愿意为有婚史的男人续弦,倒是经常有不三不四的男人涎着个脸,围着她色眯眯地转。急得时凤的父母愁肠百结,而她自己也整日郁郁寡欢,苦闷失望。

市人民广播电台午夜时分开设有情感热线电话,专为情感迷茫的人解释人生,指点迷津。因为一连串打击,苦闷的她迷恋上了情感热线,多次倾听主持人给别人出谋划策、打开心结,使人有柳暗花明又一村的感觉,一日深夜她按捺不住也试探着拨通了电话,在女主持人的循循善诱下,时凤讲述了自己不幸的遭遇。

时隔三日的深夜,时凤正准备休息,卧室里响起一阵电话铃声。原来是一位名叫朱力的青年,在电台里听说了时凤的遭遇,费尽周折打听到了她家的电话,很希望通过交流,结为知心朋友。时凤本想拒绝,但又不好辜负人家的一番好意。于是,两人便慢慢地聊了起来。

以后的日子,时凤总会在固定的时间,准时接到朱力打来的电话,聊得时间长了,彼此变得不再陌生。他们谈理想、谈生活、谈人生,话语十分投机。从谈话中,时凤感受到对方火样的热情和关爱的真诚,那颗冰冻的心也渐渐地复苏,情绪开始活跃了起来。

两人在强烈的冲动下,终于见面了,更没想到的是,初次见面,他们都在心里萌发了要和对方结为秦晋之好的念头。时凤被朱力的真诚、正直、大度打动,更欣赏他的责任感。朱力则被时凤的美貌吸引,继而对愁眉不展心事重重的她动了怜香惜玉之情。

朱力和时凤于2003年5月1日在双方家人的祝福声中,共同踏上了婚姻的红地毯,并很快于第二年春天,生下了儿子奥奥。

随着时光的流逝,生活变得平淡和琐碎。2001年2月,朱力所在的工厂,在激烈的市场竞争中不得不宣告破产,他自然成了一名下岗职工。朱力的下岗,当然给这个本来就不富足的小家庭,带来更大的压力。他只有高中文化程度,又没有什么特长,几次试着在外面找份工作,都无功而返。日子还得继续过下去,家里的全部重担,都落到了时凤一人的肩上。

生存的重压,使时凤的心境日益沉重低落。在锅碗瓢盆的交响声中,渐渐地,她越看朱力越不顺眼,动辄不顺意,就拿他出气,往常在他身上的诚实变成了无能,大度变成了庸碌,尤其是朱力五短的身材和毫无特色的五官,时凤越瞧越不能容忍。她极不愿意和他一道上街,因为她受不了周围人复杂的眼神,而那眼神中分明流露着"不般配"的奚落。她太能感受到背后的声声重叹,带着妒意和恨意,还有对他的轻视。她再也难以忍受,心里不住地隐隐作疼。是啊,自己是如此鲜亮光彩,婚姻生活却是这样的难尽人意,是自己命运不济,还是苍天有意作弄?

时凤自己解释不清,就犯起了糊涂。

不甘平淡坠入"爱情黑客"情网

善良的朱力并不想给自己的小家增加负担,几经努力,他谋到了一份职业。尽管去煤矿做下井工活儿重危险大,但他为了生活,牙一咬也就无所谓了。同时,担心妻子一个人带孩子辛苦,就把奥奥送到退休的父母家里。

时凤每日回到家中再也安不下心来,在单位小姐妹的撺掇下,晚上不是去舞厅,就是去泡酒吧,后来又迷恋上了网上聊天。在网络的虚拟世界,时凤的虚荣心得到了极大的满足,她夜夜走进一家名叫"夜香"的网吧,流连忘返,半夜方归。丈夫从矿上回家,很难见到她的身影,得知妻子去上网了,也不肯去责怪她。时凤能有一份好心情,做丈夫的没有比这更高兴的了。

时凤和"双旗客"的相识是在"随缘"聊天室。网上的"双旗客"机智、幽默、妙语连珠、善解人意,时时有笑料逗得时凤心花怒放,开心不已。或许是网上聊天更放得开,少拘谨,时凤也一扫平日的抑郁,在"双旗客"热情的感召下,随意自然,滔滔不绝。没有多久,两人在聊天室就成为知无不言、言无不尽的好朋友。

就这样经过一个多月的网上交谈,一切都水到渠成后,"双旗客"轻易地得到了时凤单位的电话号码。

2007年6月15日,时凤正在公司办公室整理文件准备下班,同事喊她接电话,接过话筒,里面是一位陌生男人的声音,她迟疑了一下,那边却说出了"双旗客"三个字,时凤慌忙扫视了一下办公室,脸一下子红了。"双旗客"告诉她自己就在楼下,想请她今晚出去吃个便饭。时凤本想回绝,却又怕讲话多了引起同事的误会,还没支吾两句,那边把地点一报就挂断了电话。

下班了,同事们一个个相继离去。时凤独在办公室,磨磨蹭蹭,心里像十五只吊桶——七上八下。婚后的生活实在是平淡庸俗沉闷了,而时凤又分明不是甘心过平庸日子的女人,她有天生独特的资源,她渴望一份浪漫,渴望一种激情,而如今遭遇这种机遇时,时凤没有理由拒绝!更何况也只是作为普通朋友的一次会面而已,并不打算有更深层次关系。

经过一番精心的打扮,时凤像揣着一只小兔般,如约走进一家"心相印"咖啡馆。

令时凤惊喜的是,"双旗客"是一位只有二十五六岁的英俊潇洒的青年,言谈举止得体大方。显然,"双旗客"也为时凤的美貌所倾倒,席间殷勤备至,十分健谈。时凤在交谈中得知,"双旗客"名叫刘涛,四年前中专毕业下海经商,目前,自己在自由市场经营着三间服装店生意,收入还相当不错。

那日,两人交流相当投机,临分手时都有点难舍难分,情意缱绻,大有相见恨晚之意。

第二天是周末,时凤睡懒觉到中午才醒过来。起床后,她心不在焉地随手去打开窗户,猛然看到对面楼下,有一个人手持鲜花,正拼命地冲着这边挥舞。她定睛仔细一看,刘涛高兴地在招手致意。时凤的心突然一热,激动得忘记了自己的身份,匆匆梳洗打扮了一下,三步并作两步就急急下了楼。

刘涛用摩托车一直把时凤带到凤凰山影视城,兴高采烈地爬上山顶,在一片野花杂草、彩蝶纷飞的草地上,嬉戏打闹,玩得昏天黑地。一切都来得是那样的自然,用不着拐弯抹角,他们就爱得无所顾忌,近乎疯狂,连最后的防线也彻底溃决,尽情释放自己的时凤,在浪漫和刺激中,早把丈夫、儿子和家庭丢到爪哇国了。

时凤似中魔一样,整日沉醉在刘涛这个多情王子制造的一系列罗曼蒂克的浪漫中,她压抑的生活太需要刺激了,而刘涛风流倜傥,潇洒多情,每一个相会的细节,都带给她意想不到的疯狂。

有时,时凤也想起自己的丈夫,但很快就一闪而过。在与刘涛相处的日子里,她觉得这才算是过上了真正女人的生活,虚荣心得到满足。在缠绵与激情中,日子过得有滋有味。因而,当他们亲密得忘乎所以时,时凤不止一次地嚷嚷:"我一定要离婚!我们一定要相爱到永远!"

世上没有不透风的墙,没有多久,朱力痛苦地发现了自己妻子外遇的事实,但憨厚的他并没有大吵大闹,而是郑重地告诫自己的妻子,为家庭和孩子考虑,应该注意自己的行为,要为自己的行为负责,检点自己的行为。刚开始,时凤还有一点内疚,一切都还千方百计地隐瞒遮盖,当看到丈夫知晓了这些后,就索性拉开脸面,干脆公开承认了自己的出轨。她把丈夫的隐忍当做软弱和无能,毫无情面地提出离婚的要求。所以丈夫越是宽容和退让,她离婚的欲望越加强烈。

2007年12月25日,在多次劝阻无望的情况下,丈夫同意了时凤离婚的要求,颤抖着在离婚协议上签了字。分手时,朱力不无深情地对前妻说:"时凤,一定要走好自己的路,不论以后出现什么情况,这个家的大门永远为你敞开!"

为情燃烧的时凤长长地舒了一口气,头也不回地离开了丈夫、孩子和家,随即与刘涛一道,在市内山阳区一座家属楼里租了两室一厅的房子,过起了简单快乐的同居生活。

梦醒时分重情重义的前夫接她回家

刘涛今年只有27岁,商海的沉浮练就了一套左右逢源、能说会道的本领,由于见多识广,经历过场面,思想相当前卫,平时生活上穿着新潮,讲求名牌,不拘小节,洒脱不羁,加上又长着一张不错的脸庞,身边的女人确实变换了不少。和时凤在网上相识继而同居,其实已不是第一个,在对待女人的问题上,他其实有一种相当阴暗的心理,只谈恋爱,不言结婚。刘涛要在青春的优势中,去感受不同的女人,享受丰富多彩的人生。当然,所有这些,时凤是绝对想不到的。

起初,在和时凤激情如火时,听她说要离婚,他虚张声势、假戏真做,一切成为现实后,只好继续把戏演下去。他太了解时凤这类女人,虚荣、矫情、充满幻想,根本不适合做他刘涛的妻子,充其量只能做一个浪漫情人。他有足够的青春资源,要在浪漫的时光中,打发寂寞的日子。

时凤抛夫别子后,一心一意做起了刘涛的"妻子"。自从和刘涛同居后,她把那个"窝"精心打扮得温馨典雅,每日下班归心似箭,把自己有限的工资都用在给刘涛买名牌穿、做好吃的,陶醉在如梦般的浪漫中。而刘涛一句深情的话语,一个火般的热吻,足以让她陶醉在幸福中,不顾一切对他无怨无悔地付出。

2008年8月27日下午,时凤像往常一样,下班骑车疾速向他们租居的地方奔去,当她骑到一胡同拐弯处,冷不丁与迎面驶来的一辆轿车相撞,她血流如柱,不省人事,很快被送往市人民医院进行抢救。

脱离了生命危险的时凤,醒来后面临的严峻问题就是,需要交付一笔不小的医疗费用,这可难坏了躺在病床上的她和她的家人。自从时凤住院后,刘涛前后来过两次,待的时间也不长,最后往院部交过2000元押金后,再也没有露面。倒是前夫朱力,得知时凤出了车祸后,东挪西借,为她补交了5000元的住院费,不分白天黑夜跑前跑后,和时凤的母亲轮流照看着她。

受伤的时凤,在自己最需要温暖的时候,却是她最看不起的前夫付出太多的无私和真诚,充满内疚的她直劝朱力快回家忙自己的,而朱力只是一味地应着,始终不肯离开病房。

平时对时凤口口声声爱到永远的刘涛,在时凤不幸遇祸后,听说需交大笔医疗费,人也可能留下残疾后,思前想后,权衡利弊,果断地决定与时凤分手,在医院里留下2000元"良心费"后,再也不见了踪影。没过多长时间,就又和一位富姐在网上"爱"得死去活来,如火如荼。

在时凤住院一个多月后,她的表妹毛若冰看到表姐的"情人"如此无情无义,就东打听西探问,最后把刘涛和那位富姐堵在了公园门口。当毛若冰责问刘涛的薄情寡义时,他竟厚颜无耻地怪时凤脑筋太实,把一切太当真。最后,刘涛明白无误地让毛若冰转告,他和时凤之间不存在什么责任和义务,请各自珍重。

自己昔日的白马王子,在关键时候露出狰狞面孔,时凤彻底清醒后,痛苦不已,几次在医院里欲寻短见,都是前夫和家人悉心相劝,循循开导,想方设法减轻她的心理负担,时常用外面发生的奇闻趣事,逗她开心。朱力为让时凤的身体早日康复不留后遗症,就趁着夜色,晚上到市效的小河旦为她逮鱼捉鳖,滋补身子;已经4岁的小奥奥,或许是天然的亲缘关系,尽管与母亲很长时间没有相处,但一到母亲病床前,"妈妈"叫得又甜又欢。时凤看到前夫和儿子如此这般,心中时常涌起阵阵暖流,眼里噙满幸福和羞愧交织的泪花。

2009年3月2日,经过医方同意,时凤将出院回家休养。那日,接她回家的亲朋好友特别多,朱力一手抱着可爱的奥奥,一手小心地搀扶着时凤。而他们一家的身后,是一双双祝福的目光……

4. 风流老总命丧"三角恋"

金屋藏娇：漂亮女会计受到上司青睐

在一家私营企业的招聘摊位前，20 岁的赵芬芳将自己的简历递了过去，想应聘会计职位。没想到，这家企业的老总看到她后，眼睛一亮，将她上下打量了几眼，又问了她几个简单的问题，当场就拍板录用了她。而且给她开出了 1000 元的月薪，让她明天就到公司报到上班。那名老总叫曹新建，是晋城祥正园林公司总经理。第二天，当赵芬芳来报到时，曹新建早已在自己办公室的隔壁为她安排好了办公室。

曹新建虽然刚年届不惑，但在当地已是一个有名的私企老板。他老家在晋城阳城县农村，早年，因为家境贫困，初中毕业后辍学外出打工，先后当过煤矿矿工、安装公司的电焊工、装修公司的技术工人等。随后，他又与人合伙承包了一个小煤矿，赚了第一桶金后，他在晋城市注册成立了自己的公司。他的公司是晋城市第一家专门以山林、大型厂矿、生活小区的园景绿化为主的服务企业。成立后生意非常火爆，年营业额上千万元。事业有成的曹新建还有一个幸福的小家庭，他的妻子王国霞比他小两岁，大女儿曹亚捷 13 岁，在晋城一中上初中，二女儿曹芳 8 岁。在大女儿上初中后，王国霞就辞职回家操持家务。

但靠艰苦创业起家的曹新建，在事业有成后，他的心思却越来越不用在做生意上，目光常常盯着漂亮的女人打转。那天，在招聘会上第一眼看到赵芬芳，他就眼睛一亮。他觉得她很单纯，学历不高，急于找工作，在晋城也没有什么社会关系，给她一个工作的机会，她肯定会感激不尽。当然，更吸引他的，还是赵芬芳那靓丽的外表，她身材高挑，皮肤白皙，一双大眼睛多情明亮，浑身散发着青春魅力……

刚来到一个陌生的单位，赵芬芳对工作非常尽心。很会做人的她把有知遇之恩的曹新建，更当做了一棵可以依赖利用的"大树"。在工作之余，她频频出入曹新建的办公室，为他沏茶倒水，陪他聊天解闷。看着眼前老是晃来晃去的漂亮女下属，曹新建不禁想入非非。

为了笼络赵芬芳，在她刚来公司上班两个月后，曹新建就以她的工作岗位重要、特殊为由，把她的工资涨到2000元。得知她在城郊一个人租了一间简陋的民房居住，生活很不方便，曹新建还授意自己的司机赵四军找来一张修车的发票，他签字报销，让赵四军用这张发票报了25000元钱。然后，他让赵四军将这笔钱交给赵芬芳，让她在晋城阡陌小区租了一套家具齐全的楼房。在她入住的那天，曹新建还带着赵四军，为她买来被褥、微波炉等生活用品。

看到堂堂的总经理为自己忙着搬家跑腿，赵芬芳受宠若惊。晚上，曹新建提议说到外边吃饭，赵芬芳撒娇说："曹总，你为我忙了一天，你这样关心我，晚上就让我亲手为你炒两个菜感谢你吧，要不，人家心里真的过意不去……"曹新建哈哈大笑，开玩笑说："好，那我今天晚上就不走了，我要在你这里尝尝鲜。"司机赵四军会意，推说家里有事先走了。于是，装饰一新的房子里就剩下赵芬芳和曹新建两个人。

赵芬芳麻利地为曹新建炒了两个菜，又打开了一瓶葡萄酒，两人眉来眼去，你一杯我一杯地喝了起来。美酒伴佳人，几杯红酒下肚，曹新建就觉得自己再也把持不住，他一把将赵芬芳揽在怀里，赵芬芳扭捏了几下，就不再反抗。激情过后，见惯了风月的曹新建惊异地发现赵芬芳竟然还是个处女，他再次激动地把她揽在怀里："芳芳，我给不了你名分，不过我会好好待你的！你放心，以后你什么都会有的，我要给你买车，还要给你买别墅，哈哈，只要你提出来，哪怕是要我的命，我也会像摘星星一样摘给你的！"

有了第一次之后，曹新建就把赵芬芳视为自己"金屋藏娇"的情人。男欢女爱的开始都是令人狂喜心跳的，而随着时间的流逝渐渐归于平淡时，很多问题和矛盾凸显出来。

暗度陈仓：心腹司机爱上老板情人

曹新建脾气很暴躁，性格也很霸道，平时在员工面前说一不二，即使对赵芬芳也是如此。一次，曹新建叮嘱赵芬芳往一个客户的账户上打一笔款，赵芬芳因为疏忽，打款晚了几天，结果因为违约，曹新建公司向对方多支付了1000多元的滞纳金。曹新建为此大怒，专门召集公司的几个副总开会，将赵芬芳一顿训斥,并声称按照规定,要从她工资里扣钱赔偿公司的损失。看到曹新建这样对待自己,赵芬芳赌气甩手离去,几天也不来上班。

2005年8月的一天,曹新建到太原出差,为了缓和一下和赵芬芳的关系,他让司机赵四军回晋城接赵芬芳,想让赵芬芳来太原陪陪自己。但赵芬芳还是赌气不理他。赵四军无奈,只好回去复命,哪知曹新建却迁怒于赵四军,大骂:"你连这点事都办不了?她说不来你就乖乖回来了?你不会想想办法?再回去接她,如果接不来她你也别干了!"被老板训得灰头土脸的赵四军无奈,只好怏怏不乐再次返回晋城去接赵芬芳。这次,赵四军给赵芬芳说了好多好话,几乎在哀求她,还撒谎说曹新建怕她在家里憋闷坏了,要带她到平遥古城和五台山去玩。赵芬芳这才回心转意,坐上赵四军的车去了太原。

24岁的赵四军,原是山西省泽州县周村镇东坡小区的农民,两年前经熟人介绍,给曹新建做了专职司机。刚开始,他开着价值百万的奥迪A8轿车,威风凛凛的,然而,时间不长,这位贴心司机就掂量出做人的不易。曹新建不仅脾气暴躁,而且对身边的人很抠门。赵四军付出了很多,却在老板那里得不到多少实惠,工资每月仅有800元。这次仅仅因为没有接来赵芬芳,曹新建就黑着脸将自己一顿训斥,赵四军心里憋着一肚子的怨气。

在将赵芬芳送到曹新建住的太原市怀远宾馆后,赵四军暧昧地对她努努嘴说:"去吧,曹总在308房间等着你呢,你可要把他伺候好了,要不他不高兴又要骂人呢……"赵芬芳红着脸走上楼去。赵四军心里很不是滋味地在大堂里候命。但一个多小时后,赵四军却发现曹新建和赵芬芳二人一个黑着脸,一个脸上挂着泪走了下来。看见赵四军,曹新建将他拉到一边又没好气地训斥他道:"你他妈的给芬芳说什么了?谁说我要带她去五台山玩了?你是老板还是我是老板?我哪有时间带她出去玩?以后说话有点谱。"

原来,赵芬芳兴冲冲地来到曹新建住的房间后,发现曹新建穿着睡衣在等着她。"芳芳,快过来!想死我了!"看到赵芬芳,曹新建眼里喷着欲火,一把将她抱到床上。那日,赵芬芳身上正来着例假,但为了哄曹新建高兴,她还是满足了他的欲望。激情过后,曹新建惬意地躺在床上。赵芬芳依偎在他身边,说:"你不是要带我到五台山玩吗?那我们明天一早就去吧。

我想到那里问个卦,看我们的事将来有个什么结果。"曹新建推说自己有事拒绝了。"原来你让我来就是陪你发泄的?你以为我是小姐?你太不拿我当回事了。"赵芬芳当即大怒,她于是穿衣下楼,曹新建只好让赵四军把她送走。

再次被老板斥骂的赵四军,一路上,心情很郁闷。不知道为什么,从第一次见到赵芬芳,他在心里就喜欢上了她。每次送曹新建到赵芬芳那里约会,他的心里都酸酸的。赵四军看了一眼漂亮的赵芬芳,轻轻地叹了一口气,哼了一句歌词:"有的事不必当真,有的人不必等待!"赵芬芳听了,突然问:"你是老板身边的大红人,曹新建和你说我什么了没有?"赵四军苦笑着说:"曹新建和他老婆关系好得很,你和他将来肯定没有什么结果。再说,曹新建在外边也不是就你这一个女人……我很反感曹新建这样的人,如果是我,我绝不会像他那样做人。"听到赵四军这么说,赵芬芳很感动。赵四军身材高大,长得浓眉大眼,虎虎有生气,在和他的频频接触中,赵芬芳对他颇有好感。

那几天,曹新建一直在太原出差,寂寞无聊的赵芬芳几天后给赵四军打电话说:"军哥,我心情不好,你带着我到附近玩玩吧。"赵四军高兴地答应了,开着车带着她上了高速公路,沿着石太高速一路来到附近的娘子关旅游区游玩。沿着曲折的山路,两人在山野间尽情地游玩了一下午。晚上回到太原,在一个小酒馆,赵芬芳主动要了一瓶高度汾酒,说是要犒劳一下赵四军。赵芬芳倒了半杯白酒,对赵四军说:"军哥,我觉得我和曹新建在一起,还不如和你在一起快乐,以后有空,你要多陪陪我。"说着,将那半杯白酒一饮而尽。

将赵芬芳送回出租屋后,不胜酒力的赵芬芳一进屋子就吐得一塌糊涂,将衣服都吐脏了,然后倒在床上。赵四军将她的呕吐物清理干净后,看到她还穿着脏衣服在睡觉,他犹豫了一下,又将她的衣服脱下来放在卫生间。当他看到只穿着胸罩和内裤的赵芬芳躺在床上那惹火的身材时,赵四军再也控制不住自己,醉意懵懂的两人于是有了"第一次亲密接触"。

情敌"搅局":龃龉"三角恋"危机四伏

以后的日子,赵四军和赵芬芳走得更近了。每次曹新建出差去外地,赵四军就迫不及待地和赵芬芳相聚在一起。2005年10月,刚从外地出差回到晋城的曹新建,让赵四军开车拉着他和赵芬芳在市区兜风。多日不见赵芬芳,曹新建迫不及待地在车上抱着赵芬芳亲热,还解开她的衣服伸手乱摸。从后视镜里看到曹新建抱着赵芬芳亲热的赵四军,脸色铁青。他故意来了一个急刹车,由于惯性,曹新建的头被碰得肿起一个大包。曹新建强忍怒火,只是把他训斥了几句,让他以后开车小心点。赵四军表面上唯唯诺诺,但心里还是恨恨的。

2006年元旦,曹新建喝酒多了,让赵四军开车送他去赵芬芳的出租屋。一想到曹新建又要和自己的"女朋友"在一起亲热,赵四军心里就很不是滋味。在曹新建兴冲冲地上楼去了赵芬芳的房间后,急得抓耳挠腮的赵四军忽然想出个主意。他买了个新手机卡,给曹新建的老婆王国霞发了个短信,说曹国庆这时正和情人约会,让她来捉奸。然后,他又给110打电话,举报说在出租屋有人卖淫嫖娼。干完这一切,他躲在车里等着"看戏"。

接到报警,一辆警车驶来后,几个警察上楼敲门。没一会儿,一脸晦气的曹新建和惊慌失措的赵芬芳就被带下楼,那几名警察让他们到派出所接受讯问。紧接着,曹新建的老婆也带着亲戚赶到,看到被警察带出来的曹新建和赵芬芳,王国霞明白了眼前的一切,她又哭又闹地上前揪打曹新建和赵芬芳。最后,曹新建在派出所向老婆写了保证,保证和赵芬芳断绝关系并将她辞退,一场风波才算平息下来。事后,曹新建非常恼火,他怀疑是赵四军搞的鬼,但赵四军指天发誓,说自己对曹新建忠心耿耿,绝对不会出卖他。曹新建将信将疑,只好不了了之。

"捉奸"风波之后,曹新建和赵芬芳的暧昧关系在单位人尽皆知。赵芬芳每天到单位上班,都如芒刺在背,她向曹新建提出,想让他给自己一笔钱,资助自己去上学,他们之间的事情也就此了断,但曹新建支支吾吾,并求她不要离开自己。而对于和赵四军的感情,她觉得赵四军不过是个穷司机,也不是自己要找的理想的男朋友。

2006年春节前夕,公司给员工发放福利后就开始放假。赵芬芳整理完账目,也准备回家过年。这时,曹新建将她叫到办公室,拿出厚厚一叠钱交给她,说这是8万元现金,让她先收着。赵芬芳心中暗喜,以为是曹新建给自己的"过节费"。哪知,曹新建随后却说:"这钱不是给你的,你把这笔钱走个账,然后交给公司的孙总,这是公司过年后的公关费。就这样吧,公司没事的话你就可以回家过年了!"赵芬芳失望至极,对曹新建怨恨不已。

拿到这笔钱,赵芬芳决定离开曹新建。2007年春节过后,公司开始上班,曹新建发现赵芬芳没有来上班,打她的手机也关机。赵芬芳已不知去向。赵芬芳"卷款潜逃",让曹新建坐立难安。但不久,通过一家私人侦探公司,他就找到了化名杨燕的赵芬芳在太原的行踪。

2006年4月1日上午10点多钟,刚在太原一家酒店做收银员的赵芬芳正在吧台上班,突然看到曹新建和司机赵四军出现在她的面前。"芳芳,你好大胆啊!你知道这是什么行为吗?你已经犯了罪,你相信吗,只要我一报警,就可以让你进监狱!"看她被吓住了,曹新建向赵芬芳保证:一是侵占的资金只归还一半,其余的由他补上,不再声张。二是只要赵芬芳继续和他相好,一年后,由公司出资,保送赵芬芳到财经学院深造,一切费用公司全报。

4月2日早,赵芬芳听信曹的劝说,辞了酒店的工作,坐上曹新建的车回了晋城。回到公司,在曹新建的威逼下,赵芬芳悄悄归还了公司4万元钱,依旧在会计室上班。这次回来上班后,赵四军也埋怨赵芬芳说:"芳芳,你为什么撇下我?我们要永远在一起。"赵芬芳也哭着说:"我离开这里也是为了你好,假如有一天,我俩相好的事让曹新建发现,那可怎么办?他肯定会找人收拾我们。"赵四军冷冷地说:"我不怕他,到时,我们就给他挑明了,他不能把我们怎么样。他敢打你我就和他拼命!"

色令智昏:千万富翁命丧情人和司机之手

被迫又重新回到曹新建身边后,时间不长,赵芬芳又跌入痛苦哀怨中。曹新建依旧为生意奔忙,一个月也很难有几天和她在一起。而经常和赵四军在一起,她的心里又感到很惶恐,生怕被曹新建知道不好收场。

一次,曹新建酒后又让赵四军送他到赵芬芳那里。一个小时后,曹新建哼着小曲出来,还拍着赵四军的肩膀说:"老弟,赵芬芳这个小娘们,你给我盯紧点,等哪天我玩腻了,我就把她送给你玩玩。"听到曹新建这么说,赵四军恨得咬牙切齿。

2006年9月21日,赵四军偷偷带着赵芬芳去山上兜风,谁知在下山的时候,不小心和一个拖拉机相撞。经事故鉴定,修理费需要1万多元,敏感的曹新建事后调查知道真相后恼羞成怒,他当着公司员工的面,破口大骂赵四军一通:"公司一个钱子儿也不会出,必须从你们两个人的工资中扣除,什么时候钱还完,你就给我卷铺盖滚蛋!"

曹新建还扬言如果查出赵四军和赵芬芳的关系不清白,就请人废了赵四军。他想让赵四军再干一段时间,把他的钱扣够后再打发他。事后,赵芬芳私下找曹理论,曹新建虎着脸说:"这是公司的规定,你还有脸来说这事情!我告诉你吧,你保送上大学深造的事,别再做白日梦了!"曹新建不再承诺保送她上大学深造,把她唯一借此高飞的梦击了个粉碎。她万分痛苦,于是找到赵四军大倒苦水说:"我感觉他对我们的事情有了察觉,不然不会这么无情的呀!"赵四军痛骂道:"哼,你等着吧,逮着机会老子一定扒了他的皮!"

2006年11月中旬,一个月后,赵芬芳觉得自己的身体不舒服,去医院一检查,才发现自己已经怀孕了。她急忙找到赵四军,把自己怀孕的事告诉了他,并说怀的是他的孩子。赵四军对赵芬芳的说法将信将疑。赵芬芳急切地说:"傻子,我怀的是你的孩子没错,我这段时间和曹新建在一起的时间只有那么几次,而且每次和他做爱时我都是安全期,曹新建去我那里的时间你都知道,一算就能算出来。这孩子肯定是你的,你说怎么办?"听到赵芬芳说的在理,赵四军很高兴,他抱起赵芬芳说:"那还不好办?既然是我的孩子,那我们就生下来,过几天我就找曹新建辞职,将来我们一起走。你和我到太原去,我们在那里打工过日子……"

但赵芬芳却不同意赵四军的说法:"我就这样走太便宜曹新建了,我怀孕了正好是个机会,我就说孩子是他的,逼他兑现他的承诺,让他出钱把我送到山西财经大学的会计班去深造。他要不答应,我就把孩子生下来,反正,孩子将来我们都要生下来……"听到赵芬芳这么说,赵四军想了想点头同意。

几天后,赵芬芳找到曹新建,将自己怀孕的事和想上学的想法告诉了曹新建。但曹新建却扔给她一千元钱,冷冷地对她说:"如果你想生下来,我也不反对,反正我正缺个儿子,就算你把孩子生下来,我老婆也不能把我怎样,你自己决定吧。如果不想生就把孩子做掉,你用这个威胁我不管用……"

2006年12月26日,在外地出差回来的曹新建给赵芬芳打电话,让她通知公司的孙总,一起和赵四军到郑州机场接他,然后顺道到焦作谈点生意。听说曹新建要回来,正悄悄享受情人生活的赵芬芳和赵四军,显得很沮丧。赵四军抱着赵芬芳长叹一声说:"唉!我们什么时候能快乐无忧地生活在一起呀?这次曹新建回来干脆我们就一起辞职走人吧。"赵芬芳点头同意。

那天,赵四军开车带着赵芬芳和公司的孙总三人一起去郑州机场接从海南出差回来的曹新建时,因为雾很大,焦郑高速公路封了路,三人只好半道返回晋城。而在下午下了飞机后的曹新建,只好坐大巴转道焦作,让赵芬芳和赵四军再到焦作接他。夜里12点左右,赵四军和赵芬芳在焦作长途汽车站接到了满脸倦容的曹新建。看着他阴沉着脸很难看,赵芬芳和赵四军互递着眼色一句话也没敢说。

12月27日凌晨1点左右,赵四军因为犯困注意力不集中,在一个路口,和一辆突然从侧面驶来的出租车擦了一下,曹新建催促:"快走,快走,不要停车,小心被当地人缠上!"赵四军加大马力飞奔起来。

驶出了一段路后,到了郊外的曹新建看到后面没有追车,就喊:"停下来!停下来!"车刚在路边停稳,曹新建就推开车门钻出来,心疼地查看撞损的情况。看到贵重名车的前沿被撞得凹了进去,需要大修的时候,曹新建更是暴跳如雷。他忍不住对赵四军打骂道:"你这个狗东西,看把我的车撞成什么样了?把你的狗命搭上也赔不起!我看你是故意捣乱……"赵芬芳上前劝解,哪知,曹新建火气更大。他又一脚踹在赵芬芳肚子上,赵芬芳惨叫一声捂着肚子蹲在路边。赵芬芳忍着疼痛,冲着赵四军高喊:"军哥,救命啊!我肚子里可是你的孩子……"

赵四军血往上直涌,大吼一声,冲上去将曹新建摔倒在地,抬脚往他的背上猛踹。积怨在心的赵四军打红了眼,大骂道:"姓曹的,你以为你是个什么东西?告诉你,芳芳肚子里的孩子就是我的,我们早就好上了,你能怎样?今天不是你死就是我活!"

闻听此言,曹新建也红了眼。他大喊一声跳起来和赵四军拼命。两人扭打着翻滚到路边的水沟里。眼看着曹新建要占上风,赵四军对着在一边不知所措的赵芬芳大喊:"还不过来帮忙!"看傻了眼的赵芬芳,对曹新建满肚子的委屈和不满，一下子涌上心头，她咬紧牙关从地上抱起一块石头，往曹的头上砸了两三下，曹疼得乱喊乱叫，赵芬芳手一软，石头滑掉在地。赵四军拾起来，发疯似的朝曹新建头上一顿乱砸……看到曹新建血肉模糊，躺在地上哼哼着。清醒过来的赵四军，忙拉起惊恐万状的赵芬芳，将曹新建抛在那儿，两人开车向晋城的方向逃窜。

凌晨3点，二人逃回赵芬芳的老家山西晋城沁水县端氏镇，向赵芬芳的姐姐借了一万元钱，然后，将曹新建的车存放在沁水宾馆，两人犹如惊弓之鸟，连夜逃往太原，随后，惶惶不安的他们一路又到山西长治、运城等城市逃亡躲避。逃亡的日子，因为担惊害怕，两人整天东躲西藏，唉声叹气，完全没有了往日的浪漫。赵芬芳埋怨赵四军太鲁莽，赵四军讥讽赵芬芳旧情未了，对曹还心存感念。两个人围绕对曹新建"过火"的举动开始相互指责。

案发后三小时，邻近案发现场的焦作压缩板厂的工人董长怀等人在下班后发现了血肉模糊的曹新建躺在水沟里，马上打电话报警。接警后，焦作市公安局解放分局的民警迅速赶到现场。经勘查鉴定，曹新建因为被钝器击打头部，颅脑受损严重，已经死亡。在曹新建的身上，焦作警方发现了曹新建的身份证，于是马上与晋城警方联系。很快，赵芬芳和赵四军就被锁定为犯罪嫌疑人，被警方通缉。

一周后，两人从朋友口中获悉，曹新建已经在案发现场死亡，两人吓得惊慌失措，走投无路。在双方父母的多次催促劝说下，2007年1月10日，两人双双到赵四军的老家、晋城市泽州公安局投案自首。随后，两人被移交给案发地焦作警方收押。

2007年5月20日，焦作市中级人民法院开庭审理了此案。焦作市中级人民检察院以故意杀人罪对二人提出指控。在法庭上，赵四军和赵芬芳均为自己辩护说，他们并非故意杀人，当时只是一时冲动才动手打了曹新建，没想到却将他置于死地，请求法庭能从轻处理。赵芬芳被羁押后，监狱对她进行了例行的检查，发现她已怀孕，但她坚持不做流产处理。在法庭上，已怀孕7个月左右的赵芬芳又改口说，她肚子里的孩子可能是曹新建的，如果曹新建的家人能原谅她，法院给她条生路，她愿意把孩子生下好好抚养成人，以此来向曹新建赎罪。而赵四军在法庭上听赵芬芳说她怀的孩子不是自己的，对她再也没有了往日的保护意识，推诿说曹新建死因的致命伤是赵芬芳造成的。

前来参加旁听的曹新建父母和他的妻子,还有赵芬芳和赵四军的双亲,无不痛哭叹息。曹新建的妻子王国霞说,曹新建对赵芬芳只是逢场作戏,她多次苦劝过曹新建,让他断绝和赵芬芳的关系并将她辞退,但曹新建根本不听,结果酿成大祸。对于赵四军的所作所为,她感到更不可思议。在她的印象中,赵四军是个为人很老实,干工作很尽心的小伙子,她没有想到赵四军竟然和赵芬芳偷偷搞在一起,最后还一时冲动打死老板,真是色令智昏!曹新建公司的员工则说,曹新建对工作很认真,对手下的员工要求很严,是个很称职的老总。但他脾气暴躁,经常对手下的员工斥骂甚至动手。他和赵芬芳的关系,在公司尽人皆知。但赵四军和赵芬芳的暧昧关系,他们并不清楚。谁都没有想到,他们三人之间这种"玩火"的感情游戏最终会酿成悲剧。

2007年7月12日,焦作市中级人民法院对此案作出一审判决,认定赵四军犯故意杀人罪,对打死曹新建负主要责任,判处赵四军死刑,缓期二年执行;赵芬芳犯故意杀人罪,判处有期徒刑15年;二人共同赔偿曹新建的父母等人经济损失13万余元。

5. 局长遭遇干女儿"逼宫"

色迷心窍：局长诱干女儿做"二奶"

2000年，17岁的辛倪云终于在河南博爱县某大药店上班了。辛倪云半年前毕业于开封医药大专学校，这份工作是因为干爹才谋得的。

辛倪云的父亲辛道干原是机关干部，母亲在邻近的温县一个部门工作。1995年，辛道干下海经商，是温县医疗器材销售经营部的老板。之后，儿子加入其中。短短几年，日子过得有滋有味。其实，家人并不指望女儿辛倪云求职挣钱。辛倪云聪明漂亮，从小受着家人宠爱，她梦想有一个体面的工作。时年42岁的辛道干四处找朋友帮忙给女儿找工作。然而，5个月过去了，找不到为女儿求职助一臂之力的人，辛道干自感很惭愧。

一天，辛道干突然想起，一个朋友与在博爱县一个机关当局长的赵峰军关系很铁。他带着女儿赶到博爱县城，约来朋友和赵峰军吃饭席间，赵峰军询问了辛倪云的情况，还不时地给她夹菜，最后，答应为她的工作"想想办法"。

随后，辛道干带着女儿数次造访赵局长家，与赵峰军的距离拉近了许多。2000年11月20日，赵峰军说，他用了一个内部指标，辛倪云的工作已经安排妥当了。得到消息的辛倪云非常兴奋。辛道干拿出一枚价值3000多元的戒指执意要送给赵峰军，赵峰军一下拉下脸来："老辛，你这样不是想让老弟在官场栽跟头吗？我肯帮你，是被你为女儿的一番苦心打动……"

第二天，辛道干一家人又请赵局长吃饭。席间，看到赵局长以长辈般的语气点拨着辛倪云，辛倪云并不拘束，认真地听着，还不时和他交流着。辛道干冒出一句话："赵局长，你对我女儿有恩，她年龄小，以后她一个人在博爱，还少不了您的操心，要不，让辛倪云做你的干女儿吧？"话一出，辛道干感到有些冒昧和不妥。不料，赵峰军竟一口应承下来。

过了几日，赵峰军在一家饭店摆了一桌宴席，邀请辛倪云一家参加。要正式认下这门"干亲"。辛倪云亲昵地叫了一声"干爹",赵峰军笑着答应了。赵局长没有架子,诚恳待人,是个讲交情的好人!回到家,辛道干和妻子很高兴。和赵局长攀上亲,女儿有个靠山,将来一定有一个很踏实的未来。

时隔半月,辛倪云正式到大药店上班,该药店在距县城8公里外的镇上。那天,赵峰军用车把辛倪云送到工作的地点。途中,觉出辛倪云有失落感,赵峰军忙安慰说,这只是个过渡,等以后有机会再将她调到事业单位。辛倪云的眉眼这才舒展了。

此后,赵峰军经常给辛倪云打电话,嘘寒问暖,关心备至;有时借视察工作,给辛倪云带来好多杂志,还请辛倪云吃饭。

一天,辛倪云因为业务不熟,给顾客拿错了药,顾客回头找来,骂她差点误人性命,弄得辛倪云当场哭了起来。第二天,赵峰军专门赶来,对辛倪云好一番安慰。看到局长这样照顾干女儿,这以后,大家都给辛倪云以宽松和方便,干爹给辛倪云挣足了面子。

辛倪云感受着赵峰军父爱般的关照,时间长了,她一声声地叫着干爹已经不觉得别扭了。单纯的她在赵峰军面前流露出天真、率性的一面,有时赵峰军去她宿舍看望她时,辛倪云就帮他按摩,甚至还做出亲昵的动作。赵峰军被辛倪云相拥的时候,也不断触摸着辛倪云青春的身体,目光中有着辛倪云看不明白的东西。

2001年的一天,辛倪云接到赵峰军的电话,让她到县城来办点公事。上午11点,赵峰军把辛倪云接到城东一家饭店,踏进房间,辛倪云看到桌子上放着一个大蛋糕。"宝贝,记得今天是什么日子?"辛倪云被赵峰军一问,才想起今天是自己18岁的生日!辛倪云满含热泪,感激地扑进干爹怀里,像对待父亲一样在他脸上亲了几下。赵峰军感到全身麻酥酥的,难以自持,他就势将她压在身下,疯狂地亲吻她。辛倪云先是惊愕、挣扎、迟疑,继而便迎了上去……不谙世事的辛倪云就这样把处女之身给了赵峰军。

离开的时候,赵峰军突然用哀伤的语气对辛倪云说:"对不起,我既是你的干爹,更是最爱你的一个男人,我太冲动了!不知你能不能原谅我?"单纯的辛倪云一时不知所措,她想不到,赵峰军早对她动了心思。

赵峰军时年35岁,1988年他与县上的女干部耿丽鹃结婚,婚后生育一女一子。妻子耿丽鹃为人低调，贤惠善良。1995年，赵峰军因为工作出色，先被任命为副经理，一年后被任命为局长。一晃5年过去了，在外人眼中，赵峰军和妻子依然幸福和睦，但他却感到生活缺少了激情，每天过得索然无味……就在这时，辛倪云送上门来了。

见到粉面含春、高挑丰满的辛倪云，一直洁身自好、不近女色的赵峰军不知为何，辛倪云动人的身影在他大脑里挥之不去。在一种莫名的复杂的心情中，赵峰军应允给辛倪云安排工作。辛道干让女儿认他做干爹，赵峰军明白，辛道干的用意是想和自己攀关系。而有了干爹这层关系，自己和辛倪云的接触就更加名正言顺了，他便一口应承下来。赵峰军将辛倪云安排到离县城不远的镇上，为的是让她与自己的生活区域保持距离……

赵峰军越来越喜欢这个青春逼人的干女儿，尤其是辛倪云对他做出表达爱戴的亲昵举动时，全身的触电感让他想入非非。有时，赵峰军自责自己：辛倪云是自己的干女儿，自己怎能对干女儿动歪心思？但脆弱的理智怎能抵挡奔涌的原始冲动？赵峰军看出辛倪云像一张白纸般纯洁，从没有和亲人以外的异性有过甚密接触，处于情感依赖期，一番衡权，便决定对辛倪云发动"攻势"，并轻松地"猎获"了辛倪云。

不谙世事："二奶"跌入畸爱泥沼

然而，自那以后的几天里，赵峰军没有再和辛倪云联系，他处在一种惊恐中，作为有妻有小的局长，他觉得一种潜在的危险正在向他逼近：万一辛倪云把这事告诉她父母该怎么办？她父母告他诱奸女儿，那将是多大的"地震"？

4天后，辛倪云给赵峰军打来电话："你……你是我的初恋！我不后悔自己的选择……"辛倪云第一次没有称他"干爹"，由忧变喜的赵峰军按住胸口长长地吐了一口气。当天中午，他约来辛倪云在一家宾馆开了房间……

曾以干爹为荣，喜欢用撒娇化解他的威严感，没想到干爹又变成了自己生命中的第一个男人！不伦畸爱让不谙世事的辛倪云陷入到莫名的情愫中难以割舍。

两情相悦时，赵峰军试探着对辛倪云说："你是唯一让我找回失去时光的女孩,但我只能给你爱,却无法给你世俗的夫妻名分啊!"这个大她18岁的男人,透着成熟风度和不凡的气质,给了辛倪云父爱般的关怀,更让她感受到新的幸福和甜蜜,充当一个让他爱的女人是痴情少女的向往。单纯的辛倪云搂着他的脖子,真诚地说:"我不会破坏你的家庭的,你真心对我比什么都重要,我爱你与别人无关……"

赵峰军虽摸透了辛倪云幼稚的心理,但对她的爱情宣言还是大为惊讶。抚摸着诱人的少女胴体,他坦陈心迹:"你给了我纯真的爱,我绝不会亏待你……"

2002年10月,辛倪云突然给父亲打电话,说自己考虑再三,准备辞职在博爱县开一家兽药店。辛道干大吃一惊:女儿平时不缺钱花,享受惯了,怎么生出这个念头?女儿坚持己见,辛道干忙让赵峰军也帮着劝一劝。但赵峰军却说:辛倪云创业的想法值得鼓励,让她试试没什么坏处,不能用单一的路子束缚她,再说,有他在后面关照,不怕没生意……

几天后,辛倪云辞了职,用父母给的3万元,连同赵峰军给的4万元,在县汽车站附近开了一家"牧民"兽药店。果然,有赵峰军的暗中关照,开业仅3个月,纯利润就有了一万元。辛倪云很兴奋,执意让赵峰军保管,说以后店里挣的钱是两人的"爱情基金"。

半年后,辛倪云招了两名比自己年龄大的女孩站柜台,自己成了很有优越感的小老板。听着辛倪云父亲感激的话,赵峰军不由自主地冒出虚汗。因为在手下单位找辛倪云,时间长了,总会被人看出"破绽",谨言慎行的赵峰军为了方便与辛倪云幽会,才劝她辞职开兽药店。辛倪云领会了他的意图,欣然同意。

把干女儿转化成"二奶",每次和辛倪云幽会,感受着辛倪云的青春和激情,赵峰军感觉时间过得飞快。忘情时,赵峰军打算欺骗妻子,想和辛倪云过夜,反倒是辛倪云坚决催促他早点回家。她说,不想占用属于他妻子的时间,只要两人在私密的空间里平安无事相处就知足了。"二奶逼宫",是多少风情男人的"滑铁卢"?但赵峰军没有此患,他庆幸自己运气太好了。

然而,2005年4月,赵峰军有情人的事终于被周围一些明眼人看出来了。一时间,有关他的"桃色"新闻开始在外传播。

一天早上,两个孩子刚出门上学,妻子耿丽鹍把赵峰军拦在家里,流着眼泪叹息说:"我感觉你的身心不在我身上了,你是不是嫌我老了?孩子大了,你要注意影响,别忘记了,我们是从苦日子里奋斗出来的,你更是国家干部,要注意影响啊……"心虚的赵峰军不敢看妻子的眼睛:"别胡说,我没有做对不起你的事。"

许多天,赵峰军断绝了与辛倪云的联系,令辛倪云满腹狐疑。一天,辛倪云接到耿丽鹃打来的电话,邀她到一家僻静的饭店坐坐,辛倪云有了一种预感,她吓得躲了起来,爽约了。为排遣漫无边际的孤独和苦闷,辛倪云学会了抽烟喝酒。

一个多月后的一天,赵峰军终于给辛倪云打来情意绵绵的电话。

之前的日子里,赵峰军给妻子又是解释,又是赔罪,妻子好像化解了心中的疑块,但晚上却辗转反侧,赵峰军感到很愧疚。妻子是大家公认的贤妻良母,是自己事业上的功臣。赵峰军痛悔自己身心出轨,并且想从此和辛倪云一刀两断。那些天,赵峰军按时回家,做家务,辅导儿子学习,设法讨妻子欢心。但妻子刚到郑州去开会,他又情不自禁地与辛倪云重续畸爱……

一天,参加了中考的女儿赵倩问赵峰军:"妈妈为什么常一个人呆坐着,有时还掩面抹泪?是不是你对妈妈不好了?"赵峰军脸上挂不住……

2005年8月,耿丽鹃突然费尽心思把女儿送到天津市一家寄宿中学去上学。心里有鬼的赵峰军明白妻子的用意,女儿懂事了,她不想让搁浅的夫妻感情影响到女儿。

2006年4月,赵峰军调往焦作上级机关,任大队长,属于局领导成员。调整到新领导岗位,赵峰军工作热情倍增。他知道,自己是组织培养和提拔的重点了,将来一定会有美好的仕途前景。赵峰军在新华街买了一套三室一厅的房子,13岁的儿子转学到市中学。迁家市里,妻子每天还要到15公里外的县里上班。赵峰军对妻子一阵好哄,生活终于和睦起来。

2006年5月,耿丽鹃在家里洗衣服,无意间从丈夫衣兜里发现了一张房屋租赁协议,租者是辛倪云,在焦作市工业路科艺家园18号楼一次性交了2万元,租了期限为3年的两室一厅房子。耿丽鹃回到博爱县,发现辛倪云的药店已经转让给了别人。

一天准备出门的辛倪云一打开租屋门,猛见耿丽鹃现身眼前。耿丽鹃直奔屋内,看到一应俱全的温馨布置,表情很是难看。心惊肉跳的辛倪云硬着头皮做好了面对暴风骤雨的准备。但耿丽鹃努力让自己平静下来,以居高临下的姿态,和她谈人生,拉家常:"我们难得见上一面,你现在是大姑娘了,做人什么是美什么是丑,你该清楚了……以后的路长着呢,千万不要做害人害己的事啊!"

做贼心虚的辛倪云恨不得找个地缝钻进去,但她极力掩饰:"干妈,你误会了,我没有做对不起你的事。干爹是个顾家的好人,你要相信他。"耿丽鹃仍不正面交锋:"这年头,即使男女的正常交往也会有人往那里想,你不能再添乱了……"

辛倪云急忙把这一切告诉赵峰军。妻子偷偷找到他和辛倪云的"爱巢",让赵峰军大吃一惊。

一天,辛倪云的母亲胡慧接到一个匿名电话,听说女儿做了赵峰军的情人,几乎要昏厥过去。"难道是我把女儿误送狼口?难道是我看错了人?"她后悔地捶打着自己……

辛倪云被叫回家,母亲不由分说给了她几个耳光。辛倪云没有受过委屈,在断绝父母关系的相逼下,她倔强地不说出自己和赵峰军的实情。

"我没有你这个丢人现眼的女儿,你滚吧!"母亲含泪说出了最绝情的话……

摔门离家的辛倪云情绪坏到了极点,她从药店买来两盒氯丙嗪针剂,想让自己长睡不醒,但几次都下不了决心。

同年7月,辛倪云"逃"到北京。一个月"散心"下来,她花光了身上的钱,她到西城区几家医疗机构应聘,但因学历不高,屡吃闭门羹。后来,她到一家药店打工。干了一个月,实在受不了那份苦,就辞职了。离开了赵峰军,漂泊在外的辛倪云仿佛被掏空了,一副魂不守舍的样子。

挽救婚姻:逼劝"情敌"招来杀身之祸

2006年10月,辛倪云悄悄回到焦作市。她扑到前来接站的赵峰军怀里:"亲爱的,我哪里也不去了,我只想无条件地跟你在一起,难道连做你'情人'的资格都没有了吗?"面对这个不顾一切后果的和自己相处了5年的多情女子,赵峰军深感震撼,内心有说不出的复杂。

同年11月,赵峰军对妻子说在郑州办事赶不回来了,然后就关了手机,当晚留宿辛倪云的住处。

第二天早上,赵峰军从楼上走下来,耿丽鹃从一旁闪了出来。赵峰军无言以对。耿丽鹃气得直哆嗦,她没有吵闹,转身而去。

"老婆,你骂我打我吧!是我一时糊涂才做了错事啊!我知道你受了天大的委屈,我真不是个男人,求求你原谅我吧!"回到家,赵峰军跪在哭泣不止的妻子面前苦苦求饶……

没有家庭风暴,但那种凄寂的气氛令人窒息。短短几天,妻子消瘦了许多,显得异常憔悴。妻子显然照顾着赵峰军的脸面和尊严。赵峰军怕自己因此身败名裂,决定从辛倪云那里慢慢抽身。

11月4日,赵峰军装出一副快要崩溃了的样子,抱着辛倪云失声痛哭:"我的心是属于你的,但组织上一旦知道我们的关系,我的一切就完了。我不知道现在该怎么对你?"辛倪云生出一丝恻隐,答应减少和他的联系,让他一心工作。

不和丈夫正面冲突,但耿丽鹃开始给辛倪云施压,她不断到辛倪云那里"拉家常"。耿丽鹃在楼下守候辛倪云,辛倪云像避瘟神一样不敢回去。

从2006年12月1日起,接连三天,耿丽鹃把辛倪云堵在家中,辛倪云简直要疯了。耿丽鹃不急不慢地说:"我要你离开赵峰军!不然,我就到你母亲单位公开你的丑事,让你母亲跟着你丢人……"辛倪云无地自容地站在那里,泪水在眼眶里打转转……耿丽鹃刚走,辛倪云就把电话打给赵峰军,电话那头只是"唉——"的一声无奈叹息。

2006年12月11日,赵峰军赴深圳参加培训,耿丽鹃想尽快拔掉夹在她与丈夫之间的"楔子",她又来找辛倪云。

"干妈,你别再折磨我了,究竟要我怎样你才满意?"辛倪云不堪其扰,忍无可忍。耿丽鹃阴沉着脸:"我要你赶快离开焦作!"辛倪云迎着话题问:"除此再没有别的解决办法吗?""是的,你不在这个城市,我就不会心烦,我们家才能安宁。你必须尽快离开!"耿丽鹃话冷如铁,不容商量。

辛倪云蓦然生出一种说不出的仇恨,半小时的沉默后,辛倪云开了口:"好吧,我答应你,三天后,我就离开焦作……"

2006年12月13日上午,耿丽鹃面对面"监督"辛倪云兑现承诺。"干妈,下午我就离开焦作,请你消消气,答应我,中午我们吃最后一餐饭吧。"

耿丽鹃松了一口气,答应了情敌的要求。

辛倪云倒了两杯白酒,将一杯端给了耿丽鹃。也许是看在辛倪云"表现"还好的分上,清除了心头之患的耿丽鹃平生第一次喝白酒,杯中的三两白酒很快就喝完了。她哪里知道,辛倪云偷偷在她的白酒里掺放了6支有安眠镇静功效的氯丙嗪针剂。少顷,耿丽鹃就昏睡不醒。

看着沉睡中的情敌,辛倪云除了痛恨、厌恶外,还涌出一种嫉妒,也更觉出自己的凄惨。自己23岁了,5年了,她把最美丽的人生都给了赵峰军,跟他过着人不人鬼不鬼的生活。就是这个女人,让自己连做情人的现状都保持不下去,与亲人反目是她捣的鬼,之后,还要一次次受她的羞辱,被她驱逐。自己的忍耐已到顶点,她不想宽恕这个情敌。按她下一步计划,辛倪云就会轻易杀死耿丽鹃,但是,3个多小时里,她却始终下不了手。

下午4点,耿丽鹃醒了过来,昏头昏脑的她一睁眼就质问辛倪云:怎么还不离开焦作?辛倪云不想再在情敌面前示弱,她挑衅道:"你家老赵心里只有我,即便我走得再远,那又能怎样?你永远没有能力打败我!"耿丽鹃身体软软的站不起来,一听这话气得首次大骂辛倪云:"你……你真无耻,婊子!"恼羞成怒的辛倪云跑到客厅,把半杯白酒一饮而尽,她顺手拿来一条枣红色花领带,这条领带是她为了调情买来的。系着这条领带,身上仅穿着裤头,扮出妖冶放浪的情致,辛倪云在情爱中给了赵峰军无限的冲动。此刻,这条领带变成一个残忍工具,辛倪云把它猛地缠绕在耿丽鹃的颈部,越勒越紧……

下午6点,辛倪云从噩梦中惊醒。她哆嗦着给母亲给电话:"妈,我……我把老赵的老婆杀了……"塌天之祸一下子让母亲心脏病发作……

辛倪云打电话给追求过自己的同学李光,让他找辆车火速来焦作。当晚8点,李光一进屋,被屋内的情形吓得瘫软在地。李光招架不住辛倪云的苦苦哀求,答应帮忙抛尸。李光怕在尸体上留下指纹,辛倪云就从柜子里找来一只避孕套让他套在手上,两人用被子把尸体包裹起来,装到辛倪云从旧货市场买来的大木箱中,再用电线把箱子死死捆上。

辛倪云付给等在楼下的司机3000元租费,谎称木箱里面是被子和竹席,称是替一个溺死在海里的老板女儿到山东"送温暖"。当晚,经过7个多小时的行进,车至山东荷泽,看到前面有条河,辛倪云和李光互使眼色,就把箱子抛到 220 国道扬店桥下的河里,辛倪云和李光装模作样地在桥边念念有词地祷告了一番。

第二天上午,辛倪云回到温县,刚迈进家门,就被警方抓获归案。原来,父亲辛道干将妻子送到医院抢救,他打电话让女儿去投案自首,任女儿手机关机,他遂向警方报案。

同一天,远在深圳的赵峰军给家里打电话,无人接听,妻子的电话始终关机,打妻子单位电话,同事说她两天没上班了。下午,放学回家的儿子对赵峰军说母亲两天没回家,赵峰军也给辛倪云打不通电话,他心里涌上不祥之兆……当晚,担心终于变成了现实。

警方一度怀疑赵峰军也是杀妻的同伙。但通过缜密侦查,最终排除了他参与作案的可能。

得知母亲被杀的真相,在天津上学的女儿一度萌生退学的念头,儿子也不愿踏进焦作的家门,他们对父亲充满了敌视。赵峰军以受害者家属的身份,强烈要求法院严惩辛倪云,要求以死罪论处。而辛倪云在看守所对办案人员说,走上犯罪之路,自己恨赵峰军,是他不该爱她,但最后,她发现自己爱的记忆太深厚,她根本恨不起他……

6. 女会计用公款包装"高温热男"

2009年2月23日,法院宣判:被告人李芳、刘兵因犯挪用公款罪,分别被判处有期徒刑十一年,继续追缴80万元赃款。

"紫色花藤"网遇"高温热男"

1969年11月出生的李芳,已入不惑之年,那种由内而外散发出的气质,无论走到哪里,总可以吸引人的眼球,被姐妹们称为"37度女人"。

24岁那年,李芳从湖南财税专科学校毕业后,放弃工作回到家乡河南孟州市,先后在父母家附近的物流公司做过会计、保险公司推销员、时尚服装店的女老板。无论职业如何变化,她的日子总是过得优雅浪漫,颇有一种小资情调。

然而,就是这么一位讲究情调的小城女性,婚姻却不尽如人意。

李芳和辛立有相识在朋友的一次聚会中。初次见面,辛立有就被李芳与众不同的气质征服,凭着年轻商人的精明和出手大方,刻意迎合对方好恶的辛立有很快赢得了一份爱情,心满意足地和心上人携手踏上婚姻的红地毯。

结婚生子,锅碗瓢盆交响,寡淡平凡的日子,加上夫妻之间的"审美疲劳",生活死水一潭,再也没有了波澜。

心性躁动的李芳常常对镜自叹,多次和忙于生意无暇顾家的丈夫冷战后,在她35岁的时候,不动声色地悄然搬离了家庭,回归了单身的生活。

2006年1月,李芳被招聘到焦作市药品招标办公室,做了一名财务会计。眼花缭乱的城市生活,悠然自得的生存氛围,很快使她如鱼得水,惬意悠然。每天,除了上班外,业余时间就是和朋友逛街购物、品茶喝咖啡、跳舞健美。

夜深人静,在焦作市民主北路鑫安巷一个租住屋里,李芳还以"紫色花藤"在QQ虚拟世界里尽情遨游。

认识"高温热男"纯属偶然,但偶然的相识却彻底改变了她的人生。

"高温热男"叫刘兵,1979年2月出生,家住孟州市会昌办事处韩愈大道。经不住能说会道的小老乡刘兵的热情相邀,从不与网友见面的李芳,与他在2006年一个春光明媚的日子里,面对面坐到了一起。青春俊朗的外表,甜言蜜语的阿谀,使一向自恃高傲的李芳心猿意马。随后的日子,这位比刘兵大10岁的"姐姐"与刘兵开始"高温"往来。

2006年4月初,正当两人难舍难分之际,刘兵突然在李芳眼前消失,她焦急地打电话发信息,不停地在QQ上留言,可刘兵就如同在人间蒸发了一样,没有一点消息。

李芳此时感到,自己如今须臾也离不开刘兵了。

那几日,李芳上班没精打采,下班魂不守舍,饭吃不香,觉睡不稳,像热锅上的蚂蚁,经受着煎熬。

第8天傍晚,神色疲倦的刘兵突然出现在她的出租房门前,她一下子扑到他的胸前,流着热泪用手捶他:"兵,这些天你到哪里去了啊?你要姐姐急疯呀!"

面对她的深情追问,刘兵欲言又止,最后才道出了实情。原来,他与人合伙做煤炭运销生意,合伙人在挣得第一桶金后,卷钱走人。借钱给他的人闻听以后,纷纷上门索债。刘兵穷于应付,拆东墙补西墙,有时为了躲债还要打"游击战"。

看到心上人憔悴的样子,李芳问清具体欠款数字,沉吟片刻安慰道:"你别着急,有姐姐在,我来想想办法!"

听到李芳这番话,刘兵喜出望外,他忘情地一把搂过她:"你真好!"

用公款拴住躁动的心

按规定,会计出纳各负其责,但因为焦作市药品招标办公室出纳员小叶准备结婚,又忙着家装,经常请假。招标办领导感觉李芳做事讲原则,事业心又强,为了讲求效率,干脆让她会计出纳"一肩挑",不仅把现金支票、单位公章一并交由她管理,而且让她负责收取和管理单位的押金。

曾经公私分明的李芳,在倾心的小情人遇到难处时,经一番权衡后,决定冒险奉献一次"爱心"。2006年4月13日,李芳一天之内分别以单位和王微微的名字,填写了两张现金支票,第一次把10万元公款交到刘兵的手中,解决了他的燃眉之急。

27岁的刘兵高中毕业以后,凭着自己的三寸不烂之舌,当过企业供销员,做过休闲中心大堂经理,与人合伙搞过煤炭运输生意,但都混得不如意。平时喜欢上网聊天的他,以"高温热男"的网名在虚拟世界里挖掘出了自己的潜力。因为他形象好,嘴皮子有功夫,所以很受女性网友的青睐。

根据网上的"泡女秘籍",他把目光渐渐瞄准中年有钱有闲的女性身上,并认为这类女性经济宽裕,感情生活贫乏,只要对症下药,虽然有"吃软饭"的味道,但可以获得意想不到的收获。

一次就从情人姐姐那里得到10万元现金,刘兵简直喜出望外。他喜滋滋地领着自己刚泡上的另一位女网友,到苏州、杭州潇洒去了。回到焦作当晚,刘兵送走女网友,随即就与李芳打电话约会,慷慨地送给李芳一套金银首饰,感动得李芳泪流满面:"你真好,现在我就是最幸福的女人!"

有了这样一个"感觉最幸福的女人",刘兵从头到脚把自己武装了起来,出门打的,进出高级宾馆。"吃水不忘挖井人",他时常从李芳为他挪用的公款中,抽出一小部分资金,陪她逛街购物、旅游观光。"陶醉"在幸福中的李芳知道,对渴望得到感情慰藉的她来说,要让这份迟来的爱情永远"保鲜",唯有钱是硬道理。

2006年7月的一天傍晚,刘兵和李芳在公园散步,突然两个中年人拦住去路:"小兵,借钱的期限到了,还钱!"

原来,刘兵还有一个嗜好是赌博,他从李芳那里拿到公款后,本想赌一把发笔横财,结果下了几次大赌注,赔了本还欠下高利贷。得知真相的李芳又气又急,几十万元的公款打了水漂,黑洞又如何堵上?

两人商量来商量去,只好孤注一掷,希望在赌场上能把本钱捞回来。

2006年8月初,看到单位领导对自己挪用公款没有丝毫察觉,李芳又用一个"刘方"的身份证填写了10万元现金支票,跟着刘兵,直奔焦作影视城后面的一个赌博窝点,几个回合下来,血本无归。

一笔笔公款有去无回,李芳有些沉不住气了。刘兵安慰道:"芳,甭担心,等我把那笔煤炭生意做下来,很快就能把窟窿填上!"

看到情人气定神闲,李芳稍微安心了一些,刘兵趁机又提出想用一笔资金启动生意。经不住他连哄带骗,李芳又冒险从单位挪出了10万元公款。

谁知,刘兵拿到钱后,就带着郑州一个叫芊儿的女网友去深圳旅游了。到了那里,他进赌场又输掉8万元,把芊儿一人打发回家,然后刘兵给李芳打电话,谎称自己在外现金被盗,恳求李芳再汇钱救急。听到消息,李芳二话没说,急忙从单位账上又取出5万元现金,直奔广州。

刘兵热情挽留风尘仆仆而来的她:"既然来了,就陪你玩个够!"

那几日,他不离李芳左右,无微不至照顾,热情陪伴游玩。一日,两人从酒店出来散步,在深圳湾一片豪华的住宅区,李芳不无羡慕地挽着刘兵的手说:"咱俩要是能在这里安度晚年该有多好啊!"刘兵亲了李芳一口说:"只要心爱的你乐意,等我挣一大笔钱,好好让你享受享受!我们相处这段时间,你把一切都给了我,在我最困难的时候真情相助,没有你就没有我的今天。假如哪天对不起你,出门就让车轧死!"

李芳急忙嗔怪地用手捂住了他的嘴,心里却像揣了只兔子。

榨干油水情人翻脸独飞

2007年6月,李芳又拿出1万元公款塞给准备出门"要账"的刘兵,她柔情地告诉他:"我现在可是把身家性命都押在你身上了……"

刘兵并没有去要账,而是又走进了郑州一个赌博窝点,很快便输个精光。垂头丧气的刘兵只好和女网友瞎聊,以此来打发时光。

2007年10月的一天晚上,两人在焦作市解放路一家酒店缠绵过后,趁李芳正在兴头,刘兵温柔地抱着她轻轻地说:"亲爱的,能不能再借你单位10万元用用?"

李芳愤怒了!两人第一次大吵了一架,半夜,李芳伤心地坚决要离开。看到她态度这么坚决,再想挪用公款的事情可能要成泡影,刘兵面露凶相,一把抓住李芳的头发,狠狠地扇了她一耳光。

李芳大喊救命,刘兵咬着牙说:"我们现在绑在了一辆车上,如果你不听我的话,干脆让你一个人去扛那些债,看你怎么向单位交代你挪用的巨额公款!"

第二天,李芳病倒了,一个人躺在出租房里,长吁短叹。刘兵上门来扑通一声跪在地上,痛哭流涕向她认错,发疯似的扇自己耳光,发誓今后一心一意善待她,为她请医生买药,做饭洗衣服,李芳心一软,原谅了他。

　　第三天下午,刘兵正在李芳的床前给她喂药,一个叫冯军的年轻人找上了门,当着李芳的面逼刘兵还债。李芳叹了口气,答应明天一定替他还上。

　　索债的人走后,李芳强撑着身体,到单位拿了支票和公章,填写了一张10万元的现金支票,盖上印鉴交给刘兵。刘兵按捺不住兴奋,当天夜里就把支票交给自己花钱雇来跑腿的冯军,给他塞了点小钱,嘱咐冯军到银行把钱尽快取出来。

　　10万元一到手,刘兵演的戏也就谢幕了。他撇下还没有完全康复的情人,和一群狐朋狗友潇洒去了。李芳多次打电话,刘兵的手机不是忙音就是没人接,发信息询问,得到的回复是生意正忙,以后有时间再说。

　　李芳的一系列反常举动以及她马虎应付工作的态度,引起了单位领导和同事的注意和怀疑。就在她一直试图和刘兵联系时,一封举报信寄到检察机关。

　　2008年3月27日,李芳因涉嫌挪用公款罪,被逮捕。

　　经司法机关认定,从2006年4月到2007年10月一年多的时间,李芳利用担任会计职务的便利,多次挪用公款共计96.1833万元。可悲的是这些钱她没有用在自己的身上,全都被情人刘兵挥霍和赌博了。

　　一个为了寻找"幸福生活"的现代职业女性,冒险用公款讨好自己的情人,以图能够拴住情人的心,结果触犯了法律,只能让自己的大好时光在冰冷的高墙铁网中黯然度过。

7. 亲密爱人是个江洋大盗

1974年，尹川出生在河南省焦作市一个普通市民家庭。尹川上学的时候就贪玩，不喜欢学习。小学刚毕业，他就辍学开始在社会上混了。后来家人担心他没人管会学坏，就费尽九牛二虎之力，把他送进了部队。

1996年，尹川告别军营，回到了故乡。尽管有关部门几次为他安置工作，可尹川都嫌工作辛苦放弃了。在无所事事的日子里，他与社会上的不良青年厮混在一起，称兄道弟，胡吃海喝。尹川的家人在街上开了一家小商店，需要钱的时候，他就过去转悠转悠，生活就这样毫无目标地打发着。

俗话说："男大当婚，女大当嫁。"谈婚论嫁，自然成了尹川的当务之急。他虽说在社会上瞎混，内心里却发誓：自己在婚姻上绝不能将就！

精心策划"爱情剧"

一个偶然的机会，尹川在茫茫人海中遇到了罗玉。

1998年10月的一天，尹川在市内东方红广场闲逛。在准备进入商厦时，或许因为走路有些匆忙，他与一位姑娘险些撞在一起。尹川永远忘不了那张美丽的笑脸，以及带着一丝娇羞的眼神。就在一刹那间，尹川就认定：她就是自己一生所要追求的人。尹川当时没有犹豫，他折回头，一直尾随在姑娘的身后。直至她走进市里某机关的大门，他才极不情愿地停下了脚步。

接下来，尹川连续几天跟踪打探，终于摸清了姑娘的情况。原来，那位美丽善良的姑娘叫罗玉，本市人，小尹川3岁，大学刚毕业，在市里某机关上班。

为单相思所折磨的尹川茶饭不思。他苦思冥想：如何才能接近罗玉？最终，一幕精心策划的"爱情剧"登场了。

当年11月的一天傍晚，尹川骑上一辆摩托车，悄悄躲在罗玉所在机关的附近。傍晚，罗玉骑上一辆自行车，出了大门。在一个十字路口附近，她刚想往北骑，这时，尹川骑着摩托车冲了上去，一下子把罗玉撞翻在了地上。

紧接着，尹川忙喊来一辆出租车，抱上满身是血的罗玉，迅速送往医院。

好在罗玉被撞的都是皮外伤。没过几天,罗玉就要出院了。尹川坚决不同意,他日夜守护,体贴入微,时不时还要送上几束鲜花。就这样,罗玉美滋滋享受了一个多月"公主般幸福的生活"。

随后的日子里,尹川以关心为借口,找各种机会接近罗玉。周围的亲朋好友,对两人温度过热的交往,开始有了一种隐忧。最忧心忡忡的,莫过于罗玉的父亲。然而父亲最终也没能说服女儿。1999年国庆节,顶着众叛亲离的压力,罗玉和尹川踏上了婚姻的红地毯。

"大男人的事业"

由于婚事遭遇亲朋的冷淡,罗玉婚后一度心情烦闷,郁郁寡欢。尹川就耐心劝导,逗她哄她,想法让她高兴。闲暇时,他不是陪她逛商场、看电影,就是溜冰、参加朋友聚会。尹川还花了一个多月时间,领妻子游桂林山水,领略西双版纳的民族风情。

生活毕竟不是一首诗。当激情慢慢消退后,他们很快就走进了严峻的现实生活。

尹川是一个相当虚荣的男人,尤其和罗玉结为夫妻,他更是变得敏感和脆弱。倘若说,婚前他能忍受周围人们异样的目光,那只能说是一种委曲求全。但婚后再迎着那些眼神,却再也无法忍受了。

尹川很明白世俗的评价标准。按常人的尺度,他绝不可能配做一位漂亮的女机关干部的丈夫!尽管善良的妻子无怨无悔,可众人的目光如刀啊。尹川清楚地记得,结婚后不久的一天,罗玉和他一道参加几位大学同学的聚会。一个在大机关供职的男同学,在宴席上奚落罗玉:是嫁了个百万富翁,还是官场新星?那场宴席,让尹川蒙受了极大的屈辱。

尹川想自己必须在金钱、地位上与妻子的身份相匹配。可体面的职业,良好的社会形象,这些对尹川都变得不大可能,唯有金钱,尚可一搏。是啊,一个腰缠万贯的男人,完全可以凭金钱挺直腰杆!

尹川认识一个叫刘冬的人。他对刘冬知根知底,刘冬不但是一个无业游民,而且是一个"三只手"。一次酒后,对金钱强烈的共同渴求,让两人走到了一起。尹川权衡再三,决定背着妻子,去从事一项"大男人的事业"。

尹川开始忙起来了。他谎称与人合伙做生意,经常起五更爬半夜,隔三差五还要跑郑州、去洛阳。不知底细的罗玉眼看着丈夫整日匆匆忙忙,心中又欢喜又心疼,对丈夫更添了一份关爱。

很快,尹川的生活发生了变化。他开始穿着体面,像模象样了,举手投足间透出一股成功男人的自信。他还时常带着罗玉,出入高级酒店,混迹豪华聚会,享受人生。金钱使他不再自卑,也不再胆怯了。

人生两难抉择

实际上,尹川做的是什么样的"生意"呢?后据警方查证,自2003年4月,尹川伙同他人一道,携带撬杠、老虎钳等作案工具,流窜"做活"盗得大量现金及金银首饰、相机、手表等贵重物品。仅有据可查的,总价值就有13万余元。由于尹川在部队待过,身手敏捷,头脑灵活,疯狂偷盗多次,都侥幸脱逃。在所谓的江湖上,人们都称他为"尹大哥"。

家中不明贵重物品的时常出现,引起了罗玉的警觉。当她追问这些东西的来路时,尹川总是环顾左右而言他。终于有一天,在铁的事实面前,尹川再也难在妻子面前自圆其说了。当他跪倒在妻子面前,把事实的真相全盘交代清楚以后,一切无异于晴天霹雳,罗玉一下子惊呆了。

罗玉怎么也难以相信,自己的丈夫竟是一个江洋大盗。现实简直如一场噩梦,让她不知如何应对。此时,尹川施展三寸不烂之舌,表白自己如何如何爱妻子,又怎样为爱走上了这条道路。矛盾的罗玉,被丈夫的"真诚"打动了,在得到他不再作案的承诺后,也没有再执拗地追究了。

尹川尝到了甜头。在以后的日子,他继续不露声色地做"梁上君子",依旧把一些不义之财悄悄藏匿在家中。罗玉见劝不住丈夫,就非常生气。为此,两人时不时要拌嘴,但这一切都无济于事。

罗玉作为一名机关干部,对于丈夫的所作所为,她明白这一切意味着什么。然而,她几次激烈的思想斗争,都是亲情战胜了法律。她怎么也难以下定决心,亲手把自己的丈夫送进监狱。她顶着巨大的压力,和尹川结为百年之好,一切来得都是那么的不容易,她实在不忍心破坏这份宁静。在法律与爱情的两难境地中,她战战兢兢地度日如年,心中存着一份侥幸,只希望这一切都能成为过去……

过去不值得留恋

走黑路多,终必要撞上"鬼"。2004年11月23日,疯狂作案的尹川,在一次"下手"时,被早已"恭候"多日的公安人员逮了个正着。至此,这位浪迹江湖的"大侠",被送进了高墙铁网。

当得知丈夫被刑拘的消息,罗玉一下子栽倒在办公桌前,整日胆战心惊的事情成为现实,焦灼的她不知所措。

罗玉连夜找到尹川的母亲和姐妹商量对策,最后决定迅速转移赃物,把家中存放的大量名贵手表、首饰、传真机等,分头疏散藏匿到亲戚和朋友处,千方百计隐匿赃物。罗玉心里特别清楚,丈夫被抓,公安机关一定会来自己家中搜查。因此,她一切来不及细想,和婆家人一道干得利索干净,以至于警方在大搜查中一无所获。

与此同时,尹川调动各种关系,也不知通过什么渠道,给罗玉偷偷寄回了一封信:"罗玉,你要多保重,不要被事情搅乱了心。我已住了一段时间,如他们找不到证据,再过几天我就有可能回去,我现在最担心的是你那边。别听他们瞎诈唬,你什么都不知道,我建议先租个房把家搬过去,或者把家整理干净。"

接到狱中丈夫的信,罗玉从中得知尹川并没有招供,她不禁为自己的"快节奏"而暗自庆幸。她开始把一切良知抛诸脑后,下决心与丈夫一荣俱荣、一损俱损。安置停当后,罗玉度日如年地企盼着尹川的回归。她念道,丈夫在家时,很喜欢本地电台的一档名叫《今夜悄悄话》的栏目。该栏目每晚10点准时播出,它可以让听众通过电话,与主持人进行交流,也可以让远方的亲人,听到自己的声音。于是,在尹川被羁押的日子,罗玉多次在夜深人静的时候,拨通主持人的电话,借电波为狱中的丈夫打气,倾诉思念之苦。

尹川家人的异常举动,引起了警方的注意,通过大量的内查外调,尹川涉嫌的大量犯罪证据一桩桩、一件件成为铁的事实。同时,有充足的证据表明,尹川的妻子罗玉、母亲和姐妹涉嫌转移赃物罪,于是她们一并被依法逮捕了。

一位曾经很有前途的年轻女干部,因为所谓的爱,抛弃了理想,背弃了信念,和江洋大盗的丈夫一道对抗法律,同上"贼船",结果身陷囹圄。

值得一提的是，狱中的罗玉在遭遇灭顶之灾后，依旧执迷不悟，对自己"爱"的付出，居然无怨无悔，甚而继续为丈夫的罪行进行开脱。尹川在牢里似乎也变得"多情"，不失时机，来一番"表演"。

有一天，狱中的尹川接受完讯问后，他再三恳求法警将他的一件蓝白相间的T恤衫转交已同为狱中人的妻子。而当接受严格检查时，工作人员竟从T恤衫里面，发现了一封圆珠笔写的信：

"罗玉你好，我们分离有段时间了，我不知道世俗的眼光，还有你的父母，是如何看待和评价我们的……

"在这段时间里，通过我所接触到的，我觉得社会太复杂了，做人太辛苦，好像苍天在故意捉弄我们。你为我付出的太多太多了，我今生今世都还不完你的情……忘了我是你明智的选择，爱是一种痛苦，也是一种付出。有这样一句话送给你，就是走过的不一定都是路，过去的并不都值得留恋……

"曾经花前月下的浪漫令我终身难忘，我又无法表达愧意。事实摆在面前，悔恨也无济于事，是我毁了自己，也毁了你……"

2005年11月27日，河南省焦作市解放区检察院对此案提起了公诉，等待他们的必将是法律的严惩。

8. 总经理的爱情被"潜伏"

一段令人生疑的 QQ 暧昧对话

2009 年 2 月 14 日,是西方人传统的情人节。生性浪漫的樊姗姗和家人朋友一道,在"千年佳话"饭店饱餐一顿后,又相约到"时尚先锋"K 歌。晚上回到家中,时针已指向 11 点钟。习惯于晚上上网的她,还没有来得及洗漱,就打开电脑,挂上自己的 QQ 隐身起来,才到卫生间去冲澡。

今年 36 岁的樊姗姗,早年毕业于成都某中医学院,现供职焦作市一家大型综合性医院,丈夫呼一良,在焦作天宇投资有限公司担任中层干部,12 岁的女儿呼亭在丰收路小学上六年级。在外人眼里,一家三口其乐融融,幸福美满。

因为明天还要上早班,呼一良在客厅喝了杯水,正准备起身回卧室休息,忽然隐约听到隔壁书房的电脑上,传来 QQ 的提示音。也许是为了满足一种窥探欲,他朝妻子洗澡的卫生间望了一眼,然后悄然走进书房,随手点击电脑右下角正在闪烁的 QQ 头像,立即蹦出一个"风飞扬"对话框,他仔细一看,不禁醋意大发——"亲爱的,特殊的日子请接受我特殊的爱",接着,发过来一个玫瑰图片。

难道妻子在网恋?这个"风飞扬"到底和妻子的关系发展到什么程度?他究竟是何许人也?

呼一良强压怒火,双手颤抖地移动鼠标,向对方发了一个俏皮的 QQ 表情,没有多长时间,对方又发过来一段语言:"今天我们虽然同桌吃饭,同室 K 歌,但因为有他在,我始终难以表达节日对你的问候,现在我要说,亲爱的,情人节快乐!"

呼一良一看,差点气晕过去!今晚一起同吃同玩的,只有自己的结拜弟兄常之栋夫妇啊。难道,"风飞扬"就是常之栋?自己亲如兄弟的铁哥们儿,会和朋友之妻有什么不可告人的勾当?他脑子一片混乱,浑身颤抖。

等妻子洗澡出来,不由分说,粗暴地一把将姗姗拽到电脑跟前:"这是怎么回事？今天必须给我讲清楚！"谁知，妻子看了以后不以为然地说："凤飞扬确实就是常之栋，网上都是胡说的，估计他今天喝多了，这么当真干嘛！"

"你俩有什么话不能当面说，还在网上打情骂俏？给我老实交代，你俩是不是背着我做过什么龌龊事？"说罢，朝樊姗姗胸部打了一拳。樊姗姗慌忙关掉QQ，狡辩着和丈夫撕扯起来。

哭声、喊声、吵闹声，在半夜里惊醒了酣睡的女儿，家里顿时一片狼藉。呼一良气愤地拨打常之栋的手机，对方却处于关机状态。他强行要拉着妻子去对质，樊姗姗嘴上强硬不认账，拒绝和呼一良半夜去找常之栋。两人闹腾了一夜，第二天各自悻悻地去上班。

傍晚，按照好友的指点，呼一良饭都没吃，回到家就坐到电脑前。妻子刚下班走进家门，就硬逼樊姗姗说出上网聊天的QQ密码。樊姗姗没料到丈夫余怒未消，对此事还是不依不饶，毫无思想准备的她，在呼一良威逼下，极不情愿说出了密码。

呼一良登录妻子的QQ，打开她和常之栋的聊天记录，不看不要紧，一看义愤填膺。一百多页的聊天记录，记载的都是非常男女的非常语言！

他实在看不下去，哆嗦着指着聊天记录责问妻子："铁证如山，你还有什么狗屁要放？！"樊姗姗看到无法掩饰，就哭着承认自己确实和常之栋说话"过火"，常之栋也暗地想和自己"有一腿"，但指天发誓说两人绝没有逾越两性雷池。

呼一良做梦没有想到，结拜弟兄常之栋竟然把"歪主意"打到自己的老婆身上！在周围熟悉人看来，呼一良和常之栋是吃喝不分穿戴不论的亲兄弟。每逢两家有事，双方都义无返顾地跑前跑后，表现得特别热情，无论谁家碰到困难，大家慷慨解囊帮助渡过难关。前天情人节吃饭娱乐，一切开销都是常之栋争着埋的单。

如梦初醒的呼一良"呸——"的一声大骂："这个狗娘养的，算我瞎了狗眼认错了人！"既然你不仁，也休怪我无义。气昏了头的呼一良当即决定撕破脸面，上门和常之栋彻底"理论"一番。

他找到常之栋位于站前路的家，结果被告知常之栋到郑州开会。第二天，半信半疑的呼一良到物业公司敲了半天办公室的门，证实常之栋不在焦作。那几日,他像一只困兽,无处发泄没地方爆发,折腾得精疲力竭,也没有见到常的影子。

自知理亏的樊姗姗那些天表现得特别殷勤,加上亲朋好友的规劝,呼一良渐渐地不再那么狂躁。

时隔半月的一日傍晚,在一个铁哥们儿的巧妙安排下,常之栋在凯旋大酒店宴请呼一良夫妇赔罪。事先毫不知情的呼一良走进包间,一看到点头哈腰的常之栋就抓住他的衣领拳打脚踢,妻子樊姗姗也一边帮着丈夫痛打常之栋,哭着打骂他调戏自己,结果落得在家人面前有嘴难辩,颜面丢尽……任凭呼一良夫妻怎样撕扯打骂,常之栋打不还手,骂不还口,一个劲地赔不是。

在好友的极力解围下,呼一良气呼呼地坐在椅子上。虽然那顿饭吃得勉强尴尬,但他满腔的怨愤终于找到了发泄的地方。樊姗姗严正告诫常之栋,今后不准对自己有一丝骚扰,呼一良当场和他兄弟情意一刀两断后,警告他对妻子休得再有任何联系,否则决不轻饶。一场风浪似乎趋于平静。

"项庄舞剑,意在沛公"的障眼术

2009年5月21日,呼一良下班回家,在公交车上遇到樊姗姗的女友耿娟。咦,妻子不是下午打电话说和她晚上一道吃饭吗?他装作不经意地问:"晚上没有饭局呀?"不知底的耿娟叹道:"咱一个小职员,谁会请咱啊!只有回家自己慰劳自己的份儿。"听她这么一说,呼一良心里咯噔一下。他急忙下车,打的直奔妻子所在的医院。

刚到医院门口,只见妻子行色诡秘地走出门诊楼,匆匆奔向医院大门外东边的十字路口,扫视了周围一眼,就急忙钻进了一辆本田轿车。呼一良躲在旁边仔细辨认,那是自己再熟悉不过的常之栋座驾的车牌号!

他按捺住自己的情绪,若无其事地给妻子打电话,问她现在和耿娟是否开始吃饭,什么时候回家。电话中的樊姗姗镇定自若,戏演得很逼真。

晚上10点左右,樊姗姗刚踏进家门,呼一良就扑了上去,一把抓住妻子的头发发疯似的咆哮:"臭不要脸的,你们别他妈再给老子演戏了!晚上你和常之栋去哪里鬼混啦?!"面对愤怒得脸都扭曲了的丈夫,感觉纸里实在包不住火,在恐惧和不安中,樊姗姗像挤牙膏一样,断断续续地道出了令人震怒的真相——

2004年3月，常之栋到医院看病时，通过朋友的介绍，认识了女医生樊姗姗。气质高雅、善良多情的樊姗姗的出现，使事业有成很有女人缘的常之栋心动不已，在以后的日子里，有钱有闲的他假借各种名义，请樊姗姗和同伴吃饭、足疗、唱歌，利用女性爱虚荣的弱点，不断施以小恩小惠，制造各种浪漫，以此赢得樊姗姗的芳心。同年10月，在他的甜言蜜语和利诱下，樊姗姗和风流潇洒的常之栋背着双方的家庭，开始有了婚外之恋。

碍于家庭和子女的羁绊，两人在激情放荡之余，"冷静"地保持只有情不谈婚姻的关系。为能长久地满足"性福"，在樊姗姗的配合下，常之栋在掌握情人丈夫的特点和秉性后，利用他与人交往容易感情用事的弱点，主动热情接近呼一良，想方设法赢得他的信任。

对人缺乏警觉的呼一良，面对表面热情豪爽乐于助人的常之栋，不知其"项庄舞剑，意在沛公"的险恶用心，在常之栋虚假的盛情恳求下，两人很快根据民间的风俗习惯，在2005年7月，烧香结为"拜把子"兄弟。

有了这层关系的掩护，常之栋时常找各种理由，堂而皇之走进樊姗姗的家庭，两家人接触频繁，来往越来越亲密。利用友情的"障眼法"，两人"明修栈道，暗度陈仓"，几年过去，这种"外面彩旗飘飘，家中红旗不倒"的畸形恋情，倒也瞒过了双方的配偶，在有惊无险中悄然度过。

2009年情人节，常之栋很想瞒着家人和樊姗姗度过一个激情之夜，当他提前把这个想法告诉情人以后，樊姗姗坚决不同意，担心敏感的日子如果出门，很容易引起配偶的疑心。两人商量一番后，决定让两家人聚到一起，共同消遣娱乐欢度节日。在聚会时，面对摇曳的烛光晚餐，置身灯红酒绿的舞池，因为家人在场，情人近在咫尺而不敢尽情抒怀，让一直隐忍的常之栋相当憋闷。

晚上回到家中，按照两人的约定，他顾不上喝口茶水就猴急地上网，想在经常暗中联系的工具QQ上一抒情怀，意想不到的是，因为樊姗姗的疏忽，被呼一良撞见，差点引发家庭火拼。

那次QQ风波的第二天一早，樊姗姗刚走出家门，就及时和常之栋取得了联系。当他得知呼一良翻脸准备上门"算账"时，一时慌了神，就向公司和家人撒了个谎，悄悄住进市区一家偏僻的宾馆，一边悄悄和樊姗姗"单线联系",一边躲起来以静制动观察事态的发展。后来,他听取一个好朋友的锦囊妙计,叫来情人如此这般交代一番,就变被动为主动,与樊姗姗合演了一场"苦肉计",通过双方都要好的中间人协调,向呼一良夫妇设宴赔罪,千方百计淡化问题,争取大事化小小事化了。

  风波过后,常之栋本该悬崖勒马,迅速断绝与樊姗姗的不正当关系,然而,他始终难以割舍这段孽情,加上经历这件事情后,他更加看清呼一良的"软肋"在何处,就继续对情人软磨硬泡死缠烂打,试图永远保持两人的暧昧关系。

  听了妻子的坦白和哭诉,呼一良如雷轰顶。想不到自己视为亲兄弟的常之栋,竟然包藏如此卑鄙的祸心!更没有想到,十多年同床共枕的妻子,居然这样玩弄自己的感情!一种被愚弄被欺骗的屈辱,使呼一良留下累累伤痕。2009 年 6 月 7 日,他不顾妻子的苦苦哀求,果断地与樊姗姗离了婚。

非法枪支的暗讽和黑色幽默

  2009 年 7 月 9 日傍晚,呼一良到位于建设路一栋家属楼,找带着孩子租住在外的妻子说事,刚走进小区大院,突然看到常之栋的轿车停在楼下,他强压怒火守在车子旁边,约莫一支烟的工夫,只见常之栋大摇大摆从楼上下来。呼一良二话没说,冲上前去同常之栋扭打起来。无奈呼一良身单力薄,根本不是人高马大的常之栋的对手,没有几个来回,就被对方打趴在地。常之栋用脚踩在他的脖子上,不无挑衅地冷笑道:"哥们儿,老婆和你拜拜了,她现在就是公用产品,你没本事就别来冲愣!"说罢,开着车绝尘而去。

  时隔三天,呼一良到学校去看女儿,呼亭哭着紧紧地搂着爸爸:"我和妈妈都想你,接我们回家吧,我恨死了那个可恶的男人!"呼一良听后,心里一阵心酸。

  2009 年 7 月 13 日中午,呼一良到物业公司找到正在办公室的常之栋:"过去的事情,我不打算再追究,只是希望你今后不要再骚扰我们的生活!"常之栋连正眼看也没有看他一眼,就不耐烦地打断谈话:"去,去,去,正办公呢,现在是你骚扰了我的工作!"那副傲慢和鄙视,让呼一良深感受辱。

  回到家中躺在床上,呼一良面对家徒四壁的冷清,胸中对常之栋充满了满腔的怨愤和仇恨,今天这个家妻离子散,人生遭受如此凄凉悲惨境遇,卑鄙小人常之栋难逃干系！突然，他想起什么，起身到书房柜子里，从最隐秘处小心翼翼地拿出一支小口径步枪，仔细把玩琢磨起来。

这支大约一米左右的黑色金属制手枪，是三年前常之栋偷偷送给他的，同时还有50发子弹。那时候两人特别要好，记得在送枪给他的时候，常之栋曾经当着妻子的面，半开玩笑半认真地说："一良身体虚弱，没有力气，难以胜任保护妻女的重任，有了这把枪在手，男人的底气就足啦！"呼一良现在回忆起来，猛然醒悟那时常之栋的话里，一定隐藏着什么暗讽。

2009年7月19日下午，呼一良骑着电动车走到民主南路惠利佳超市门口，正好遇到停车去买东西的常之栋，他求对方能够坐下来谈谈，常之栋竟然爽快答应，愿意晚上到呼家去聊聊。

晚上7点多钟，常之栋开车来到位于丰收路吉祥小区的呼一良的家中，他满不在乎地踏进这个充满杀机的屋里，由于言语冲撞，两个人很快就大吵了起来。早已憋了一肚子愤怒的呼一良当即拿出那支小口径步枪，朝着常之栋连开了四枪。刚才还气势汹汹的常之栋随即倒地，一命呜呼。呼一良也不知哪来的勇气，抽了一支烟后，把尸体拉进卫生间，用裁纸刀将尸体肢解成几十块，分装成两个编织袋，连夜偷偷扔到黄河滩的不同地方。

第二天下午呼一良就将妻女接到家中，接着办了复婚手续。正当他试图消灭罪证，努力忘掉过去，一心想和妻女过平静安宁日子的时候，警察找上门来。

第二章 灯火人家

居家过日子,谁家灶台"不冒烟"?

一个在外人看来充满温馨关爱的家庭,竟然危机四伏,发生了匪夷所思的血案!而寻找背后的真相,居然是《"我不快乐":15岁少年的弑母理由》。

人常说,父母是孩子的第一任老师。确实,父母的一言一行,对于正在成长的孩子,起着潜移默化的示范作用,家庭教育不当,不但会发生《言传身教,母女同盗》的怪事,大人行为不端,甚至《四龄童成了无辜的牺牲品》。

谁家的孩子谁疼!这话说的一点不错,《一个"孩奴"父亲的育儿宣言》听来也是发自肺腑,但无论如何,不能把自己的幸福建立在别人的痛苦之上,更不能出现《黑色浪漫引发盗婴奇案》。倘若能有《宽容:为毒杀自己的妻子跪地求情》的胸怀,就不会发生《"一夜情"套牢"偷腥男"》的一声叹息……

1."一夜情"套牢"偷腥男"

"一夜情"的代价

无论时光如何流逝,对于郭凌峰来说,那个夜晚已成为心中永远的痛。

出生在 1972 年 8 月的郭凌峰,原是安徽省宿州市的农民。1990 年 5 月,经一位老乡的牵线搭桥,18 岁的他只身来到河南的焦作市,到一家物流公司做了推销员。

由于他头脑灵活,为人精明,不但很快在单位立住了脚跟,而且凭借自己的智慧,赢得了一位家境富有的城市女孩的芳心,1998 年 10 月与女孩踏上婚姻的红地毯,成了本地一名酒店老板的上门女婿。

从农村到城市身份的转变,使机灵能干的郭凌峰很会与时俱进。时间不长,在灯红酒绿的熏陶下,他不但从里到外把自己包装得十分时尚,而且观念也开始前卫起来。在郭凌峰的内心深处,他特别庆幸能成为一名行走在都市的城里人。在与人的交往中,最不愿提及的就是农村,恨不得把自己出身的那个农字抠掉。

那是 2002 年 7 月的一天深夜,郭凌峰独自躺在自家的席梦思上,辗转反侧怎么也睡不着。妻子带着儿子已经出门旅游好多天了,傍晚时打电话说再有几天才回来。放下电话,他有一种莫名的空寂。在极度的烦躁中,郭凌峰干脆披衣下床走出家属院,一个人信步来到热闹的大街。

黑夜中的城市是诱人的。郭凌峰毫不犹豫,径直走进一家霓虹闪烁的咖啡屋,独自找了个偏僻的位置,向服务生要了一杯咖啡,慢慢地一边品着,一边静静地胡思乱想着。

"先生,一个人无聊吗?"不知什么时候,郭凌峰的眼前坐着一位性感妖冶的女人。凭直觉,他明白今夜一定有艳遇。果然,没聊多长时间,郭凌峰就和陌生的女人直奔主题了。原来,这个黑夜不回家的女人,也是一个城市生活的寂寞人。

以前,郭凌峰在与铁哥们的闲聊中,听说过都市的夜幕下流行着寂寞男女的"一夜情"。对这种双方谁也不需要对谁负责,只是情欲满足的人生游戏,那一夜得到了真真切切的验证。以至于在酒店疯狂过后分手时,郭看着即将离去一文不取的女人,仍然感觉做梦一般。

然而,这种美好的感觉没过多长时间,麻烦就开始接踵而来,让人始料不及。

那是"一夜情"的七八天后,郭凌峰突然感觉下身开始慢慢发痒,随后越来越难忍受,惊恐万状的他,瞒着妻子到市人民医院泌尿科一检查,竟发现自己患上了性病!郭凌峰悔恨不已,心里明白都是那夜惹的祸。此刻他更加痛恨那个放荡的女人,但至今连模样的记忆也没有,只有打掉门牙自己往肚里咽。回到家中的郭凌峰自觉理亏,就偷偷地到医院治疗,一面对妻子编造理由,不敢和妻子同床共枕。这些反常的举动,自然瞒不过妻子敏感的神经,在经过一番暗地的跟踪后,全家人终于知道了郭凌峰的丑事。

是可忍,孰不可忍!不管郭凌峰如何指天发誓苦苦哀求,眼里揉不得半点沙子的妻子下定决心要和他离婚。离婚以后的他,独自一人搬进了单位的单身宿舍,不但生活上开始每况愈下,而且由于同事们了解了他离婚的真相,很多人不愿再与他处事,背后时常对他冷嘲热讽,故意在一些公共场所让他出尽洋相。一步走错,使郭凌峰尝尽人世辛酸。离婚的失落,人际关系的紧张,思想的极度消沉,自然带来工作业绩的大滑坡。同事们不再容他,领导也对他失去了信心,人事部门终于找了一个堂而皇之的理由,毫不留情地炒了他的"鱿鱼"。

在焦作这座城市,郭凌峰除了亲生的骨肉,再也没有最亲近的人了。本想逃离这个足以让他蒙羞终生的地方,但又真的于心不甘,几次带着行李在火车站徘徊,有次甚至坐车到了郑州,最后仍半途折了回来。郭凌峰咬牙发毒誓:即便是死,也要死在曾经跌倒的地方!

为什么容易受伤的总是我

郭凌峰在市区找了一处廉价的出租屋后,开始了艰难的求职生涯。他学历低,又没有特别的专业特长,找起工作,自然难度不小。好在郭凌峰有过一定的职业经历,与人交流没有多大困难,因而,他先后在建筑公司干过临时工、洗车行做过保洁工、酒店当过传菜员、煤矿井下采过煤等。每一项工作,郭凌峰都没干多长时间。繁重的体力劳动,恶劣的工作环境,对身体瘦弱的他来说,实在有点吃不消。工作的没着没落,感情的无依无靠,前途的渺渺茫茫,让郭凌峰换了个人一样,从他身上再也看不到当年潇洒倜傥的影子。这时的他,悔恨、苦恼、消沉、无助,每日和一帮酒肉朋友,夜夜买醉,庸碌度日。

2003年10月的一天,郭凌峰在夜市大排挡喝完酒后,借着醉意,来到建设路的一家美容美发店,一头栽到在美容床上,一个劲儿直喊要按摩。这时,从外面悄然走进来一位年轻女服务员,先是默不做声地替他端了一杯解酒茶,随后一边用毛巾为他擦着汗,一边善解人意地慢声和他说着话。那一夜,郭凌峰没有按摩,而是在那位女服务生的悉心照料下,酣畅淋漓地睡了一觉。等他醒来,发现身边的女人为他守了一夜,特别地感动,郭凌峰拿出口袋里仅有的钱感谢,却被坚决拒绝。也就是从那天,他知道了她叫董琳黎。

后来,他对董琳黎莫名奇妙产生了感情,也对她逐渐有了较深的了解。董琳黎时年21岁,出生在重庆的一个小山村,几年前,怀着美好的梦想,和两个小姐妹结伴,来到豫北城市焦作寻梦。谁知,刚踏上这片土地的第一个晚上,还没来得及欣赏城市的美丽风景,就被收留她们的老乡强暴。身处异乡,举目无亲的她欲哭无泪。最后,几经曲折,来到美容美发店做起了服务生,在复杂的场所艰难度日。也许是同病相怜的缘故,两人谁也没有嫌弃谁。一番柔情蜜意后,他们同居在一起了。为过上好日子,商量来商量去,决定自己开办一家美容美发店,再招募几名女孩,自己做自己的老板。

离婚后,郭凌峰身上只有2万多元,为开店经营,他倾其所有,一分不留地全部投资进去。这时的董琳黎,忙前忙后,除了在店里卖力张罗生意外,俨然一副贤妻良母的样子,在出租屋为他洗衣做饭,无微不至地体贴照顾。有几回,郭凌峰情到深处,发誓无论如何,他挣了钱,一定风风光光地迎娶她,并在一次温存后,放心地把一切财权,交由董琳黎打理,自己干脆发挥特长专门跑外围。董琳黎十分感动,对郭凌峰更是体贴入微,悉心照顾。

2004年5月,因为几名服务员要回农村老家收麦,店里人手相当紧缺,郭凌峰在本地找不到合适的人,董琳黎就劝他到外地,好好找几个满意的。听从她的安排,郭凌峰到湖南、湖北去了一趟,等他9天后回到店里,一切竟出人意料:美容店已易主,董琳黎无论如何联系也不见踪影,出租屋内,只留下她歪歪斜斜的一张便条:"小峰哥,我知道这样做对你不太公道,不过,我也是付出了代价的。你不会再找到我的,等有一天我真的发了财,是不会忘记你对我的好的!"郭凌峰眼前一黑,差点气死过去。

炮制罪恶"零点行动"

董琳黎的绝情而别,使郭凌峰不但精神上受到重创,而且物质上也蒙受了很大损失,尤其是熟识的人知道事情的原委后,非但没有安慰宽心,反而冷嘲热讽,奚落他自作多情,和风尘女子不着边际谈感情,笑他不是情种,就是脑子有问题。

过去,念及亲情,妻子每月让他和儿子见上一面,从别人那里知道了这件事后,感到特别的丢人,觉得也是对自己和儿子的一种侮辱,原先对他仅有的那点亲情也荡然无存,在亲朋好友的愤愤不平下,大家共同联起手来,千方百计把孩子藏起来,再也不想让他们父子见面。此时的郭凌峰可以说是四面楚歌,在众人面前更是抬不起头。

一日晚上,心有不甘的郭凌峰独自喝过闷酒后,又到一家美容店找董琳黎过去的一个小姐妹,想从中了解董的行踪线索。在店里,他非但没有得到一点自己想要的东西,而且遭到服务小姐的冷嘲热讽,最后在一帮男人的起哄中,相当尴尬地离开了小店。那些时日,郭凌峰自觉跌到了冰窟窿里,他认为自己之所以沦落到今天这样的境地,完全是人为的陷阱造成的,因而对人尤其是女人,内心充满复仇的怒火。

2004年6月12日晚12点左右,郭凌峰在一家小饭店和朋友喝完酒后,一个人郁郁寡欢地往出租屋走去,在一条偏僻的街道,他的后面突然传来一串特别放荡的笑声,回头一看,竟是打扮暴露的两个女人。从衣着、举止上,郭凌峰就猜想出,一定是从特殊行业刚下班的浪荡女人。在经过郭凌峰身边时,她们做了一个十分轻佻的响指后,就毫无顾忌地扬长而去。郭凌峰感到窝囊透顶,连这样的女人也敢戏弄自己,简直岂有此理!他心不甘,就悄悄地尾随其后,一直跟踪到两位小姐的出租屋,等她们毫无警觉地走进住室。郭凌峰就躲在阴暗处开始仔细观察。

这是一座老式的旧家属楼,两位小姐就居住在灯光昏暗的二楼。也许是做梦都没想到黑暗中还有一双罪恶的目光,她们住室的窗开着,灯光下毫无防备地只穿着内衣擦洗身体。郭凌峰只看得热血沸腾,再也难以自已,长期积压的激情一下子爆发。凌晨2点多,他用黑丝袜罩着头,从阳台翻入室内,并随手在厨房拿起一把菜刀,凶神恶煞地冲进卧室,没等两个女孩醒悟过来,就把明晃晃的菜刀架到一个女孩的脖子上。胆小的女孩吓得浑身发抖,连一个字也不敢喊,乖乖地把仅有的100多元钱和一部手机交出,就像温顺的任人宰割的羔羊,蜷缩成一团不敢反抗。看到这种情况,本来还有所顾忌的郭凌峰淫心大发,不管女孩如何小声地求饶,发疯地向她们扑去……

第一次作案,郭凌峰很是担惊受怕,好几天没敢出门,一听到警车的鸣笛声,就吓得浑身发抖。过了一阵儿,一切都风平浪静,他的胆子又大了起来。时隔半月的一日深夜,他故技重演,在看到一个女孩从洗浴中心出来后,一直尾随到住地,悄悄地仔细进行了一番观察后,最后破门而入,不但抢走了她2000多元现金,并且极其疯狂地强暴了她。

从郭凌峰的内心深处,他并没把自己的所作所为看成是多么可耻,相反,从受害人无助的眼神中,他得到了长久以来所没有的快感。在郭凌峰的眼中,她们不管是挣钱的还是出卖身体的,也都不是多么干净,所以,强暴这些社会上认为的"问题女人"是一种"正义"。

有了为自己罪责开脱的安慰,郭凌峰就精心筹备起所谓的"零点行动"。他把自己侵害的对象,全部集中到那些在特殊复杂场所的女人身上。每次,都是事先进行跟踪踩点,等把周遭环境熟悉以后,集中在零点以后,伺机作案。抱着"能抢就抢,能奸就奸,遭遇反抗就跑"的强盗犯罪策略,竟也屡试不爽,没有一次失手。在郭凌峰实施不到一年的犯罪中,他先后作案30多起,每次入室犯罪,不但劫人钱财,少则百元,多则几千元,而且极其粗暴地奸淫妇女,令人发指的是,有好多次,郭凌峰看到被害人毫无一点反抗的举动,竟敢多次进行侮辱,甚至在受害人姐妹们的眼前,毫无顾忌地轮番蹂躏,百般侮辱,简直丧心病狂。

2005年1月16日凌晨1点左右,郭凌峰经过跟踪踩点后,又把罪恶的目光,锁定在一家洗浴中心做服务员的两个女孩身上。半夜时分,当她俩正在酣睡时,郭凌峰神不知鬼不觉地跳进屋里,手拿一把菜刀,凶狠地架在手无寸铁的柔弱女子眼前,在她们的唯唯诺诺中,郭凌峰大胆地在屋里翻箱倒柜,费了九牛二虎之力,最后仅在室内找到200多元现金。见实在无油水可榨了,他便欲图不轨。趁小姐妹极力反抗之机,另一个胆子大的女孩机灵地推开屋门,高声地跑向外面求救。惊恐万状的郭凌峰见势不妙,仓皇跳窗逃向黑夜深处。

有了这条重要线索,警方顺藤摸瓜,发动群众深挖细查,没有多长时间,将犯罪嫌疑人郭凌峰缉拿归案。检察机关在对这起连续入室抢劫强奸案的审查起诉后认为,郭凌峰以非法占有为目的,多次入户抢劫他人钱财,数额巨大;又违背妇女意志,多次强行与多名妇女发生性关系的犯罪事实清楚,证据确实充分,且犯罪情节特别恶劣,性质极其严重,社会危害极大。2005年6月17日,身陷囹圄的郭凌峰接到审判机关对自己作出的庄严判决:被告人郭凌峰犯抢劫罪,判处死刑,剥夺政治权利终身,并处没收个人全部财产;犯强奸罪,判处死刑,剥夺政治权利终身;决定执行死刑,剥夺政治权利终身,并处没收个人全部财产。

当初,郭凌峰在自己第一次遭遇人生挫折后,曾痛下决心,一定要哪里跌倒哪里爬起。然而,在以后的人生路上,他却并没有用好这种良好的心态对待生活中的阴暗,而是逐渐用一种畸形变态的心理,仇视社会,仇视他最痛恨的所谓的"问题女人",最后竟丧心病狂地用最恶劣的犯罪手段,报复社会,报复生活,结果。他不但没能从跌倒的地方站立起来,反而把自己埋葬在曾经发誓要重新爬起的地方。纵观郭凌峰的犯罪轨迹,似乎生活中还应有其他的东西,让我们沉思,让我们警觉……

2. 黑色浪漫引发盗婴奇案

一桩看似普通的拐骗儿童犯罪案件,其中则深藏隐情:本是热心相助的女邻里,却抱走"铁姐们"的爱女神秘失踪,究竟是何居心?既不为讹诈勒索,也不是拐卖求财,儿女双全已为人母的犯罪人有何企图?这样狠心夺人之爱的丑行,她为什么恬不知耻地贴上"爱情"的标签?

2009年6月16日,随着李凌睫拐骗儿童一案的公开审理和宣判,这桩有多方版本的犯罪黑幕,终于揭开了神秘的面纱。

匪夷所思的盗婴案

时至今日,方莹依然刻骨铭心地记得那个可怕的日子:2008年6月22日。那天傍晚时分,她拖着疲倦的身子回到家中,顾不得一天的劳累,满心欢喜地上到同单元四楼东户,想抱回寄托在这里的宝贝女儿回家,谁知,任凭怎么敲门,里面也没有一点回音。她掏出手机给女主人打电话,却传来关机的提示音。

怎么会这样啊,以前可没有出现过这样的情况!突然,一种不祥之感袭上心头,方莹慌忙拨打"110"报了警。等警察打开房门一看,里面一片狼藉,房间的家具不见了踪影,凌乱的垃圾碎片散落一地。显然,一切是在有预谋地进行。爱子心切的方莹一下子昏了过去。

五年前,方莹和同样是来焦作打工的丈夫张俊走上婚姻的红地毯。婚后,在亲戚朋友的帮助下,开办了一家小型面粉加工厂,因为忙于生意,夫妻俩在2008年年初才有了自己的宝贝女儿。加工厂生意特别忙,很多事情离不开方莹的打理,孩子太小需要照看,摆在夫妻俩面前最迫切的问题,需要抓紧为孩子找个保姆。而要找个知根知底又勤快可靠的保姆,毕竟不是一件容易的事情,为此,夫妇俩托关系找熟人,也没有遇到合适的人选。

2008年5月底的一日傍晚,方莹抱着孩子在家属院的小花园里闲坐,在和同楼的好姐妹李凌睫聊天时,又为此事大倒苦水:"你看我们俩,整天忙得像被狼追一样，弄得孩子挺委屈的，找个保姆咋就这么难呀！"李凌睫一听，哈哈大笑："我说你这个妹妹呀，就这点小事看把你愁的！"她拍了拍怀抱孩子愁眉不展的方莹，"我的孩子都大了又不在身边，最近打工的单位不景气没有再去上班，现在整天闲得慌，你们要对我放心的话，我帮你们带孩子好了。"

方莹回到家把事情说给丈夫听，张俊也很高兴。对于同住一楼的李凌睫，夫妇俩经常和她照面。城市生活各自有各自的私密空间，虽然对方底细不大了解，但整日低头不见抬头见的，尤其碰面时的那股热情劲，不是姐妹胜似姐妹。于是，姐妹两个亲亲热热地把看管孩子的事宜马上就痛痛快快地商量好了。第二天一早，夫妻俩就兴高采烈地将仅6个月大的女儿，放心地交到李凌睫手中，再三嘱咐了一番，就依依不舍地忙生意去了。

哪曾想，漂亮可爱的女儿让她照看不到20天时间，就被无情地拐骗，饱尝骨肉分离痛苦的夫妻俩后悔不迭，抱怨遇人不淑过于轻信，天天以泪洗面度日如年，连正火热的生意也无心经营。

这边，警方的侦查在马不停蹄地进行。很快，李凌睫的真实情况被查实：李凌睫，又名李培，1996年婚后生育有一男一女，因和丈夫感情不和，矛盾突出；2005年8月离家出走，先后到郑州、平顶山等地打工；2007年10月到焦作某商场工作，随后下岗租住在山阳区东二环路。个人感情坎坷，男女关系复杂，来往人员不定。

李凌睫有儿有女，拐骗儿童明显不是为了自己。是为了敲诈勒索吗？夫妻俩24小时开机，整日苦守在电话机旁，一有电话铃声，就条件反射地一把抓起听筒，但每次等来的都没有孩子那边的音讯。几天过去了，李凌睫像人间蒸发一样了无踪迹。

是不是李凌睫拐卖儿童谋取钱财？警方经过多次暗中摸底，调查有关"黑市"行情，线索情况分析，基本上排除了这种犯罪的可能。

而就在警方进行社区大回访时，一个居民老太太无意中的一句话，引起了民警的警觉。

移花接木有隐情

那日，辖区民警到东二环大回访，在谈到这起让人牵心的拐骗儿童案件时,一位姓胡的老太太提供了一条线索:6月的一天傍晚,她看到李凌睫抱着女婴在小区转悠,和孩子的亲热劲,如同己出,老太太凑近看到女孩长相漂亮,让人怜爱,忍不住直夸:"瞧这孩子的模样,多俊呐!"李凌睫逗着怀中的孩子:"你说妞妞像不像我?看来我们娘俩很有缘分的呀!"

时隔几日的晚上,在家属楼下,老太太瞧见张俊从外回来,和李凌睫相遇后,异常亲热,有说有笑,一旁的胡老太太就羡慕:"这两口子多幸福!"另外熟悉内情的老伙计听了直乐:"哈,别张冠李戴啊,谁是谁啊,女的是人家男的家的保姆!"胡老太太不大相信,随后暗中观察,每次他俩在一起,李凌睫看张俊的眼神都是怪怪的,很让人生疑。

莫非张俊和李凌睫有什么隐情?李凌睫拐骗小孩另有什么目的吗?根据老太太提供的情况,民警不敢大意,毕竟没有证据,只是一种猜测,但有关案件的任何线索,一点也不能放过!经过暗中走访,民警就从众多的反映中得出结论:张俊为人热情,他们夫妻感情深厚,没有发现和李凌睫有超越男女关系的蛛丝马迹,基本排除他们有私情的可能。不过,从邻里的众口一词中,警方获知李凌睫特别喜欢这个孩子,疼爱有加,如同亲母,不可能去伤害无辜。

线索中断,追捕李凌睫又没有进展,案件一时搁浅。痛失爱女的夫妻俩儿精神彻底崩溃,周围亲朋眼见他俩深陷痛苦中难以自拔,无不唏嘘感叹。

时光流转到2008年7月29日,一名叫郑华趁的焦作籍中年男子的落网,为这起蹊跷的案件带来转机。根据警方的介绍,那天晚上,洛阳铁路公安处洛阳车站派出所的民警在候车大厅例行巡查时,发现一男子像幽灵般混迹在旅客中,鬼鬼祟祟,形迹可疑,上前询问时竟前言不搭后语,甚至想拔腿逃跑。后被民警制服后带到所里。因做贼心虚,很快就招供自己伙同李凌睫将他人孩子抱走的事实。同年8月1日晚8点左右,在郑华趁的配合下,民警在汝州中心汽车站,将正和怀中孩子亲热的李凌睫抓获归案。

郑华趁何许人也,为什么抓到他就带出了李凌睫?他们是一种什么样的关系?双方都有儿女的他们,为什么要拐走别人的孩子由自己抚养?

原来,离家出走四处打工的李凌睫,在漂泊的日子里,为排遣寂寞,在友人的指点下,闲暇时在网吧学会了浏览网页、打游戏、发电子邮件、聊天等。

全新的网络虚拟世界,一下子让寂寞空虚的她惊喜万分,原来百无聊赖的日子突然变得充实起来。

接触电脑后,李凌睫对聊天特别感兴趣,在这个虚拟的世界里,一切变得浪漫、神秘、安全。连她自己也觉得自己好像换成了另外一个人似的:轻松、随意、多情、幽默。

李凌睫给自己取了一个"漂泊一舟"的网名。

一天,心情不错的她刚进入聊天室,就收到一个叫"马拉老手"的开场白:"漂泊的日子里,乐意做你停泊的心灵港湾,意下如何?"李凌睫好奇地打开对方的资料,当发现"马拉老手"居住地是也在焦作市,她就稀里糊涂地有一搭没一搭地闲扯起来。

谁知两人越聊越有精神,越聊越有好感。对方很会揣摩人心,关怀备至,说话幽默,话题广泛,俨然成了她的精神支柱。那时,李凌睫每天下班急匆匆要去的,就是到网吧和"马拉老手"聊天。

正当她兴趣大增的时候,"马拉老手"突然在从网上神秘消失了。没有"马拉老手"的那些日子,李凌睫吃饭不香饮茶无味,像丢了魂一样,对周围人也懒得搭理,独自黯然神伤。

终于有一天,"马拉老手"出现在聊天室里,当相互打过招呼后,李凌睫情不自禁地大骂起对方来了。不急不恼的"马拉老手"等她骂累了骂够了,才语调温和地慢慢解释开来。那一次,两人彻夜都没有休息,以至于第二天要去上班,李凌睫编造谎话向商场请事假。她不得不承认,自己对"马拉老手"已经有了很深的依赖和寄托。

终于有一天,"马拉老手"和"漂泊一舟"再也不想遭受幻想的精神折磨,在互相交换了网外联系方式后,李凌睫打破上网时给自己定下的"规矩",走出去与网友相会了。

在现实生活中,很多网友在聊天室聊得昏天黑地,难舍难分,但一回到真实的世界,往往"见光死"。

而当"马拉老手"与"漂泊一舟"见面的一刹那,双方都为对方所深深吸引。"马拉老手"真名叫郑华趁,在一家物流公司跑业务,虽然已是年过不惑的中年男子,但仪表堂堂,能说会道,特别讨女人喜欢。

以后的日子,两人在网上聊天的次数越来越少,约会的时间越来越长。

由于郑华趁家在本市,他们每次玩耍都远离熟悉的城市,到陌生的环境体验快乐。这样,山巅洞底、湖滨河畔甚至茂密的原始森林中,都留下了两人情意缠绵的踪迹。2007 年 11 月的一个情浓夜晚,不能自持的男女媾和在了一起。

被抓获的李凌睫承认,她和郑华趁是亲密的情人关系,把孩子抱走,完全是为了粘连两人的感情,使关系能"浪漫"永远。

爱的极端和自私

自从李凌睫对郑华趁有了那份暧昧后,占有欲极强的李凌睫,一直劝说他抛弃家庭远走高飞,而郑华趁尽管对自己的婚姻比较失望,但态度犹豫,总有一种牵挂。

李凌睫不断揣摩试探,试图寻找问题的症结。一日,两人在闲谈时,郑华趁半开玩笑地说:"你我各自都有孩子牵挂,咱俩光有爱情能永远保鲜吗?"李凌睫恍然大悟,郑华趁迟疑下不了决心,原来是两人中间缺乏有效的黏合剂——共同的亲生孩子。

李凌睫明白,要彻底拴住男人的心,必须有他们的亲骨肉。想想自己年龄将要奔四,再生孩子确实有点困难。如何让郑华趁死心塌地与自己远走高飞,成了她难以释怀一块心病。

2008 年 5 月的一日,李凌睫和同楼的方莹在小区公园闲聊,看到她怀抱不到半岁的女儿漂亮可爱,不由得产生一种莫名的亲切,围绕孩子的谈资越扯越多,因而牵扯出寻找保姆的话题。此时李凌睫已经辞职在家闲居,正在为私奔的事情展开拉锯战。她和方莹住在同楼,虽然平时不大来往,也不互摸底细,但住到同楼一年多来,客客气气的,外表亲热如同姐妹,自然让对方有一种信赖感。当她爽快地提出愿意替方莹带孩子的时候,对方觉得放心安全。

自从李凌睫为方莹照看孩子后,她对孩子关爱有加,十分疼爱,小家伙的一颦一笑,她是看在眼里喜欢在心里。有一次郑华趁偷偷来看她,看到她怀中的孩子,也倍加喜欢,爱不释手:"这孩子要是咱俩的有多好呀!"李凌睫一愣,记在了心里。

夜里,孩子被方莹接走后,她躺在床上想起了心思。一夜辗转难眠。最后,一个大胆的计划在她脑子里形成。第二天,当李凌睫把这个可怕的想法告诉郑华趁后,他非但没有阻止,反而很痛快地同意一起实施。

2008年6月22日凌晨,李凌睫悄悄将自己的东西收拾一下,先让郑华趁雇车拉走,并让他在焦作影视城门口等候。8点左右,方莹夫妇准时把孩子送到李凌睫那里。等方莹夫妇一离开,她抱着孩子直奔影视城会合。然后,离开焦作,先后到义马市、汝州市等地隐匿起来。尽管私奔的日子里,只有郑华趁一人出外寻找短工,经济拮据生活困难,但两人省吃俭用,买最好吃的奶粉和食物,对孩子小心呵护。

"走自己的路,让别人无路可走",极端自私偏激的行为,最后招致的是无情的制裁。2009年6月16日,经焦作市山阳区检察院提起公诉,法院审理后认为,李凌睫、郑华趁拐骗未成年人,其行为均已构成拐骗儿童罪,依照相关法律规定,一审依法判处李凌睫有期徒刑2年,判处郑华趁有期徒刑1年。

3. 宽容：为毒杀自己的妻子跪地求情

2009年1月23日中午，年轻英俊的打工男青年牛喜，怀着焦灼复杂的心情，早早和亲朋守侯在河南省焦作市看守所威严的铁门外。

约莫10点钟，大门"咣铛"一声被打开，在两名法官陪伴下，他的妻子赵荧荧从高墙铁网围墙中黯然走了出来，当看到被自己毒杀而大难不死的丈夫竟然宽容地前来接自己回家时，她禁不住泪流满面，忘情地扑向牛喜的怀抱："老公，请原谅我的过去，我今生会真心真意爱你到永远！"

在场的人们看到这对恩怨情仇的夫妻云开雾散，脸上露出欣慰的笑容，纷纷祝福他们走好今后的人生路。

曾经深爱自己丈夫的妻子为什么要对心上人下毒手？一对相依为命的打工夫妇有什么样的感情纠葛，居然不共戴天？在遭到最亲最近人的暗害后，丈夫又如何面对深陷故意杀人案的妻子？经历了什么样的人生反思和亲情的融化？被害丈夫如何放弃了复仇的念头，以一颗博大的包容之心，用博大的爱跪地求情？宽容又给这个经历凄风苦雨的新家庭带来怎样的转机？

神秘电话打破新婚燕尔的平静生活

1980年5月15日，牛喜出生在河南省驻马店市官营东街。22岁从郑州一所职业技术学院毕业。家境贫寒的他，先后到广东的东莞、深圳和河南的郑州、焦作打工。2005年新春佳节，在老家一位校友的宴会上，经朋友介绍，与漂亮单纯的赵荧荧相识。

赵荧荧家住驻马店市汝南县汝宁镇，2002年在驻马店市卫校毕业，到汝南三里店医院做了一名助理医师。相同的打工经历，共同的情趣，使两颗年轻的心很快走得很近。春节过后，在牛喜准备南下继续从事打工职业时，他们相爱了。

一个南下奋斗，一个中原谋生，处在热恋中的男女每日不顾劳累，把业余的时间，全部泡到附近的网吧视频聊天，一日不见，如隔三秋。赵荧荧的父母得知自己的独生爱女谈了个在外地工作的打工仔,了解了牛喜的情况和家庭背景后,坚决不同意女儿与他相处。

在父母强硬坚持下,赵荧荧表面答应不再与牛喜来往,为应付父母去见亲戚介绍的男朋友,暗地依然深爱着牛喜,顶着压力热线联系不断。

有感于赵荧荧的一片真情,牛喜几经辗转,最后来到离家乡较近的郑州市区,在艳阳天玻璃安装公司做一名安装工。平时两人工作繁忙,相隔比较遥远,却挡不住思念。隔三差五,不是牛喜偷偷回家看她,就是赵荧荧抽空来郑州。

2006年8月一天,牛喜在郑州中原区一家建筑工地安装玻璃幕墙,不慎从高空摔下,被送往河南医学院附属医院救治,闻讯赶到医院的赵荧荧看到他的家人无法照顾牛喜,就向单位请假,每天为他端屎倒尿,一直坚持侍侯了两个月。看到为照顾自己累得黑瘦的女朋友,牛喜发誓后半生要好好善待她。

2007年4月,赵荧荧负责的病房里发生一起医疗事故,患者的家属在责任不明的情况下,失去理智地把愤怒和不满向无辜的赵荧荧身上发泄,不断向院方施加压力,逼迫单位辞退赵荧荧,还声称向法院起诉她。牛喜听说女朋友的处境后,专门回到驻马店,始终陪伴在赵荧荧左右。生活上照顾,精神上安慰,不离不弃,陪伴女朋友度过那段不堪的时光。

好事多磨。2008年2月26日,两个有情人在祝福中踏上婚姻的红地毯。洞房花烛夜,两人对历经坎坷的爱情发誓,要相互忠诚永伴终生。

甜蜜的婚姻自然令人觉得生活的宁静和美好,然而不久,这种甜美的日子被神秘的午夜电话打破。

那晚,牛喜和赵荧荧在家里看完中央电视台《晚间新闻》,正准备上床休息,忽然,放置在玻璃茶几上红色固定电话响了起来。牛喜随手拿起电话,喂了几声,对方一直没有回音,他以为有人打错电话,嘴里嘟囔几句就放下了电话。可是,时隔三分钟,电话又响起来。

午夜清脆的铃声一声接一声,坚定而执拗。赵荧荧看了一眼丈夫,抓起话筒就问:"谁啊谁啊?"那边依然沉默。挂了电话,她把电话回了过去,那边却没有人接听。匿名的骚扰电话,搅乱了新婚夫妻一夜的情绪。

第二天夜里,在同一时间,那个电话又响了起来,恼怒的牛喜失去了耐心,在电话中大声骂了起来。"我是赵荧荧的前男友,祝福你们啊!"那端传来阴阳怪气的声音。赵荧荧听到以后,脸一下子煞白,越害怕还真是狼来吓。

失效的"撒手锏"和绝望的"毒鼠强"

那是赵荧荧在卫校上学时,曾与一个叫李俊封的人谈过恋爱,走向社会后两人各奔东西,从此没有了音讯。2007年9月的一日,从南方打工回来的李俊封突然出现在赵荧荧的面前,并想和她重归于好。深爱着牛喜的她告诉了李俊封真相,拒绝再与他深交。暗怀心思的李俊封借口请客叙旧,把不知是计的赵荧荧灌醉,趁机和她发生了"一夜情"。

从此,李俊封以此要挟想娶赵为妻,担心丢人现眼的赵荧荧一边严词拒绝,一边拖延躲避。本以为自己成家断了李的妄念,谁知他竟然不知羞耻找上门来。

面对丈夫的责问,赵荧荧痛哭流涕地承认了事实,但指天发誓,那都是以前的事情,现在只想和自己深爱的人好好过日子,哀求牛喜原谅自己的过错。牛喜像个暴怒的狮子,粗暴地一把将新婚的妻子推出门外,无论怎样哭诉,坚决不再让她进屋。

牛喜一气之下,离家又到焦作继续打工。赵荧荧工作之余,就不厌其烦地一条条短信地给他进行解释,每天下班,大部分时间上网在牛喜的QQ上留言,几次利用休息时间,专程到焦作,尽管牛喜狠心躲避不见,可是她仍然来来回回往返,试图唤回那颗不归的心。有一次,痛苦至极的赵荧荧给焦作广播电台午夜星空栏目主持人写了一封信,跨越时空向自己最爱的人表示忏悔,并点播一首台湾女歌手刘若英的《后来》,发誓从头再来好好将爱进行到底。

几番努力都徒劳,赵荧荧特别伤心,一时愁容不展。就在这时,她惊喜地发现自己怀孕了。5月9日,她慌忙请假,坐上开往焦作的大巴车,一路风尘径直走到牛喜所在工地,不顾冷脸相待自己的丈夫,满心欢喜把好消息告诉了他。谁知,铁了心的丈夫竟冷冷地说:"谁能保证肚里孩子是我的啊!"赵荧荧听了,气得差点昏厥。

心有不甘的赵荧荧,在无奈的情况下,要对孩子做亲子鉴定,遭到冷漠的拒绝。那几天,她妊娠反应很厉害,可是,最需要丈夫帮助的时候却没有人在身边,她只好请假,一个人躺在新婚的洞房中流泪到天亮。

无论赵荧荧如何呼号哀求,牛喜心中始终难解心结,非离婚不可。即便面对未出生的亲骨肉,还是态度强硬,坚决要把他打掉。无计可施的赵荧荧作出各种努力,竭力挽救刚刚建立起来的婚姻,都没有能够如愿。

心灰意冷的她,对丈夫的无情充满哀怨,思前想后以后的路,感觉丢人现眼没勇气继续生活,最后开始变得绝望。经过几番内心斗争,她从集会地摊买来两包"毒鼠强",时刻放在随身皮包里。

5月20日,两人电话吵闹一番,赵荧荧偷偷携带两包"毒鼠强"再次来到焦作,以让牛喜带她去医院打胎为由,当晚和牛喜一起住到了南通路工矿招待所。吃饭时,赵荧荧试图再向牛喜解释,请求他的原谅,乞求别把肚子里的孩子做掉,保证以后好好过日子,心意已决的牛喜不为所动,赵荧荧大失所望。

半夜时分,失魂落魄的赵荧荧心一横,趁躺在床上的丈夫不注意,悄悄掏出两包"毒鼠强"分别放在两杯饮料中。看到牛喜将其中一杯饮料喝了下去,她心一横,也将另杯饮料一饮而尽。

包容让本来悲剧的生活轨迹有了另一种走向

就在两人出现不同中毒症状后,赵荧荧突然感到恐惧和害怕。对生命的留恋,让她翻然觉醒!随即拼尽力气大声向隔壁招待所的顾客求救,众人全力救助,把两人送进附近焦作卫校附属医院,所幸抢救及时都脱离了生命的危险。而赵荧荧因涉嫌故意杀人犯罪,从医院被警方直接带走。

牛喜做梦也没有想到,自己的新婚妻子因为离婚问题,竟然要与自己同归于尽,这件事对他震动很大。

接受警方调查后,他情绪低落,足不出户窝在家里,整日躺着茫然不知所措。苦闷中,他开始网上聊天,把自己的遭遇和苦闷,在虚拟的世界里向陌生人倾诉。聊天中,他对妻子的行为表现出极大的愤懑,慨叹人心的不古,对婚姻充满绝望。

一个叫"今生有缘"的网友却劝道:"从你说的情况看,你的妻子其实是个珍惜家庭,心里对你很爱的女人。"牛喜不解,那朋友开导说:"一个愿与你共同赴难女人,尽管行为很过激,作为男人,应该体谅女人的那份心情。从这件事情上,你自己不该检讨一下吗?"牛喜一时无语。

一次偶然中,牛喜发现赵荧荧开有自己的博客!他忐忑不安地打开网页,从中看到了妻子的内心独白:

"新婚的日子是甜蜜的,在走向新的生活时,我愿以我的真心去爱我所爱的喜,执子之手,风雨相伴度过幸福的一生。

"给喜发了这么多条信息,一条也没有回复。我知道男人对这种事情是很难原谅的。可恨那个无耻之徒,是他破坏我本来平静的生活。好后悔啊,真不该那天和他去吃饭,不然哪有今天的苦果!

"最近饭吃不香,觉睡不稳,尤其知道肚里有了可爱的小生命,对牛喜更有一种真切的依赖,我不想离婚,离婚对我毋宁死!

"思想一片空白,人就像一个空壳。失去了生命的方向,没有了爱的支撑,原来遥远的那个死字,却如此接近自己。"

……

牛喜一字一句读着,心中无限感慨和不安。

6月12日,他从办案警察手中,收到已捕的妻子从看守所写的一封信,在信中,赵荧荧对缺乏理智的冲动充满忏悔,愿以一死祈求丈夫和家人的原谅。办案干警告诉牛喜,已有身孕的赵荧荧在监狱情绪波动很大,最需要家人和亲人的关心与关爱。

经过激烈的思想斗争,在家人和朋友的启发帮助下,牛喜反思了自己在这场悲剧中扮演的角色,决定用爱去化解这场干戈。

征得办案部门同意,他给看守所里的妻子回了一封信,表示原谅她的过激行为,安慰她放下包袱,要好好接受改造,无论什么情况都保重身体,愿意不计前嫌等待她改造归来。

很快,看守所传来讯息:看到来信的赵荧荧痛哭一场后,情绪稳定,自觉配合,思想负担明显减轻。

牛喜思想渐渐转过了弯,和家人一道,多次到办案部门配合工作,捎去衣服和钱物,带去安慰和温暖。在公安、检察、审判等办案环节,不厌其烦多次上书,请求从轻追究妻子的刑事责任,甚至在办案法官面前下跪,希望给知错的妻子一条生路。

2008年12月21日，焦作市解放区人民法院开庭审理了此案。法庭审理后认为，赵荧荧与牛喜因感情问题发生矛盾，产生与其一死的犯罪意图，并在二人所喝的饮料中放入事先备好的老鼠药，其主观上具有非法剥夺牛喜生命的故意，客观上已实施了这一行为，已构成故意杀人犯罪。但其在看到牛喜中毒后，因后悔和害怕，喊人将牛喜和自己一起送往医院抢救，造成牛喜轻伤，其行为属于在犯罪过程中自动有效地防止了犯罪结果的发生，是犯罪中止，应当减轻处罚。同时，法院综合考虑赵和牛之间的特殊关系，及牛喜多次向司法机关反映其对赵的犯罪行为表示谅解等因素，遂根据案件事实，情节和社会危害程度，以故意杀人罪判处赵荧荧有期徒刑3年，缓刑5年。

一对冤家，最后结伴离开了看守所。问起今后的打算，牛喜告诉办案人员，现在把妻子带回家，首先要找一家心理诊所，矫正两人的心理疾病，好好善待妻子和肚子里的孩子。至于以后的路，他说，经历了这场变故，会更加懂得珍惜和感恩。办案人员和亲朋们看到这样的情况，都对他们送出真情的祝福，愿重新开始新生活的他们一路珍重！

4. 裸婚:"吉普赛夫妻"血染围城

裸婚,是时下兴起的网络新词汇,指现代年轻人走进婚姻最新潮的一种结婚方式,他们用"没房、没车、没钻戒、没婚纱、没存款、没婚礼和没蜜月",用诸多的"无"来诠释节俭的结婚方式。

本来,裸婚是青年人正常的生活状态,而本文一对"裸婚"男女,却在浪漫的漂泊日子里,由怨生恨,用粗暴和血腥,将精心建立的"围城"彻底摧毁。

2010年4月6日,因故意杀人罪,秦凯旋被法院一审判处死刑,缓期二年执行。

"漂男"示爱:带你一起飞

1984年8月17日,秦凯旋出生在河南省驻马店一个农民家庭。兄妹五人的秦凯旋,由于家庭贫困,中学刚毕业,不甘现状的他,没有像兄姐们那样安分于日出而耕、日落而息的田园生活,毅然走上了外出打工的艰辛道路。

几年中,秦凯旋到过北京、焦作、广州、西宁等地。他四海为家,到处漂泊。2009年5月底,在外磕碰多日的秦凯旋,一番权衡比较后,经职业技能培训,在一位当地亲戚的牵线下,独自前往青海省西宁市,想在那里闯出个名堂。事先他曾经征求不少朋友的意见,觉得那里虽然也是大城市,但没有沿海城市的喧嚣,属于二线城市,对于像自己这样状况的年轻人,只要努力,一定有很多发财的机会。可是,人算不如天算,谁知到那儿以后,四处求职的秦凯旋,一连在亲戚家待了多天也没能找到如意的工作。最后,不想仰人鼻息的他,只好到一家工资不高不上档次的"佳客来"酒店做了一名配菜厨师。

机械枯燥的工作,乏味无聊的打工岁月,没有惊喜,没有刺激,即便外面霓虹闪烁,流光溢彩,在秦的心里,这里依然是别人的城市。不过,令他觉得温暖的是,在平淡如水的日子,一位青春稚气的姑娘,悄然闯进了秦凯旋的生命中。

她叫封林霞,在"佳客来酒店"做前厅服务员。身材微胖的封林霞,圆圆的脸光洁白净,鼻梁上架着一副眼镜,显得文静而稚嫩。她刚从一家中专学校毕业,浑身上下透着一股挥之不去的学生味。

在工作接触中,秦凯旋了解到18岁的封林霞的不幸身世。她5岁时父母离异,8岁时父亲病故,从小在奶奶家长大的封林霞饱尝了世人的白眼和冷落。中专毕业后,她抱着一线希望,从乡下到西宁找再婚的母亲,希望从已为他人妻的母亲那里,觅到一份久违的亲情和稳定的生活,谁知自私的母亲,出于多种考虑,却不把这个女儿放在眼里,草草为她找了一份酒店服务员的工作,就不管不顾了。

可怜的身世,单纯的个性,漂泊的无助,让秦凯旋对她有一种"同为天涯沦落人"的亲近,以后在工作和生活中,秦凯旋以一个大哥哥的身份,处处照顾她、关心她。这一点,让敏感的封林霞特别感激,她能从秦凯旋轻轻的一声叮咛和问候,一缕深情的目光中读出温暖和体贴。

2009年9月的一天,秦凯旋发觉封林霞情绪低落,眼圈红肿,上班也无精打采。他心里着急,但碍于上班,也没敢过问,到打烊时,他把封林霞约到街心公园,急问其原委。

原来,封林霞和母亲今天又为了一桩小事红了脸,她母亲恶语相伤,封林霞一气跑了出来,她再也不想踏进那扇家门。

望着孤苦无助的封林霞,秦凯旋产生了十二分的同情和爱怜,就对封林霞说:"小霞,我们一起远走高飞吧,去追求我们的幸福!"一度伤心欲绝的封林霞急切地问道:"凯旋,这是真的吗?"

秦凯旋看到心上人如此相信自己,坚定地说道:"你就放一万个心吧!我秦凯旋会做一个顶天立地的男子汉,让你跟着我永远幸福快乐!"

裸婚:见证捉襟见肘的青春

2009年10月6日,秦凯旋和封林霞先后与店老板结完账,瞒着众人离开饭店,满怀对新生活的憧憬,双双踏上回河南的列车。

俩人首先到秦凯旋老家。当老实巴交的秦家父母见到漂泊在外的儿子,突然领回一个漂亮的女朋友时,真是又惊又喜,全家人用最热情的方式欢迎了这个"准媳妇"。封林霞突然间置身于爱意融融的亲情中，很快没有了异乡的孤独和对这里风土人情的不适，她尽情地享受着家庭的温暖，感到生活如此甜蜜。

到常家后的第三天夜里，这对青春骚动的男女终于偷吃了"禁果"。

封林霞是个爱遐想的女孩，平时喜欢写日记，那天晚上她在日记中甜蜜的写道："自此，一个孤苦无依的灰姑娘，在不可捉摸的人生际遇中，找到一片属于自己的天地，在漫漫的人生旅途中，有一棵大树在遮风挡雨，呵护成长，我知道快乐将会永伴身旁……"

随后，两人来到郑州淘日子。在一间简陋的租住小屋，秦凯旋正式向封林霞求婚："霞，嫁给我吧！尽管我现在一穷二白，但我一定用一生的勤奋，为你营造温馨爱的港湾！"

车水马龙的街道，流光溢彩的夜景。2009年10月28日，河南省城一家低档的酒店雅间，靠窗临街的座位上，漂泊在外的一对男女脉脉含情地面对面坐着，伴着美酒和佳肴，庆祝结为夫妻。

因为条件的限制，他们在这个陌生的城市没有装修如画的房子，没有纵贯半条马路的车队，没有亲朋纷至的宴会，没有特别定制的衣装，只有两人手中各持一个的红本本见证。

他们都到了结婚的年龄，但太多的无奈和现实，两人商量来商量去，最后选择时下流行的"裸婚"。秦凯旋向心上人表白："抛弃金钱的世俗，我们的真爱才是永久之道，只要我们彼此真心相爱，不管现在有多么的贫穷，只要爱你的男人有毅力，有上进心，那么凭着这些潜力，肯定不会让自己心爱的女人受苦的！"

"没房子，没婚礼，现在不是流行裸婚嘛。"封林霞笑称，自己和老公也时髦了一把。

浪漫的日子也要实实在在过生活，11月16日，经过多方考察，这对情意绵绵的情侣辗转来到焦作，在一位老乡的帮助下，沉浸在幸福中的秦凯旋，很快找到一份在驴肉店的工作。生活一有着落，新婚的夫妻就在建设路找了一间出租屋。

秦凯旋打工的那家驴肉店，坐落在繁华的闹市地段，每天营业时间很长，往往要熬到夜里一两点钟才收工。时常在夜深人静的时候，他带着一脸的倦容,拖着疲倦的身子回到那间出租屋。然而,昔日情话绵绵的妻子,可能是岁月的磨砺,生活的羁绊,对自己的热情似乎逐渐减退,累得要命的秦凯旋感到一股凉意,俩人之间是不是有了裂痕?寂静的小屋偶尔会传来因沉重的生活而挤压出的叹息声,更使秦凯旋感到一种压抑和郁闷。

封林霞没有工作,也没有寻找到亲密爱人承诺的无忧无虑的快乐。她变得哀怨、烦闷、浮躁。秦凯旋每次回到出租屋里,因为生活的重压,懒得激情,懒得交流;白天在家憋闷蜗居的封林霞,本想能够享受温馨浪漫的两人世界,结果没有欢声笑语的小屋,变得异常沉闷,变得特别压抑。封林霞不能体谅爱人的艰辛,耍着小性子无缘由地又哭又闹,往往折腾到深夜,搞的秦凯旋第二天昏昏沉沉没精打采。

以秦凯旋的能量,他费尽周折也没有能力在这个陌生的城市为爱人找一份称心的工作,每当闲得无聊的封林霞缠着想出门工作,就常常拿他当初的承诺责难奚落他,每当这个时候,他感到特别尴尬,只有苦笑应付。生活教会了他现实地认识自己。他只不过是芸芸众生的普通一分子,一叶随风漂泊的浮萍,为同样命运的妻子去遮挡风雨,显得那样力不从心,勉为其难。

看到爱人难以寄托,在家憋屈得难受的封林霞,无奈地自己出门四处寻找,最后到长发飘飘美容美发店做了一名服务员。

现实:让爱情不堪重负

长发飘飘美容美发店在焦作属于高档消费场所,每天进进出出的男女,都是有一定身份、经济实力雄厚的有钱有闲阶层,进了美发店的封林霞,看到的是和从前不一样的另一个世界:每天进进出出的都是浑身珠光宝气的城市女人;低头抬头相遇的,全是上下名牌的前卫青年。她在感受城市时尚的同时,愈加觉得自己的寒酸和卑微,"男怕选错行,女怕嫁错郎",把自己命运赌押在婚姻上的封林霞,在比较和感受中,越来越后悔自己对婚姻的选择,尤其看到俊男靓女们豪华的婚礼,奢侈的酒宴,热闹喜庆的场面,不禁内心责怨自己的年幼无知,感觉自己就是一个被骗婚姻的牺牲品,而特别哀怨秦凯旋对自己承诺的"豪言壮语",越来越觉得自己跟着秦凯旋,是一种特别低级的错误。

年轻女子,哪个不喜欢逛商场?妙龄女郎,谁个不乐意把自己打扮得漂漂亮亮？禁不住小姐妹的撺掇，爱美的封林霞想去商场买件时装，向秦凯旋要钱。但拮据的他囊中空空，存款没有，工资不高，除去每月租房和生活费，已经所剩无几。有一次，不想太伤爱人的心，在无奈的情况下，只好硬着头皮向老板借了100元钱。

在三维服装广场，当封林霞在花红柳绿的女性上衣中，挑来挑去，选中了一件红西装上衣，几番讨价还价，最后与服务员说好价格。当她兴冲冲拎着衣服准备让爱人埋单时，站在一旁的秦凯旋脸"腾"地一下红了。他身上的钱全部加起来也不过120元，根本没有能力支付那160元的女装！

看到爱人狼狈不堪的表情，身上没有带钱的封林霞立即明白了原因。她躲开服务员鄙夷的目光，丢下衣服尴尬地匆匆离开了商场。

此时的秦凯旋脑子一片空白，全身仿佛被掏空了一样，贫穷使他丧失了男人的尊严，在人前丢尽了脸面。

慢慢地，一地鸡毛的生活里，彼此的不理解和缺乏沟通，使本该简单快乐的日子充满了怨气。

2010年1月19日，封林霞因不太适应天气的变化，腿部有些红肿，早早回到租住的小屋。

和衣躺在床上，看着家徒四壁的小屋，想着远离家乡的辛酸，再想想因冲动的婚姻所受的磨难和生活的艰辛，心里不禁涌起无限的酸楚与委屈。想想自己过的日子，回忆当初远离家乡时秦凯旋的甜言蜜语，以及他对婚姻生活的承诺，封林霞愈发觉得秦凯旋这支"潜力股"的浅薄，是自己的无知和轻信受了骗，最终，她把一切怨恨，都归结在信誓旦旦会给她带来幸福的秦凯旋身上。

晚上11点多钟，秦凯旋回来了。见封林霞闷闷不乐，他慌忙掏出100元钱，走到床边殷勤地递过去："小霞，我知道你的腿过敏了，今天我从老板那里借了点钱，你明天去看医生吧！"

封林霞似乎一下子找到了发泄的途径，一把抓过钱狠狠地向他扔去："谁稀罕你那假惺惺的一套，你这个感情骗子，还我的青春，还我的幸福……"

身心疲惫的秦凯旋，面对妻子暴躁的情绪，激烈的言语，本也想寻找安慰的他，在没有得到善意的回应后，再也没有了耐心，俩人各不相让，争吵越来越激烈。满腹委屈的封林霞一气之下,情急之中,任性地拿起屋内的菜刀,用刀背向秦凯旋砍去,幸亏秦凯旋眼疾手快,才躲过一劫。原来温顺的人儿,竟如此面目可憎,面对丧失理智的封林霞,秦凯旋也积怨迸发,他脑子一热,重重地打了封林霞两个耳光,然后气急败坏地摔门而出。

秦凯旋越想越气,买了几瓶啤酒,一个人在楼下阴影处猛喝。喝完后,他又唉声叹气地回到了小屋。秦凯旋感到脑子昏昏沉沉,一头倒在了床上,顾不得答理一旁嘤嘤哭泣的封林霞。

封林霞一边哭泣,一边继续数落秦凯旋。哭闹了半天,她见爱人像什么也没发生一样,没心没肺地睡得那样沉,根本不理会她的吵闹,心痛极了。昔日甜言蜜语的亲密爱人,如今冷若冰霜判若两人,再也没了先前的殷勤和呵护,封林霞更觉得一场婚姻一场梦,一边大声骂着不堪入耳的话,一边又拿起菜刀,哭闹着用刀背向秦凯旋砸去。

被惊醒的秦凯旋,看到封林霞因愤怒而扭曲的脸,脑子一热,再也控制不住情绪。他气急败坏地猛然坐起,瞪着一对血红的眼睛,发疯似的向封林霞扑去,双手狠狠地卡住她的脖子,用尽全身力气,发泄着胸中的愤怒。

慢慢地,封林霞全身瘫软,一动不动了。

回过神来的秦凯旋,在一阵痛快淋漓的发泄后,才发现封林霞已被自己活活掐死,醒过神来的他一下子害怕起来。最后,内心几番挣扎,牙一咬,干脆一不做,二不休,迅速揪下电灯开关绳,使劲在封林霞的脖子上绕了几圈。等封林霞彻底断气后,把现场简单清理了一遍,收拾起几件行李,匆匆消失在茫茫夜色中……

5. 四龄童成了无辜的牺牲品

2005年7月,河南省焦作市发生了一起令人发指的血案:年仅四岁的小冬冬,被自己的亲姨妈用乱石砸死在郊外的玉米地里!

消息传开,人们一片哗然。到底是什么样的仇恨,竟使一个女人如此残忍地扼杀一个鲜活的小生命?

4月23日,经焦作市检察院提起公诉,张颜鞠因犯故意杀人罪,被法院一审判处死刑,缓期二年执行。带着诸多疑问,笔者在翻阅大量的卷宗材料和走访了部分当事人后,试图通过犯罪人的一些生活经历,从中寻找本案的真相。

与城市亲密接触

张颜鞠出生在河南省延津县的一个农民家庭。在她的记忆里,自己的生活一直与"穷"字紧密相连。由于穷,初中没有毕业的张颜鞠,就在父母的哀叹声中,离开了校园,过早地走向社会,为家庭的生计奔波忙碌。1998年,正值青春年华的张颜鞠,在一个亲戚的介绍下,成了焦作市一家饭店的服务员。虽然每天忙前忙后的,但城市的繁华和新鲜,还是使她忘记了疲劳和孤独。下班以后,张颜鞠不顾一天的苦累,徜徉在华灯绽放的夜市街头,流光溢彩的热闹美景,常常让张颜鞠流连忘返。她打从心底里喜欢上了城市。

而这座北方城市,也以独特的方式回报了这个年轻的农村姑娘对自己的喜爱——一个城市小伙子走进了张颜鞠的生活,悄悄点燃了她的爱情之火。

他叫刘知力,父母就在焦作市上班,本人也在一家国有企业搞供销。从第一次来到张颜鞠工作的那家饭店,从见到她的第一眼起,刘知力就爱上了张颜鞠。他以一个小伙子的执著和自信,开始对张颜鞠发起了猛烈的攻势。起初,张颜鞠觉得这不过是一场不切实际的闹剧而已。她知道,横阻在自己与刘知力之间的,不仅仅是职业、学识、家庭等的差异,更有难以逾越的城乡差别。

然而张颜鞠毕竟是情窦初开的年轻女孩,在刘知力穷追不舍的进攻下,她终于忘记了两个人之间的差距,忘情地投入到了这场恋爱之中。张颜鞠和刘知力卿卿我我,爱得轰轰烈烈。就在张颜鞠品尝着爱情的甜蜜,憧憬着美好的前景时,那道难以逾越的差距终于向她显示出了自己的威力。

刘知力的父母得悉自己的儿子竟然与一个来自农村的姑娘谈恋爱,顿时暴跳如雷。他们想方设法通过各种关系把刘知力调往外地办事处工作,又当众奚落张颜鞠,警告张颜鞠不许再找刘知力。无情的现实,打击得张颜鞠措手不及,伤心欲绝的她不得不离开了初恋的伤心地。带着无限的怨艾,张颜鞠重新回到生养自己的那方黄土地,在极度的痛苦中,草草地与本地的一位农村男青年结了婚,并很快生下了一个女儿。

不愿此生为农妇

即便在张颜鞠极不情愿地嫁为农妇后,在内心深处,仍恋恋不舍城市灯红酒绿的生活,依然对生养自己的农村,有一种想逃脱的焦灼和恐惧。她不想就这样成为围着丈夫、孩子和锅台转的黄脸婆,因此,渴望丈夫有出息,希望丈夫能改变家庭命运的念头,一天比一天强烈。然而,丈夫是个老实巴交的农民,并没有更多的理想。满足于老婆孩子热炕头的他,怎么也理解不了妻子的那份心结,除了侍弄田里的庄稼以外,闲暇时光,大部分都在浑浑噩噩中度过。

在对丈夫多次苦口婆心地规劝,却依然无法改变丈夫的想法之后,张颜鞠开始对自己这场草率的婚姻有了悔意。

一时间,家里火药味十足,妻子对丈夫万分的失望,而丈夫怎么也摸不清妻子的问题和症结,逼急了对着妻子就是一顿拳脚。对此,亲朋好友抱着"宁拆一座庙,不毁一桩婚"的态度,规劝张颜鞠丢掉幻想,嫁鸡随鸡嫁狗随狗,跟着丈夫好好过日子。张颜鞠痛苦极了,觉得没有一个人能理解自己,精神上简直要崩溃了。

张颜鞠的丈夫虽然没有多大能耐,但平日在与周围人的相处中,口碑很不错,很受大家的喜欢。夫妻吵架时间长了,邻居们对张颜鞠逐渐有了负面的看法,觉得她既然已为人妇,就该守住本分。刻薄一点的人,甚至背地里嘲弄张颜鞠"心比天高,命比纸薄"。

内外都得不到支持,内心的憋屈使张颜鞠的火气越变越大,夫妻之间的战火也愈演愈烈。

2004年11月,张颜鞠过生日那天,矛盾终于空前绝后地大爆发了。因为丈夫的不在意和不浪漫,张颜鞠气急败坏地砸坏了两人的结婚镜匾后,丢下哭闹的孩子,甩开泪眼相劝的公婆,头也不回地夺门而出,至此再也不愿踏进让自己心烦意乱的家。

抓住根救命稻草

离家出走的张颜鞠,像一个游魂似的东家住几天,西家过几日。就在她人生最寒冷的季节,一个彻底改变了张颜鞠人生命运的人出现在了她的面前。他叫童军选,是张颜鞠的姐夫。

童军选在焦作一家企业搞供销,由于常年走南闯北,练就了一套察言观色、能说会道的本领。在与张颜鞠的姐姐结婚后,童军选对比自己小几岁的妻妹相当得疼爱,逢年过节都要瞒着老婆,悄悄塞给张颜鞠一些零花钱;有时出远门回来,也会带给张颜鞠时尚的化妆用品。这一切让爱慕虚荣的张颜鞠,不由得对姐夫心生好感。在张颜鞠家庭出现了问题后,童军选更是对她关怀备至。

在张颜鞠去他家小住的时候,童军选给予了她无微不至的关心和呵护,这让正处于郁闷痛苦中的张颜鞠,倍觉温暖和舒缓。渐渐的,张颜鞠对自己的姐夫产生了别样的情愫。她把姐夫当成了自己痛苦绝望之中的一根救命稻草。

2005年1月的一天,极度烦闷的张颜鞠又来到焦作,住在了姐姐家。对这座既熟悉又陌生的城市,张颜鞠的感情相当复杂。然而张颜鞠向往城市生活的念头一丝也没有改变,她三番五次地来姐姐家,其实心里还有一个想法,就是想让姐姐帮忙在城市里找一份工作,借机跳出农村,永远脱离那片贫瘠的黄土地,过上城市人优雅的生活。做一个城里人!这个狂热的想法,支撑着张颜鞠活下去。只要能在城市生活,哪怕就是在家属楼里帮姐姐看看小孩,做做家务,心里也舒坦,走起路来也感觉自己有了档次和品位。

那日,在工厂三班倒的姐姐晚上去干活,家里只剩下张颜鞠和姐夫、小外甥三个人。小外甥睡着后,屋里只剩下了张颜鞠和姐夫两人,气氛一下子变得古怪起来。尴尬之中,张颜鞠慌忙借故回了卧室,谁知,姐夫童军选也紧跟在她后头闯了进来,还没让她明白过来,就喘着粗气紧紧地抱起了张颜鞠……

面对张颜鞠的哭闹,童军选悄悄许诺,自己一定想方设法在城市里给张颜鞠找个好工作,让她彻底脱离那个让她痛苦的伤心地,真正过上城市人体面的生活。童军选太了解自己小姨子的"软肋"了。这一番花言巧语果然把张颜鞠应付过去了,两人表面上也还像往常一样,没有露出一点破绽。

童军选信口开河的许愿,竟然让在人生风雨中飘摇的张颜鞠似乎看到了一丝希望的曙光。以后的日子,张颜鞠经常借故来焦作姐姐家里,每次一住就是十天半月。一时没有事做,张颜鞠就勤快地帮着姐姐买菜做饭,料理家务带小孩。童军选自从第一次软硬兼施得手之后,生怕张颜鞠把他的丑行说出来,整日提心吊胆的,半夜有时还做噩梦。

随着时间的推移,他见到张颜鞠并没有告发的意思,胆子慢慢变得越来越大,时常趁家里人不注意的时候,用廉价的许诺,骗得张颜鞠的欢心,以发泄个人的兽欲。而为了逃离家庭的痛苦,张颜鞠不惜忍辱一次次来到姐姐家,在多次遭到姐夫的凌辱后,并没有得到向往的东西,这使张颜鞠像哑巴吃了黄连,有苦说不出,不由得心中懊恼不已,渐渐地,她对姐夫的怨恨与日俱增。

报复殃及无辜孩童

初春的一天,张颜鞠又一次来到姐姐家。趁妻子上夜班之机,童军选又一次想占张颜鞠的便宜。而这一次,逐渐看透了童军选的她,再也不想逆来顺受。看到甜言蜜语已经失去了作用,童军选面露凶相,威胁说如果不从,胆敢向外张扬,就先宰了张颜鞠最心疼的三岁女儿,然后杀了她全家。

看着童军选的丑恶嘴脸,张颜鞠才如梦初醒,明白通过姐夫托关系找工作已是不可能了,而自己长期以来只不过是童军选发泄兽欲的工具。这种事,既难以开口讲给姐姐听,童军选这个恶棍又不肯就此了断。想到这些,张颜鞠真是又气又怕又恨,想一刀杀了他,但看到童军选人高马大的,自己又不是他的对手,确实奈何他不得。

2005年6月底,姐姐因为工厂活儿紧,就打电话让张颜鞠来家里帮忙照顾小孩。张颜鞠本想敷衍不去,但又不愿让姐姐误解,于是硬着头皮答应了。谁知,就在到姐姐家的第四天,童军选又一次把张颜鞠糟蹋了。一忍再忍的张颜鞠心里痛苦极了。

7月11日早晨,一直沉默寡言的张颜鞠等姐姐两口子去上班后,坐在屋里直发愣。上午10点多,小外甥冬冬吵嚷着要出去玩,这使张颜鞠更加心烦意乱。

情绪极度低落的她懊恼地带着小外甥,漫无目的地来到郊外一处偏僻的地方。张颜鞠本想一个人静静地想想心事,但小外甥不知大人的情绪,只顾哭闹着纠缠张颜鞠。

气急败坏的张颜鞠再也控制不了自己的情绪,把眼前的小外甥视为童军选,疯狂地卡住冬冬的脖子。冬冬哭着骂起姨妈,这使张颜鞠更加恼羞成怒,想到童军选和自己的恩恩怨怨,长期积压的愤怒,终于全部发泄到无辜的孩子身上。张颜鞠知道童军选最疼爱眼前的这个小男孩了,于是,恶毒的报复最终伸向了幼小的生命。

在一个四岁小孩的眼里,姨妈无疑是除了父母之外最亲近的人。但冬冬至死恐怕也难以理解,在大人的感情游戏里,无辜的自己竟付出了生命的惨重代价。

6. "我不快乐":15 岁少年的弑母理由

2004 年 9 月 26 日,在河南省焦作市某耐火厂家属院内,女主人符春丽被人砍死在自家床上,全身的刀伤竟有 44 处之多。杀害符春丽的凶手,居然是她 15 岁的宝贝独子文明明!符春丽的丈夫文国度原也是爱子"格杀勿论"的目标,只因文明明当初雇用杀手时,在价钱上望而却步,从而使他免成儿子的刀下之鬼。

一个年仅 15 岁的少年,究竟与自己的父母结下什么深仇大恨,致使他如此残忍地对自己的亲人下此毒手?带着诸多疑问,笔者对此案进行了详细调查,继而引出了一个沉甸甸的话题……

父亲:儿子是那肩头欢快的小鸟

1987 年 5 月 1 日,在亲朋好友的祝福声中,我和春丽步入了洞房。

婚后第二年,我们生下了儿子明明。那时,我和春丽都是企业工人,靠着微薄的工资,过着简单而平淡的生活。明明的降生,给我们增添了不少乐趣。每天下班一回到家,春丽满脸喜色地操持着家务,忙前忙后的,而我则一边喝着二锅头,一边逗着孩子。有时兴致来时,就爬在地上让儿子当马骑,没大没小地瞎折腾。瞧着我俩嬉笑打闹的快乐样,春丽笑得前仰后合,直不起腰,那是我们最幸福的温馨时光。

我们都非常疼爱儿子,闲暇的时候,时常为明明的将来绘制着美好的蓝图。记得在儿子 3 岁时,我们就挤出有限的钱,为他买了保险。家里没有额外收入,所依赖的就是那么一点儿死工资,可为了宝贝儿子,春丽是煞费苦心,全部心思用在儿子身上。平时自己舍不得吃舍不得穿,却很舍得对明明投资。只要是明明跟着妈妈上街,看到啥要啥,做妈妈的一点儿也不吝啬,回来大包小包的,都是儿子的"战利品"。有一回,同家属院的一位阿姨看见春丽和明明在饭店吃饭,儿子的面前山珍海味,吃得津津有味,春丽自己则手拿烧饼干啃着。我忍不住劝说春丽一番,而春丽只是一味地笑,压根儿没放在心上。上了小学的儿子也很争气,很好学,每次考试成绩都排在班级前几名,还经常会从学校领回些奖状奖品。儿子是春丽的骄傲,小时候的明明,确实让我们充满幸福感。

2000年6月,因为经营无方,管理不善,春丽所在的企业形势急转直下,最后不得不大批裁员,春丽不幸也成了一名下岗女工。

中年下岗,年龄不尴不尬,又没有特别的专长,再就业自然相当困难,加上我所在的企业效益也开始滑坡,工资时常出现拖欠,小家庭的日子日益紧张,生存压力一下变得沉重起来。

下岗的打击,使原本没有一点儿心理准备的春丽渐渐变得沉默寡言、喜怒无常,动辄乱发脾气、使性子,甚至拿最疼爱的儿子撒气。也就是从那时开始,春丽把生活的希望全部寄托在儿子身上,从此也拉开了另一种生活的序幕。

春丽下岗那年,明明小学刚毕业。从他步入初中的门槛后,春丽对儿子的学业一直盯得很死。她时常现身说教,把一些儿子似懂非懂的道理讲给明明听,把生活的残酷过早地展示给还处在快乐无忧的少年期的儿子,以此激励儿子奋发图强,学业有成。

我和春丽平时不喜欢闲逛串门,晚上唯一的寄托,就是一集一集盯着那些情感剧打发时光。但为了不影响明明温习功课,我们干脆把看电视也戒了。冬夜较长,春丽每晚等明明学习完,都要给儿子端上一碗精心制作的滋补汤。记得明明初一期末考试,名次排在班级中游,这可急坏了他妈妈,平生第一次揍了明明。那一次,孩子哭她也哭。我们都是无权无势的小老百姓,唯一能改变命运的,也只有这一条路啊。

儿子在我们的严格管教下,非但没有对学习产生浓厚的兴趣,成绩反而一年不如一年,甚至很多事情朝着意料不到的方向发展,两代人的距离越拉越远,变得越来越陌生。儿子与我们在一起的时候开始不自在起来,很诚实的孩子有时居然撒起了谎,学习时心不在焉的。初三那年,眼看着明明的成绩每况愈下,我和妻子都心急火燎,时常对他动粗,想强迫他抛弃杂念,一门心思读书,有个好将来。

春丽很要强,常用"不吃苦中苦,难熬人上人"的警训告诫儿子。她最担心的,是害怕儿子与社会上不三不四的人来往变坏。孩子毕竟年龄太小,好多复杂的事情难以分辨,所以我们给儿子规定了很多条条框框:担心他染上坏习气，交上坏朋友耽误了好时光，不让他乱交朋友，不让他乱窜乱跑。为了监控明明是否出轨，我和明明的妈妈像窃贼似的，好几次躲在他的屋里偷看孩子的日记，私拆寄给明明的信件……父母做到这份上，还不是为孩子好嘛！

说心里话，为了儿子，春丽付出了太多太多。从结婚到现在，家属院里别的女人披金戴银的，打扮得花枝招展，可她连几百元的项链也不肯买，衣服也是一穿好多年，很朴素。但在明明身上，她却大方得很，高价为儿子请家教；掏几百块钱为明明买吉他；每年的假期培训班，无论要价多高，眼也不眨就送明明去培训。去年5月份，为让儿子上艺术学校，一辈子不愿求人的春丽到处托关系走门路，好话说完，笑脸赔尽，什么架子脸面也不顾了……

父母为儿女熬尽了心血，难道换来的是这种恶果吗？

儿子：父母之爱让我不快乐

在这座城市，我们家属于在贫困线上挣扎的小老百姓。爸妈一天到晚活得挺累的，勤劳的结果也没带来经济条件的好转。不过，家里给我吃的穿的，都不比别的同学差，这一点没得说。

我在家中是独子，自然成为爸妈眼中的"皇帝"，一直享受着幸福快乐的生活。最明显的变化，大概是妈妈下岗以后吧。我很清楚地记得，那时的妈妈像换了个人似的，一向开朗豁达的性格，变得心胸狭窄，情绪暴躁得逢人就想发火，自然，我和爸爸就成为她发泄的对象。初一期末考试时，我把考试成绩单拿回家让她看，只是看到语文考了72分，没等解释清楚我的分数其实排在班级前10名，妈妈就神经质地狠揍了我一顿。随后的日子，我常常为学习的事遭到父母的拳脚，不过"一次挨打战战兢兢，两次挨打默不做声，三次挨打骨头硬，四次挨打功夫成"。拳脚非但没有让我对学习产生兴趣，反而成为学习的畏途，同时，与父母的隔阂也越来越大，感情慢慢疏远了。

中学的日子真是度日如年。每天，不仅要对付多得令人眼花缭乱的课程、做也做不完的作业，回到家中，还要打着哈欠，继续完成父母布置的额外作业，带着满脑子方程式入睡，醒来不知身在何方。妈常点着我的头把全家的千斤重担托付给我，好像我学习的好坏关系到祖国的荣辱、民族的兴衰。

在父母的唠叨声中,我的学习成绩一直下滑,对书本深恶痛绝。

有时,躲到角落偷偷做起美梦,梦见自己轻轻松松就考取了好成绩,父母一高兴,晚上也不再布置作业了,且允许每天能睡足 8 小时,周末也能大睡懒觉。可梦还没做完,就被重拉回现实中,接受老师和家长的"拷"察。

最令人不能容忍的是,父母对我的关心,让我有种透不过气的感觉。大人们什么都要管,什么都要问。妈妈省吃俭用给家里置了台电脑,我学会了上网。可每当我坐在屏幕前,正聚精会神时,妈妈冷不丁坐到身后边,像克格勃一样,高度警惕地监视着,生怕我被阶级敌人拉下水,搞得人兴致全无,无聊透顶。有时候回到家,同学打来电话,接听过后一转身,发现妈妈不知什么时候幽灵般地站在身后悄悄偷听,惊吓得人一身冷汗。

无聊的时候,我喜欢在本上涂涂写写的,也算是日记吧,妈妈知道后,就鼓励我坚持下去。可我不在时,老发现东西被人翻动了。为应付大人,我写日记都要写两本,一本写给妈妈看,一本写给自己。有时候,放学回来喜欢什么也不做,就静静地愣着神,妈妈见了总是大惊小怪地反复问:"怎么了,发生什么事了?"要么自以为是地瞎猜:"我知道你有心事,你瞒不了我。"有一回,妈妈见我独自默默流泪,就又是给爸爸打电话,又是给老师打电话,我想制止都制止不了。其实那天什么事也没发生,就是莫名其妙地情绪低落。唉,爸妈是越来越陌生了。

尽管我知道"学会数理化,走遍天下都不怕",也明白将来的社会,没有知识万万不能,但我对学习怎么也提不起兴趣,特别渴望去看看外面的世界。上初三那年 4 月份,我和同学私自商量,拿了家里的 300 元钱,偷偷跑到郑州玩了三天。那一回,虽说挨了打,但挺刺激的,也就是从那时候开始,为逃学开起了头。

我这个人特爱面子,可爸妈却最不给我面子。假期中有同学找,家人就是不让出去,还当着人家的面,训我个体无完肤。星期天,朋友来家里,没事看看电视,做父母的也不管别人兴致多高,就粗暴地关掉电源,赶人家走。

2003 年 3 月份左右,因一桩小事,我受委屈后就和一个同学打了起来。回到家,父母知道后没等我申辩,结结实实把我揍了一顿。回学校后,校保卫处又莫名其妙当众要罚我1000元,那次真是出尽了丑。事后我才知道,这完全是父母"暗箱"操作的结果,后来钱又被他们偷偷地从学校取走,只不过借校方之手"摆治摆治"我而已。这爸妈做的!

2003年10、11月份,我连续两次从家里拿钱,和几个要好的同学结伴逃学野游。自然,身上又挨了父母不少拳脚。从这两次逃学以后,家里对我的管束越来越严。每日除了上学,父母给我规定了严格的回家路线和时间,稍有差错,轻则责骂,重则拳打脚踢,连放假和星期天也不放过。父母上班后,把我一人锁在家中,想出去办事也必须有大人陪着。这样的日子一直延续到2004年6月考入艺术学校,我始终没有获得"自由"。

这场噩梦像魔鬼一样缠绕伴随着我,痛苦、压抑,特别不快乐,而唯一解脱的办法,是让爸妈从自己的视线消失……

同学和老师:他是个普通男生

初中班主任冯老师:文明明平时给人感觉性格外向,爱说爱笑,有时他也不诚实,爱说谎话,犯错误后好下保证,喜欢发誓,但以后照样犯错。给我印象最深的是一次数学考试,他想和别的同学作弊,被我抓住了,纸条上写着:"第三道判断题,谁能告诉我,是对还是错?"

同学甲:同学们和文明明在一起相处,总觉得他脾气有点不好,爱发怒,常跟男生吵架,有时说谎不脸红,和他交往没有安全感。不过,他溜冰技术挺棒的,场上动作很优美。还有,吉他弹得也非常到位,有点艺术细胞。

同学乙:他这个人在学校没几个要好同学,据说外面结交的哥们儿挺多,门儿多,交际广,早熟。

同学丙:文明明和我们大多数同学一样,最渴望独立、自由及拥有自己的私人空间。一次到他家玩,领教了他父母对他管束得严厉。"不在沉默中爆发,就在沉默中灭亡。"只不过,文明明采取极端的行为寻求解脱,有逆人性,法理不容。

同学丁:厌学逃学不单一个文明明,私下里,确实有好多男生女生都把学校视为最不快乐的地方,产生自杀或自虐的念头我也有过。说心里话,学生时代,我也觉得不快乐!

检察官：残忍背后的冷漠让人害怕

2004年7月，在家过暑假的文明明又故技重演，从家中偷走1000余元钱，和四名同学结伴到郑州游玩，将钱全部花光后才回到家里。父母发现后，极为震怒，将文明明反锁家中，不准其单独外出。认为父母管教太严的文明明，就产生了杀死母亲、雇人废了父亲的念头，以为这样就再没人管束自己了，就可以无拘无束出外寻找快乐了。9月23日，文明明在家中找到一把剃头刀藏起来，想找机会杀死母亲，因时机不成熟没有动手。

2004年9月26日早晨，因文明明未按要求早起练字，父亲狠狠训斥了他一番。遭父责骂的文明明心中恼怒，就盘算着加紧实施计划。上午，他趁父母上班后，从自家阳台上找到一把斧头藏在柜中。

中午，和母亲吃饭时，文明明提出下午想出去玩会儿，但母亲理都没理他。下午1点左右，趁其母回卧室午休之机，文明明又到厨房找出一把菜刀，右手持斧、左手拿刀进入母亲的卧室，挥起凶器，疯狂地向母亲身上一阵乱砍……

杀死了自己亲生母亲的文明明，事后表现得出奇的冷静。他先是把床单扯下来，盖在浑身血肉模糊的母亲尸体上，然后把卧室的门锁上，就不慌不忙地在自家卫生间洗澡，换上一套干净的衣服，又把凶器上的血迹用水冲洗干净，才又返回母亲的卧室，给同学欢欢打了电话，约他来家一趟。

随后，文明明扯掉了电话线，据说这是怕符春丽再醒来报警，接着一阵翻箱倒柜，找些衣服、钱呀之类的东西，全部塞进旅行包内。等同学敲门时，文明明已准备妥当，像什么事也没发生一样，拉着欢欢下楼，到附近的一家发烧友溜冰场溜冰。

在溜冰的过程中，文明明又与同学利利、柯子相遇，就撒谎说母亲被一个男人欺骗，想找人"废"了那个男人，看他们是否与"道"上的人相识。利利是个逃学少年，常与这些人来往，于是就告诉他"弄"人起码得2万元。文明明一听，只好打了退堂鼓。

几个人玩得还未尽兴，又嚷着去一家舞厅"潇洒"。等玩够了，玩累了，文明明一看表，也快到父亲下班的时间了，他想父亲知道后一定会报警。这时他有些慌神，连忙打电话喊来前不久刚在溜冰场结识的朋友小翰，说自己犯事了,求他找个地方让自己躲躲。小翰听说后挺"仗义"的,就迅速喊来老家是河南驻马店的孙永,告知原委。与文明明同岁的孙永想也没想,爽快地带着文明明,趁着夜色逃离了这座城市……

案发后,警方在文明明家搜查时,发现符春丽一本还没写完的日记。其中,谈到自己的儿子,她写道:"你,文明明,是我的太阳,是我的希望,妈妈多么希望你能好好学习,长大以后成为一个顶天立地的男子汉……"熟悉他们家情况的邻居同事,都对发生的不幸事件难以理解,他们说文明明的父母对儿子真是太好啦,可好心却遭此恶报!文明明一蹶不振的姥姥告诉办案人员:女儿前几天还和自己商量着,准备年前给明明买台钢琴,好让准备去艺术学校的外孙有一个大大的惊喜。女儿说了,再苦不能苦孩子……

父母过分的爱使儿子个性扭曲

凶犯文明明的父母都是普通工人,收入有限,家庭经济并不宽裕。平时,他们自己省吃俭用,可为了这个"宝贝儿子"却有求必应,儿子"要啥就给买啥,一点儿也不吝啬"。久而久之,养成了文明明以自我为中心的个性特点,只知一味地从别人那里索取,从不关心体贴别人。这种人从不会付出,也不可能珍惜别人的付出。在饭店里吃饭,眼瞧着母亲干啃烧饼,而自己面前摆满了山珍海味的文明明居然能心安理得吃得"津津有味",不就已经充分地显露出他的不近人情、不通人性了吗?像这样的孩子,即使学习成绩再好,到社会上又怎能与人相处、与人合作呢?

父母过分的期望让儿子不堪重负

被害人符春丽中年下岗,丈夫单位工资拖欠,使本不宽裕的家庭经济明显地拮据起来。这一对普通工人必然会怨恨自己文化低、没有受到较好的教育、缺乏一技之长,也就没有资本在当前的社会竞争,从而造成如此困苦的局面。他们生怕自己的"宝贝儿子"将来的命运也会像他们一样困苦,他们更希望自己的"宝贝儿子"能成为"人上人"。为此,他们对文明明的学习紧抓不放。反正符春丽已经下岗,有充分的时间对儿子时时监视、处处紧逼,"什么都要管,什么都要问",不给文明明喘息的时间和空间,使得文明明产生"透不过气的感觉"。

父母管教不当,儿子逆反对立

下岗之后的符春丽情绪暴躁,动辄乱发脾气,拿儿子发泄。第一次就是在不分青红皂白的情况下将儿子狠揍了一顿,严重地伤害了孩子的自尊心,以致"一次挨打战战兢兢,两次挨打默不做声,三次挨打骨头硬,四次挨打功夫成"。其结果就像文明明讲的"拳脚非但没有让我对学习产生兴趣……与父母的隔阂越来越大,感情慢慢疏远了"。同时,"对书本深恶痛绝"。

这对父母对儿子自尊心的伤害还表现在其他粗暴的行为上,比如当着同学们的面训斥儿子;与学校搞"暗箱"操作等。要知道,自尊心是人们上进的动力,失去了自尊心和自信心的孩子,也就只能"破罐子破摔",甚至走向极端。

少年犯罪,学校也难辞其咎

做不完的作业和额外的学习负担,使得不少学生厌学逃学,甚至产生自杀轻生的念头。当今,并不是没有因不堪学习重负而自杀的例子。文明明是出于"我不快乐"而弑母,而这样的"不快乐"感受,又何止文明明一个学生有之?

家庭里缺乏温暖,学校里又"最不快乐",文明明只得转向社会,结交一些不三不四的"朋友"。学校里的老师对文明明的异常表现已有警觉,知道他"不诚实"、"说谎话",知道他"逃学"、"打架",却没有进行细致的教育。因此,这一起弑母案虽然发生在家中,但作为学校和老师,也有不可推卸的责任。

7. 言传身教,母女同盗

在子女的成长过程中,父母无疑是人生启蒙的"第一任老师",对于一个人如何为人处世以及价值观的形成影响深远。

在现实生活中就有这么一起案例:一个原本青春可爱的19岁漂亮女孩,由于受"问题妈妈"的耳濡目染,思想扭曲是非不分,好逸恶劳的母女二人为享受"幸福时光",竟然不顾廉耻狼狈为奸,把罪恶的目光锁向身边的无辜市民。

2009年11月15日,经河南省沁阳市人民检察院提起公诉,王纯、宋源源因犯盗窃罪,分别被判处有期徒刑3年6个月、2年。尽管案件不大,但因为人物关系身份特殊、作案手段荒唐,涉及家庭教育等诸多敏感话题,此案在当地引起很大震动,人们不禁好奇地问:这对母女怎么会走到今天这一步?

破碎多彩的梦

1990年8月,宋源源出生在河南省沁阳市太行办事处一个普通工人家庭,漂亮可爱的她从小就聪明伶俐,爱笑的她一脸阳光深受街坊邻居的喜欢。

从她背上书包迈进学校大门的那天起,宋源源各门功课都是优秀,尤其是语文更是出类拔萃,写得一手好文章,作文时常被老师在课堂作为范文点评。

在上中学的时候,宋源源作为校园小记者,暑假期间参加河南广播电台组织的小学生记者采访团,到沁阳市各风景名胜地集体采风。美丽的景色,多姿的山川,厚重的文化,令宋源源灵感大发,一个星期时间她以独特的视角,一气写出了三篇文采飞扬的散文。其中,《绿色的希望》一文,被编辑慧眼相中,在该电台《文艺天地》栏目播送。随着电波的传送,宋源源的名字印记到更多的人们心中。老师对这个爱笑的漂亮女孩寄予更高的希望。在周围的羡慕和赞叹中,源源的心中逐渐萌生了多彩的文学梦。

漂亮女儿的勤奋、才情和优异的学习成绩,最感到自豪和欣慰的莫过于宋源源的母亲王纯。年轻时曾经是不少男同学追求目标的 60 年代生人的王纯,在经历高考落榜、求职磨难、生活平淡、婚姻挫折以后,对自己的人生境遇感慨万分,用她自己的话说,就是"生不逢时"。就像一条手机短信调侃的那样:"当我们上学求知时,恰逢读书无用,大学是推荐的;当我们高中毕业时候,高考改革变成文化考试;我们还没工作的时候,工作是分配的;当我们开始工作的时候,文凭又成了敲门砖……"

心气很高的王纯,在高中毕业无奈"下嫁"普通职工宋海以后,把人生缺憾和希冀全部押在一对儿女身上。儿子宋军像丈夫一样在校成绩平平,女儿聪颖好学让王纯心生希望。

在她的"政策倾斜"下,全家人把源源当做公主一样供奉起来,无论再小的家务活,母亲从来不让源源沾手,家里有了什么好吃的,源源自然是头份,只要源源在家学习做作业,全家人无条件服从服务。在上初中的时候,个头都长得快与母亲一样高了,源源从没有自己洗过一只袜子、刷过一次碗。王纯不时告诫女儿:"只有好好学习才能成为人上人,你就是全家翻身的赌注!"

2005 年,在沁阳机械制造公司上班的王纯和丈夫相继下岗,一时间家庭生活阴云笼罩,王纯的脾气变得越来越坏,动不动就在丈夫和子女面前砸锅摔碗地发泄。

或许受家庭因素影响,宋源源升学考试,除语文分数比较理想外,其他成绩平平,与重点高中失之交臂。

王纯毫不顾忌女儿的感受,除哭闹数落外,就是整日吊着脸不理会她。宋源源在家里的地位一落千丈,只要她在家,拖地、洗碗、买菜全包,即便如此,还不时遭遇母亲无端的呵斥。

仅仅因为学习成绩的下降,宋源源感受到来自家庭待遇的冷暖。

到市职高报到的那天,还在怄气的母亲没有给她送行,也不让家人陪伴,宋源源一人孤零零地来到离市区十多公里的职高,心情糟糕透了。

上了一个让母亲毫无颜面的职高,辜负家人厚爱,这让宋源源承受了沉重的感情债务。

在上学期间,那个熟悉温暖的家在她眼里变得有点陌生,每次回去最害怕面对的,就是心气很高的母亲,尤其是伸手向母亲要生活费时,那种无以言说的憋闷,简直让她崩溃。

祸不单行,福不双至。2007年8月,宋源源的父亲突然瘫痪在床,尽管四处求医花费不少医疗费,把家人折腾得筋疲力尽,最后病情没有得到控制,家里落下沉重债务,这对本来经济拮据的家庭,简直是雪上加霜。

家里人商量来商量去,决定让宋源源辍学。她蒙头痛哭一场,挥泪告别同学,带着一颗破碎的梦,回到被生活吹落得风雨飘摇的家中。

言传身教下的人格裂变

生活来源的失去,家庭支柱的坍塌,经济状况的困顿,子女前途的无望等一系列人生的失败,让王纯更感觉到自己"心比天高,命比纸薄"的尴尬。

在痛苦无望的日子里,她学会了喝闷酒,隔三差五醉醺醺的,毫不避讳地在子女面前耍酒疯、说胡话。

源源体谅母亲的苦衷,默默承担起照顾瘫痪父亲的责任,在母亲喝得酩酊大醉时,劝解、安慰、收拾残局。

丈夫患病欠下一屁股债务,时间长了债主就上门催要。作为一家之主的王纯,面对上门逼债的亲友,不知如何应酬,很是狼狈。她四处求职但不是嫌弃活累,就是觉得脸面无光。挑来拣去,很难找到自己满意的岗位。

回到家中,王纯在女儿面前不断抱怨,不是指责社会不公,就是骂当官的腐败,心里似乎有深仇大恨。迷茫中,王纯喜欢上了抽烟。宋源源看不惯母亲的做法,好心规劝要母亲注意女人形象,谁知王纯不以为然:"现在社会,有钱就让人看得起,形象好没钱狗屁都不是!"苦闷彷徨中,在朋友们的怂恿下,无所寄托的王纯迷上了赌博。

开始赌资不大,偶尔也能赢上一把,一本万利的诱惑让她沉醉其中。有时候,王纯甚至把赌场设到自己家中,一打一个通宵。运气好的时候,出牌顺赌局输得少,心情也特别好,唯有此时对女儿源源态度最好,出钱吩咐让源源去商场买好吃的,或带着源源到饭店饱餐一顿。

渐渐适应母亲做法的宋源源,在百无聊赖时,不时被母亲带着到外面赌场见"世面"。在每次小赢后,母亲就与源源分享快乐,分析牌局传授技艺。

在很多暗中赌博的场合,圈内人经常看到王纯由女儿陪伴出现。宋源源年龄小不识牌局机关,几次陪母亲打牌时跃跃欲试,王纯都"按兵不动",只让她观察做伴,等"功夫"练达后再试锋芒。

不满足小打小闹,王纯参加的赌局越来越大。然而,赌场犹如一个巨大的陷阱,赔多赢少然而诱惑多多。接着她欠下的债务越来越多。为了继续参战扳回败局,东借西挪,亲戚邻居的钱都借了个遍,最后,就让女儿编造理由向同学朋友借,向娘家的长辈讨要。红了眼的王纯对源源说:"其实人生就是一场豪赌,我们家今天这种情况,要想过得有个人样,只有在赌场上或许能赢回面子!"

然而,赌博越陷越深债务越借越多,每天逼债的络绎不绝,王纯连死的心都有了。

看到母亲被债主逼得如丧家之犬,宋源源只好巧于周旋,小小年龄的姑娘学会了说谎,编造起假话来脸不红心不跳。

也正是宋源源的"精明",为母亲抵挡了不少烦恼的侵扰。为此,王纯夸女儿是娘的"贴心棉袄"。

捉襟见肘的生活,让母女俩每天开始为钱财绞尽脑汁。2008年6月一天,一个外号叫三虎的赌友,推着一辆九成新的司普瑞特电动车来到王纯家"寄存",神色诡秘地让她帮忙找个买主"出手",听到廉价的价格,看到对方反常的举止,王纯知道来历不明。揣摩出其中有利可图,不但把电动车藏匿家中,而且悄悄寻找买主。

结果很快卖掉,从中坐收渔利400元。正当她沾沾自喜的时候,警察找上了门。同年8月19日,王纯因掩饰、隐瞒犯罪所得罪,被沁阳市人民法院判处拘役三个月,缓刑六个月,并处罚金2000元。当她无限晦气地走出看守所高墙铁网,王纯并没有为自己所犯罪行忏悔,而是满腹哀怨地对迎接的女儿抱怨:"一点小事就遭这么大罪,啥都不怨,都是因为咱家没钱惹的祸啊。"

被法律无情"教训"了一次的王纯,回到家中并没有闭门思过,而是破罐子破摔走到底。

一天深夜,赌博夜归的王纯和源源特别嘴馋想吃点肉,手头又没有一分钱。母女俩一合计,骑上电动车来到乡下,摸到一户人家的鸡窝,麻利地捉走了一只鸡。母女俩大口吃着香味扑鼻的鸡肉,睡意全消,精神倍增。尝到"甜头"的母女,逐渐放任私欲的膨胀。

母唱女随伸黑手

在宋源源的记忆中,2009年的春节最狼狈不堪。全家人为躲母亲欠下的赌博债务,有家不能回,亲友不能聚,吵声闹声打骂声,都为一个钱字。

靠赌博翻身已无望,找挣钱行当又没门,没有一技之长的母亲,领着女儿开始铤而走险。

2009年6月25日,王纯骑着电动车带着源源在沁阳市区闲转,两人观察半天,决定到时代广场对面的优雅美容化妆店试试运气。

走进店里,王纯看到房子被分割成两间,里面一个白色装钱的提包引起她的注意。王纯耐着性子,装模作样躺到里面美容床,试用面膜。

时值中午时分,恰好家人给女老板送饭过来,等上好面膜留下王纯一个人在里面。也就是一眨眼的瞬间,王纯麻利地完成了一系列"高难度动作",随后向正在隔间中央的源源咳嗽一声,撒下一个谎,带着女儿飞快骑车而去。

骑车到团结路"杰克星空"迪厅附近,王纯就让源源把偷来的诺基亚手机卡抠出来扔到路边,而后怀揣偷来的300多元,带着源源美美地到饭店饱餐了一次。

时隔三天的6月28日11点左右,王纯带着源源,到沁阳市"道来米饭店"参加亲戚孩子的满月宴。半路上,宋源源悄悄地告诉母亲,前天在商埠街和人吃饭时,发现饭店对面一家瓜子店的女老板身边的包里装有不少钱,好像很容易"得手"。

王纯听了,脸上一阵惊喜,她赞赏地拍了拍女儿,骑车带着源源就直奔那家瓜子店。

母女俩装做顾客摸清地理位置,随即回到宴席等待时机。下午2点,王纯带上一个大包,骑车带着源源又踏进那家瓜子店。两人一唱一合,把店主骗到里面的仓库看样品,故意留下不引人怀疑的源源在外面大厅等候。

早已摸透情况的宋源源,眼疾手快地从柜中取出老板装钱的小包放到桌上,快速到仓库向王纯使一个眼色,母女俩马上调换位置,由源源继续与老板周旋,王纯闪电般把钱包放进自带的大包,找了个理由,没等老板回过神来,带着女儿飞驰而去。

后经警方查证认定,那次母女俩"合作"盗窃了6600元现金、一部佳能数码相机、一部诺基亚6300手机、两张中国银行卡、一张浦发银行卡、一张招商银行卡等。看到自己的战果如此辉煌,母女俩到沁阳的高档消费场所庆祝了一回。

看到了"希望"的王纯,忘形地拍着厚厚的人民币,不无得意地对女儿袒露心迹:"这才是人生的硬通货啊!"

正当这对母女搭档踌躇满志准备大干一场的时候,冰冷的手铐锁住了贪婪的邪念,高墙铁网成为她们犯罪的归宿。

8. 一个"孩奴"父亲的育儿宣言

"孩奴"是继"房奴"之后,又一个反映现代都市中步入婚姻生活的青年人生存状态的新名词,指一些年轻夫妻在有了孩子后,为子女打拼,为子女忙碌,为子女挣钱,从而完全丧失自我价值的生活状态。

的确,由于生存成本的不断提高,攀比心理的作祟等,如今养育一个儿女,确实让现代父母们累弯了腰,愁白了头。难怪不少人感叹:生孩容易养孩难!本文男主角秦韵昆,无疑就是一个典型的"孩奴",令人叹息的是,为了践行所谓的"育儿宣言",他付出了惨重的人生代价。

不能让孩子输在起跑线上

1982年5月,秦韵昆出生在河南省台前县城关镇。2000年从台前三中毕业,离开家乡到美丽的濮阳市打工,先后在喜得来饭店帮厨、畅运物流公司做保安、红矾房地产咨询公司干销售等,最后经过职业技能培训,在风华铸造公司当一名车工。用现代人的说法,就是一个"新生代农民工"。

他的家在农村,濮阳这个城市里没有户口,没有住房,没有医疗保险,属于"漂一族"。不过,让秦韵昆倍感温暖庆幸的是,在艰难的人生跋涉中,一个漂亮活泼的城市姑娘程骋,走进了他的感情生活,尤其让他感动的是,家境富有的心上人,并没有嫌弃他的寒酸出身和尴尬身份,不顾父母的强烈反对,暗地里和他来往密切,用心去经营芬芳的爱情。

2007年6月的一日中午,正在红磨坊广告公司上班的程骋,突感身体有些不适,就向经理请假,到附近妇幼保健院就诊。"恭喜你,你有喜啦!"一脸慈祥的老医生笑吟吟地告诉她。"什么?你说什么?"程骋像在做梦般。当得到对方的确认,程骋张大着嘴,不知如何是好。

"真的吗?太好了,我要当爸爸啦!"晚上下班,当心急火燎的程骋,把这个消息告诉秦韵昆的时候,他高兴得流泪。

"这个孩子来的不是时候啊!"面对突然降临的喜讯,程骋显得忧心忡忡。对于他俩的婚事,程骋的父母始终态度坚决:不同意!程骋的父亲是濮阳市一家企业的销售干部,从小到大,对三个孩子中最小的女儿程骋相当疼爱。经历人生无数坎坷的长辈,反对这门婚姻的理由就是:秦的家在农村,家境不好;无论秦再能干,还是一个农民工,生活没有保障。自己的孩子从小娇生惯养,以后和秦韵昆结婚生子过日子,绝对不会有幸福可言!

父母的工作没有做通,两人还没有举办婚礼,这个时候怀上孩子,无疑没有一点思想准备。

"坚决把孩子做掉!你俩必须断绝一切来往!"当秦韵昆和程骋硬着头皮,主动上门向父母报告情况,以求同意婚事的时候,程骋的父亲不容置疑地作出决定。

哭成泪人的程骋,在母亲的强拉硬拖下,极不情愿地去做人流手术。在医院的走廊里,程骋看到大人怀抱着的一个个可爱小孩,油然而生的一种母性悲壮情怀让她对身体里的小生命产生了强烈的保护意识。趁母亲与大夫说话的空隙,她趁机溜出医院,马上掏出手机给秦韵昆打了一个电话。两人迅速在人民公园相聚,面对此景抱头大哭。

当得知程骋的态度,秦韵昆泪流满面:"骋骋,我和我全家真诚感谢你!孩子无罪,无论什么情况,我们也要把他养育成人!"

程骋不惜和家人断绝来往,也誓死不同意将孩子做掉。为此,她在家人和朋友的一致反对下,大吵大闹一番,最后毫不迟疑地搬离了家门。

两人手忙脚乱地去补办结婚手续,找熟人托关系办理准生证,四处打听,在人民路花新小区暂租800元一月的两室一厅。晚上,秦韵昆深情地把程骋揽在怀里:"骋骋,你为我付出这么大的代价,今后即便吃再大苦,受多少累,也绝不会让你和孩子受半点委屈的!"

秦韵昆的父母得知儿子找了个城市姑娘,并且马上要抱上孙子,高兴得不知道说什么好。老两口兴冲冲地从台前县农村赶到濮阳市。当看到目前两个孩子是这样一种境况,就硬让秦韵昆带着,专门去拜访程骋的家人。谁知,程骋的父母正因女儿的事一身火气无处撒,此时又遇到秦的家人上门和解,心里更是憋屈窝火,因而一点也不客气,粗暴地将秦的父母拒之门外。

秦的父母耐着性子,几次试图想求程的家人同意这门亲事,结果都无功而返,闹得灰头土脸的。程骋的母亲说话很刻薄,对一直求和的秦韵昆的父母毫不留情:"啰唆话少讲!咱们不是一个档次的,傻丫头无知愿跳火坑,我们当老人的,不会违心去为倒霉的婚事喝彩!"

无奈,父母在离开濮阳市的时候,悄悄把平生积蓄的两万多元,全部交到秦韵昆的手上:"孩子,你们以后在这个城市打拼不容易,这点钱,就算是我们的一点心意吧!"秦韵昆捧着钱,心里特别不是滋味。

"不蒸馒头蒸口气!"秦韵昆拿出自己全部的积蓄,又悄悄回到老家找亲朋好友借上一笔钱,加上老人留下的和程骋的私房钱,勉强在友谊路凯旋小区购置了一套两室一厅的二手房,在程骋生产的前两个月,搬进了重新粉刷一新的婚房。

没有人来道喜,也没有人来凑热闹。晚上,秦韵昆贴着妻子的肚皮,一边谛听着,一边像发布育儿宣言:"孩子,爸爸没有能给你的妈妈隆重热烈的婚礼,但再也不会给你留下什么人生的遗憾。爸爸即便肝脑涂地,也要在你降临这个世界后,为你创造一个好的环境,绝不会让你像爸爸一样,首先输在人生起跑线上!"

孩奴:不堪承受之重

自从程骋有了秦韵昆的骨肉以后,秦韵昆就患上了购物"强迫症"。闲暇时间,平时根本不爱逛商场的他,没事的时候就独自一个人跑到婴儿用品商店,看看这个,问问那个,时常弄些前卫时尚的玩意抱到家里。两个人很有兴趣地研究来研究去,提前为未出生的孩子衣食住行着想。

有一次,他看中了一个瑞典产的婴儿奶品:细细的瓶身,坚硬的材质不怕摔打,粉红色的奶嘴,柔软温和,感觉就像妈妈的乳头,特别可爱实用。一问价格,200多元!秦韵昆也不管这个需要自己一个星期的劳动,眼睛都不眨,就买了回家。

婴儿床、婴儿服和纸尿裤要买最好的自不必说,一个和奶瓶配套的温奶器180元,外加奶瓶消毒锅200元,婴儿调食器一套250元……秦韵昆牙一咬,全部买了回家。

听说城市孕妇在生孩子前需要很多必修课,秦韵昆东打听西访问,掏出将近一个月的工资,硬逼着妻子到健身房,用两个月时间,进行孕妇健身和婴儿护理培训,精心为妻子设计一日五餐,鸡蛋、牛奶、瘦肉、蔬菜,外加小火咕嘟了一整天的鲜汤,还要再来点微量元素,和蛋白粉辅以定量钙片,以及鱼肝油作为营养补充。

"昆,咱们条件不好,给我和孩子买的的东西能省尽量省吧!"妻子看到秦这么消费,小心地提醒。"别人能享用,凭什么我姓秦的妻儿不能!"秦韵昆带着一点赌气,在妻子和未来出生的孩子身上,城市人有的一点也不含糊,甚至有过之而无不及。

2008年2月,程骋在妇幼保健院生下一个8斤重的白胖儿子,秦韵昆高兴得手舞足蹈。不过,3000多元的住院费用,还是让他大吃了一惊,等到秦韵昆把妻儿接回家中,家里全部积蓄只剩下400多元。

程骋生下孩子奶水不够,他们不得不买奶粉,加上尿不湿、生活费等,这让秦韵昆的那点工资根本吃不消。有一日,程骋的母亲背着丈夫偷偷探望,不忍心女儿遭罪,就当着秦的面,往程骋的手里塞上2000元钱,秦韵昆连忙阻止:"妈,我们能过得去,怎么能要你的钱呀!"岳母连看也没看他,一脸鄙夷地说:"哼!谁是你妈?你妈在乡下!我就看不惯,明明穷酸,还愣装富贵!"那时候,秦韵昆好不尴尬。

程骋生下孩子没有再上班,家里一切费用开销,都由秦韵昆一个人扛着。物价的飞涨,经济的拮据,周围人的攀比,岳母家人的不屑和白眼,让秦韵昆感到前所未有的压力。

秦韵昆搞机加工,有一定的技术,经朋友的介绍,他又悄悄兼职一家私人企业的工作。每天,他辛苦了8个小时,振作精神继续到另外机工坊加班。每天拖着疲惫的工作回到家里,再遇到孩子哭闹折腾,身心疲惫不堪。有好几次,他实在有点招架不住,无缘无故就发起了脾气。程骋一个人在家里照顾孩子,也不堪其苦,听到爱人这样的态度,顿时也不冷静,烦躁地和秦吵闹起来。

秦韵昆耐着性子,百般哄劝承认错误,才避免了一场家庭战火。

2008年7月26日,孩子因感冒引发肺炎住进人民医院,在医院住了不到半月,医疗费就花去了1万多元。秦韵昆强打精神背着妻子,东借西拼,总算把这件棘手的事情解决了。

孩子渐渐长大,而程骋父母那边还没有和解,指望让岳父母代管孩子不大可能,秦韵昆的老家条件差,他们又担心儿子遭罪不忍心送过去,程骋只好继续在家照顾小孩,家庭的开支由秦韵昆一个人继续担当。有几次,程骋试探着想让父母接济,都被他坚决地挡了回去:"骋骋,这个时候去求你的父母恩赐,不是在扇你男人的耳光吗?"秦韵昆咬牙坚持,"你放心,有我呢,一切都会有的!"

为贴补家用,让孩子像城里小孩一样生活得幸福快乐,秦韵昆牺牲了一切休息时间,忍疼割舍全部业余爱好,除了睡觉,每日加班加点挣外快,一门心思为妻儿过好日子奔忙。他原来体重160多斤,几个月下来,一下子瘦到136斤。妻子心疼他想降低孩子的生活标准,秦韵昆很男人地制止:"我现在年轻浑身有的是力气,孩子长身体需要最好的营养,再苦不能苦孩子,再穷不能穷孩子呀!"

物价涨,费用高,家里开支大,秦韵昆再折腾,也总是难免捉襟见肘。时常,他找熟人同事东借西挪,然后再拼命挣"外快"归还。手里捏着一张张借条,夜里梦着永远也无法释放的重负,白天在妻儿面前强装言笑扮潇洒,秦韵昆身心俱疲,可又无法发泄。

为孩子的幸福铤而走险

2009年4月的一个周日,程骋的一位女同学全家来他们的家里做客。吃饭聊天的时候,大家都不约而同地谈起孩子的教育问题。姓张的女同学不无炫耀地说:"教育孩子就要从早开始,最近俺老公把儿子送到郑州一家早教中心,每星期才把孩子接回来一次。甭说,效果就是好!"秦韵昆忙问:"那费用多少呀?"对方显得很轻松地回答:"一个教育课程一万二!"秦韵昆夫妻一听,张大嘴巴没有了下音。

那天下午,女同学和家人离开后,秦韵昆夫妻莫名其妙地情绪低落。秦韵昆心情烦躁,就打电话相约两个在市区打工的老乡,到一家小酒馆喝酒解闷。看到他闷闷不乐的样子,老乡方程前打趣:"老兄,咱们几个就你混得人模人样的,又找了个城市老婆,你还有什么不高兴的?"感觉对方也不是外人,秦韵昆长叹了一声:"兄弟有所不知啊,生活在那个圈子里,我堂堂一个男人,连孩子都养活不起呀!"他如此这般地把养育孩子费用、自己现在的经济能力,以及今后教育、择校甚至出国等硬件要求诉说一番,最后猛然一砸桌子:"不行,一定要让我的孩子和城市孩子在一个起跑线上!"

2009年7月27日中午,秦韵昆正在家吃饭,突然,两个不速之客走进了他的家里。原来,在孩子去年住院期间,身无分文的他情急之下,经朋友担保引荐，向一个地下高利贷者借了1万元，时间一年利息5000元。到期后，秦韵昆还是拿不出归还的钱来，就一拖再拖，对方几次讨要都不能如愿，朋友也急了，借款的人也翻脸了，双方剑拔弩张成了仇人。

一看对方找上了家门，秦慌了手脚，他害怕在妻儿面前丢丑，就赶紧编造谎言把两人拉到偏僻处，好说歹说对方勉强答应归还日期再延长半月，不过利息要再加2000元，秦也只有点头同意。

秦急得如热锅上的蚂蚁，不知何去何从。他跑回老家台前县，找到从小要好的同学刘远、张成庄、刘之虎商量对策。三个同样面临经济压力的无业青年，最后竟然一拍即合，要合伙一起去干"大事"！

2009年8月15日，经过不断地"演练"、踩点和准备，秦韵昆、刘远等四人带着T形锥、螺丝刀和密码防盗盒等作案工具，开着一辆比亚迪轿车，从台前出发，上到高速以后，他们直奔位于河南省西北部的济源市，在经过一番"火力"侦察，晚上8点时分，在市区老工贸大厦附近，盯上一辆黑色伊兰特轿车，趁四处无人之际，有人放风，有人接应，秦韵昆利用自己的专业知识，悄悄将车门打开，将密码防盗盒接到车的线上，由前面车引领，和刘远一道，将车偷偷开走，发疯似地上了新济高速，最后把赃车开到老家候庙镇，由张成庄联系，很快将车以2万元的价格转手倒卖。几个哥们也很够义气，每人留下1000元，剩余让秦韵昆归还了高利贷。

一次"出击"就如此战果，秦韵昆一直紧锁的眉舒展了。想想自己过去含辛茹苦任劳任怨，却收入微薄，经济窘迫，让妻儿活得不能扬眉吐气，自己也无法在人前有尊严，而现在非"常规"的一次行动，就能解一年多压在心头的重负，"人生啊，看来钱才是幸福的敲门砖呀！"

接着，他和同伙继续疯狂作案，把罪恶的目标，除了放在濮阳市区，还有远离台前的河南省焦作市、沁阳市、济源市等，他们采取"打一枪换一个地方"的游击战术，专门偷窃小轿车，很快低价转手倒卖，非法牟取不义之财。据后来检察机关审理，从2009年8月15日至同年12月22日案发，秦韵昆等犯罪团伙先后流窜沁阳等地，共盗窃现代、桑特纳等小轿车9辆，价值150余万元。

2010年3月19日，河南省沁阳市人民检察院以盗窃罪，依法对秦韵昆、刘远、张成庄、刘之虎四人提起公诉。

第三章　社会看台

人生是支万花筒,社会是个大看台。

翻阅《一支"盗油游击队"的黑色档案》,你会发现在这个浮躁的年代,一些人为了金钱、利益、享受和所谓的人生幸福指数,利令智昏,铤而走险。本来有美好前途的的三好大学生遇到了热心豪爽的总经理,于是上演了《现代版的"农夫与蛇"》。原本一生谨慎做人、兢兢业业做事的"老实人"晚节不保,《"败家子"忙着找退路》,最后把《罪恶锁在黑色密码箱》,非常悲剧性地结束了《"冷面杀手"的罪恶人生》。

本应该前车之覆,成为后车之鉴,但依然有"前仆后继"不计后果之徒。先有《富豪与打工仔的闹市决斗》,后有《罪案上"玩火"的经侦队队长》飞蛾投火。惨痛的教训,深刻的警示,《一个女贪官的生命之痛》,告诉我们,继续走下去,前面是万丈深渊……

1. "败家子"忙着找退路

余矿子,男,现年49岁,河南省某矿原副矿长(副县级),多次利用职务之便,损公肥私,大肆攫取国有财产。2004年8月,法院以贪污罪、受贿罪和巨额财产来源不明罪,数罪并罚,依法判处余矿子有期徒刑12年。

"煤之子":我把生命献给你

河南省焦作市,是一个因煤而立、依煤而兴的城市。

1955年8月4日,在焦作市的一位老矿工的家里,诞生了一个新生命。为了使后代不忘本、永远热爱脚下的这片热土,余姓老矿工给儿子起了一个很朴实的名字:矿子。

从记事起,余矿子就一直生活在煤矿,整日与煤炭打交道。他上学就读的都是煤矿的学校,离开校园后,又毫不犹豫地去了煤矿。为了锻炼自己,余矿子自告奋勇,先从最艰苦的井下工做起。在"暗无天日"的井下,他脚踏实地,和工友们你追我赶、热火朝天。那时的他,浑身似乎有使不完的劲儿。为了多出煤、出好煤,加班加点成了他的家常便饭。

在余矿子眼里,煤矿就是自己的"家"。为了这个家,他肯出力、愿流汗,如果谁要去"损"它,他坚决保护。有一次,余矿子所在的煤矿堆放了一些废弃木料,外单位的一个小伙子正用车运煤,可能觉得这些废弃木料拉回家有用,就趁无人之际,悄悄往自己的车上装。谁知,余矿子恰巧从井下上来,目睹此景,他不依不饶,直到小伙子卸了木料,认了错,方才罢休。

就是凭着对煤矿的这份感情,余矿子一步一个脚印,从井下采煤工,到领导100多人的煤矿机电科科长,再到后来担任副矿长,他都时时以矿为家,处处呵护煤矿的利益。在余矿子的一只皮箱里,保存着一本本矿上发给他的各种荣誉证书。有一天,一位亲戚的儿子到他家住,趁家里人不注意,小家伙不知如何从皮箱里翻出了一些荣誉证书。余矿子回家后,发现两本的内页已经烂了。他心疼极了,不由分说把亲戚的小孩痛打一顿。事后,他自己也觉得有些过分,但是,余矿子最看重最珍视的,仍是那份荣誉。

丧失信念：老先进患得患失

1996年，余矿子被任命为某矿的副矿长。

做了有一定权力的副矿长，自然接触面广了、应酬多了，前来请求办事的人也多了。但是，余矿子很能自警，面对社会上的一些不正之风，他不随波逐流。为此，余矿子曾为自己定下"三不原则"，即对"自己看不惯的东西不羡慕，不参与，不仿效"，把一门心思用在工作上。

然而，随着时间的推移，一切都开始慢慢地发生变化。

余矿子所处的职位，使他平时有很多机会与地方上的一些小老板来往。从内心深处，他不愿与他们为伍，觉得他们肤浅无知，缺乏深度，市侩粗俗。但是，余矿子又非常妒忌他们的挥霍、富有。和他们在一起，余矿子心理不平衡，总觉得有些底气不足。

有一桩事，对余矿子刺激很大。一次，在好朋友的安排下，余矿子到附近的一个煤矿个体户家做客。余矿子一踏进豪华气派的小洋楼，不禁为室内的富丽堂皇所震惊。那次饭局，饭桌上的很多菜，他连名字都叫不上来，无论怎样强打精神，他始终难以找到做矿长的感觉。尤其是喝甲鱼汤时，热情的主人把甲鱼背盛给了他，余矿子竟不知所措，慌张得不知如何下口，那份尴尬已无法掩饰。

近年来，余矿子所在的煤矿效益逐渐不尽人意，很多应该享受的福利没有了，过去国有企业职工的优势也渐渐在丧失。他在煤矿长大，这两年前辈矿工的晚年景象，他看在眼里、伤在心上。有一回，余矿子去探望一位叔伯辈的老矿工。昏暗的小屋，低矮的住室，生病后连个照顾的人都没有，医药费迟迟不能落实，老人凄凉的晚年，使余矿子感慨万千。

余矿子当了副矿长，在别人眼里，就成了有能耐的人物，尤其是在一些亲戚朋友看来，他简直就是神通广大的"七品官"。于是，子弟转学，儿女就业，缺吃没钱，都想着找他解决。但只有他自己心里清楚，这个大矿长，其实没有几下子"能耐"。

余矿子只有一个独子。他对儿子百般娇宠，十分疼爱，倾注了全部的心血。眼看着儿子一天天长大，孩子的前途成了余矿子的心病。让儿子上大学，甚至出国留学，最现实的问题就是钱。有时，他暗自思忖，以现在高昂的学费,凭自己和妻子那点"死工资"怎么供得起呢?

慢慢地,余矿子把关注的目光从煤矿转向了家庭,心思从公移到了私,以往那个以矿为家的老先进,开始为自己的利益患得患失。

损公肥私:为己辛苦为己忙

1999年1月,一位姬姓小煤矿矿长怀揣5000元钱,径直走进余矿子的办公室,没有寒暄几句,就从口袋中掏出钱来交给余矿子,并笑着讨要欠条。

睐睁半天的余矿子猛然想起:两年前,这位姬矿长和自己商定,由自己所在的煤矿为小煤矿修一台变压器,维修费5000元。变压器修好后,因手头紧张,姬矿长向余矿子打了一张欠条,就把变压器拉走了。

如今,时隔两年,人们早已将此事淡忘。余矿子反复摩挲着厚厚的人民币,思前想后,最后把心一横,悄悄地将钱拿回了自己的家。

尝到了甜头的余矿子,时隔不久就迫不及待地把机电科科长、保管员叫到办公室,以给职工办福利为幌子,安排办事人员虚构机电设备大修计划,串通一个租赁站门市部负责人,假借维护机械设备之名义,移花接木,骗取大修款1.2万元。余矿子一次就分得现金6000元。

余矿子凭借手中的权力,略施小计就财源滚滚,从而使他对权力有了全新的体会和认识,似乎也从中找到了做矿长的感觉。

1999年4月,一个小煤矿矿长,为了自己的企业发展顺利,就想找余矿子套近乎。事先,听人说余矿子很难"下水",他犹豫半天,抱着试试看的心理,吞吞吐吐地想"献爱心"。谁知,余矿子非但没有拒绝,反而亲自和他一起跑到市区,精心挑选了一辆摩托车。待小老板交过钱,余矿子就心花怒放地推上新车,一路欢歌地骑回家了。

领教了余矿子如此"直白",这位小矿长趁热打铁,马上又购置了一部价值不菲的手机,恭恭敬敬地"奉献"给了矿长大人。

"真情"自有回报。后来,这位小矿长再有事到某矿,只要是余矿子权力范围内的,自然是热心服务,慷煤矿之慨以利私囊,不管国家遭受多大损失也在所不惜。

同年8月,按照惯例,煤矿要维护更换绞车板,聪明的余矿子认为发财的机会来了。于是,他召集机电科的两名心腹密谋。他们通过集团下属的塑料厂,提出"掺假"的大修计划,然后通过租赁站,将属于集团大修资金的3.2万元转入塑料厂。随后,他们取走2.5万元,马上进行分赃。那一次,余矿子一人就分得1.3万元。

　　随着余矿子思想的逐渐变化,其行为也变得越来越嚣张。他紧紧握着手中的权力,把煤矿的利益抛置一旁,不给好处不办事,给了好处乱办事。因为他掌握煤矿的机电设备等大权,附近的小厂和煤矿都有求于他。于是,在他个人收到好处后,接下来受损失的,只有煤矿了。

　　2001年3月,煤矿附近的一家小化工厂要进行变压器增容,厂长找到余矿子请求"照顾"。余矿子摆了一会儿官架子,在吊足了对方的胃口后,直言不讳地索要"好处费"。于是,双方很快商定,化工厂为余矿子办理一张银行卡,每月为其存入1000元,由余支取。此后,直到2003年3月,余矿子共在这张卡上支取现金2.2万元。

　　余矿子所在煤矿的效益每况愈下,而他自己的小日子却越过越滋润。在办案中,检察机关对余矿子一家的财产进行了清查。余矿子的家庭财产有84万多元,根据焦作市居民人均消费性支出计算,除去他家庭可计算的消费性支出,以及余矿子个人贪污、受贿的8.8万余元,尚有近60万元无法证实其来源的合法性。一位办案的检察官深有感触地说:"余矿子每得一次好处,他所在的煤矿就要遭受一次损失。吃里扒外,十足的败家子!"

　　余矿子进了监狱,他所在的煤矿破产了。两者的结局,不一定互为因果,但也不能说没有某种联系。通过这些,难道我们不能从中有所警醒吗?

2. 现代版的"农夫与蛇"

总经理探亲路上离奇失踪

2005年9月30日下午,按照和妻子事先的商定,河南某广告有限公司总经理黎良把工作安排好后,一家三口开着自家的红色小轿车,一路飞驰地向河南省焦作市温县而去。

今年42岁的黎良,出生于河南温县的农村,高中毕业当了兵。1994年由志愿兵转业到郑州,与做幼教的妻子冯应结束了"牛郎织女"的生活。在经商浪潮的冲击下,他独自到生意场上进行打拼。1999年经多方筹资100万元后,在郑州市注册成立一家广告公司,从事户外广告牌等广告设计制作。他为人正派诚信,豪爽讲义气,朋友多门路广,公司生意越做越大,在河南广告界名气不小。时间不长,在省城就有了令人艳羡的房子车子票子。虽然走进了富人圈,但他善良的本性不移、乐善好施、孝敬父母、疼爱妻女、体贴下属,平时一副乐呵呵的样子,不摆谱,很有人缘儿。

当日不到天黑,一家人来到温县县城的岳母家。第二天中午没来得及休息,李总安置好妻女,又独自驾车去看望住在番田村的父母。

10月4日下午2点,是黎良和妻子约定碰面的时间。夫妻二人电话中商定,下午在县城岳父家相聚,然后全家一起回郑州。然而,站在门口的冯应,不知张望了多少次,还是没见那辆熟悉的车影。

时间在一分一秒地过去,早已超过说好的时间,但却始终不见丈夫的身影。

"平时很守时的嘛,今天怎么会这样啊?"妻子冯应回到屋里,一边打着电话,一边皱着眉头轻轻嘟囔着。她拨了多次电话重复键,丈夫的手机却一直处于关机状态。

"也许是手机没电啦,再等等吧!"看到女儿不耐烦的样子,父亲在一旁轻声地安慰,冯应轻轻地摇了摇头。她最了解自己的丈夫,出门在外的,如果是说好的事,即便是临时有事不能赶到,也会电话通知啊。

看着大人开始沉不住气,女儿拉着冯应的衣服,小声地问:"妈妈,爸爸不会有什么事吧?"全家人听了小孩的一句话,你看看我我看看你,谁也没有接话。冯应狠狠地瞪了女儿一眼,心情突然变得有些异样。

从婆婆家到父母家,也不过20分钟的路程,会有什么事啊?难道车半道抛锚?不会的,出现这种事,黎良不会不打招呼的。路上违章被扣押了吗?出门时证件都带齐全了,不可能有违章的情况发生……冯应想了很多可能,最后都一一推翻。

"对,找他最要好的战友问问,兴许能知道情况。"冯应拨通了丈夫几个最要好战友的电话,想了解一下丈夫的行踪,结果都不知道黎良的音讯。

正在这时,从外面刚回家的弟弟冯浩,拍着脑袋猛然想起来一件事:10月3日下午,姐夫黎良曾给我打过一个电话,约好夜里在县城加油站附近吃饭。但等到夜里快9点了,打电话和姐夫联系,却关着机。我以为姐夫可能有别的什么事了,就没有太在意,接着和其他朋友喝酒去了。

冯应听完弟弟的一番话,脸色大变,她强打精神,哆哆嗦嗦拿起电话,在弟弟的帮助下,设法和婆婆家取得联系。从田里回来的大伯哥很惊讶:"黎良昨晚吃过饭,就开车回县城了啊!"冯应话没听完,眼前一黑瘫倒在沙发上。一种不祥的预感突然笼罩了下来。

冯应顾不得多想,第一个反应就是让弟弟找来亲友,分头帮助找寻。有的和郑州方面联系,有的到县里交通部门打听,有的沿着可能行驶的路线搜寻,有的甚至跑到县里的一家家医院查找。妻子和大家一道,不知找了多少人,去了多少家,跑了多少路,让人焦躁不安的是,没有发现黎良的一丝踪影。

丈夫的神秘失踪,令妻子冯应六神无主,她自言自语:黎良啊黎良,你昨晚就回到了县城,究竟在哪里过的夜啊?!各种可能都被一一排除,大家在一起碰头分析着原因,最后,不知是哪个年轻的亲戚冒失地问:"都说现在的男人有钱就变坏,黎良哥又帅又有钱,不会是有外遇了吧?"冯应闻听,也没计较,苦笑着摇了摇头。结婚快20年,她最了解自己的丈夫。

黎良的失踪,牵动着亲戚朋友和公司员工的心。就在大家心急如焚地四处寻找时,噩耗降临了。

10月4日下午6点多,有人在沁阳市到温县的一处公路上,发现一辆被丢弃的红色小轿车,车里有一个被害的中年男子。

在丢弃的车里,有一张9月30日下午黄河大桥收费票据,工作台上,有半盒崭新的名片,经核实,很快确认了被害人的身份——河南某广告有限公司总经理黎良!

一个省城的公司老总,被人残忍地抛尸荒野!究竟死者生前做了什么大义不道之事,还是得罪了何方"神仙",竟招来如此杀身之祸!是仇杀还是情杀,还是有什么别的原因?

寻着各种线索,警方立即对受害者家属以及生前好友逐一展开排查,随着侦查工作的逐步深入,一个个疑点逐渐被排除:黎良生前是一个生活作风严谨、与人为善的豪爽之人,既无男女问题,也没和谁结下冤仇。相反,他为人豪爽义气,从不在钱财上与人伤和气。极重感情的他疼爱妻女、重视家庭,基本上能够排除因情或因仇、或因家庭矛盾遭遇他杀的可能。

排除了情杀仇杀可能,人们更显得疑惑和不解:假如这桩案件是抢劫杀人,案犯为什么不抢汽车,反而把这辆车丢弃暴露在光天化日之下?为什么选择在黎良老家温县下手呢?一切究竟纯属巧合,还是另有所图呢?

案件一时没有进展,围绕黎良的离奇之死,在民间慢慢传出多种版本的猜测和描述。最撕心裂肺的,莫过于死者的妻女和父母,不但承受着失去亲人的悲痛,还每日迎着人们复杂的眼光,一趟趟地往办案部门督促了解案情进展。她们整日饭难下咽、觉难入眠。自己的最爱不明不白死于非命,无论是黑是白,总该有个明确的说法啊!

大学生为钱半路行凶

从现场情况看,犯罪分子作案手段极其残忍。可以肯定,他是被人扼颈而窒息身亡的,生前曾经反抗过。

哭的死去活来的冯应,在家人的搀扶下,见到了丈夫冰凉的尸体。她趴在丈夫的身上,泣血地千呼万唤。最让她不能忘记的,是丈夫死后痛苦的表情,那死难瞑目的双眼,在爱妻颤抖的手多次抚摸下,似乎才不情愿地闭上。冯应悲愤地一遍遍仰天发问,究竟丈夫生前有什么不可饶恕的错,竟让他死得这样悲惨、死得这样痛苦不堪?!她拼命地拉着办案警察的手,泪眼婆娑地声声哀求:"求求你们啊,一定要抓住可恶的凶手,不然,我丈夫九泉之下也不会安宁的呀！"

围绕黎良蹊跷的被害，背负巨大压力的警方，汇集多方信息，不断筛选分析，最后把目标锁定在手上有搏斗伤痕、会开车、懂微机、20岁左右的高危人群。于是，一场拉网式大搜索在悄然进行。

10月7日，民警吴东平在祥云镇张寺村排查，遇到替父亲买烟的马瑞风，便随口问道："你是干什么的啊？"马瑞风看着眼前的警察慌忙回答："我在郑州上学呢，交通职业大学的学生。"问到他会不会开车，马瑞风点了点头。在盘问中，民警发现马瑞风的手上有伤痕，他说是夜里回家跳窗户划破的。察觉出对方难以掩饰的惊恐，民警把他带到村委会办公室。

围绕手上的伤痕，不管如何追问，马瑞风咬定是在自家窗上弄破的。警察没有轻信，几个人跑到马家查看，发现窗玻璃上都是厚厚的灰尘，蜘蛛网很多，铁钉锈迹斑斑，不存在新换玻璃的痕迹！

显然，马瑞风在回避着什么。

随即，马瑞风被带到指挥部接受详细调查。警官们讲法律讲政策，他不说话陷入了深深的沉思。不知过了多长时间，马瑞风抬起了头，说想抽支烟，并要求其他人离开。当屋里只剩下他和李副局长时，马迟疑地问："领导，像我这样的事，能判几年啊？"李不动声色地问："说车的事吗？"马瑞风低下头的一瞬间，李局长马上预感到，一桩悬案就要破解了。

马瑞风一口气把犯罪的前后经过，一字不漏地做了坦白交代，在他的指认下，其他两名同伙马璇、马佳宾当日相继落网。

一直在家里等着儿子买烟回来的马老汉，左等右等，最后竟等来儿子是杀人凶手的消息！他开始一直以为是别人的一个恶作剧。儿子从小连鸡都不敢杀，怎么可能会去干那种伤天害理的事呢？后来得到了证实，他百思不得其解，怎么也难以把抢劫杀人与乖顺听话的儿子画上等号。他无法亲自找儿子求证，带着满脑子的不解，就花钱请了个律师，特意请求律师代替问问：这事究竟有没有冤枉儿子，一定让律师从儿子那里得出真实原因，带出笔录，假如真是他干的，是怎样干的，怎么会有这种念头，中间都是什么过程，等等。

律师在高墙铁网下，与马瑞风见了面，并应马父的心愿，专门做了详细的笔录。当马老汉看到亲录的口供，一下子傻了眼。

马老汉一字一句翻看着律师带回来的笔录，又是摇头又是长叹。儿子供述的每一句话，对他都是揪心的疼。人们眼中那个冷血的杀人凶手，真的会是自己看着长大的儿子吗？

1987年8月出生的马瑞风，从小在温县一个叫张寺的农村长大。在父母对贫穷生活叹息声中长大的他，咬紧牙关勤奋读书，从小学到高中，一直是班里的尖子生，在初三那年，还被评为焦作市三好学生。2004年，马瑞风以优异的成绩考进河南某交通职业学院，并被推选为学生会体育部长和团委书记。尽管他学业优秀，是个班干部，但步入大学校门后的他，面对陌生的环境，看着有些富有家庭同学的潇洒和摆阔，东拼西凑才交足学费的他，本来认为上了大学就可以摆脱自卑，人前人后可以像模像样的，谁知并不尽然。无论他学业再优秀，为人再好，因为一个"穷"字，使他觉得在同学面前腰板儿难以挺直，说话底气不足。他和同村一道来求学的马璇同病相怜，谈论话题最多的就是金钱，为自己寒酸的境遇长吁短叹，绞尽脑汁想摆脱经济上的尴尬。

2005年国庆前夕，马瑞风想给家里打电话，就找一位有手机的同学借手机，谁知，这位同学不但没借，反而当着众多同学的面，把他奚落了一番，羞得马瑞风无地自容，暗暗下决心一定要有自己的手机。他把这种想法说给好友马璇后，两人商量来商量去，像谈论一个轻松的话题一样，想出一个自认为很酷的方法：瞄准机会，找个出租车司机下手，把对方搞晕抢部手机玩玩，顺便弄些钱财花花，好好地在同学面前风光风光。

国庆长假回到老家，两人又见到小时候的好友马佳宾，说起这事一拍即合，大家都为没钱烦恼着呢，有了这样的好事，哪肯错过机会。

10月3日傍晚，马瑞风三人从家里出发，徒步走到临近的大尚村西站牌前，装作等车的样子，伺机对来往的出租车下手。

等了几辆出租车发现都有人，在他们转身想离开时，前面驶来一辆红色小轿车，马瑞风下意识地抬了抬手，小车停在了他们跟前。

车里只有司机一人，车窗打开后，里面传来亲切的男中音："喂，小伙子们，是不是想搭车啊？"马瑞风心头一喜，慌忙靠近车前："是啊，叔叔，到关召村我们三个人要给多少钱啊？"里面的人笑了，显得很豪爽："什么钱不钱的，不就是搭乘一段路嘛，我们正好是顺路的！"马瑞风看了一眼同伙，迟疑了一下:"那钱……"没等他说完,里面打开了车门:"都是本乡本土的,要啥钱呀,上车吧!"马瑞风还想说什么,却背后不知被谁推了一把,就和同伙一起坐上了小车。

  车里播放着舒缓的音乐,三人的心却通通跳得很厉害。这时,马瑞风坐在副驾驶位置,马璇坐在司机座位正后方,马佳宾坐在马璇的右边。车刚开始起步,开车的就主动友好地介绍:"我姓黎,老家就是咱温县的,在郑州开公司做生意!"说完,很潇洒地从工作台的塑料盒里,抽出一张很精致的名片,豪爽地说:"以后有什么事到郑州,尽管去找我,没有摆不平的!"临近的马瑞风恭敬地用双手接过,名片上印着:河南某广告有限公司总经理:黎良,马瑞风眼前一亮,羡慕地说:"您是总经理啊!"后边坐着的人一听,立马来了精神,同时把头探了过去,对着马瑞风手捧的名片,嘴里发出啧啧声。

  第一次见到一位省城的老总,马璇既紧张又好奇,心里的滋味很复杂,其实,当初一上车,光看穿戴和身上的那种说不出的气质,就猜测这人绝非等闲之辈。马瑞风眼里放着光:"叔叔,您是大款呀?"黎良哈哈大笑:"什么款不款的,只是不用为钱发愁罢了!"一提起钱,车上三个年轻人不说话了。一个是衣食无忧的款儿,三个是正为钱发疯的穷学生,此时的他没有体察出车内其他人的感受,继续一边开着车,一边志得意满地阔谈着。

  其实,在三个人的内心深处,对富人有一种无形的敌意,在闲谈中得知黎良在几年工夫就发了财,马瑞风突然脑子里闪出了"马无夜草不肥"的老理儿。哼,又是一个发了横财的!就在这时,黎良的手机响了,三个人抬起头,看到黎良很优雅地从衣兜里掏出一款新式手机,旁若无人地高声接听起来。三人相互对视了一眼,意味深长地点了点头。马瑞风看到黎手中的手机,再一次勾起学校那伤心的一幕:就是这个小小的手机,他竟然遭受了一次毫无尊严的羞辱啊!他不再只是羡慕,猛然想起今天出来是干什么的了。

  黎良拿出手机打电话的一瞬间,更牵动了马璇和马佳宾那根敏感的神经,两人交换眼神的时候,眼中开始喷发邪恶的目光。马璇几次向坐在前排的马瑞风示意动手,马瑞风好像有顾虑似的,暗示同伙等待机会再下手。

  车里放着舒缓的歌曲,黎良自顾自地开着车说着话,其他人只是随声附和着,很少说话。毫无警觉的黎良不知道,一场大难,正悄悄在向他的头上降临……

小车快到关召村村口时,不知是谁轻轻喊:"到啦,到啦!"黎良闻听此言,先是减速,然后慢慢把车停稳在路边。"还不动手啊!"说时迟那时快,马璇麻利地从衣兜里掏出电线绳,猛然地勒住黎良的脖子。"干什么?干什么?喂喂,你们不就是要钱吗?说,要多少?"回过神来的黎良,突然被眼前的一幕惊醒了,意识到问题的严重,挣扎着想和歹徒周旋。坐在一旁的马瑞风,同时按住黎良的右手,快速将车顶灯砸灭,一边厉声呵斥:"放明白点,不要反抗!"言毕,三人发疯似的卡脖子、勒绳子、按双手,毫无一点准备的黎良还没来得及弄明白为什么,就被勒死了……

刚刚把黎良弄死,三人就迫不及待地搜寻钱财,令他们失望的是,费尽九牛二虎之力,竟然没有找到一分钱。"妈的!这么有能耐的老总,身上怎么可能没有钱呢?!"三人你看看我我看看你,觉得很不可思议,他们仔细寻找了几遍,还是毫无所获。马璇气急败坏地朝黎良身上踹了几脚,气哼哼地把他抬到正副驾驶座间的空隙,沮丧地掉过车头,急速地把车开到紫黄公路的拐弯处,见前后无人,三人骂骂咧咧地抓起黎良放在车里仅有的一部康佳手机,以及放在工作台上的一枚一元硬币、一副白手套,趁着夜色失望地消失在黑幕中。

回到家中,马瑞风坐卧不宁后悔莫及。为抢一部手机,找点钱花花,竟付出这样大的代价,这是当初始料不及的。但事以至此,闯下这么的大祸,懂点法律的他,真正意识到自己所犯罪行的严重。马瑞风尽量保持内心的平静,在家里装做没事人一样,帮助家人干着农活,暗暗地观察着周围的情况。他找理由安慰自己:与被害人的关系八竿子打不着,警察纵有再大的能耐,也绝对不会把杀人的事儿,摸查到自己的头上。然而,毕竟内心有鬼,白天还好掩饰,最难受的是半夜躺到床上,怎么也睡不着觉,眼前一直浮现死者血腥的痛苦表情,一闭上眼,就面目狰狞地搅得他不得安生。马瑞风和马璇在一起时,常常你看看我我瞧瞧你,谁也找不出说话的理由,但又不肯分开,他们祈祷假期快快结束。他们以为,只要走进学校就安全了,警察是永远不会到象牙塔里找凶犯的。

人性拷问:贫穷难道就是罪恶的深渊?

一个年富力强的省城公司老总,因为热心助人,竟使歹人恩将仇报,最终遭抛尸荒野的悲惨结局,在社会上引起很大的震动。尤其是三个犯罪人,两个只有18岁,一个只有17岁,并且两个都是在校大学生,其中马瑞风从小学到初中都是"三好"学生,上大学后被选为团委书记和学生会体育部长,把这样的青年与穷凶极恶、冷酷无情的歹徒联系起来,善良的人们怎么也难以相信。

然而,现实就是这样无情。马瑞风、马璇、马佳宾三个善良农民的后代,面对贫困,不是靠积极进取、勤劳奋斗赢得尊重,而是试图不劳而获以身试法,在面对一个好人时,非但不心存感念,反而痛下狠手,残忍至极!在无情地把人杀害后,将财物席卷一空,甚至连一元硬币、一副白手套也不放过!犯下重罪后,装做若无其事的样子,甚至在案发的当天和第二天夜里,跑到邻村的理发店,喝酒打扑克,每天闹腾到凌晨1点多钟!

在羁押期间,可能是一种良心的发现,三个人表现出极大的悔意,特别是马瑞风,深深地陷入痛苦和悔恨中。在向办案人谈起抢劫动机时,就仅仅因为借用同学的手机遭到奚落,想手中有点钱能在同学面前抬起头做人,当初也只是想找个出租车司机,把人打晕抢个手机玩玩,真没想要把事"搞这么大"!谈起无辜的死者,他说几个哥们儿都特别恨有钱的人,尤其是那些在人前摆谱的阔人。"说实话,这个人(指黎良)还不错,假如马璇不先上手,我就不忍上手了!"

马瑞风在监狱里常常仰天长叹,平时不愿和其他犯人接触,他觉得自己不能和其他的人比,性格非常孤僻。没事的时候,就坐下来写写画画。在开庭前夕,马瑞风写了密密麻麻8页的信,委托律师转交死者的父亲:"我们之间没见过面,但是却因我们的过失和犯罪行为,而使我那好心的叔叔失去了宝贵的生命,从而给您和您的家庭造成了不可挽回的伤害,整个过程中他是一个好人、热心肠的人,他没一点防备,与我们无怨无仇,可我们却恩将仇报,犯下了不可饶恕的罪孽,毁了您们的家,也毁了自己的一生,沉痛的教训!惨重的代价!!!"

最后,马瑞风撕心裂肺地向父母哭诉:"爸!妈!这一切的后果,做儿子的也完全没有想到啊!我以为说着玩的事,竟然变成一场杀戮。现在我也在恨自己,多么美好的18岁啊,就这样与高墙铁网为伍、与清冷寒月相伴!爸!妈!您二老一定要多保重身体,告诉我还在上学的二姐,让她好好学习,全家以后全指望她了啊!"

2006年9月29日,经法庭审理宣判,马璇、马瑞风、马佳宾因犯抢劫罪,分别被判处死刑、死缓、无期徒刑。

黎良生前经常教育女儿,要做一个助人为乐的好人,但他却因此而葬送了生命,女儿不解地问妈妈:"妈妈,做好人要付出这么大的代价,究竟值不值得啊?"

因为杀人者的特殊身份,在当地学界自然引起很大的震荡。在一致痛斥犯罪的同时,在校的莘莘学子们也在辩论:贫穷能成为犯罪的借口吗?现代人要不要对陌生人保持距离?现代社会还需要做个热心人吗?

案件已成过去,但话题仍在讨论中。

3. 一支"盗油游击队"的黑色档案

在河南境内,有一条连接中原油田和洛阳石化总厂的中洛石油管道。它全长284公里,途经中原北部的15个县(市),是中原大省唯一的大口径、长距离原油输送管道,年输油量达500万吨,肩负着中原油田全部外输和向洛阳石化总厂输送原油的重任,被形象地喻为国家重要的"经济生命线"。

然而,围绕这条长长的输油管道,自它建成的那日起,就一直进行着破坏与反破坏的斗争……

扯起招兵旗,便有"吃油人"

40来岁的李世生,是河南省濮阳县土生土长的农民,1991年,因犯强奸罪,在牢中度过了6年灰色的时光。

重获自由回到家乡,李世生遭遇的是亲人的冷漠和街坊邻里的鄙夷。于是,干脆破罐子破摔。整日和一帮混混苟混于社会,吃喝嫖赌、偷鸡摸狗,成为祸害一方的无赖。

2002年年初,一次偶然的机会,李世生和管有聚在酒桌上认识。也许是相同的牢狱经历,两人一见如故。

管有聚年龄比李世生小几岁,但心里的花肠肠挺多,手也倒灵巧,这让李世生刮目相看。

管有聚、李世生的家都在中原油田附近,在他们的耳闻目睹中,发现身边的一些人靠油吃油从原来的一贫如洗,很快变得住洋楼,坐洋车,他们各自的内心都曾打过这个"小九九"。如今,物以类聚,更坚定了他们"吃油"的决心。

李世生把自己熟识的本乡人陈茂宽、王相伟、胡本月喊来,直来直去地说了自己的"宏伟计划",明知这是违法犯罪的事,几个人却齐声响应、跃跃欲试。

管有聚自恃心灵手巧,主动承担了在管道上钻孔盗油的技术活。为了提高技术、苦练本领,他专门到一家加工厂偷学有关技术,力求精益求精。

李世生在这几个人中年龄最大,阅历最多,经验最丰富,于是担当起"大哥"的角色。那些日子,他把自己锁在屋里,在劣质香烟的熏烤下,仔细琢磨着下一步棋该如何走,陈茂宽等人则四处忙着准备作案工具,抓紧时间拼装偷油罐车,多方打听一些非法小炼油厂,寻找联系接货的"下家"……

2002年4月3日,经过精心的准备,李世生一伙开始了"淘金"的罪恶旅程。

他们在伸手不见五指的漆黑之夜,小心谨慎地悄悄来到濮阳县陈村城关镇粮所南,趁四下无人之机,慌里慌张地在输油管道上焊接阀门,钻孔打眼,一番忙乱,待盗满一罐原油后,开着拼装的油罐车,拼命地向远方逃去。

疯狂的"盗油游击队"

初试身手,盗得原油10余吨,卖给邯郸一家非法小炼油厂非法得利15000余元。这轻易得手的赃款,极大地刺激了他们的神经。他们信誓旦旦,要把这项"事业"做大做强。

4天后,李世生五人流窜到滑县靳庄村北石油管道处,按照事先的分工,有的望风,有的打孔,有的运输。一袋烟的工夫,他们就拉着盗来的一车原油消失得无影无踪。

随后的日子里,李世生一伙又先后两次在不同的地点盗窃原油20余吨,获取赃款3.5万余元。

2002年5月17日,李世生、管有聚等人半夜时分,潜到卫辉市万户寨,一阵忙乱后,开着两辆油罐车,准备向北逃窜。

这时传来管道巡线人员的喝问,同时,白灯光束照来照去,李世生牙一咬,命人丢下两辆油罐车,拼命似的夺路而逃。

盗油遇挫,使李世生、管有聚他们一帮人不断地在作案中总结经验教训,逐渐变得老练而狡猾起来。李世生给垂头丧气的弟兄们打气:"爷们儿,哪里跌倒就在哪里重新爬起来!"

也许是利益的诱惑,尽管每一次交盗油都如履薄冰,但"盗油游击队"的力量却在不断壮大。对新进的人员,李世生、管有聚挑选的标准是:头脑机灵,反应灵活,有自己的拿手"绝活",同时,必须嘴巴严。

从第一次作案起不到3个月,李世生、管有聚等人的盗油队伍已达17人之多。人多,目标大,管理起来自然困难。于是,"盗油游击队"开始调整战略战术:化整为零,小股出击,交叉作案,不计后果,辗转在长长的输油线上疯狂"淘金"。

总结过失败的教训后,李世生、管有聚带领的这支"盗油游击队",每一次作案,都要精心策划,对打孔人、望风人和油罐司机从严要求、各司其职。白天,他们派出有经验的人员摸底踩点,提出可行性方案;在夜深人静时,他们又神出鬼没地乘车摸到事先做好标记的地方,开始一次又一次心惊肉跳的行动。

盗油也是一门"技术",没有这方面的"绝活",很难有所收获。"盗油游击队"里,有两三名比较专业的打孔人。他们在每一次作案前,把自己拼装的油罐车,用塑料袋装满锯末堆在车顶,用帆布遮盖巧妙伪装。在盗油时,明确各自职责,一有风吹草动,迅速用手机联系,火速撤离现场。他们采取"打一枪换一个地方"的战术,巧妙周旋,试图逃避打击。

就这样,这个神出鬼没的"盗油游击队",疯狂地活跃在国家中洛输油管道上。从2002年4月至2003年2月,在李世生、管有聚、陈茂宽、王相伟、张道敏等人的组织策划下,打孔盗油40余次,将盗取的450余吨原油,全部以低价售给河北邯郸一些非法小炼油厂,给国家造成了难以弥补的巨大损失。

一位长年护卫在中洛管道上的老职工,看到管线上满目疮痍的盗油孔,心疼地直流眼泪:"罪孽啊!罪孽!"

贪婪铺就的不归路

有几次,"盗油游击队"作案时,差一点全军覆没。仅在案发现场,就丢弃油罐车7辆,倘若不是亡命逃窜,早已成为狱中之囚。

但巨大的风险仍没有阻挡住贪婪的脚步。为消除日日做贼的恐惧心理,他们在歌舞娱乐场所鬼哭狼嚎地尽情发泄,借着酒力,混迹街头,找寻刺激,惶惶不可终日。

李世生有一个同伙兄弟曹富行,原是做小本买卖的。可是,当他看到李世生的那种"潇洒"人生后,耐不住寂寞,也加入了"盗油游击队"。入伙干了几次,受不了那种人不人鬼不鬼的生活,就想打退堂鼓。李世生一伙知道后,对其软硬兼施、威逼利诱。入伙容易,想"出去"难上加难。

2002年8月的一天,"盗油游击队"从河北邯郸返回河南境内,在警方设点例行检查时,发现开油罐车的樊亮形迹可疑,将他带到公安局进行讯问。毕竟做贼心虚,樊亮吓得半死,但一想起"盗油游击队"的"规矩",他硬是闭上嘴一言不发。因未掌握樊亮确凿的犯罪证据,公安机关只好放了他。

走出公安局大门的樊亮回到"盗油游击队",像凯旋的英雄一般受到了同伙的热烈欢迎。

李世生对同伙自吹自擂:"我们这支队伍,就像一块铁板,谁也砸不烂、打不垮!"

但是,法律之网正悄然向他们撒开。

2003年2月26日,在李世生、管有聚的指挥策划下,"盗油游击队"借着漆黑的夜色,潜入到焦作市温县朱沟村的中洛输油管道处,手忙脚乱开始行动。

油罐车装满油后,放哨的人及时发出一个安全的灯光信号。接着,他们有的坐上出租车,有的坐上油罐车,拼着命向远处狂奔。

早已布控守候几个月的焦作警方,在辖区各要道关口,严格盘查。午夜时分,当李世生等6名同伙押着油罐车,途经温县黄河大桥时,突然发现前面警灯闪烁。当他们还没醒过神的时候,已人赃俱获,全部落网。

如今,焦作市中级法院以犯破坏易燃易爆设备罪,依法判处李世生、管有聚、陈茂宽、王相伟死刑,判处张道敏死缓,分别判处"盗油游击队"其他12名成员刑期不等的有期徒刑。

4. 富豪与打工仔的闹市决斗

一位只有22岁的年轻网吧网管员,为什么要对一个温文尔雅事业有成的年轻企业家大打出手呢,案发后受害人为什么极力躲避媒体采访、对案发成因三缄其口呢,背后有什么难以启齿的隐衷吗?

暧昧短信起祸端

1986年4月7日,刘佳鹏出生在河南省焦作市温县黄河岸边一个叫凤树湾的小村庄,尽管父母都是老实巴交的农民,但身材高大、长相俊朗的刘佳鹏心气很高,在焦作完成职业技术学校的学业后,在人才市场求职时,被焦作市别样洞天网吧老板看中,做了一名令同伴艳羡、月薪1000元的网管员。

同年,在朋友请客一起去蹦迪时,刘佳鹏与在山阳区一家大酒店当领班的高挑漂亮的秦姗姗一见钟情,很快进入热恋状态。在外人的眼中,两个俊男靓女天造地设相当般配,每次亲密地手拉手到熙熙攘攘的繁华解放路上逛街,身后总能招惹不少羡慕的眼神。两个都是刚刚走向社会的年轻人,正处于事业的起步时期,虽然日子过得不大富裕,但每天充实有活力,对前途满怀豪情。而张军育的出现,却打破了这对幸福男女的平静生活。

时年38岁的张军育,1995年毕业于湖南长沙某冶金制造学校,走出校园后,脑子灵活的他把人事档案放到人才交流中心后,就自筹资金,在常晋路上开了煤场。由于懂经营、会管理,不久生意就滚雪球似的越做越大,后来成立了规模庞大的、拥有固定资产过千万元的物流公司,在当地成了一名人人尊敬的大老板。加上张军育平时爱好读书,业余喜欢书法,会弹动听的钢琴等爱好,更是周围人们心目中高雅有品位的成功"儒商",无论走到哪里,都受人追捧引来喝彩。

表面的风光不能掩饰内心的空虚,外表人模人样的张军育,也有其"软肋",用他心腹司机的话说,就是"好色那一口"。也许是钱多"烧包",张军育身边时常有女人陪伴,也不时闹些风流韵事,最后都一阵风似的烟消云散。为此，他很自得，觉得有钱就能"摆平"一切，尤其是男女风花雪月之事。

2008年4月15日，张军育陪着湖北襄樊电务公司的三名业务员，到位于建设路的巨星大酒店宴请客户。在那里，他眼睛一亮，身材高挑、长相秀丽、一袭红色旗袍着身的年轻女领班，使他那顿饭吃得好像吃菜没放盐、苹果不大甜的无味，脑子里全是漂亮美眉的影子在晃动。

晚宴结束后，他让司机把醉意朦胧的客人安排在六楼住宿，自己一个人装做闲庭信步地来到大堂，有一句没一句地和那位女领班搭讪起来，最后，他如获至宝地从她那里得到一张名片，从而知道了这位漂亮的姑娘叫秦姗姗，自此，他把名片上面的手机号码牢牢地记在了心里。

以后的日子，张军育闲暇时就给秦姗姗发条问候的短信，假如业务上有了迎来客往的事，首先考虑的就是安排在巨星大酒店，每次见了秦姗姗，都表现出极大的热情。张军育在秦姗姗面前出手很大方，每次来消费都让司机到附近超市，买些化妆品零食之类的东西，分发给前厅的收银员、领班和礼仪小姐，从外地出差，也要捎回些纪念品给她们，每次，秦姗姗的那份价值最贵、分量最重，时间长了，姐妹们看出了个中的情况，要好的姐妹偷偷地向秦姗姗打趣道："张老板可是爱屋及乌啊，我们可是借的大美人姗姗小姐的光啊！"秦姗姗红着脸和姐妹们打闹着，心里有一种别样的满足。

2008年5月18日夜11点左右，秦姗姗下班刚要坐上男朋友刘佳鹏的摩托车去"东方前沿"夜总会蹦迪，突然手机接到一条短信，她慌忙打开一看，是张军育发来的："小美女该下班了吧，接你去歌德咖啡店一叙，可否赏光？"刘佳鹏看着有点不自然的女朋友问："谁半夜发的信息啊？"秦姗姗支支吾吾，正想把短信删除，刘佳鹏眼疾手快夺过手机一看，顿时火冒三丈："你给我说实话，他是谁？你们是什么关系？"秦姗姗费尽口舌，再三解释，闹的那晚没有去蹦迪，两人不欢而散，"张军育"这个名字，让刘佳鹏像吃了一只苍蝇一样不是滋味。

6月7日晚上，为了缓和两人之间的紧张气氛，刘佳鹏主动早早地等候在巨星酒店的门口，准备接女朋友去网吧玩游戏，在将要下班时，他猛然看到秦姗姗和两个小青年扶着一个中年男人，走进了停车场的一辆奥迪豪华轿车里，秦姗姗嘴里喊着张老板、张老板的，显得很亲热、很关心。躲在暗处的刘佳鹏看得一清二楚,心里很不是滋味。

秦姗姗下班了,他上前第一句话就恶狠狠地问:"刚才你们扶上车的那个人就是张军育吧?!"秦姗姗猛吃一惊,明白了刘佳鹏的心思后,她深深地叹了一口气:"拜托了老公大人,我每天在这样的场合混生存,逢场作戏的笑脸再正常不过了,你如果有本事给本小姐找个体面、不看人脸色行事的工作,我保证只给你一人笑脸!"

刘佳鹏一时无语,最后悻悻地说:"我打听过了,那个姓张的根本不是什么好货色,见到漂亮的女人就走不动,你还是小心为好,别和他黏糊!"秦姗姗一把抱住刘佳鹏:"你以为色狼这么容易看上我啊,本小姐千金之躯,把你的心放肚里好了。"

"小心没错,要警惕的!"刘佳鹏嘴里嘟囔着,悬着的心没有放松。

上门理论反受辱

2008年6月27日,刘佳鹏和秦姗姗请假和几个朋友驱车,到离市区三十多公里的著名风景区神农山游玩,因为景区陡峭险峻,他们攀爬一天玩得很尽兴,傍晚时分,搭乘大巴向市内行进。由于太劳累,秦姗姗趴在刘佳鹏的腿上就睡着了。

当车辆行驶到焦克公路月山附近时,秦姗姗的手机突然有信息的提示音,刘佳鹏悄悄地从她手提包里取出手机,随手就打开了信息:"靓妹,你在哪里啊?好让哥哥那个念呀,你知道看不到亲爱的你是什么滋味吗?那感觉就像喝酒没有烟,逛街忘带钱,饭菜没有盐呀!……"

刘佳鹏气得青筋暴跳,粗暴地一把推开正趴在他身上酣睡的秦姗姗:"混账!你怎么解释这个!"说着,把手机举在秦姗姗眼前。睡梦中冷不丁被恋人推醒,头被车窗玻璃碰得生疼的秦姗姗以为出了什么大事情,显得惊恐万状,当明白一切都是缘起于张军育发来的那条短信,心里有说不出的委屈,她一边揉着头,眼里擒着泪说:"刘佳鹏,你他妈的还算人吗?!冤有头,债有主,我招惹什么了你这样对待我!"刘佳鹏也不服软:"少装正经!你和那个姓张的浑蛋到底上了几次床啦?"秦姗姗伸出手狠狠地打了过去:"你真混账,没有你这么恶心人的!"两个人针尖对麦芒,谁也不甘示弱,朋友的规劝、车上乘客的宽慰,丝毫不能阻挡两人冲天的火气。车刚到焦作站,两人谁也没有理谁,不顾好友们的挽留,不欢而散。

在朋友们的极力撮合下,两个火气正旺的年轻恋人坐到一起,继续解决这件不愉快的事情。刘佳鹏怎么也咽不下这口恶气,依旧不依不饶,非让秦姗姗把事情讲清楚,朋友们也规劝她,说张军育名声很臭,和他过往甚密难免会有很多闲话,秦姗姗心虚地说:"反正身正不怕影子歪,怎么给你们说也难解释清楚,是杀是剐由你决定!"此后,刘佳鹏追问秦姗姗和张军育来往的具体细节,她干脆低着头,一言不发保持沉默。

刘佳鹏愈发确信自己的判断,情绪特别激动,心里更是怒火中烧,对张军育恨的牙痒痒的,彻夜没有入睡。

第二天,心有不甘的刘佳鹏硬拉着秦姗姗来到她母亲面前,把发生的事情详细说给了秦姗姗的母亲听,老人把女儿狠狠地骂了一通,同时劝刘佳鹏作为男人要大度,不要捕风捉影乱怀疑,让他们以后相互信任别再纠缠不休。刘佳鹏从准丈母娘那里没有得到想要的效果,一脸悲忿地独自回到自己租住的小屋。

刘佳鹏把自己一个人闷在屋里,班也不上,门也不出,整天拼命地抽烟喝酒,无论秦姗姗怎么上门哀求,他都不愿理会。秦姗姗的服软,使刘佳鹏更加确信她和张军育有染。夜里,他闭上眼睛,幻觉里不断出现自己心上人和张军育亲热鬼混的情景,那些幻化出的不堪画面,折磨得他怎么也难以平静。"不能做缩头乌龟,必须亲自找张军育说清楚!"思前想后,刘佳鹏觉得有必要与那个男人见一面问个究竟。

7月2日下午3点,刘佳鹏找到张军育所在的物流公司,刚要进门就被门岗拦住,不管他怎么解释,就是不让他进大门半步。无奈之下,刘佳鹏守候在大门外,东张西望不耐烦地来回踱步。约莫5点多钟,他看到张军育从楼上下来,径直钻进司机为他打开的车门,准备起步。刘佳鹏鼓足勇气,突然拦在刚出门的豪华轿车前,面对此景,司机骂骂咧咧打开车门正要发火,刘佳鹏突然窜到后车的车门前,对着里面大喊:"张军育你出来!"自动车窗徐徐打开,张军育一脸傲慢地呵斥:"哪里来的混账小子,这么无理!"刘佳鹏喘着粗气,脸憋得通红:"你为什么给秦姗姗发那样的短信?你们是什么关系?"没等刘佳鹏说完,司机和门岗就把他按倒在地,张军育连车也没有下,冷冷地说:"不知天高地厚的穷小子,简直吃熊心豹子胆了,竟敢来老子跟前耍赖,看我不捏死你!"说罢,喊上司机,连看都没看他一眼就扬长而去。被推翻在地的刘佳鹏遭受如此屈辱,羞愧地无地自容,那日的情景,像刀割着他的心。

闹市决斗酿惨剧

7月4日中午,心有不甘的刘佳鹏拨通了张军育的电话:"我是秦姗姗的男朋友,你告诉我,为什么泡我女朋友?"遭遇劈头盖脸的责问,对方显然被激怒:"混蛋!你有什么资格跟老子说话?"正值血气方刚的刘佳鹏也不甘示弱:"听清楚,你泡别人的老婆是要付出代价的!"电话那头,传来蔑视的冷笑:"别说老子没泡你老婆,就是泡了你能怎么样?"财大气粗的张军育根本没有把对方放在眼里,说话傲慢无礼,更加刺激着刘佳鹏的神经,两人各不相让,吵得昏天黑地,最后气呼呼地挂断了电话。

张军育的态度,无疑给已经丧失理智的刘佳鹏火上浇油,更确信女朋友和他"有一腿"。刘佳鹏对多次上门安慰他的秦姗姗说出张军育的蛮横时,秦姗姗也觉得对方有点太过分,仗着有钱不能好好和人说话,结果把问题越描越黑,答应火气十足的男朋友,一起当面和张军育做个了断。

刘佳鹏怀揣一把锋利的藏刀,躲在物流公司附近的偏僻处,暗地观察张军育的行踪,一连几日,都没有找到合适的机会。

2008年7月9日下午3点左右,从外面喝的醉醺醺的张军育回到公司,在大院对着员工吆五喝六了一番后,就又坐车离开单位。刘佳鹏慌忙招来一辆蓝色面的,悄悄地尾随其后。在民主中路附近丽达美容美发店门口,张军育独自下车走了进去。

看着轿车离去的背影,刘佳鹏慌忙掏出手机,给女朋友打了一个电话,不到半小时,秦姗姗就坐着摩的赶来了。得知张军育就在美发店消费,她硬着头皮站在暴怒的男朋友面前,几次欲言又止。

约莫下午5点,张军育大模大样地从美发店里走出,还没有等他从口袋里掏出手机呼叫司机,刘佳鹏一个箭步上去,抓住张军育的衣领就往偏僻的角落拉去,猝不及防的张军育趔趄着身子差点跌倒,随手扑上前"啪"地一声给了刘佳鹏一耳光:"狗杂种,你想造反啊!"刘佳鹏也不知从哪里来的力气,一把又把对方推过一边:"你今天不给你爷把事情说清楚,有你好瞧的!"张军育看到旁边瑟瑟发抖的秦姗姗,对身边冒犯他的穷小子一脸的鄙夷相:"怎么啦?我就是想泡这个小妞,你又能把老子怎么样?!"

面对极端藐视自己的对手,刘佳鹏热血直往上涌,他发疯似的掏出藏刀,不由分说刺向满不在乎的张军育,身遭不测的张军育显然没有料到刘佳鹏竟敢刺刀见红,忍着疼痛呵斥:"你想干嘛?你想干嘛"刘佳鹏哪里管得了那么多,嘴里骂着脏话,瞪着血红的眼睛,手握尖刀,把心中的不快,凶狠地一刀刀扎向退缩墙角的张军育,刚才还西装革履、油头粉面的张军育,此时全身瘫软在血泊中……

经医院及时抢救,张军育脱离危险,手脚、左下肢、右大腿部 12 处刀伤的张军育,被法医鉴定为重伤。很多亲朋闻讯前来探询,但除给办案人员讲明事情成因、真相以外,张军育对外则找各种理由进行搪塞。警方鉴于案情重大,犯罪嫌疑人又携女朋友外逃,马上在网上发出了通缉令。

郑州警方在接到有关线索后,很快将外逃的刘佳鹏抓获。秦姗姗被抓到派出所,一直像个局外人一样,不管民警如何问她案发时的情况,她都称自己不知道,至于跟刘佳鹏的关系,她说他们只是在一起相处得来的好朋友,说到有妻室的张军育被捅成重伤,她则称完全活该。直到最后,经办案民警晓之厉害、耐心开导,她才坦白自己和张军育只是玩了感情的"擦边球",根本没有什么实质性的发展,事情闹腾到这么大,都是沟通的方式缺乏尊重的基础,致使彼此没有真正坐下来解释清楚,结果成了不解的心结。

在接受采访时,身陷囹圄的刘佳鹏对自己的冲动追悔莫及,但始终对张军育傲慢无理的做派深恶痛绝,耿耿于怀,他仍然坚持:"假如张军育对我女朋友没有什么侵害,他完全可以和我心平气和地交流一下,但有钱人太不把我们当回事啦,我这样做,也是气愤难平!"

5. "冷面杀手"的罪恶人生

这是一个在全国尚属罕见的特大犯罪团伙:首犯张彬阴险狠毒,号称"冷面杀手"。

据检察机关审理查明,张彬等10名被告人仅杀害无辜平民就有5人,有据可查的犯罪记录达102次,抢劫盗窃财物价值100余万元。

目前,这起特大杀人、抢劫等系列犯罪案件,经河南省焦作市人民检察院提起公诉,再次成为群众关注的焦点。

杀人潜逃,他被公安部列为督捕逃犯

1970年4月,张彬出生在山东省济宁市一个普通的干部家庭。小学刚毕业,就执意走出校园,到社会上混日子。

张彬在离开家人视线的日子里,很快就与不良少年厮混在一起,由于缺乏管教,在17岁那年,因犯奸淫幼女罪、盗窃罪,被判处有期徒刑4年。1990年10月,刑满释放的张彬,索性离家出走,整日和一些不三不四的人厮混,成为当地警方的"常客"。

1994年年初的一日,百无聊赖的张彬遇到一个名叫赵相军的朋友。他介绍了一笔特殊的生意给张彬。

济宁市有位叫刘阳的个体老板,和酒店女招待薛丽,过着有实无名的夫妻生活。刘老板期望家中"红旗不倒",外面"彩旗飘飘",但不知怎么走露了风声,被妻子姬敏发现。一起与丈夫"打江山"的姬敏,哪能咽得下这口气?憋着一肚子的火,暗地物色人选,准备狠狠教训"狐狸精"!张彬闻听此事,不由得心花怒放。他当即一口应允,并随即开出了价钱。

通过几次交涉,这宗"生意"终因商量未果而告吹。不过张彬没有善罢甘休,刘家的万贯家财,使张彬眼热得茶不思饭不想。

1996年1月,经过深思熟虑的张彬,迫不及待地找到好友宋继民,提议发笔横财。一番密谋后,同年1月20日,张彬纠集宋继民、胡涛、赵振军,携带菜刀,悄然潜入济宁市某小区刘阳的"金屋藏娇"处,出其不意地将刘的姘妇五花大绑,梦想发一笔横财。

谁知,他们一伙人折腾了半天,仅从屋里搜出现金400多元。张彬一伙人心有不甘,威逼薛丽交出钱来。薛丽吓得魂飞魄散,答应等刘阳回来以后,满足他们的要求。

当日下午3点,刘阳回到了"温柔乡"。当他推开屋门,还没有醒悟过来,一把明晃晃的刀已经架在了他的脖子上。他刚要说话,就被几个人推倒在地,捆了个结结实实。随后,张彬一伙人用计把司机郭仙骗上楼,凶狠地捆绑了起来。谁知,他们施尽招数,刘阳却软硬不吃,恼羞成怒的张彬等人,以强奸薛丽相要挟,威逼她交出了一万元的存折和身份证,由胡涛快速从银行提取出来。接着,他们又对刘阳拳打脚踢,迫使刘交出一张银行存款信用卡。而当张彬奔赴银行取款时,才知道刘阳并没有告知其真实密码。扑了空的张彬回到原处,对着刘又是一顿猛打。然而,无论他们再用任何方法,刘阳干脆来了个"徐庶进曹营——一言不发"。

张彬、宋继民等人没有想到,筹划精密的计划却是这样的结果。想钱想疯了的张彬等人,气得扯掉阳台上的尼龙绳,极其残忍地把刘阳、薛丽、郭仙相继勒死在卧室。

简单清理了现场,自知罪孽深重的张彬等人,草草分发了赃款,趁着夜色,仓皇消失在黑幕中……

很快,警方就侦破了此案,宋继民、胡涛、赵振军三名歹徒被及时抓捕归案。但是,最重要的凶犯张彬,却像人间蒸发了一样。

丧家之犬,一意孤行走上不归路

惯与警方打交道的张彬,并没有逃离多远,而是悄然潜入郑州,隐姓埋名,企图逃避恢恢法网。

没过多久,他就与郑州的一帮黑道朋友打得火热。张彬操起旧业得心应手,继续那种"梁上君子"的勾当。整日呼朋唤友,过起了"今朝有酒今朝醉"的糜烂生活。

1998年的一天,化名为刘军的张彬,在一个秘密的据点进行交易时,被早已守候多时的民警逮了个正着。随后,他逃过一动,仅因贩卖毒品、非法持有毒品罪,被判处有期徒刑6年。

2002年7月7日,张彬刑满释放,在一个狱友的帮助下,悄悄在焦作市落下了脚。身无分文的张彬,既渴望金钱,又不愿出力流汗,唯一能做的就是继续干见不得人的勾当。

来到焦作时间不长,张彬就和狱中结识的魏现军、许涛等人打得火热。几次商计,他们就决定结伙成帮,干出一番"事业"。为此,精明的张彬花费大量的心思,不断物色可靠的"内线"。

孟州市有个绰号叫"狗孬"的无业青年,就是张彬一伙人精心物色的"内线"。他们从"狗孬"身上,获取一条重要的线索,从而攫取了一笔可观的钱财。

"狗孬"唯一的癖好,就是"筑长城"。有一日,他到同乡的齐姓个体户齐财运家打麻将,无意中发现齐老板打开的保险箱露出一沓沓"大团结",不由得心花怒放。"狗孬"迅速把信息反馈给张彬等人。张彬召集几个"哥们",研究起下一步"工作"。

2002年10月的一天,根据事先的摸底踩点,张彬带着魏现军、马红军,坐上开往孟州市的公共汽车。这一次,他们的目标十分明确:要在孟州个体户齐财运家发笔横财。

张彬等人在傍晚的时候到达孟州,但一直等到凌晨2点多钟,他们才顺着一处水泥桥,走到齐财运的家附近。张彬在一丛草木中,拿出两把踩点时就埋藏的土制手枪,然后领着两人,飞快地跳过一堵围墙,麻利地逼进齐家屋门。

齐财运全家都已熟睡,张彬他们同时掏出一块黑布把脸蒙住,蹑手蹑脚走近屋子。张彬手一推,发现防盗门没有上锁,里面木门也没关严,他一个箭步冲了上去,拿着手枪直奔主人的卧室。

睡梦中齐财运还没有明白怎么一回事,就被眼前的蒙面大汉凶狠地用枪口顶住了腰:"要命,还是要钱?"被惊醒的妻子一下子清醒了过来,慌忙接话:"要命!我们给钱!"

看到花花绿绿的钞票,张彬、魏现军、马红军按捺不住喜悦,手忙脚乱地一阵忙碌,把24万余元现金装到一只白色编织袋内,翻墙越门,一眨眼就消失得无影无踪了。

孟州出击,像一支强心剂,极大地刺激了张彬一伙人的冒险心理。时间不长,他们又通过"内线",窜到焦作市马村区一户余姓家中,轻易地盗走了不少钱财。

奇怪的是,余家被盗后,竟然风平浪静。得知这个情况后张彬一阵窃喜。他马上喊来自己的同伙魏现军、许涛,密谋以后,在同年12月30日,分别带上小口径手枪、铁锤、匕首,重新奔赴马村余家住处。

余家是独门独院。因为曾经光顾过,三人十分熟练地分工,眼看就要行窃成功,突然,跃上房顶的张彬,看见胡同口有个青年。张彬心虚,慌忙跳回原处,向其他两位同伙摇了摇头,示意赶快离开。张彬给两人丢下眼色,猛然转过身,走上前去,把男青年按倒在地。他们不顾男青年的低声求饶,咬着牙,拖着地上的男青年,一口气拉到一个死胡同口。夜幕下,张彬冷笑了一声,咬牙切齿地把胳膊绕到男青年的脖上,用尽全身力气,勒死了这个无辜青年……

仇视社会,伸黑手背后"砸闷锤"

2003年年初的一天,张彬和魏现军到安阳找他们的一位狱友玩。走到安阳汤阴县时,两人觉得手头的钱有点紧张,一阵嘀咕,就决定在一条老土路上实施抢劫。

那一日,汤阴县职工胡永风,竟然无缘无故地成了犯罪的牺牲品。胡永风被张彬、魏现军劫持到偏僻处,还没来得及明白是怎么一回事,就被张彬从背后用铁锤一阵猛砸,当场气绝身亡。张彬翻遍了死者的全身,仅搜出了一百多元钱。

2003年5月,张彬和许涛、谢爱国在转悠时,发现焦作市三中附近一栋楼里住着的男子,经常半夜醉醺醺地回家,而从外表感觉,此人又比较有钱。于是,在当月的一日午夜时分,张彬一伙人带着铁锤、菜刀,守候在那名男子经常路过的地方。当目标出现后,三人从暗处蹿出,乘其不备,挥舞着铁锤猛向男子背后砸去,在其昏死过去的时候,迅速掏走了身上的钱包和手机,以最快的速度逃离了现场。

和张彬有过接触的人都能感受到,他为人阴险、冷酷无情。但对自己倾心的女人,张彬却是另一副嘴脸。

张彬在洛阳结识一位姓靳的风尘女子,并为她的美貌所折服,对她可谓言听计从、百依百顺。一日,靳在电话中流露出想换手机的念头,张彬牢记在心,第二天就走上街头留意起漂亮的手机来。

当日晚9点左右,转悠了一天的张彬,终于在焦作蓝波湾超市附近,发现一个手持漂亮手机通话的中年妇女。他和同伙魏现军、谢爱国一起,怀揣铁锤,悄悄尾随到一所公厕附近,神不知鬼不觉地冲到中年妇女的背后,冷不丁挥起铁锤砸向背后,致使她当场晕倒,张彬等人夺走手机,抢走小提包,转瞬间消失得无影无踪。

张彬仇富的心理特别强烈,他在焦作市太行路一小区闲逛时,发现有一私家车进进出出,里面坐着的一家人穿戴讲究,心中便有一种强烈不平衡的感觉。一日凌晨1点多钟,再也控制不了自己的张彬,携带作案工具,将那辆停放在楼下的私家车盗走,随便把车开到本市果园路一处偏僻地丢弃,然后心满意足地离开了。

俗话说,多行不义必自毙。张彬一伙人极其恶劣的犯罪行径,引起了焦作警方的高度重视,在人民群众的积极配合下,遍撒天罗地网,全力围剿危害治安的害群之马。

2003年5月19日,警方接到举报,有一受害女性在新园呼金山小区遭劫,被抢CDMA手机一部,现金360元。焦作市公安局抓住战机,迅速出击,全市布控。根据有关线索,顺藤摸瓜,首先将准备出售被劫手机的谢爱国抓获。接着,一鼓作气,相继将张彬、魏现军、王辉、许涛、乔中武、孙胜利、许红亮、马学桓、许宝生等一网打尽。

罪恶多端的张彬自以为聪明绝顶,但当公安人员出现在他眼前的一刹那,外表强悍粗野的他,一下子,全身瘫软了下来:"完了,一切都结束了!"

一场梦魇从人们的心中渐渐抹去,一切都恢复了平静。城市里依旧是车水马龙、人流不息。此时的安宁、祥和是那么的宝贵和美好!

6. 一个女贪官的生命之痛

2004年5月9日是母亲节,对于身为人母的秦慧丽来说,已成为心中永远的痛。

多少年一直为工作奔波的她,很少有时间和家人共度一个快乐的节日。内疚的秦慧丽曾向最疼爱的儿子许诺:今年母亲节一定要挤出时间陪他到西藏去旅游。但是,如今的她已与亲人天各一方,在高墙铁网下独自吞咽着自酿的人生苦酒。

秦慧丽,女,现年47岁,原任河南省焦作市某店经理,党总支书记,市政协委员。她因在建设大厦和发行中大肆收受贿赂,被焦作市中级人民法院以受贿罪判处有期徒刑12年。

正义之剑出鞘:制伏女巨贪

2003年8月中旬,焦作市人民检察院接到群众举报:河南省焦作市某店经理秦慧丽,在收取管理费中有贪污问题,并在基建工程中有收受某公司一套住房的嫌疑。

秦慧丽在焦作市是一位颇有影响的"女强人"。以往有关部门对她进行过多次调查,但最后都没有实质性结论。她有在政法系统工作过的经历,反侦查能力较强,再加上为人独断专行、自傲自负,是一个难以对付的"刺头"。

"查,再硬的骨头也要啃!"检察长一声令下,调查工作全面展开。

恰好焦作市管辖的孟州市人民检察院正在调查该市某分店的有关问题,焦作市人民检察院反贪局决定以此为契机,以案掩案秘密查阅有关财务资料,从向焦作市某店上交的管理费中,寻找被举报人的蛛丝马迹。

同时,他们秘密地调取近年来的房产登记资料,从中搜寻有无秦慧丽及其亲属的购房资料。一段时间后,举报秦慧丽的两大问题在检察人员深入细致的调查中都被排除,但检察人员在走访中却发现了其他一些重要线索。

秦慧丽在担任焦作市某店经理期间,花费700余万元建起了焦作市图书发行大厦,基建和装修工程竟有6家单位承揽,工程价格高、质量差。检察人员从书店内部得知,承揽此工程的焦作市某建筑公司经理刘某,曾在朋友的一次酒宴上大骂"秦慧丽这女人太黑"!看来,其中必有隐情。

有了新的发现,检察人员马上调整外围取证思路,将调查目标锁定在图书大厦的施工单位,并以承揽535万元土建工程的焦作市某建筑公司经理刘某为突破口,从中寻找秦慧丽的犯罪线索。

开始,刘某抵触情绪很大,答非所问。于是,检察人员对他讲明政策、指明出路。几个回合后,刘某终于放下思想包袱,交代了自己为承揽工程和讨要工程款,先后三次向秦慧丽行贿15万元的问题。

事不宜迟!检察人员决定兵分两路,一路摸查秦慧丽的家庭财产情况,另一路对其他承揽大厦的外地公司也不动声色地进行调查取证。

通过明察暗访发现,秦慧丽在2001年至2003年期间,以自己和家人的名义,在本市各大金融机构存款人民币72万元,美元6.2万元,而在这段时间,正是大厦工程建设期间。秦慧丽的所有家庭成员和社会关系,都是普通公务员或农民,根本不可能有如此巨额的收入。

与此同时,到西安调查的检察人员也从远方传来佳音:承揽大厦墙体装饰的西安承包商高某,交代了自己分四次向秦慧丽"意思"了20万元的问题。

检察人员分析了秦慧丽的性格后认为,当她得知组织上在查处自己的问题,很有可能订立攻守同盟或转移财产而掌握主动,而这正是检察人员获取再生证据的良机。一切安排妥当,检察机关立即派出干警暗中关注有关动向张网以待。

果然不出所料,秦慧丽获知信息后,由其弟弟、丈夫分别在同一时间从各金融机构提取了大额人民币和美元。秦慧丽本人也像丢了魂似的,上班工作时不断出差错……

时机已成熟,2003年9月22日,检察人员将秦慧丽"请"进了焦作市人民检察院反贪局。

秦慧丽走进反贪局办公室后,就大大咧咧地坐在沙发上,双手抱在胸前一副旁若无人的样子。接着她大谈自己创业的艰辛,列数自己的工作业绩,诉说自己由于改革力度大难免得罪一些人,自然告状不断。她甚至发誓证明自己"绝对清白"。

看着秦慧丽的拙劣表演,检察人员强压怒火,按事前研究的方案,耐着性子听她"演讲"。直到秦慧丽口干舌燥时,才对她进行家庭成员、家庭收入、社会关系等情况的讯问笔录。

同时,在她走进检察院的那一刻,检察人员便开始对她家里进行了搜查,在她家的麦缸中、房梁上起获了140余万元现金和存单。"秦经理,睁大你的眼睛看看,这些东西又作何解释?"秦慧丽顿时面如土色,一下子瘫软了下来。

人性中释放出的丑陋欲望

1955年12月31日,秦慧丽出生在一个农民家庭。凭着自己的勤奋和努力,她一步一个脚印地从话务员当上了副乡长,32岁时被任命为某县分店经理。

秦慧丽年纪轻轻就在一个行业独当一面,工作起来特别卖力,经营思路也很活跃。1998年1月,她被破格提拔为河南省焦作市某店经理兼党总支书记。走马上任的秦慧丽踌躇满志决心要干一番大事业。

秦慧丽来到焦作市后,她的家依旧留在县里。从焦作到家相距不过15公里,单位里给她配了小车,每日完全可以回家住宿。但秦慧丽一个人吃住在办公室,每星期只有礼拜天才回。

秦慧丽忙里忙外做事利索,使焦作市某店的经营渐入佳境,开年就被评为省先进单位,秦慧丽个人也被该系统评为省优秀经理,在2000年、2001年度,她荣获全国新闻出版署的最高荣誉奖——"双优先进个人奖";在2002年度她获得了全省某店建店以来第一次设立的"特殊贡献奖"。

秦慧丽的付出得到了应有的回报,但在她的内心里却难以平衡。焦作市某店是事业企业化管理的单位,秦慧丽与其他周围的老总相比,总觉得自己吃的是草挤出的是奶。

有一次,秦慧丽和焦作市一个女个体户相伴到上海联系业务。在洽谈期间,女个体户要秦慧丽陪她到上海一家私立学校里看望自己的儿子。那个学校雄厚的师资、优越的条件,使秦慧丽感慨万分。她想,同是身为母亲,自己的儿子却蜗居在一所简陋的小学,而能力并不比自己强的个体户的儿子却享受着如此师资雄厚的一流教育,心境怎能平静?尤其是儿子从小身体一直不好,这更成为她的一块心病。从那次出差开始,秦慧丽就开始思量着该为儿子付出点什么了。

2000年6月8日,焦作市某店大厦举行奠基仪式。大厦工程自然成了众多建筑商抢手的一块"肥肉"。而主管工程建设的秦慧丽,也成了许多建筑老板大献殷勤的"香饽饽"。

开始,秦慧丽处事相当谨慎,对来者送礼请客一律拒绝,一副公事公办的样子。

但在建筑行业摸爬滚打多年的刘某,却相信"炸弹"攻关、金钱铺路的威力。经过热心人引荐,他不失时机怀揣5万元大大方方地走进了秦慧丽的办公室,把钱往桌上一推,这时,只见秦慧丽嘴上客套着双手却快速地把钱塞进了抽屉。

此后,刘某如法炮制,又先后两次送给秦慧丽5万元和10万元。秦经理收了巨款,脸面便变得灿烂了,说话的语调也柔和了,不但让刘某承揽了工程,还很顺利地拨付了工程款。

刘某用金钱和秦慧丽套"瓷实"后,便惹得周围一帮哥们眼馋起来。西安承包商高某为了承揽大厦的外墙体装饰工程,也七拐八弯地找到刘某引荐,先后4次悄悄向秦慧丽投下20万元"炸弹",终于揽到外墙体装饰工程和电梯的外装修工程。

宿迁一个从事建筑装饰工程的个体户李某,耳闻秦慧丽的贪婪后,也直奔秦经理的办公室,在桌子上甩下一沓钱,开门见山地说明了来意。秦慧丽虽然觉得他过于直率,但还是笑纳了这3万元钱。过后,李某便顺利承建了大厦一楼大厅的装饰工程。

如此这般,秦慧丽对大厦的建造表现出异乎寻常的热情,事无巨细都要亲自过问。那些大厦的承建商,谁比较有"意思",谁比较吝啬,在秦慧丽的心里都有一个"小九九"。她表面上不动声色,而一旦到关键时候,就会亲疏分明起来。

郑州某公司承揽大厦部分楼层的装饰。在承建过程中,该公司老板郭某因忙于工程,未能及时"拜会"秦慧丽,这一下可惹上了麻烦。一次,秦慧丽领着一干人来到工地,横挑鼻子竖挑眼地找出一些"毛病",当场勒令他们停工。后经"高人"指点,郭某豁然开朗,连忙往秦慧丽家送去3万元现金,于是就接到了复工的通知。

审判机关确认,秦慧丽从2000年以来,借基建工程和发行之机收受贿赂共计57.6万元。一位熟悉她的朋友痛心地感叹:"她简直是疯了!"

是人生悲剧还是悲剧人生

在秦慧丽受贿案发的前几年,就有职工反映过她的经济问题,但因查无实据最后不了了之。有关领导也曾语重心长地告诫过她,但秦慧丽依然我行我素。为此,一位正直的老同志对秦慧丽的结局说了一句意味深长的话:"她走到这一步,是人生的悲剧,也是悲剧的人生啊!"

了解秦慧丽的人都知道,她生活俭朴、节衣缩食。外出办事如果不是对方招待,就找一家价格便宜的旅店住宿,吃饭也喜欢在大排档里以图个实惠。平时她从来不进专卖店、美容院。

有一回,秦慧丽到市里办事,门岗见她一副农妇打扮说什么也不让她进去,后来恰好一个认识的领导路过才替她解了围。可是,焦作市某店慢慢壮大后,作为"当家人"的秦慧丽,脾气也逐渐变得大了,大小事情喜欢一个人说了算。她把助手视做"店小二",使唤来吆喝去,搞得上下级关系特别紧张。于是,很多职工背地里偷偷叫她"秦霸天"。

秦慧丽无论性格上多么"烈性",但在她的内心深处依然改变不了女性特有的脾性。尤其是人过中年以后,一直忙于拼搏的她,渐渐觉得对家的贡献太小。于是,一种补偿心理驱使她疯狂地衔"枝"筑巢。秦慧丽每接受一次贿赂,都是迅速地存入银行,自己一分钱也舍不得花。

有一次,她的弟弟买化肥向她借款,秦慧丽也没有答应。别人问她这么苦自己干嘛,秦慧丽说:"儿子以后的路我不放心,要留点钱给儿子铺路啊!"丈夫、儿子是秦慧丽的脸面,在他们身上投资她就一点也不小气。

丈夫从工作岗位上退了以后,心里颇为失落,秦慧丽为让他开心,便想给丈夫买辆车。于是,她使了个"障眼法",把本单位的一辆桑塔纳以2万元的低价买走,变成了丈夫的坐骑。

秦慧丽进入监狱后她的亲人们四处奔走、哭泣呼号、多方求救。作为相依为命的家人,说什么也不会愿意用至爱的牢狱之灾去换自己的快乐人生。秦慧丽的丈夫时常自言自语:"你真傻!你知道什么是生活中最为重要的吗?"然而,他们在享受秦慧丽给他们营造的种种安乐时,怎么就没有想到这些呢?

7. 罪案上"玩火"的经侦队队长

命运无情地和他开了一个天大的玩笑。

封元君曾是一名令人艳羡的人民警察。多少次,他都是一脸自豪地在众人敬佩的目光中,把双手沾满罪恶的歹人送上审判台,而如今,角色却来了180度大转弯,被法警押着走进庄严法庭的他,无论如何也没有勇气面对自己的亲人和同事,尤其是看见女儿天真无邪的眼神,更是锥心的痛。一个男人尊严的毁灭,莫过于自由的丧失、做人形象的坍塌。

封元君,男,现年36岁,原任河南省某县公安局经济侦查队队长,因在任上凭借手中的权力胡作非为,最后构成徇私枉法罪、贪污罪、私藏枪支罪,被人民法院依法判处有期徒刑6年。

一本"失踪"的案卷

2003年夏天的一个平平常常的日子,某县检察院侦查监督科的两名检察官,奉命到公安局例行一年一度的执法检查。在最后翻阅核查经济罪案登记时,他们奇怪地发现,里面有一起案件只有名单没有案卷。

一丝不苟的检察官不敢有一点大意,马不停蹄地找到有关人员详细了解情况,首先搞清了这桩案子的粗略线条。据有关人员介绍,这起案子是一起涉嫌非法经营的犯罪,涉嫌犯罪的是一名叫郑菲菲的年轻女人,此人在2001年5月中,在本县城乡偷偷非法销售一种叫"神龙数码广告卡",由于外地警方及时发现了犯罪线索,最后顺藤摸瓜查到了某县,掌握了郑菲菲大量的犯罪证据。上级公安机关随即给某县警方下达命令,要求严查到底。某县公安局经济侦查队迅速出击,很快就查清了郑菲菲非法经营"神龙数玛广告卡"数额达48万元,非法获利123900元。检察官找到具体办案人员调查得知,郑菲菲涉嫌非法经营一案于当年7月初进行立案侦查,在7月11日,被采取了取保候审的强制措施。

检察官预感到问题的严重性,又马上找到有关人员进一步追查,但是,由于相隔时间比较长,经济侦查队主要负责人职务变动大,当初办理此案的人员期间出外培训,交接手续有纰漏。结果,不知道什么原因,本应该立即提请逮捕的案子,一拖两年多最后无疾而终。

一本关系着当事人命运的案卷不翼而飞,一下子牵动了公检两家极为敏感的神经。谁都知道,一本案卷丢失意味着什么,其中的分量有多重。最后,追查来追查去,在原任经济侦查队队长封元君家里,找到了那本丢失的卷宗。

按照封元君的解释,他在担任经济侦查队队长期间,因为办理郑菲菲一案的主办人中间因公外出学习,由于一时没找到合适人选,就把案卷暂时存放在自己的办公室。后来,调任行政拘留所所长时交接太匆忙,一时疏忽,结果让司机把案卷和铺盖一同拉回家里了。

问题真的那么简单吗?案卷失而复得,却始终驱不散检察官心头的疑云。保着高度负责的精神,某县检察院迅即调阅此卷进行认真审查,一致感到郑菲菲一案事实清楚,证据确实充分,理应依法向检察机关提请逮捕。案件无缘无故中断达两年之久,无论如何也说不过去。同时,案上的赃款28900元也下落不明。种种现象令人费解。

随即,检察官又马不停蹄地对涉嫌犯罪的郑菲菲进行追踪,谁知一摸底,竟发现她早已成了自由身。对此,周围群众反映强烈,很是不满。一些知情人看到检察机关相当重视这件事,检察官追查的决心很大,确实不像有的人想象的那样官官相护,就纷纷提供线索,帮助把问题查清。

随着锁定范围的缩小,犯罪的目标逐渐变得清晰起来。原任经济侦查队队长的封元君,被列为重点侦查的对象。

藏匿案卷只为捞钱

此时,已闻到风声的封元君,如热锅上的蚂蚁一样焦灼不安,他再明白不过,如果自己手中握着的这颗炸弹被引爆,毁掉的将是自己苦心经营半辈子的大好前途!

因为他对自己的所作所为心知肚明,郑菲菲非法经营一案,不管时间消逝有多长久,他心中永远藏着一个驱不散的魔鬼。

那是2001年7月的一天中午,封元君正悠然地喝着茶,"吱"的一声门突然被推开,他正要发作,却看到是铁哥们杨峰嬉皮笑脸地走了进来,顿时,紧锁的眉头舒展开来。

杨峰是某县一家企业的普通职工,但是,此人能言善变,很会左右逢源,因此在社会上混得特开,封元君在偶然的机会和他相识后,不久就成为酒肉朋友。平时他们来往密切,经常聚在一起吃香喝辣,脾气性格也很合得来。正因为如此,两人说笑寒暄了几句,杨峰也不再客气,开门见山把自己的来意和盘托出。

原来,他是受人之托,前来为一桩案子找封通融。封元君对付这样的事特别老练,一边打着哈哈,一边应酬着把朋友打发了回去。

时隔几日,杨峰打电话找封元君喝酒,封元君没多想,就痛快答应去了县城的一家酒店。谁知在酒席上,见到了郑菲菲的家人,本想拂袖而去,但架不住朋友们的好言帮衬,也只好勉强入座。谁知,郑的家人不但在酒桌上只字没提案子的事,而且往封家送了几次东西,且没提出任何条件。感到有些过意不去的他倒主动关心起郑的案子来了。

封元君以队长的身份,把案卷要了过来。他把自己一个人关在屋中,凭着多年的办案经验,看里面有没有"灵活掌握"的东西。其间,郑菲菲的家人多次暗示,只要人能获自由,多"破点财"也毫不足惜。封元君知道这桩案子有油水,对当事人家属说的话自然心领神会。

随后,同事们感觉到封队长对郑案特别上心。他三番五次询问案情进展,不厌其烦对案件的具体细节指手画脚。当办案人员请示准备把案件提请逮捕时,他总是推三阻四的,找各种理由拖延。最后,在他的坚持下,只是让郑菲菲的家人缴上28900元赃款,给她办了个取保候审的手续,就不再让部下过问此事了。郑菲菲有此结果,使她的家人喜出望外,在万分感激的情况下,家人又拿出1000元,对引线人杨峰进行感谢。而即便这么一点钱,杨峰也不肯忘了与朋友共享,为此,封元君也很仗义,拿着分到的500元钱,进商场为哥们买了一双新款皮靴。

其实,不是封多么疏财仗义,而是他把眼光盯在更大的利益上。当年9月,恰逢办理此案的警官要出外学习,封元君看到了机会。他急不可耐地找个最好的理由,把郑菲菲案卷拿到自己手中,一直压着不动,并把案上赃款28900元让人从银行取出放到自己的办公室。等一切安排妥当,再也不肯把案子移交给别人。他清楚,只要当事人不再提起此案款,案子不往下进行,那这笔钱就完全由自己支配了。

就这样,一直到2003年5月份,封元君凭借手中的权力,千方百计隐匿着郑菲菲的案卷不予移交,在即将调离时,为把赃款据为己有,同时又不授人以把柄,干脆将案卷藏于家中,试图让一切都在时间的冲刷中消失。

玩火者终自焚

封元君自以为聪明绝顶,谁知,天网恢恢,疏而不漏,检察机关明察秋毫,发现漏洞后紧抓不放,深挖细查,一下子惊醒了他的美梦。他先是迫于压力,被动地交出了案卷,最后开始以攻为守,试图掩盖自己的罪行。

凭借多年的侦查经验,封元君最清楚问题的关键所在。围绕着赃款的去向,他费劲心思想转移目标。当得知当事人的父亲不久于人世,就和朋友杨峰商量,把赃款的归属都推到死人身上,并让杨峰虚假地从队里替死者打了张收条,试图让贪污的赃款永远成为一个谜。

有道是,魔高一尺,道高一丈。在封元君开始掩盖罪行的同时,县检察院就及时建议公安机关,迅速将郑菲菲涉嫌非法经营一案向检察院提请批准逮捕,并火速兵分几路,围绕赃款去向,合力包抄,固定证据,从外围寻找突破口,稳扎稳打,步步兵临城下,最后不但查清了封元君徇私枉法贪污郑案的赃款,而且还在群众的检举和帮助下,查证落实了他贪污其他赃款等155000元、私藏枪支95发子弹的犯罪事实。

封元君丑行大白于天下后,在当地引起很大震动,人们为检察机关清除了一匹害群之马拍手称快,而熟悉他的战友和朋友,有的痛恨,有的惋惜。

封元君出生在一个贫苦的农民家庭。从小聪明伶俐,学习上进,是大家特别喜欢的好苗子。为实现儿时的梦想,他高考时毫不犹豫地选择了警校。当他梦寐以求地当上人民警察后,不断进取,奋发有为,为保一方平安,不怕苦、不畏难,乐于无私奉献。不管走到哪里,干到哪里,都是风风火火,很快就能打开局面,从而赢得很多荣誉。

但是,自从有了一定的职务以后,由于有了点儿权,身边有求于自己的人多了,恭维的话听得也多了,慢慢脾气也大了。尤其是负责经济侦查队工作以后,封元君权力大了,接触的钱多了,接受吃请的档次高了,思想逐渐开始走下坡路,目光注意力集中在了钱上。他从接受宴请开始,慢慢接受人家一条烟、一箱酒,最后干脆贪污案款,不计后果地连队里的购车款、别的单位的赞助款等也敢贪污了。

在封的蜕变过程中,最明显的是他越来越听不进不同意见,工作武断专横,一个人说了算。如果有部下发表不同看法,轻则呵斥,重则给人穿"小鞋"。有一个从小看着他长大的老家叔叔,听到别人议论,从几十里外跑到城里来规劝他,谁知,封元君非但不领情,反而嘲弄老人思想老化,不识时务,气得老人一怒之下饭也不吃就甩门而出。

平心而论,封元君论业务能力确实是佼佼者,工作也相当有魄力,但是,若思想的防线出现崩溃,一切向钱看,走向的必然是毁灭。尤其是作为一名追求公平正义的执法者,给社会造成的是更大的灾难。因为,在实现和谐社会的发展中,作为社会先导的法律人,总被授予希望之杯。从这一点上讲,封元君一案带给我们的是沉重的思考。

8. 罪恶锁在黑色密码箱

仿佛是一夜之间,已经59岁的他,变得更加憔悴和衰老。

本来,再有一年时间,他就能高高兴兴地回到幸福的小家,安享退休的快乐时光,然而,仅仅因为膨胀的贪欲,使本来平静的人生,充满了令人追悔莫及的变数。如今,站在被告席上的他,垂头丧气地聆听着检察官的指控,万分沮丧地等待着命运的判决。

和长江,男,1946年11月20日出生,中共党员,大学文化程度,总会计师,原任河南省焦作宾馆财务部经理(副县级),因犯贪污、受贿、挪用公款、巨额财产来源不明罪,5月27日被依法判处有期徒刑19年。

偷偷匿藏的是一颗滴答作响的"定时炸弹"

和长江一案的东窗事发,缘自宾馆内部员工的集资款。

早在1999年4月份左右,焦作宾馆与郑州一家叫一分利海鲜大排档,在合作上发生了经济纠纷,为归还对方的欠款,宾馆员工在迫不得已的情况下,每人硬是从平时省吃俭用的牙缝中,东凑西拼进行集资还账。而当时,这些一分一毫的血汗钱,都由宾馆财务部经理和长江一人负责。令人难以接受的是,和长江在听说一个至亲要开办一家公司,苦于没有注册资金时,就擅自做主,将集资的51万元,悄悄存到自己亲戚公司的银行账户上。因为此事做得比较隐蔽,挪用公款前后也只有两个月时间,所以当时并未被人察觉。

有道是,贼不打三年自招。时间过去了很长时间,不知是谁的口风不严,还是有人在背后一直盯着,和长江曾经把员工的集资款挪作他用的不平事,慢慢被暴露于公众。本来就对原宾馆掌握实权人物一肚子意见的群众,耳闻这等昧良心事,气愤难平,纷纷向有关部门举报,自告奋勇提供犯罪线索。

2004年年初,河南省焦作市人民检察院接到部分群众举报后,针对焦作宾馆虽然已经解散两年,但原班子领导的经济问题,一直成为群众反映的热点,而和长江在宾馆手握重权,除了总经理就是实际的"二掌柜",有了这条线索,他们敏锐地掂量出其中的价值。于是,在市委的积极支持下,检察官迅速出击,很快就查清了和长江利用职权,擅自挪用51万元公款的犯罪事实,并决定继续深挖,钓出更大的"活鱼"来。

在与和长江正面接触的过程中,惯于和犯罪分子斗智斗勇的检察官,很快发现诸多令人生疑的问题。和长江在第一次接受讯问后,竟害怕得离家躲藏在外,有十多天不敢与人见面,有人甚至反映,那些天,他最信任的一位至亲活动频繁,好像都是在帮着和长江做事。联想到他在接受初次讯问时,那惊慌的眼神、神色紧张的谈吐语言,再加上调查时,部分员工对他的意见,以及在宾馆担任的关键职位,办案人员一致分析认为,和长江决非仅仅涉嫌一桩挪用公款案,其深处一定隐藏着更大的犯罪。

制定好详细的侦查方案后,在对和长江进行紧锣密鼓审讯的同时,检察官把精力主要集中在与和长江走得最近的一位叫方妮鹃的至亲身上。一开始,这个年轻的女人还抱着侥幸的心理,但没有多长时间,就供述了和曾托她保管一个黑色密码箱的秘密。得悉这一重要线索,反贪局办案人员火速赶往沁阳,在她的一个农村亲戚家里,找到了那个神秘的黑色密码箱。

当打开密码箱时,在场的人一下子惊呆了。箱内,仅银行存单就有48张,金额高达230万元之多!一数存单上的名字,有30多个陌生人的姓名,而且分别存在郑州、焦作等不同的金融机构。除此,里面还藏匿着宾馆的一些账目来往凭证。

无疑,那个黑色的密码箱成了悬在和长江头上的一颗"定时炸弹",一下子击溃了他战战兢兢的神经,和长江仰天大哭了一场后,痛快淋漓地把自己如何利用职权,借焦作宾馆账外账与正规账合并之机,悄悄撕下部分收入单据和支出票据,通过冒险侵吞差额款、收入不记账、虚列支出等手段,肆无忌惮侵吞巨款的犯罪事实全部交代。

和长江毫不保留地将自己所犯的罪行,全盘向检察官一一托出。事后,他不无轻松地坦言,几年来,自从心中有了那个鬼以后,生活再也难以宁静。时常无端从恶梦中惊醒,有时大街上呼啸而过的警笛声,也把他吓得心惊肉跳。而把自己的罪行全部招供后,他第一次在高墙铁网的牢房,安安稳稳地睡了一个安稳觉。

仅据审判机关审理认定,和长江在担任焦作宾馆财务部经理的短短时间内,就贪污 259 万多元,挪用公款 51 万多元,受贿 2 万元,另有 146 万多元巨额财产来源不明。很多人得悉和长江的犯罪金额后,都感到十分的震惊:一个负债累累,连单位员工最基本的工资都难以为继的宾馆财务经理,又是如何用罪恶的黑手,攫取如此之多的公款呢?

600 多万元的公款由他一人说了算

提起和长江的犯罪,首先还要从一个叫朱国民的装饰公司老板开始。

朱国民(已另案处理)是个外地人,凭着生意人的精明,揽下了宾馆的全部装修工程,几年下来,仅工程款就有 1000 多万元。作为财务经理,和长江特别了解其中的猫腻,也正是因为这个原因,他始终难以释怀。1996 年年初,朱国民要到郑州购买装饰材料,临行前,他到和长江的办公室闲坐时,讨好地问问有什么需要代劳,和长江犹豫了一下,就扭扭捏捏地想让他捎条金项链,朱国民心领神会,自然满口答应。那次从郑州回来以后,朱果然给他捎回一条千余元的项链,不过,钱的事谁也没有提。

时隔不久,宾馆又要进行玻璃幕墙的装修。有一日,和长江有意到朱国民的办公室,似是无意地谈起了交通工具,诉苦说自己每天骑自行车太辛苦,拐弯抹角想让朱买辆摩托车。朱国民何等聪明,没等和长江把话讲完,就豪爽地一口应允。朱当即打了一张向宾馆财务借款 2 万元的借条,和长江随即拿着条找总经理签了字,当日上午从财务上领走了钱。第二天还没把钱暖热,就心急火燎地跑到商场,买了一辆珠峰 125 红色踏板摩托车,一路春风地骑回了家。

这一年,和长江眼看着朱国民发大财,就又找了个借口,让他帮忙给自家里里外外装修了一把。朱国民心里恼着,嘴上却甜着,还要应撑着把活干好。他清楚,要想在宾馆里一切都顺利,没这位财神爷罩着,事儿绝对不会那么如意。

1997 年,因为想花钱方便,逃避上级的财务监督,和长江在和总经理李应良一番密谋后,背着宾馆其他领导和员工,私自悄悄设立了一个账外账,专门处理一些拿不到桌面上的账目。而这些钱和账,只有和长江一人负责,后来钱多了、账复杂了,连总经理也难以搞清,实际上成了和长江一人说了算,怎么花,都花到哪里去了,他享有了唯一解释权。本来,总经理还多多少少知道点内情,大概是各怀鬼胎的两人都想把账弄混的缘故,一个是只要有钱花,别的再也懒得过问;一个是趁机故意把水搅浑,以便从中浑水摸鱼。

有一个细节可以看出和长江对小金库的支配权。他有一个经商办厂的朋友,在经营过程中资金遇到了麻烦,于是求到他的门下。碍于面子,和长江先后分五次,从自己掌管的小金库中拿出整整100万元借给朋友救急。特别可笑的是,和长江害怕朋友有什么想法,就谎称借的都是亲朋好友的,并且每一次借出去的时候,都坐上朋友的车,在市里装模作样地绕上几圈,然后像变戏法似的,拿出早已准备好的钱交给朋友。后来,直到案发,借出去的巨款只归还了5万元。

小金库里前后有600多万元供和长江随意支取,极大地刺激了他本来就很脆弱的神经。每日手里握着这么多"灰色"的资金,难怪他不能不有点个人的小想法。1999年年底,和长江在账外账与宾馆账合并之机,采取移花接木、瞒天过海等手段,胆大妄为地将129万元一次性据为己有。

和长江大肆侵吞公款,目光都是锁定在自己控制的账外账上。他想怎么作账就怎么作账,想编造什么理由就找什么理由。由于做得相当隐秘,在1999年、2002年对宾馆的两次审计中,和长江像一条狡猾的游鱼均逃脱了惩罚。

这个人怎么看也难和贪污犯联系在一起

和长江特大贪污、受贿、挪用公款、巨额财产不明一案案发后,熟悉他的人们一下子惊呆了,善良的人们做梦也想不到,平时眼中的那个胆小谨慎,遇事总是优柔寡断,做人从不张扬的和长江,竟是一个善于伪装的贪污犯!

和长江早年出生在一个十分贫穷的农民家庭,因为兄妹多,经济拮据,从小就从父母对生活的叹息声中,真切地品尝出人生的艰辛,对困苦多了一份切肤的感受。以后的日子,无论是参军当兵,还是进企业到机关,即便慢慢有了权当了官,生活都简单朴素,从不在穿衣吃饭上讲究。有一次,他在当上财务部经理很长时间后,要到一家银行去存款,可能是他穿得不太讲究,个头又低,一副猥猥琐琐的穷酸相,也没有人理他,最后,还是他把厚厚的一叠叠人民币生气地往柜台猛地一甩,里面的工作人员才突然醒悟,后悔自己得罪了不显山不露水的财神爷。

在平时,他很喜欢摘录珍藏一些名人名言,在办公室和家里,时常有和长江抄写的人生格言。据说,和长江最喜欢的一句格言是:"人生最大的敌人是自己,人生最大的失败是狂妄。"也许正因如此,他特别热衷于烧香拜佛,甭看日常生活中和长江挺节俭的,但每次出差办事,他都要去朝拜神庙,抽签算卦,然后留下不少的香钱。和长江不大喜欢读书看报听广播,却乐意收藏一些迷信的书籍和字符。在与人的交往中,和长江总是把自己包裹得厚厚的,生怕被别人伤害,因而,他轻易不与人真诚交流,对人时常心存警觉,疑心很重。和他共过事的不少人,都有一个明显的感觉,和长江心事特重,与人始终有一种距离感。

应该说,和长江的物质欲望不能算强烈,甚至应定位是清淡、容易满足的那类人。但是,自从有了权力以后,眼里看到的、身边接触的、耳朵听到的,尤其是亲身经历一些宾馆领导的腐败后,对自己掌握的权柄,开始有了另一种新的认识。

自从手里有了那笔随意支配的巨款后,和长江在一笔笔的来往开支中,更清楚这些钱在为谁服务,在供谁胡乱挥霍。可以说,这些小金库里的钱,根本不能给普普通通的员工带来任何好处,它只是腐败者畅通无阻的通行证。正是因为如此,和长江一直耿耿于怀,心里怎么也难以平衡,想想自己快要退休,只有迅速抓住机遇才能给自己以后的退休生活带来实惠。他毫无一点犯罪感地故意把小金库的账目搞得一团糟,让一身腐败的顶头上司也摸不清里面的水究竟有多深,从而让自己成为这笔巨款来往的唯一解释人。

和长江疯狂地贪污大量公款后,他不像别的贪官那样吃喝嫖赌,四处潇洒,而是买房置地,考虑安排退休以后的幸福生活。他先后用贪污的钱,以别人的名义,在市内最繁华的路段用50万元购买了一套门面房,拿出17万元置办一套住宅,同时,在老家排排场场地盖了5间两层的大楼房,加上家里另外的两套住房,明里暗里共有5套住处。他手里紧紧捏着几十个存折,生活却节衣缩食,相当朴素,每日在祈祷着时间的快快流逝,让时光将那笔巨款洗刷成正当合法的收入。

焦作宾馆原是一家事业性单位,由于地处市内最繁华区,历史久远,员工素质高,经营状况曾有过相当红火的纪录。然而,由于原宾馆主要负责人膨胀的私欲,导致经营形势每况愈下,干部员工怨声载道。很多员工气愤地说:"我们这些年辛辛苦苦,竟养肥了这么几个大硕鼠!"

第四章　沉思一刻

外面的世界热闹而喧嚣。

有时候，我们不妨停下为生活匆忙奔波的脚步，给自己一点时间好好想想，为什么出现《"钓鱼式"网聊：暧昧背后温柔一刀》，仔细琢磨，你会明白那是《玫瑰掩映的"艳照门"陷阱》，里面的猫腻，其实就是利益在作怪，有《问题律师客串造假"导演"》在兴风作浪。

针对一再发生的沉痛悲剧，有人偏激地说，都是金钱惹的祸！其实，钱不是魔鬼，而是人心着了魔，才有《"小偷针，大偷金"　舅舅绑架亲外甥》，才有《一对父女精心设计的招聘骗局》。不论《一份不被祝福的爱情协议》写得多么动听，都难以掩饰赤裸裸的贪欲，尤其是《疑似"富翁千金"遭绑架》，更为这种荒唐做了很好的诠释……

1. "钓鱼式"网聊：暧昧背后温柔一刀

虚拟的网络世界热闹而又神秘，正所谓"林子大了，什么鸟都有"。其中有一个QQ网名时而名为"浪漫玫瑰"，时而名为"怜爱娇娃"，时而名为"粉色佳人"的女孩儿，网聊语言大胆火辣，充满暧昧和诱惑。

在弥漫着隐晦的氛围中，被撩拨得不能自持的一些男子，还没有等对方主动索取，就心急火燎地主动"缴械投降"，很快把自己的"老底"如实相告。尤其是通过视频看到漂亮女孩的俏丽容颜，顿觉眼前一亮，疑为仙女下凡，恨不能长上翅膀，立马飞到其眼前一睹芳颜。而这端的女孩也风情万种、善解人意，频频伸出"橄榄枝"曲意示好，欣然共度温馨浪漫的快乐时光。

且慢，能够接受这样"美味盛宴"邀约的，可不是一般人：一是年龄必须是35岁以上的中年男子，且有妻有子，家庭和睦；二是在社会上有头有脸的，如供职在机关事业单位的，承包工程做生意的等；三是最重要的是有钱。荷包没银子，银行没存款，免开尊口，即便你青春年少如王子，风度翩翩骑着白马来，也是瞎子点灯——白费蜡！

如果有幸符合这样的"潜规则"，那么，可能就有好戏在后边。

玫瑰陷阱："白骨精"的温柔一刀

38岁的刘先生是河南焦作市人，经营的公司不大，但年年有盈余。前两年在生意上抓住机遇，发了一笔小财，迅即"鸟枪换炮"，房子购了，车子买了，票子有了，"后院"稳定。周围人羡慕，用现在时髦的话说，属于"精品男"。然而，忙碌之余，总觉得日子还缺少点什么。闲暇无聊就迷恋上网聊天。

2009年10月的一日晚间，刘先生从外面打着饱嗝回家，没顾上和老婆说句亲热话，就钻到书房登录QQ。他觉得自己那晚真是欣逢"桃花运"，没有多长时间，就与一个网名"怜爱娇娃"的幸福邂逅。尤其是通过视频，看到对方是一个秋波荡漾、楚楚动人的青春美女时，刘先生如打了一剂强心针，兴趣昂然，精神倍增。

为赢得美人心,刘先生像孔雀开屏,在言谈话语中竭力展示自身的优越。在"怜爱娇娃"循循善诱的倾听下,大谈自己的发迹史,忘情地夸耀炫富,冲动地借助视频,向对方扫描自家装修一新的房子。不知不觉中,两人俨然一对彼此熟悉的亲密朋友,没有了隔阂,没有了陌生,连言语也开始慢慢变了味。

一日聊天到动情处,"怜爱娇娃"告诉"刘哥":自己年方25岁,却命运坎坷,刚刚离婚心情孤寂,看到刘哥为人实在,踏实安全,很想约个时间找个僻静的地方尽情畅谈。刘先生闻听此言,按捺不住内心的躁动,连想都没想连忙应允称好。

10月27日下午,按照约定,刘先生早早在丰收路大转盘处驾车等候,当得知"怜爱娇娃"还有一个美女同伴作陪,刘先生急忙喊来自己的两个哥们,一个叫东良,一个叫郭运,五人浩浩荡荡来到"一品香"酒店。席间,面对两位美女甜言蜜语的劝酒,三个男人谁也不甘示弱,喝得酣畅淋漓好不痛快。随后,觉得没有尽兴的他们,又从超市买来一捆月山啤酒,到临近枫林宾馆开了两个标准间,然后在自称小雪和少韵的怂恿下,酒喝得一塌糊涂,失去了知觉……

第二天一觉睡到中午醒来,三个赤条条的大老爷们面面相觑:衣服零乱地被扔在地上,身上所带的钱物和手机不翼而飞,定神再找那两个满嘴抹蜜的小美女,早已不见了踪影。价值上万的钱物被洗劫,如梦方醒的他们此时知道中了"美人计"。

报案,还是不报案?心里有鬼的三人商量来商量去,在持续一中午的犹豫后,硬着头皮拨打了"110"。

经过警方缜密的侦查布控,案情很快查清:网名"怜爱娇娃"的真名叫秦娇娇,河南省焦作市解放区焦北无业女青年,另一女孩名叫拜岭倪,焦作市武陟县人,两个女孩最大年龄25岁,最小年龄22岁。同时,她们两人的男友郭俊和樊立信也被抓获。

这是一桩典型的网络犯罪,犯罪人以QQ聊天为平台,通过视频色相诱惑,在选准目标钓到"大鱼"后,通过暧昧的语言挑逗,然后主动邀约到饭店吃饭,接着到就近的宾馆开房,周旋中在"猎物"冲澡的空隙,从手提包中取出早已准备好的麻醉药放到杯中。当目标丧失警惕喝下,醉倒,迅速与外面的里应外合,将被害人身上所带东西洗劫一空,最后和在外放风的同伙一道溜之大吉。

令人诧异的是,被害人在遭到不法侵害后,没有一个主动报案,都选择保持沉默,有的甚至在犯罪人交代后前去查证,或矢口否认,或闪烁躲避。

他们都是高智商、在社会上"有头有脸"的人,为什么甘愿吞下这个"哑巴亏"?

"只要留心,生活中存在着太多的商机"

秦娇娇属于80后女青年,虽生活在焦作这个不大的城市,但满脑子的时尚和前卫。5年前,和郭俊相识以后,就成为"试婚"一族。毕竟两人年轻没有资本,本该有工作的时候,却无事可做。为了不坐吃山空,男朋友牙一咬去南方"淘金",可是几年折腾,钱没有捞到手,当年的豪情消磨殆尽,背负空空的行囊,又辗转回到焦作,整日在社会上晃来晃去瞎混。

百无聊赖的秦娇娇,喜欢上QQ聊天。她制作的个人网页特别精美,将自己最可意的相片上传到空间,加上她资料显示年龄只有23岁,每次头像刚亮起来,前来搭讪的男网友特别多,让她有点应接不暇。网络世界热闹非凡,什么样的人都有,尤其是在空间看到她娇艳迷人的容貌,请求交流说话的,显得更迫不及待。大胆露骨的表白,含蓄婉转的暗示,秦娇娇像一个百般恩宠的公主,接受着男网友的恭维和逢迎。

秦娇娇与男网友聊天交往的"初级阶段",无非就是聊得有点感觉,双方留下联系方式,然后在心情不错的时候,接受邀请,带着关系最铁的"死党"拜岭倪,一起到饭店吃饭,到包房K歌,或到洗浴中心洗澡按摩、打电玩等。

天下没有免费的午餐,那些心里揣着"小九九"的男网友,在自掏腰包后,自然想往前再发展一步"关系"。秦娇娇是何等聪明之人,发现这一苗头,自然偃旗息鼓,一溜了之,以后对方再打电话联系,干脆拒绝接听,断绝来往。

就这样,白吃白喝游刃在男网友中间,无业女青年秦娇娇业余生活特别滋润。

秦娇娇的"快活",自然引起男朋友郭俊的不满,两人时常争吵生气,但郭俊自己没有经济来源保障,又缺乏为女朋友提供享受的"后援",最后都底气不足败下阵来。

2009年春天的一日,秦娇娇接受一个"司马春衫"男网友的邀请,和女友拜岭倪一起赴宴。男网友是一个事业单位中年干部,在一个僻静的酒店雅间,面对两位年轻貌美,几乎与自己女儿一般年龄的女孩,不觉神清气爽,席间贪杯喝下不少白酒。可能是酒壮色胆,雅间里竟然对秦娇娇动手动脚,在撕扯中两人逃离了现场。

半夜回到北环路出租小屋,两人把这件事情向郭俊哭诉,拜岭倪还把扭扯中拾到的"司马春衫"的摩托罗拉高档手机从口袋中拿出,决定等对方寻找手机时,再好好教训他一下。可是,等了几日,也没有"司马春衫"的音讯。几个人一起猜度,一定是对方觉得理亏心虚,不敢前来见面,甚至唯恐躲之不及。平白无故窝着一部不敢认领的手机,让几个整天无所事事的他们,好像从中嗅出点什么。

时隔半月有余,秦娇娇和山西晋城市一家公司小老板聊得火热,网聊的第二天,这个自我介绍姓方的中年男子,急切地电话邀请秦娇娇来本地酒店"小聚"。秦娇娇自然明白这次相聚的话外之音,在和男朋友一起密商后,最后欣然应约。

2009年5月23日早,秦娇娇、郭俊、拜岭倪、樊立信四人坐上大巴,踌躇满志地奔赴晋城市区。傍晚时分,秦娇娇在得知姓方的一人在酒店等待后,就让其他同伙外围接应,只身"单刀赴会"。

暧昧的灯光,僻静的雅间,方先生眼看到手的"肥肉",心里像小猫在抓挠。事先,他已就近安排好房间,一切依照自己的计划进行。

其实,眼前一桌丰盛的饭菜,方先生根本无心去品尝,他眼珠子始终离不开的是眼前让他砰然心动的"可人儿"。

享受着美色的诱惑,听着让人浑身发酥的挑逗,经不住嗲声嗲气的劝酒,放松了警惕,一心想成全"好事"的方先生,不知不觉就有点喝高了。

在酒精的刺激下,方先生带着自称"小米"的秦娇娇,撤退到酒店房间继续"谈心"。秦娇娇一边扶着已有几分醉意的方先生,一边悄然发信息给其他同伙,吩咐其紧跟其后防止意外。她万般柔情地装做一对情侣,相携走进酒店房间。

虽说方先生喝得有点高,但一点也没有忘掉此次"谈心"的目的,刚将房间门关上,就迫不及待想亲热一下,被鬼精灵般的美人挡住:"哥呀,瞧你猴急的,也不讲一点卫生!快去洗洗澡,一点情调也不懂!"方先生一怔,觉得也在理儿,淫亵地朝她脸上轻轻拧了一把,三下五除二脱掉衣服,兴冲冲去了卫生间。

迅速在房间查看一遍,确认里面没有监控之类,秦娇娇麻利地从随身携带的包里取出买好的氯硝安定药粉,放进水杯里搅拌均匀,然后若无其事地等待猎物上钩。

洗完澡的方先生喝下美人递过的温水一饮而进。打情骂俏中,他却觉得体力不支昏昏沉沉入睡,不一会儿就躺在床上打起了鼾。

看准时机的秦娇娇,麻利地将方先生衣服里的高档手机和3000多元现金一并囊中。轻蔑地瞥了一眼还在昏睡的男人,大摇大摆走出宾馆,在同伙的接应下,连夜乘车凯旋焦作。

四人断定身在山西的方先生不敢声张,于是尽情地享受轻易得来的"战利品"。那几日,秦娇娇进高档酒店,购名牌服装,潇洒花钱,尽情享受,脸上时常挂着灿烂的笑容。原来特别反感她上网聊天的男友,从中受到莫大的鼓舞,他不无感叹:"原来这里也商机无限呀!"

甘认"倒霉",面对犯罪只有伏法没有悔意

就这样,在2009年5月至11月底短短的时间里,以秦娇娇为首的犯罪团伙,每隔十天半个月,都要在网络上选择一个目标,先主动约会吃饭K歌,然后看准时机进行抢劫,而被"忽悠"上当被抢者,居然没有一个主动报案。

这样的"好事",让秦娇娇们欣喜若狂,也给她们聪明的头脑提供更多的灵感。接着继续以"粉色佳人"、"浪漫玫瑰"等不同网名,在虚拟的世界纵横捭阖,游刃有余。她们甚至买来一些心理学书籍,仔细揣摩,认真分析,针对人性的弱点,有的放矢进行"钓鱼式"网聊。

网上,她们言谈暧昧,语言挑逗,巧妙地与想入非非的男网友说着令其心旌荡漾的话,像一个老练的垂钓者,冷眼静候"鱼儿"自动上钩。

每次秦娇娇等人缺钱花了,或者想到娱乐场所潇洒一回,就上网寻找猎物,然后主动约会,嬉戏调情中,乘其不备,看机会下麻醉药粉,在对方失去

警惕会将钱物洗劫一空,最后在同伙的配合下扬长而去。

秦娇娇等人上网钓鱼有一个原则:坚持"游击战",不打"持久战",不在一个猎物上耗费太多时间。对目标严格筛选,出手快,结束彻底,绝对不"恋战"。秦娇娇们选择目标的区域不超过周围150公里,始终在河南的洛阳、郑州、新乡和山西的晋城等城市。

那些网上无聊之士,面对得来不费工夫的艳遇,殊不知是一个玫瑰掩映的陷阱,竟窃喜以为自己魅力指数超高,艳福不浅,有的没等女方暗送秋波,就主动示好,夸耀炫富露能耐,甚至急切相邀,想另有所图。

据秦娇娇等人交代,在不到一年的时间里,她们将选择的聊天男网友视做"提款机",什么时候缺钱了,什么时候就找猎物下手,在2009年5月份以来不到半年的时间里,顺手牵羊将猎物的价值4万余元的钱物抢劫。

然而在查证落实时,却困难重重,有的是因为受害人地址不详细,名字有误,有的是躲避不见,不予配合,很多当事人在警方找上门后,百般摆脱干系,矢口否认有此一事。洛阳一位在国企做主管的中年男子,在得知警方上门要找其对证时,撒谎出差,背后托熟人为其求情,祈求"小事化了"。由于被害人的消极被动,侦查机关费尽心思取证艰难,最后只认定被抢劫财物价值9000余元。

秦娇娇四人被抓获后,面对侦查机关的审讯,非但没有悔改之意,反而对受害人遭遇不法侵害"活该倒霉"!玩世不恭的秦娇娇居然标榜自己"劫富济贫",唯一遗憾的是,最后这次"出手"不该让对方邀约其他朋友参加,结果目标过大,保密度差,致使生意"砸了锅",输在了不慎上。

2010年2月6日,河南省焦作市解放区检察院以犯抢劫罪、盗窃罪对秦娇娇、拜岭倪、郭俊、樊立信四人提起公诉。

2. 玫瑰掩映的"艳照门"陷阱

2009年5月18日,是古靖靖的20岁生日。而这个人生最美好的纪念日,却要在高墙铁网下度过。这个处于青春妙龄的打工妹,在两个月前的3月6日,因犯强迫卖淫罪、抢劫罪,经河南焦作人民检察院提起公诉,被法院判处有期徒刑二十年,剥夺政治权利五年,并处罚金一万元。

"爱车一族"网上结盟"梦幻组合"

2008年春节,对于身处异乡的19岁姑娘古靖靖来说,有剪不断理还乱的浓郁思乡之情。一场无情的大雪,将这位奔赴南国打工的北方女孩,阻隔在举目无亲的陌生城市而真正体会到跟着奈何走的滋味。

出生于1989年5月18日的古靖靖,家住黄河北岸的河南省焦作市武陟县龙源镇万花村四号院。2007年,从郑州职业技术学院毕业的古靖靖,不甘于平淡的生活,放弃在父母身边的工作,带着淘金的梦想,从家乡来到深圳,在圆光电子玩具公司做了一名文印员。

心性很高的她,在刚刚18岁的时候就拿到机动车驾驶执照,在奔赴南方打工前就给自己定下短期和长远目标,争取在三年内开上自己的爱车,在五年内过上让人艳羡的白领小资生活。然而,现实难尽人意,在别人屋檐下打工的时光,一点点蚕食着当初的豪情。

让人失望的是,辛辛苦苦整日忙忙碌碌,一年工资盈余,除了买两件像样的衣服,所剩的给家里父母寄的孝敬钱也超不过两千元。时常形单影只走在车流如织的大街,看到很多姐妹驾驶着私家香车的那份潇洒,觉得自己特别的失败。

佳节只身在他乡,郁闷加寂寞,使古靖靖在百无聊赖中迷上了虚拟的世界。她申请了一个名叫"萍无踪迹"的QQ网名,每天把闲暇时间全部泡在宿舍附近的"蓝色极速网吧"。在聊天中,她专门寻找河南焦作的网友,觉得家乡人有种亲切感和安全感,谈起话来随意、自然、没有距离。

在寻寻觅觅中,古靖靖和一个网名"我爱人民币"的焦作网友聊得相当投机,共同对发财的渴求,使两个人无话不谈,交流起来异常热烈。有时候网上聊的还嫌不过瘾,钻到被窝里还煲电话,一个假期下来,俨然一对特铁的死党。

"我爱人民币"真名叫张跃峰,时年29岁,家住河南焦作市武陟县木城镇太平街96号,是个游手好闲的无业青年。

熟悉他的人都知道,张跃峰生性凶狠,为人粗暴,在社会上有一帮狐朋狗友。正苦于找不到发财门路的张跃峰,在网上结识古靖靖后,觉得虚荣心很强的她,为人轻浮,做事老道,为达目的不计手段,将来做事离不了这样的帮手。而人小鬼机灵的古靖靖,掌握了张跃峰的情况后,也感觉对方大有可利用的价值,实现梦想需要有"贵人"相助。

那段时日,香港"艳照门"正甚嚣尘上,在谈论中,灵感大发的两人,惊喜地共同找到了发财的捷径。

两人你来我往,不断出谋划策,逐渐使一条发财思路清晰起来:寻找身边有机可乘的年轻女孩,以帮助去南方打工为幌子,许以高额丰厚的薪水利诱,然后用"红萝卜加大棒"的方法,想法设法给她们拍摄裸体录像,以此为要挟,迫使其就范,最后把她们输送到娱乐场所,沦为三陪女,成为牢固所控的"摇钱树"。

张跃峰和古靖靖不断论证着这条发财捷径的可行性,并在网上开始讨论分工责任等事宜。根据各自的能力和特长,张跃峰总负责,主要是负责找女孩,联系娱乐场所的人员接收和业务洽谈,古靖靖以自身女性的便利,负责帮助去物色女孩子,做好女孩的思想工作,拉其下水,给她们事先进行裸体摄像拍照存留"黑色档案",迫其就范后在娱乐场所进行管理。

2008年3月4日,为自己的圆梦计划激动不已的古靖靖,干脆辞去了公司的职位,重新回到了自己的家乡焦作。一踏上熟悉的土地,看到神气活现的张跃峰开着红色的马自达轿车前来接站,对合作这桩生意多了几分底气。

感觉古靖靖对自己的坐骑很有兴趣,张跃峰豪爽地许诺:"用点心劲,甩开膀子大干一场,哥不会亏待妹妹的,我们五五分成,干好了一年后这辆车就送给你!"

"黑色档案"成手雷，"艳照门"变为撒手锏

第一个被她们盯上的猎物，是一个叫莹莹的女孩。

时年只有19岁的莹莹，生长在一个并不富裕的农民家庭，和古靖靖是小学的同班同学，模样挺俊俏，在焦作某商场柜台做服务员。生性爱打扮、喜欢逛街的莹莹，爱慕虚荣，贪图小利，参加工作没有多久，男朋友谈了一个"加强排"，最后却都毫无结果，她悄悄在亲近的姐妹面前发誓，今生一定要找个大款做老公。

2008年3月21日，休班的莹莹正在和平街附近闲逛，突然，一辆小轿车吱的一声停在了她的旁边，她不经意地转脸一看，从自动开启的车窗里，探出古靖靖的一张笑脸。"咦，是靖靖你啊！不是在深圳嘛，怎么在这里呀？"古靖靖热情地把她招呼上车，一番简单的介绍后，披金挂银的张跃峰开车拉她们来到一家高档饭店坐了下来。

看到古靖靖浑身上下珠光宝气，一副时尚打扮，莹莹好奇地问长问短，当得知靖靖和身边的峰哥在深圳经营了一家娱乐城，生意兴隆火爆时，不时流露出羡慕和惊叹："唉，同样是年龄一般大的姐妹，做人的差距咋这么大呢！"一丝苦涩的打趣后，莹莹哀叹起自己的落魄。雅间里三人一阵沉默，古靖靖转脸讨好地看着张跃峰："峰哥，让莹莹去帮我们吧，自己人用起来放心，况且她很能干的！"张跃峰未置可否地犹豫了一下，露出为难的表情。

"莹莹，是这样的，我和峰哥这次回来，就是想在到本地的人才市场，用高薪考察聘请一批高级管理人员。在外打拼，毕竟找些知根知底的可靠帮手心里才有谱啊！"明白老同学的一番好意后，莹莹感激之余，慌忙向张跃峰表白："峰哥，看在靖靖的分上，求你收下我吧，我会用才能证明给你们看的！"

"这个，这个……这样有点草率吧，要知道，我们是有规矩的啊！"张跃峰瞥了一眼古靖靖，她慌忙接话："先谢谢峰哥的仗义，莹莹是我的亲姐妹，其余的事情我会告诫她的。"喜出望外的莹莹，抑制不住内心的喜悦，一迭声地连连感激。

夜晚，在她们下榻的饭店，古靖靖拿着拍摄的照片，简单介绍了娱乐城的经营理念和管理模式，然后话锋一转，严肃地告诉莹莹，因为在深圳经营

的是一家娱乐生意,社会接触面广,流动性大,人员复杂,管理独特,涉及不少商业秘密。因此,对进入娱乐城的管理层人员,不像其他企业一样要交纳高额的押金,但需要用人格去担保。

"人格担保?这话咋说呢,"古靖靖正色道:"具体到女的管理人员,就是要事先为其拍摄人体写真,然后由公司一名女性专人秘密负责保存档案,只要在工作期间遵守公司的商业秘密,在离开公司的时候,自动删除录像。"

看到莹莹脸上掠过的一丝红晕,古靖靖一把搂过她:"我的好妹妹,公司的规矩不能破坏,不行的话我给你在这里简单录制一下,等去上班后我悄悄给你先删除了不就好了嘛!"在高薪的职位面前,莹莹没有再仔细多考虑,就在靖靖的房间,面对手机的拍摄镜头,扭捏地脱掉全部的衣服,用裸体完成了"人格担保"。

古靖靖和张跃峰在焦作待了一个星期,在熟人圈子用同样的"程序"物色了圆圆、芳芳和莹莹,因为都是彼此熟悉的好姐妹,大家谁也没有任何怀疑。她们毫不犹豫地分别辞掉了原来在饭店、美容店、服装店的工作,瞒着家人和朋友,准备到南方大干一番。等工作有了起色,给家乡的父老一个惊喜。

2008年3月28日,看到招聘工作进展顺利,一时兴奋的张跃峰,答应临行前先带大家到附近的风景区玩个痛快,于是,他开着轿车,载着古靖靖、圆圆、芳芳、莹莹和一个叫卢海林的彪悍男子,朝着山西晋城的方向飞驶。

那日,他们在晋城的人工滑雪场一直玩到天黑,半夜懵懵懂懂中,几个女孩子被拉到晋城"人间仙境洗浴中心",稀里糊涂地被安排在一间小屋休息。等第二天她们醒来一看,人身自由遭到限制,出入的房间由卢海林严格看管,等她们拼命想喊叫的时候,原来一脸和气的峰哥两眼放着寒光:"峰哥我现在在这里盘了一个场子,妹妹们给个面子的话,给我帮一两个月忙,好好照顾客人,大家共同发财啊!"明白自己是受骗前来做三陪女的,三个女孩子愤怒不已,圆圆上前扇了张一记耳光,夺门就想离开。张跃峰恼羞成怒,一把抓起她的头发,发疯似的朝墙上撞去。

看到这样的场景,屋里再也没有哭喊声了,三个人噤若寒蝉,痛苦地默不做声。张跃峰恶狠狠地说:"大家出来混的,谁给我面子,我就给谁好处。

想惹哥哥我不高兴,瞧瞧这是什么!"说罢,从腰间掏出一把手枪(事后经鉴定是仿真手枪),在她们面前晃了晃,嘴里哼了一声,就摔门出去了。

张跃峰前脚刚离开,古靖靖就推开了房门,她上前拉着姐妹的手,一番虚情假意地劝慰:"唉,我们都是女人,凡事还是想开点。峰哥是道上的老大,咱们可得罪不起。他手下有一帮弟兄,手上有枪支,听说还藏着手榴弹。我们家里有老有小的,惹他不舒服的话,他半夜丢一颗手榴弹,指不定炸伤你们家里谁呢!"

看到她们低头不语,古靖靖向前探着头降低了嗓门:"况且,他手里都掌握着的裸体录像,假如散发到亲戚朋友那里,还怎么做人呃!"古靖靖细声细语,耐心地给她们分析着利弊。三个涉世不深的姑娘,你看看我,我看看你,欲哭无泪。

"杀熟"幻象:玫瑰掩映下的恐怖陷阱

被古靖靖一伙诱骗沦为三陪女的姐妹,在案卷中有案可查的就有十三名,而且被害人全部都是亲戚和街坊四邻的同学朋友,有的甚至是亲姐妹。因为都是熟人,相互知根知底,缺乏警惕性。她们利用天然的地缘人脉,用花言巧语骗取信任,在露出庐山真面目后,以曝光裸体录像甚至危害家人生命财产相威胁,先实施强奸,然后悄然地把她们组织起来,逼迫姐妹们到山西的晋城、河南洛阳和焦作等地的娱乐城和洗浴中心做三陪女。

古靖靖一直难忘自己拥有香车的梦想,每拉一个姐妹"下水",她心里就一阵窃喜:"呵呵,这个妞可以让我买得起一个车轱辘了,哈哈,那个够小车的发动机成本啦!"正是这种疯狂的追求,她不惜昧着良心,把自己的亲叔伯妹妹同同、小学最要好的朋友欢欢和两姨亲戚的菁菁等,都变成掠取的牺牲品。

古靖靖在犯罪团伙中号称"政委"。她和张跃峰在犯罪过程中一个唱红脸,一个扮白脸。每当张跃峰等人用拳头、恐吓、强暴等手段后,她假惺惺地充好人,在无知的被害人像抓住最后一根救命稻草后,古靖靖装模作样骗说去向峰哥求情,阻拦不要将她们卖到远方,然后又回头讲条件让她们允诺事后不出卖峰哥。担惊受怕的被害人无奈只好答应,含泪以拍摄裸体录像为"人格保证",以求尽快离开虎狼之穴。

然而，这只不过是古靖靖犯罪团伙设置的陷阱，随后，在软硬兼施下，这些女孩一步步沦为他们发财的工具。在随后的发展过程中，犯罪团伙又不断加入新的成员。

他们分工负责，责任明确，看管严密。每一个被诱骗进来的姐妹，身上的手机等通信工具一律没收，零花钱统一上交专人保管。平时去洗手间也有人专门盯梢，即便去为客人服务，都派人在窗前偷听，严禁向客人讲自己的真实身份和家庭情况，更不能用客人的手机向外私自打电话联系，轻则呵斥，重则非骂即打，罚做上百个俯卧撑。夜里睡觉，集中在一个屋里，有打手睡在门口 24 小时看管。有时候姐妹们需要买衣服或妇女用品，也要派专人上街购买，以防半路有人逃脱。失去自由的姐妹们，变成古靖靖一伙的发财机器，度日如年地含泪违心出卖青春肉体。

在这场悲剧中，特别可叹的是圆圆和莹莹，她俩原是饭店打工妹，辞职本想得到一份令人羡慕的职业，不料遭遇欺骗和蹂躏。本能伺机逃脱，但恐惧自己的裸体照片流传到社会和网上，只好忍气吞声操起三陪的生意，轻信犯罪人的许诺，为早一天"净身"回家，沦为犯罪的帮凶，为古靖靖一伙提供掠取目标，用相似的欺骗手段，哄骗自己的要好朋友或同学，帮助设置陷阱和诱饵，让对自己深信不疑的人跳入火坑。在被害人抗争和不从下，一边以身传教，一边去细心帮助"洗脑"。

古靖靖和张跃峰等人在实施犯罪中，从传销中受到启发，对沦为三陪的女孩，由古靖靖等人做"灵魂洗涤"工作，不断洗脑，麻醉思想，让人丧失辨别美丑黑白能力，在堕落中心甘情愿地沦为挣钱的工具。

在 2008 年 3 月份至 7 月份不到半年的时间里，张跃峰、古靖靖等 8 人犯罪团伙，以高薪聘请管理人员为幌子，先后将有案可查的 13 名年龄不到二十岁懵懵懂懂的青春女孩，骗入自己设置的圈套。这些沾满女性血泪的金钱，满足了古靖靖、张跃峰等贪婪的欲望，他们购置漂亮的小轿车，浑身上下名牌的装扮，大碗吃肉，大口喝酒，泯灭人性地把自己绑上疯狂追求贪婪、物欲的战车……

3. 问题律师客串造假"导演"

天地良心,对于一辈子安分守己的老工人党建深来说,被检察机关指证犯了罪,并因救子心切参与"造假"押上被告席,可能确如其言是当初的"一念之差"。

如今,一切非但没有如愿,反而"赔了夫人又折兵":儿子因犯盗窃罪最终还是没有逃脱法律的制裁,自己却扮演不光彩角色获妨害作证罪失去了自由,特别由于自家的事,儿子的好友稀里糊涂地受了牵连,也一同在今后的岁月中与高墙铁网为伴!

过去的所作所为简直就如一场噩梦。一脸懊悔的党建深,不时把目光,投向同样站在被告席上的"能人律师"党顺玉,那表情里分明夹杂着太多的哀怨……

"高人"指点迷津

今年48岁的老职工党建深,家住河南省孟州市河阳办事处某村,虽然与做律师的党顺玉同村,但平时来往不多。之所以能让两人走到一起"共事",都是宝贝儿子惹的祸。

2005年12月22日,一个平常的日子,党建深正和全家人一起在吃中午饭,突然一辆蓝白相间印有"公安"字样的警车,一路鸣着警笛,呼啸着直奔自家门口,还没等反应过来,两名警察就把儿子党东两手铐住,当场宣布其因涉嫌盗窃犯罪被刑事拘留,还没等家人反映过来,党东就被带上警车绝尘而去。

父母眼中的儿子乖顺、胆小怕事,怎么能会去干鸡鸣狗盗的事呢?

面对突如其来的变故,全家人痛苦不堪,不知如何应对。毕竟是一家之主,党建深强压痛苦,好言劝慰了妻子一番后,在随后的日子里勉强打起精神,骑车多次到办案部门打听消息,了解案件进展情况,想方设法掌握一切与儿子有关的各种信息。

慢慢地,随着案情的进展,儿子涉嫌盗窃犯罪真相大白:原来,时年25

岁的党东,虽然家庭条件拮据,但好吃懒做,贪图享乐,看到身边很多人吃香的、喝辣的,日子过得很滋润,心里特别不平衡,经常绞尽脑汁梦想发横财。2005年10月31日傍晚,经过踩点,党东装做办事的模样,来到临近的一个村庄,乘人不备,悄然翻墙跳进一家农户,打开街门,偷走一辆春兰牌电动自行车。最后经鉴定,此车作价1080元。

这不是一般的"小偷小摸"!当老实憨厚的党建深从别人口中得知,自己儿子"犯的事",可能要面临判刑坐牢的危险,一下子瘫坐在地上。回到家里,夫妻俩抱头痛哭,一时无计可施。

在家中,党东是独子,从小因为聪明伶俐,特别受到父母的娇宠,虽然家里日子过得紧巴巴的,但在父母的呵护下,一路走来衣食无忧,过着一种衣来伸手、饭来张口的生活。在党建深夫妇的生命中,儿子就是他们的全部世界!现在,他们的世界马上就要毁灭,那种焦虑和忧愁像一座大山,压得全家气都透不过来。

那些日子,儿子的事成了他们生活的全部。

妻子在儿子遭遇牢狱之灾后,整日以泪洗面,饭吃不香,觉睡不稳,天天不是在丈夫面前唉声叹气,就是埋怨党建深没有"能耐",眼看孩子坐牢也找不出个"办法"。每当这个时候,党建深心里觉得特别窝火,儿子犯了罪,妻子却把怨气和不满倾撒到自己身上,他一个无权无势的小工人,面对这样的情况,除了一声叹息,急得团团转,实在想不出"救子"的好办法,真恨不得爷俩儿换个角色,自己把一切事儿揽下。

正在这时,一个对儿子命运有重要影响的人物出现了。

党顺玉和党建深虽然同村,经常低头不见抬头见的,但交往很少、接触不多。自从党建深的儿子被警方抓走以后,平时很高傲的党顺玉闻讯,出于职业的敏感,主动上门找到党建深一家,异常热心地嘘寒问暖,以自己的律师身份不断"指点",不失时机地夸海口自己在外面的"能量",几次暗示愿意做党东的辩护律师。

当党东一案到了审查起诉阶段,经不住党顺玉巧言令色的上门推销,老实巴交的夫妻牙一咬,东拼西凑借了1600元,双手奉送作为辛苦费,把一切希望都押在了"大能人"的身上。

一个想通过代理身边人的案件提高轰动效应,一个出于骨肉亲情避免牢狱之灾,双方合作得特别紧密。随后的日子里,在"能人"党顺玉的一手策划下,一场"救子行动"开始实施。

看到行动稳扎稳打,辩护律师踌躇满志,无疑感染了夫妻俩的情绪,他们原来紧锁的眉头慢慢开始舒展了。尤其是开庭前夕,当得到各方面利好的信息,全家人既紧张又兴奋,焦灼地等待着一个结果的到来。

斜刺里冲出一匹"黑马"

2006年4月19日中午,在庄严的审判大厅,孟州人民法院开庭审理党东盗窃电动车一案。

当审判长宣布开庭后,首先由检察官宣读对党东盗窃一案的起诉书,接着法庭进行讯问和质证。就在双方你来我往唇枪舌剑,为犯罪证据针锋相对的时候,辩护律师党顺玉突然拿出一张证明材料,示意法庭被告所盗窃的电动车曾经修理过,费用为290元,有人证有物证!说罢,得意地瞟了一眼正在与之交锋的公诉人,得到允许后走出律师席,双手把证明递交给了法警。

证据当庭骤然发生重大变化,法庭气氛一下子凝固了。稍有法律常识的人都知道,党东盗窃的电动车作价是1080元,如果扣除290元的修理费,价格就不足800元,也就是说,如果证据得到认定,被告党东就可能免受牢狱之苦。

斜刺里冲出的这匹"黑马",出庭公诉的检察官始料不及,一时僵持不下。鉴于证据发生了重大变化,审判长当庭宣布,法庭对党东盗窃一案延期审理,并对提供的证据作重新的确认。

法庭上突如其来的证据变化,让检察官匪夷所思:这到底是怎么啦?回到单位,检察长听取汇报后,组织大家"对脑子"。通过仔细分析一系列不正常的现象,发现其中有很多"猫腻"。

可疑之处主要来自以下几点:党东盗窃的电动车价格鉴定为1080元,新的证据证明中写修车费290元,正好使党的行为构不上犯罪,这种巧合,不能不令人生疑;再则,修理的车辆故障几乎是电动自行车的所有毛病,特别不符合常理,尤其不能自圆其说的是,党东在法庭上所讲,与证明人的证词如出一辙,而在公安侦查环节和审查起诉环节,在办案人多次讯问他时,党东从来只字未供述电动车维修过的情况,而对其影响重大的这样一个有分量的证据,难道是当事人一句"健忘"就能解释的吗?若真如此,为什么偏偏在法庭上这样记忆犹新?

种种迹象表明,法庭上出示的证明有伪证之嫌!随即,检察机关向警方建议,对此进行立案侦查。

公安机关找准着力点,集中围绕那张证明材料,顺藤摸瓜,深挖细查,很快就揭开了这场闹剧的真相。

让人想不到的是,策划造假的幕后黑手,竟是这个案件的辩护律师党顺玉!

原来,接受这起案件的辩护角色以后,和党建深同村的党顺玉很想在街坊邻居面前"露个脸",因此,依照自己多年的办案经验,千方百计在"鸡蛋里挑出骨头"。当党建深经别人指点,找到党顺玉商量能否对电动车重新作价时,他摇头晃脑了一番,一个子虚乌有的"假料",就开始出笼了。

按照党顺玉的精心"策划",党建深找到一个叫侯八的青年人。不知底里的他,得知朋友的父亲想让自己"帮个忙",一向为人仗义的侯八没说二话,就跟着党建深走进了市里的一家律师楼。

踏进一间办公室,他们见到了坐在办公桌前的律师党顺玉。一番寒暄后就切入了正题。

党顺玉轻描淡写地告诉侯八,因为党东的事,让他写一个简单的"证明",说明好友党东曾经让自己帮忙修理过电动自行车。头脑简单的侯八不知里面的深浅,想都没想拿起笔就要去写,倒是一旁的党建深心里还是有点不踏实,小心地赔着笑脸问:"党律师,你看这事不会影响人家什么吧?"党顺玉白了他一眼,相当自信地对侯八说:"没事的,这不关你什么事,也没人会去调查你,你说你在修理店修理过,整天那里人来人往的,谁还会记得那么清楚啊!"说罢,随手从口袋里掏出一杆笔。

侯八不好意思地看着眼前的党律师:"嘿嘿,我不知道怎样去写,要不你写一遍我照着再抄一遍?"此时的党顺玉挥挥手:"我给你说,我说着你写着!"

就这样,在那间办公室里,三个人关起门来,经过仔细推敲,由党顺玉口授,侯八写了一张假证明。在证明中,侯八谎称自己在某一日,曾在市区里碰到好朋友党东,应好友的请求,帮党东把一辆春兰牌电动车,推到西关一家修理部修理,最后由自己垫钱结算290元。

为能口供一致,不在中途有什么闪失,党顺玉在时隔几日的一天,以辩护人的名义,走进焦作某看守所。在装模作样地例行了提审程序后,借另一名律师不在场之机,他慌忙掏出口袋里的假证明复印件:"党东,你曾修理过电动车吗?价格是290元吗?"没等党东反应过来,他就把复印件递过去,正色地问:"你看看,这张证明真实吗?!"党东接过一看,会心地不住点头。

就在审理党东盗窃案宣布延期审理后,自觉胜券在握的党顺玉当日回到村里,就迫不及待地走进党建深的家里,一番表扬与自我表扬后,又从被告家中要走600元钱,说是日后"打点"所用,很快满脸喜色地走进街坊邻里中间,绘声绘色地描述那场法庭上的"得意之作"。

真相大白后,善良的人们震惊了!一个堂堂的律师,居然为了私利,不惜亵渎法律,弄虚作假,难道连最起码的职业道德也没有吗?身为律师的他,究竟是怎样一个人呢?

这样的律师"栽了"是迟早的事

在熟人的眼中,今年32岁的党顺玉,是个脑子特别灵活的人。凭着自己的聪明伶俐,1996年毕业于郑州大学的法律系,并在几年前全国律师资格考试中过关,成为孟州市一名执业律师。

党顺玉的为人处世,有两件事记录在册。

1998年10月15日夜,应朋友之邀,党顺玉和四男一女到市里一家陕西风味的饭店吃饭喝酒,席间,几个人很兴奋,有说有笑地喝酒玩乐,一直嬉笑闹腾到将近10点,此时已喝了三瓶白酒,意犹未尽的他们又嚷着要"继续战斗"。要过第四瓶白酒后,也许是酒精的刺激,党顺玉等人觉得这样喝着没情趣,就要求在饭店有几分姿色的姓董的女服务员一起"助兴",随即遭到婉言谢绝,喝酒红了眼的一帮人哪肯答应,就你一言我一语地说着狠话,威胁如不陪酒,就要将餐桌掀翻,让饭店做不成生意。后来在大家的解劝下,事态才得到平息。又停了一会儿,因为买的烟不合哥们的意,党顺玉觉得很丢面子,没等店老板好言解释,党顺玉闹羞成怒,不由分说,暴怒地将餐桌掀翻在地,并将桌墩踢翻,拿起茶杯、茶壶一阵乱摔,后又拿起一个酒瓶,骂骂咧咧地朝饭店的玻璃橱窗砸去……

那一次,身为律师的党顺玉,因故意破坏公私财物,被行政拘留10天,罚款100元,搞得他灰头土脸的,好一阵不自在。

时隔不到两年,党顺玉又在犯罪的边沿走了一遭。

当年警方提请的批捕书上,有这样大致的指证:2000年元月18日下午,党顺玉到孟州一家专卖店买电脑,在浏览的过程中,趁人不备,将店内柜台里的一"名人"21世纪精装办公室掌上电脑快速装入自己口袋,在上店里厕所时,偷偷将掌上电脑用卫生纸包裹,从厕所窗户口悄悄扔下。因发现及时,价值1400元的电脑很快被专卖店人员找到。按照老板安排,服务员不动声色地将电脑拿走,只留下卫生纸在原地。后党顺玉去拾那团卫生纸时,被专卖店人员当场抓获。

后来,由于专卖店老板缺乏经验,党顺玉又拒不供述盗窃掌上电脑的犯罪事实,检察机关在审查批捕过程中,鉴于证据不足不予批捕,2000年2月2日被释放转取保候审,期间没有再获得新的证据,到期后解除对党顺玉的取保候审,致使他继续从事律师行业,一直到此案发。

2006年8月29日,经孟州市人民检察院提起公诉,党顺玉辩护人妨害作证案、党建深、侯八伪证案在孟州人民法院审判大厅开庭,法庭经过开庭审理,择日将作出宣判,无疑,等待他们的将是法律的制裁。

律师党顺玉的锒铛入狱,在当地引起很大的震动。很多熟悉他的人说"这样的问题律师有此下场,是不出所料的!"接着有人追问:"这是问题的全部吗?!"

4. "小偷针,大偷金"　舅舅绑架亲外甥

2010年4月21日,对于河南省焦作市某县西后村青年妇女刘立夏来说,无疑是一个刻骨铭心的日子。在经历一年的撕心裂肺般的被蹂躏折磨后,年仅2岁的爱子圆圆,又神奇般地回到了亲人温暖的怀抱。

自然,年轻的母亲对警方是千恩万谢,感激涕零。面对绑架拐卖儿子、制造骨肉分离的凶手,她恨之入骨,但又骂不出口。她怎么也不相信,绑架拐卖自己独生儿子的歹徒,竟然会是孩子的亲舅舅、自己含辛茹苦抚养成人的亲弟弟!

姐姐的心碎了,片片滴血! 她承受不了这无情的现实。

当笔者去采访这位名叫刘立夏的女性时,话题还没打开,她就伤心得泪流满面,不能自已。听刘立夏最亲近的人讲,自从那个叫刘军胜的弟弟被绳之以法后,刘立夏时常徘徊在关押弟弟的高墙外。她想见他,可又恨他恩将仇报、绝情寡义,恨他的良知泯灭;她想和他一刀两断,不管不顾,却又放不下,她忘不了跪在临终母亲床前的那份沉甸甸的承诺……

听姐姐痛说家史

听老年人讲,与土地打了一辈子交道的爷爷生平最大的愿望,就是在有生之年,看到刘家后继有人,香火连绵。然而,父亲结婚不久,爷爷却因病一卧难起,最后带着无限的遗憾撒手西归。

农村没有城市人开明,父亲又是个孝子,最懂老人的心思。他发誓绝不辜负爷爷的心愿。或许是皇天不负有心人吧,我出生后,时隔一年有了妹妹,公元1979年9月21日,家里终于发生了历史的转机:弟弟军胜出世了。

如愿以偿的父母,自然把刘家的"根"视若掌上明珠,百般呵护,疼爱有加。只要听到弟弟哭一声,大人都心疼得直掉眼泪。小时侯,弟弟既聪明又顽皮。记得有一次,我背着弟弟到外面去玩,路过一个坑边时,俏皮的弟弟突然从后面蒙上我的双眼,措手不及之时,两人都跌进了坑里,害得我把腿摔破了,弟弟的胳膊也划破了。回到家,任由我怎样哭着解释,父母说一个

事实无法原谅：弟弟受到了伤害。不由分说，我的伤痕上又添了新伤疤。

有道是，天有不测风云，人有旦夕祸福。在我14岁那年，一向身体健壮的父母，突然间患上了一种奇怪的病，相继病卧床头。

家里少了"顶梁柱"，生活既艰辛又苦涩。

因生活所迫，我14岁就不得不辍学回家，过早地肩负起全家人的生活重担。下田干活，操持家务，伺候父母，一天到晚累得喘不过气来。

尽管弟弟任性、捣蛋，从小唯我独尊，但全家人都十分地疼他、爱他、迁就他、包容他。尤其是父母患病以后，我更觉得弟弟可怜，也就更加对他投注了温暖和关爱。那时，亲朋邻里经常来看望父母，总要带些好吃的东西，父母舍不得吃，我和妹妹更舍不得吃，最后，都成了弟弟的"战利品"。每一回他都是狼吞虎咽，风扫残云，一个人独享。家里穷，没有钱买什么奢侈品。为了能使弟弟有个零花钱，我常常悄悄背着父母，独自到外面拾荒捡破烂，给弟弟换回些糖啊、玩具什么的。

父母常年卧病在床，但唯一支撑他们活下去的就是弟弟的存在。弟弟是他们的希望。为了这个希望，父母对弟弟愈发娇纵、溺爱，甚至有些歇斯底里。

弟弟11岁时，有一天也不知受哪个邻里的煽惑，居然大模大样地叼着一根香烟，神气活现地出现在全家人面前。当时，我以为父母会为此大生一场气，谁知，两位老人先是瞅着儿子一愣，然后躺在床上相视一会儿，竟都哈哈大笑起来。事后，父亲不无骄傲地说，行，小军胜越来越像个大男人啦。

日子，就这样流逝着，我们一天天长大成人。

当我跨入18岁门槛时，到我家提亲说媒的就开始络绎不绝，其中不乏很多条件优越者，但无论媒人怎样说得天花乱坠，父母亲友如何磨破嘴皮，我都一笑置之。在苦难中，我掂出了一份长姐的责任，那就是在我们这个特殊的家庭中，弟弟什么时候家业有成，再考虑自己的婚姻。

弟弟在父母亲人的苦心浸泡下，渐渐成长为一个大小伙子了。不过，欣喜中也令人产生一丝忧虑。年龄大了，弟弟却变得更加好吃懒做，并且染上了赌博的恶习。有时输急了，连父母看病吃药的钱也敢偷。当姐姐的我多次苦劝哀求也无济于事。抱病的父母也开始意识到问题的严重，但是也没有办法，只有暗自掉眼泪。

为避免弟弟不走正道,万般无奈之下,想来想去,觉得给他娶个媳妇,或许就能拴住他的心。于是,我四处托亲戚求熟人,快马加鞭为弟弟物色对象。亲事提是提了不少,可人家私下一打听,就都迅速"打道回府",再也没有了下文。谁家的闺女愿嫁个好吃懒做的败家子呢?

眼看着弟弟的同龄人一个个都成家立业,身为长姐的我焦灼万分,整日饭吃不香,觉睡不稳,一门心事想着弟弟的婚事。街坊邻居们好心劝我:好闺女,别为了这个不争气的弟弟,把自己的终身大事给耽搁了。我心里只有苦笑,不为弟弟成个家我绝不嫁人!

2004年冬,张罗来张罗去,弟弟终于与邻村一冯姓姑娘结了婚。尽管家底薄,但我还是咬着牙,东凑西拼借钱,为他们堂堂皇皇、风风光光办了个体面的婚礼。

等弟弟一家又出生新成员,我才如释重负。为能时常照看弟弟,并照顾长年卧病在床的父母,第二年,我选择嫁到了离家不足一里的西后村。

至此,弟弟本该安下心来踏踏实实过日子了,可娇纵惯了的他,竟受不了当农民这份累,也不愿去受这份罪。于是,他就以出外打工为名,登门向我这个姐姐求情,将多病的父母和自己的妻儿,一并交给我照料。

为让弟弟在外安心工作,我整日忙得昏天黑地,一边照顾这里,一边帮忙那里,可再苦再累,也无怨无悔。谁知,时间不长,半年没有回家的弟弟,竟在新乡市与其他女人鬼混,并参与拐卖妇女,被警方刑事拘留。听到这个消息,心中的那个气,简直无处发泄,既恨他不走正道,又疼他住进监狱吃苦受罪,只好瞒着父母,多次奔波百余里到新乡为弟弟送吃送穿。

弟弟释放后,在家的妻子得知他在外另有女人并已怀孕的丑事后,任谁人规劝,坚决将孩子一丢,另嫁他人。不争气的弟弟竟厚着脸皮,随即就与自己在新乡的"相好"结了婚。婚后不久,他不顾父母病情渐重,将家里的重担向我这个当姐姐的一甩,又只身前往深圳"见世面"去了。

父母的病情一天天在加重。2008年冬天,两位老人没能抵挡住严寒的日子,相继离开了人间。我给弟弟拍了几份电报,他也没回家。母亲在临终时,一直念叨着弟弟的名字,眼睛瞪得大大的,始终直勾勾地看着我。我一下子明白了老人的心思,"扑通"一声跪在地上:"娘,你放心去吧,今后无论发生了什么,闺女都会照顾好弟弟一生的!"

弟弟：让良知出来谢罪

现在想想，我最对不起的人是姐姐。

我的幼年是不幸的，父母病卧在床；但我又是幸运的，因为有这样一位好姐姐。

人说长兄如父，长姐如母。为了我这个弟弟，姐姐中途辍学，过早地背负起家庭的生活重担。为了让我活出个人模人样，姐姐辛勤操劳，没日没夜，无怨无悔，牺牲得太多，太多。可我，都干了些什么呀！

那次在新乡因参与拐卖妇女被抓，从监狱出来后，先前的女人丢下孩子走了，"相好"的女人怀了孕又逼着我结婚，那真搞得我焦头烂额。

姐姐毕竟是姐姐，她上上下下替我打理了以后，竟也一切变得风平浪静。那时，我很不想待在家里，就厚着脸皮找姐姐商量，最后她勉强同意我到深圳打工，条件是要常回家看看。

似一只轻快的小鸟，我无忧无虑地独自闯荡了。可几度折腾，在灯红酒绿的城市里，非但没有挣到钱，反而落得狼狈不堪。慢慢地我学会了吃喝嫖赌，想方设法弄钱供自己享受。从2006年开始，纠集一些新结识的狐朋狗友，偷鸡摸狗，屡屡盗窃，后被警方通缉追捕，最后外逃到河南省新乡市封丘。

2009年5月，在逃亡过程中，在新乡县合河乡，我又结识了有夫之妇玉红。很快，两人开始同居，租住在新乡市郊。两人都没有多少积蓄，时间一长连房租也交不起了。怎样才能活得潇洒呢？偷，危险性太大；找工作，辛苦钱又来得慢。我们商量来商量去，觉得还是拐卖人口挣钱多，但卖外人容易被告发，不如卖自己的人最保险。那么，找谁下手呢？

首先，我想到了和前妻生下的儿子刘好。一想到财源滚滚来，我就迅速与同伙胡增勇取得了联系，让他快快找下家。谁知，折腾来折腾去，好不容易找了一家买主，等到把刘好送去时，那家人嫌孩子年龄大，说什么也不愿要。眼看着到手的钱不能拿，急得我直转转。

2009年5月9日，我回到老家，悄悄来到姐姐家，一眼瞅见了活泼可爱的小外甥。我这个叫圆圆的小外甥，是姐姐晚婚生下的独子，聪明漂亮，人见人爱。突然，心头就闪过那么一个念头，便在天色渐晚时，向姐姐谎称带圆圆到镇上去照相，就骑上姐姐家的自行车，于晚上6点多将小外甥送到了同伙胡增勇家,很快以6000元的价格出手了。

看着这么容易到手的花花绿绿的票子,我欣喜若狂。既然这样,干脆一不做,二不休。接着,我又编织谎言,给姐姐家打电话:"圆圆现在在别人手里,你快准备一万五现金赎孩子吧!"

按照和姐姐在电话中约好的接头地点,我和胡增勇为防万一,提前来到那里,远远地暗中进行观察。结果,钱没见影,倒发现了几位便衣。看来,姐姐把这事报了案。

我和胡增勇见势不妙,迅速离开了是非之地,到别的地方发不义之财。

2009年8月底,坐吃山空的我,没了钱花,又想到拿外甥的事敲一敲姐姐,于是便提笔给姐姐写了一封信:

"我知道你恨我,但事到如今我也没法子。孩子卖了6000元,钱让我们这个组织里几十个成员分了。你让武警到处抓我们,我的伙伴们都很生气,他们要将孩子再弄回来,广州有人愿出几万元买他的肾。我是孩子的亲舅舅,不忍心让他们那样做。你如果能快点拿来1.5万元,我保证把孩子给你送回,如果还报警,那我可不认你这个姐姐和我的外甥了。该咋办,你自己做主。如同意,请于2009年9月27日下午带钱到村外公路上等,有人会通知你把钱放在啥地方,28日晚,再去放钱的地方接孩子。我们的人很多,到时取钱顺利,送孩子也顺利,如果发现有其他情况,不仅孩子难保,你全家都会遭到报复。"

就这样,我以自己的小外甥为诱饵,在暗处与姐姐周旋来周旋去近一年,最后钱没搞定,反而落得个这样的下场。

检察官:想说几句案外话

我们在对犯罪嫌疑人刘军胜犯罪一案进行审查时,曾在他老家听人说到他小时候的一个"杰作"。

那时候,刘军胜的家境不好,而卧病在床的父母的床头上方,挂着一个孩子们垂涎眼馋的"八宝箱"——竹篮里放些亲朋送来的点心之类的"奢侈品"。曾经有一段时间,父母发现篮里放着的点心,时常遭到"老鼠"的吞噬,几次更换方式,暗地里目不转睛观察,仍然毫无效果,点心照丢不误。

倘若不是刘军胜在伙伴们中自己炫耀,恐怕他的家人一辈子都会搞不明白"真相"。

原来,贪嘴又调皮的刘军胜,为了独吞那份"美食",颇费了一番心思。他想出了一个绝招,一个既可转移家人视线,不受责骂,又可饱享口福的"障眼法":在点心盒上,挖上一个小洞,四周无规则,附近再撒些点心碎屑,造出一种老鼠偷食的假象。

小小年龄,有此"高招",父母得悉这一情况后,非但没有横眉冷对,一阵呵斥,反而哈哈相互一乐,成为夸耀孩子出息的"得意之作"。

殊不知,应验了那句"小偷针,大偷金"的老话。刘军胜的"杰作"越做越大,越干越离谱。

街坊邻居提起姐姐刘立夏,都啧啧称赞:多好的闺女呀!小小年纪,辍学回家,照顾老人,摸黑起早,把心操碎。为了弟弟,结婚可以推迟,自己的幸福可以不要,没想到好心却得了恶报。

其实,纵观刘军胜的犯罪轨迹,可以看到与他的家庭环境有一定的关系。说得重一点,姐姐也负有一份责任。有时,过分的爱也是一种美丽的错误。对姐姐的爱,弟弟并没有心存感激。相反,在他看来,似乎一切都是理所当然。只有以我为中心,只有别人对不起自己,没有自己对不起别人。这种思想,恐怕确是一味溺爱的怪胎产物。

办案检察官问狱中的刘军胜:"你知道姐姐失去儿子后,心里有多难受吗?"回答是那样的轻描淡写:"没想那么深,光想弄她的钱花花。"或许刘军胜确实没有把姐姐的痛苦考虑进去。他从小就习惯于别人的给予,从没想到去奉献,当然就很难去设身处地,很难去走进别人的内心。

这样,他很难再有健康的情感:为了自己潇潇洒洒舒舒服服过日子,竟置亲人的痛苦于不顾,卖掉亲外甥——姐姐的亲骨肉,毫无人性地残害最亲近的人,这实在是对亲情的最大亵渎与侮辱!

姐姐最大的悲哀或许不是儿子被拐卖了,而是自己那么疼爱的弟弟,变得难以相信和不可理喻了。

5. 一对父女精心设计的招聘骗局

在炫耀中迷失

　　32岁的刘风晓是河南省焦作人。心高气傲的她,四处打工,漂泊不定。4年前,刘风晓婚姻破裂,带着3岁的儿子回到娘家,由于没有稳定的收入,吃住有时还要靠父母,日子过得很不舒心。即便如此,刘风晓天生爱面子,没什么能力却总是摆出一副很有本事的样子。

　　2007年3月的一天,刘风晓到表姑家串门。看到刘风晓一副成功女性的打扮,正在为刚毕业的儿子找工作犯愁的表姑,就试探着问:"外面有门路的话,给你弟托托关系,姑不会亏待你!"刘风晓本想搪塞过去:"门路倒是有,现在的事情没有钱可是寸步难行呀!"没想到,表姑就像抓到了救命稻草:"只要能找个体面的工作,我们全家省吃俭用也愿意用钱铺出一条路!"

　　时隔两天,表姑登门找到刘风晓,问她托的关系找到没有。刘风晓沉吟了一下说:"我刚找了个关系,是北京中国移动公司的副总,让他通融通融,看能不能在本地移动公司里安排个工作。"表姑一听,心里乐开了花,当晚就带着2万元现金,来到刘风晓家中,把钱往她手上一推,还千恩万谢地拜托刘风晓"活动活动"。

　　第二天,厚道的表姑夫又揣了1万元找到刘风晓:"现在办事出手大,你别让人家觉得咱寒碜!"

　　面对这样一笔活动经费,许久没见过这么多钱的刘风晓动摇了。虽然她明知道,这些钱都是表姑的血汗钱,但她已不想分辨是非了。

　　那几日,刚好焦作的一家美容健身中心正举办活动,刘风晓就从表姑给的活动费里抽出1万元办了一张健身年卡。接着她又出入高档商场,花去大笔的钱,把自己从上到下精心装扮了一番。

　　父亲刘成易突然间看到女儿变得满身名牌,好似换了一个人,惊喜之余,他了解到,原来女儿"攀上高枝"了。顿时,刘成易感觉自己的腰杆也可以挺直了。从此,刘成易走到哪里,就向熟人炫耀到哪里。

一日,刘风晓神秘地把老爸叫到一边:"北京的男友已经安排好了,让我到市里的移动公司做人事部长,现在手里有些招收正式职工的指标,你有熟人想走后门的话,可以给他们活动活动。"一辈子都在做发财梦的刘成易闻听此事后,开始乐此不疲地张罗开了。

目标锁定熟人圈

刘成易与单位旁边一家小饭店老板储俊星比较熟悉,这样的好事自然最先让储老板知道了。正在为女儿求职发愁的储俊星,想都没有想,就塞给刘成易2万元,求他无论如何也要在做"人事部长"的女儿那里美言几句。

收受表姑家的"活动费",刘风晓事后承认当时只是虚荣心作怪,再加上本想先拿上这些钱"潇洒一下",等以后慢慢归还。但是,后来通过父亲的吹嘘,周围一些熟人都知道刘风晓是移动公司的"人事部长",手里掌握有招录正式工作人员的名额。这样一来,求刘风晓的亲朋好友越来越多,她开始觉得钱原来是如此好挣,实在舍不得就此罢手。其实,最初刘成易也被蒙在鼓里,后来发现真相后,干脆和女儿默契配合,将错就错。

乔渭生夫妇是一对普通职工,俩人的最大心结,就是没有"门路"给中专毕业的儿子乔军找份体面的工作。2007年5月的一天,乔渭生巧遇老熟人刘成易。闲谈之间,得知他有个做"人事部长"的女儿,乔渭生好像遇到了救世主,想方设法与刘成易套近乎。刘成易故作为难地想了半天,最后勉强答应"帮忙",并收了乔渭生2万元。

在父女俩整个行骗过程中,作为"人事部长"的刘风晓特别矜持,从来不直接过手金钱,刘成易俨然一副"职业介绍所所长"的模样,把目标始终锁定在亲朋好友的熟人圈里。

系列表演终露馅

刘风晓父女在亲朋圈里行骗长达一年,表演的伎俩其实相当低劣。刘风晓所杜撰的招工单位就在本市。有两名求职者,家就住离移动公司不到百米的地方,即使这样,那些天真的父母和求职者,竟然没有对刘风晓的身份产生过一点怀疑,他们在给父女俩奉上"活动费"后,便开始坐在家中,等候单位的录取通知。

在收到"活动费"后,刘成易父女俩又精心导演了一出岗前"入职培训"的闹剧。

刘风晓模仿网上的招工表,并花高价刻了一枚移动公司人力资源部的公章,煞有介事地让每一位求职者贴上一张一寸照片,还要求他们填上身份证号码和简历。

担心别人看出破绽,刘风晓又联系了本市的新特其培训学校,花了1万元,与其签订了两个月的培训合同。

2007年10月9日,刘风晓通知了十几名求职者到东方红广场集合,当天还举行了一场隆重的入学仪式。然后,由新特其培训学校的校车将求职者接回学校,"入职培训"由此拉开了序幕。

为督促学习,刘风晓经常到学校巡查,她甚至租车把参加岗前"入职培训"的人拉到距离焦作一百公里的洛阳,让他们在洛阳的大街上,向过路群众征求服务意见。

培训结束后,在求职家长的催促和不断询问下,2008年3月,刘风晓来到和平街市场的飞阳制衣店内,交了2000多元订金,要求制衣店按照移动公司统一的服装,定制了十几套深红色工作服,并配置了胸牌。

通过父亲的关系,刘风晓还聘请了一名退伍军人做教练,在市人民公园球场上,对"即将上岗"的人进行列队礼仪训练。进行礼仪训练时,经常有一些家长围坐在远处,看到即将走向新岗位的儿女挥汗苦练,脸上露出欣慰的笑容。

一个月又过去了,就在刘风晓绞尽脑汁,想如何一边捞钱,一边推诿应付时,一位叫刘东兵的家长感觉有点不对劲,就到移动公司打探。

刘东兵没想到,到公司走了个遍,根本没有一个叫刘风晓的人做人事部长。这让刘东兵吓出一身冷汗,全家辛苦积攒的3万元,难道被骗了?将信将疑的刘东兵,到公安局报了案。于是,一起令人啼笑皆非的诈骗案终于水落石出。

2009年3月25日,刘风晓、刘成易因犯诈骗罪,被法院分别判处无期徒刑和有期徒刑10年。至此,一对父女上演的招聘闹剧,在一片谴责声中落下帷幕。

一年内，父女俩一唱一和，以手中有招工名额为幌子，根据关系亲疏、经济条件好坏，一笔生意收1万元到3万元不等，他们先后诈骗亲戚、邻居、同事、熟人共22人，"活动费"达50多万元！

拿到这些钱后，刘凤晓主要用在高消费上，而刘成易则开始做古董生意和买福利彩票。当他们身陷囹圄时，竟已将全部诈骗来的钱挥霍一空！

为了给子女找份安稳的工作，父母倾其所有奉上"活动费"，到头来竹篮打水一场空，这黑色的幽默沉重得令人窒息！如今，骗子锒铛入狱，而供其挥霍的钱再也讨要不回。面对这样的结局，对一些经济上比较富裕的家庭来说，也许只是买了个教训，但对于那些经济上比较困难的家庭来说，无疑是一场毁灭性的打击。欲哭无泪的他们为子女求职，输得一塌糊涂……

6. 一份不被祝福的爱情协议

"白衣天使"遭遇一双不怀好意的眼睛

被朋友戏称"白（领）骨（干）精（英）"的年轻医生范燕，其人生道路用她自己的话讲就是"无风无浪无惊无险"：上学、就业、结婚、生子。

1971年出生在河南焦作市解放区一个普通工人家庭的范燕，在同事和朋友的眼中，是个不折不扣的美人，自身优越的外在条件，加上追求浪漫的天性，使她每每提及自己的婚姻，都不免耿耿于怀：她与在焦作永恒投资担保有限公司做部门经理的丈夫胡亮亮，从小在一个社区长大，一起上完小学、中学、中专，刚各自上班，还没来得及享受独立生活的快感，就在亲朋好友的撮掇下，稀里糊涂地入了新婚洞房，稍微品味出两人世界的美好，一不留神儿子俊子的出生，又使她开始忙于相夫教子的琐碎中。孩子上了幼儿园，每天接送以及生活起居，由闲不住的公婆一一承包了。两口子买了一套三室一厅的住宅新房，结束了三代同室的尴尬时代，从此过起了安居的快乐生活。

最让夫妻俩庆幸的是，面临全球经济危机，别的单位职工面临下岗的危险、工资待遇朝不保夕，但他们所供职的单位，没下岗之忧，无低薪断炊之困。然而，闲暇在镜中愣神的范燕，一种青春将逝的恐惧，时常噬咬着她的心，爱美的她越来越强烈地感到，青春一去不复回，必须抓紧"最后的生活"。

范燕的丈夫胡亮亮是一个宽厚的居家男人，从恋爱到结婚生子，没有和生性浪漫的范燕相约一次烛光晚餐，没有给多情的妻子送过一束爱情玫瑰的惊喜，即便风情的爱妻多次嗔怪提醒，他也总是憨厚地一笑了之，惹得范燕几次粉拳紧握牙根恨得痒痒的。无奈的范燕知道无法改变丈夫，只好在闲暇的时光里，想法儿开始调整自己的生活方式。

2008年9月，家里购置了一台联想液晶电脑，这使苦于八小时以外寂寞难耐的范燕如获至宝。电脑刚运送回家，她就急不可待地嚷着要丈夫手把手教,打字水平还在初级阶段,就态度坚决地到电信公司交钱入了网。

怀着新奇和好玩,没多久,在胡亮亮的指点下,范燕就学会了浏览网页、打游戏、发电子邮件、聊天等。全新的网络虚拟世界,一下子使不甘寂寞的范燕惊喜万分,原来倍感空虚的日子突然变得充实起来。

接触电脑后,范燕对聊天特别感兴趣,在这个虚拟的世界里,一切变得浪漫、神秘、安全。连她自己也觉得自己好像换成了另外一个人似的:轻松、随意、多情、幽默。

范燕给自己取了一个"红袖添香"的网名。一天,心情不错的范燕刚上网,就收到一个叫"游戏人间"的开场白:"问女何所思,问女何所忆,不解风雨情,羞煞我须眉。"范燕好奇地打开对方的资料,当发现"游戏人间"居住地是在本市,她就稀里糊涂地有一搭没一搭地闲扯起来。谁知两人越聊越有精神,越聊越有好感。

网上的"游戏人间"风趣幽默,不时引经据典,特别能逗人开心,范燕在他的开导下,心情豁然开朗,每天下了班,顾不上别的,一头扎到电脑旁,天南地北地神侃。每天与"游戏人间"聊天,占据了全部的业余时间。

正当范燕兴趣大增的时候,突然,"游戏人间"在网上神秘消失了。急得范燕整日对着电脑发呆,对其他的网友不理不睬。没有"游戏人间"的那些日子,吃饭不香饮茶无味,像丢了魂一样,对丈夫也懒得搭理,独自黯然神伤。

终于有一天,"游戏人间"的头像亮了起来,当相互打过招呼后,范燕情不自禁地大骂起对方来了。不急不恼的"游戏人间"等她骂累了骂够了,才语调温和地慢慢解释开来。那一次,两人彻夜都没有休息,以至于第二天要去上班,范燕都想编造谎话向单位请事假。她不得不承认,自己对"游戏人间"已经有了很深的依赖和寄托。

一份看似理性的爱情协议

2009年3月的一天,"游戏人间"和"红袖添香"再也不想遭受幻想的精神折磨,在互相交换了网外联系方式后,范燕打破上网时给自己定下的"规矩",走出家门与网友相会了。

在现实生活中,很多网友在聊天时聊得昏天黑地,难舍难分,但一回到真实的世界,往往"见光死"。而当"游戏人间"与"红袖添香"见面的一刹那,双方都为对方所深深吸引:范燕的美丽漂亮,身上洋溢着独特的魅力女人气质。"游戏人间"真名叫常东东,在焦作解放区焦南办事处恒生物业公司副经理,开着自己的帕萨特私家车前来约会的他,显得事业有成,自信稳健。更让双方惊喜的是,常东东和范燕的丈夫胡亮亮都是"电大"同学,尽管没有往来,但彼此熟悉。

以后的日子,两人在网上聊天的次数越来越少,约会的时间越来越长。由于有现代化的交通工具,他们每次玩都远离熟悉的城市,到陌生的环境体验快乐。这样,山巅洞底、湖滨河畔甚至茂密的原始森林中,都留下了两人情意缠绵的踪迹。一个夜深情浓的夜晚,在播放着情调绵绵柔和音乐的帕萨特车里,不能自持的男女媾和在了一起。

"山重水复疑无路,柳暗花明又一村"。在夫妻生活中总觉得缺少点什么的范燕,自从和"游戏人间"生情以后,自感有一种在丈夫身上从未有过的快慰和满足。利用交通工具偷情取乐,使追求浪漫的范燕觉得无意中叩开了一扇曲径通幽之门,透过这扇门,她看到婚外另一种别样的诱人风景,那种被枯燥乏味的夫妻生活挤压得几近消失的欲望,突然间被冒险的"偷窃"激活了,生活中颇感欢快和窃喜,以至于她把承载偷情的常东东的私家帕萨特车,笑称为永久牌的"浪漫爱床"。

一日深夜,在激情过后,为改变一下气氛,常东东无意中打开了车内的音乐,其中的一首老歌触动了两人,两人竟久久沉默无语:"我们要天天相恋,但不要天天相见;只需要悱恻缠绵,绝不要柴米油盐;有共同的生活经验,决不用共同的房间……"是啊,两个都是成年人,他们嘴上虽然没有明说,但大家都心知肚明:这只不过是一场感情的游戏,玩得好大家快乐高兴,玩砸了可能都不会好过。对于这样的问题,两个人先前也曾或明或暗地点到过,他们都认为自己对感情的把握很到位,能够分清婚姻和所谓的爱情的分界线。

那次在二人世界的"浪漫爱床"上,可能感觉对他们的感情游戏总需要有个界定和原则吧,两人竟然郑重地立下了一份"爱情协议":

第一,为了双方家庭生活的平静和安宁,每次约会相见联系的方式,只能是各自的手机,不能乱打私人家庭电话;

第二,每次相会,都用常东东的私家帕萨特车作为交通工具,为避亲朋好友耳目,必须远离本市,地点在无人相识的市外;

第三,两人只谈情不说爱,只游戏快乐,不谈婚姻家庭,约会相见的重要性不能凌驾于家庭工作之上,其地位只能归属为"业余爱好";

……

有了一种这样的"游戏规则",他们觉得自己的婚外情既有制约的严肃紧张,又有刺激新奇的快乐享受。自认为能在任何情况下把握住自己的情感和理智,所以,在频繁的往来中,二人都似乎显得风流和洒脱。

留下一桩出墙"红杏"的风流孽债

尽管范燕和常东东像地下工作者一样,凭着聪明智慧,借助着现代化的交通工具,避过了家人和熟人的视线,把地下情试图做得滴水不漏,但是,世上没有不透风的墙,时间不长,他俩的情况就被一些身边的好友发觉。大家根据两人的家庭情况,婉言相劝泼凉水。

常东东的一个铁哥们儿,看到他工作也不好好干,儿子的学业也很少过问,就对他们的事很担心,不知从哪里找来一套"理论",进行规劝:情人之间无硬件——没有法律保护,没有共同的血脉——孩子,没有社会的认可及亲友,甚至没有公开相处的权利和条件。情人之间只有软件:兴趣和性趣。而这两趣的维持在现实中都难以长久。而常东东显得很自信,听过之后都一笑了之,继续理智地和范燕保持着热烈的婚外情。

2009年,范燕因病住进了自己供职的医院,因为饮食起居都需要丈夫的照料,也就没有办法和常东东进行联系,正在激情中的常东东实在耐不住思念,就悄悄地几次溜进病房,甚至冒失地往她的手机上发信息,最后让范燕的丈夫有了察觉,从而留心起他们的一举一动来。

开始,对于丈夫的逼问,范燕竭力否认,千方百计进行掩饰,并且悄悄把此事告诉常东东,让他收敛一下,免得丑事败露被人抓住把柄。常东东听从了她的规劝,可还没有相隔一个星期,就又是给范燕打电话,又是在病房附近溜达,结果让范燕的丈夫逮了个正着,两人的地下情完全暴露在家人面前。

深爱着妻子的胡亮亮,在证实自己的妻子居然和自己的同学有婚外情以后,内心痛苦极了。他忍受着屈辱,好言劝说妻子看在孩子的面上,多考虑考虑自己肩负的责任,不要听任感情的泛滥,给家庭亲人造成心灵的重创。在奸情没有败露时,范燕良心上过不去还顾及情面,与丈夫虚与委蛇,但在家人知道了他们的交往后,她干脆变得无所顾忌,她把丈夫的大度当做软弱,把丈夫的忍受视为默许,在和胡亮亮大吵了一次后,依然我行我素,公开和常东东出双入对。

2009年4月,丈夫的苦苦挽留,也没能拴住范燕那颗已经放飞的心,决意要冲破家庭羁绊的她,和日久生情的常东东商量后,争吵打闹一番坚决要求离婚。即便在他们办过离婚手续后,胡亮亮仍希望范燕多加考虑,表示如果以后心有悔悟,那个曾经的家,永远是她生命的归宿。

范燕离婚后像笼中放飞的小鸟,欢快地来到常亮亮的身旁,并在外租住一套房间,陶醉在浪漫的遐想中。

在范燕付出离婚的代价后,常东东只好硬着头皮,试图想努力给范燕一个交代。可是,他人到中年,有自己红火的事业、温暖的家庭、可爱的儿子、贤惠的妻子,实在又找不出离婚的理由。多次在范燕的督促下,他下定决心想找妻子谈一谈,但每次都欲言又止,实在开不了口。

常东东的表现,让不惜舍弃家庭的范燕心里格外冰凉。亲朋的劝说,思念孩子的痛苦,丈夫留有余地的宽容,使她又很快回到了原来的家。没有补办复婚手续,范燕就又继续在原来的家开始生活了。

可是,范燕与常东东的感情并没有刹住车,心有不甘,在以后的日子里,两人又悄悄地背着亲朋好友,暗地继续来往。尤其是常东东,本不想和妻子离婚,可看到范燕重新回到原来的家,心里仍酸溜溜的不是滋味。他自认为范燕与前夫没办复婚手续,每次找她约会,变得不再有所顾忌,甚至明目张胆地把车开到范燕的家属楼下,很张扬地来来去去。

有一次,常东东下午开车到位于丰收路隽秀花园家属院接范燕去玩,正好与胡亮亮撞上,憋着一肚子火的胡亮亮,气得牙根发痒浑身打颤,不顾周围人的规劝,和常东东撕扯扭打了起来,无奈身体单薄的他不是身高体壮的常东东的对手,反而被常东东痛打了一顿,在众人面前颜面丢尽,并被常东东当场羞辱了一番。

2009年6月5日下午,胡亮亮平静地给常东东打了一个电话,相约在一起"谈谈心"。下午6点多种,常东东大大咧咧走进了隽秀花园陶然园19号楼一单元四楼胡亮亮的家,两个男人开始了特殊的"谈判"。谁知,常东东不但没有一点悔意和愧疚,反而言语粗暴,直面羞辱胡亮亮是"窝囊废",嘲弄他连自己的老婆都管不住,憋了一肚子火的胡亮亮看到常东东肆无忌惮的那副狂妄,再也忍不住了,他迅速从卧室写字台里拿出早已准备好的一支窝藏的小口径步枪,压过子弹,将子弹上膛,嘴里嘟哝着"你去死吧",朝着常东东的后背连续开了四枪。可怜一直在张牙舞爪的常东东,一命呜呼,倒在地上再也没有起来。

范燕和常东东自认为能够把握这场游戏,并给游戏制定有所谓的规则,但是,像所有的婚外情一样,他们也没找到全新的美好的归宿,并且因为感情的泛滥,最终酿成了人生的悲剧。尴尬的丈夫用极端的方式,就这样为这场闹剧画上了句号。

2010年11月19日,胡亮亮因故意杀人罪被河南焦作检察院提起公诉,等待他的将是法律的公正审判。常东东死了,却死得连家人也难以启齿。作为医生的范燕在本案中毫发无损,但沉重的心理重荷,将伴随她度过漫漫的人生岁月。

专家点评:一片叶子和一张存折的启示

婚外情是个老生常谈的话题,其结果总是悲哀多过幸福的,无非迟早而已。上述案例中,婚外恋给范燕带来了短暂的快乐,却留下一辈子的悔恨与悲哀。针对此案例,北京维情婚姻服务有限公司总经理、中国科学院心理学硕士、首席婚恋咨询师阎涛回答了有关问题。

问:起初范燕只是在网络上寻找精神寄托,可是没有多久,她就把虚幻世界搬到了现实生活中,还看似理性地签订了一份协议,约定彼此不能影响各自的生活,但为何范燕最终还是陷入无法自拔的泥塘,背弃了自己的家庭?

答:起初范燕在心理上,一方面不希望打破原来的家庭秩序,另一方面,又渴望享受婚外恋中美妙的感觉。实际上,这种最初的状态属于一种标准的婚外性行为。这种对性的需求和对爱的需求是不同的,因为爱是具有排他性的,所以双方可以容忍各自家庭的存在,两人只是保持着一种地下情的关系,没有排他性。

范燕对常东东起初并不是爱情,只是掺杂着爱的因素在里面,她需要来自异性的宠爱,即使有性关系,也不代表以心相许,但到了后来,范燕对常东东有更多感情的投入。所以很多婚外恋发展到最后,就会有鸠占鹊巢现象的出现。

女人往往是感性的,一旦涉足婚外恋,对夫妻感情造成的伤害是无法挽回的。因为女人的感性会冲破理性,深陷婚外情,不能自拔。这时,爱情对女人来说胜过一切,会令她抛弃原有的一切,包括家庭和孩子,而陷入爱情中的女人,会相信对方所说的一切。在这一过程中,受伤的也往往是女人。

问:范燕为了常东东,抛弃了原有的家庭,而常东东却相反,这说明什么?

答:一般来说,男性出轨可能处于各种原因。也许眼前有个更加年轻、更加有活力的女性吸引了他,当这种新鲜感退去之后,他清楚地知道家庭、妻子还有孩子对他的重要性。搞婚外恋的男性并不糊涂,他知道到了关键时候,应该作出什么样的决定与取舍,因为他从来也没有想过要去触碰他的婚姻,有了婚外恋的男性因为有愧于妻子,他们反而会更加舍不得离婚。

曾经听到过一个小故事,一个男人在去世之时,把妻子叫到身边,递给她一个存折,对她说:"这是我的积蓄,给你,好好生活吧。"妻子痛苦地离开后,他又叫来情人,捏着一片夹在书中的树叶,深情地对情人说:"这是咱俩相识那年秋天的落叶,我一直把它带在身边,给你,好好生活吧。"可见,这个男人即便死后,他的灵魂更多挂念着的还是他的妻子。

虽然这只是一个讽刺的小故事,但能说明一个问题,男人有了婚外情,他并不想抛弃原来的家庭,男性想要的不过是别的女人的温情,寻找另类的刺激,这就是为什么范燕在急切等待感情的进一步发展的时候,却迟迟不见常东东迈出实质性的一步,这也是男性和女性之间一个很大的区别。

由此,现实生活中,男性出轨后,回归的可能性是很大的,但女人一旦出轨后,回归的少之又少。

问:范燕的丈夫胡亮亮对妻子一再地宽容与忍让,是否也是这一悲剧爆发的一个诱因?

答:有一定的因素。范燕丈夫的做法是宽容的,但他始终没能给予妻子所需要的东西，一味地宽容与理解，表面上是对妻子的容忍，而实际上造成胡亮亮内心积压着一种更大的怨气，一旦爆发，后果不堪设想。

范燕与丈夫其实错过了一个挽救婚姻的最佳时机，就是范燕重新回归家庭之际。其间，范燕如果努力地与丈夫沟通，而丈夫也试图用真心努力地挽回这段婚姻，彼此能理解对方的感受的话，这时丈夫如果给以范燕哪怕一点点小的浪漫和温暖，此时的范燕就会觉得很满足。

其实，婚姻生活带有更大的现实性，剥去了美丽的包装，显露出来朴实的质地，而范燕错在只求婚外、忽略婚内，只要幻想、不要现实，这实际上是她心理上对现实的一种逃避。

范燕由于生活平淡而寻找感情的寄托，误把婚外情作为平淡婚姻的弥补模式，本以为可以从婚外情中寻找婚姻生活中情感的缺失，但蜜意退去梦醒时分，最终不但毁灭自己甚至殃及家庭，尴尬的结局也埋下了痛苦的伏笔。

7. 疑似"富翁千金"遭绑架

16 岁女生被两名歹徒疑似"富翁千金",在夜里放学的时候遭绑架,被关押在山西晋城市的一座居民楼内。身陷险境后,她利用平时积累的书本和社会知识,沉着应对,与匪徒巧妙周旋……

日前,当已经是高三学生的许明丽提起往事,仍然心有余悸,为惊心动魄的那一幕庆幸。她说,生活中谁都不希望遭遇不测,而不幸真的降临的时候,就必须沉着应对,战胜懦弱。

疑似"富翁千金"遭掂记

2007 年 4 月 25 日晚 10 点左右,河南省焦作市博爱县第一中学高一 15 班女生许明丽,和同班同学连地结伴骑着崭新的自行车走出校门,有说有笑地在县城灵泉巷口分手后,一路欢快地向祥云小区奔去。

祥云小区坐落在离一中不远的地方,由一座座别墅群组成,因为地理位置优越,房地价格不菲,住在里面的居民大部分家庭条件不错,每天进出的都是平时有头有脸的人物,在当地被人羡慕地称为"富人区"。许明丽住在做煤炭生意发了财的三姨家,四年前就搬进了这个令人艳羡的小区居住。

1991 年 7 月出生的许明丽,身材高挑,相貌出众,虽然出生在农家,但出落得气质高雅,超凡脱俗,加上她学习成绩优秀,性格开朗,知书识礼,很得亲朋好友的喜欢。自以优异的成绩考上本县最高学府一中以后,大家对这个漂亮上进的女孩寄予了很大希望,住在学校附近的三姨想照顾好她,就多次做工作让她住在家里,并专门为许明丽买了辆崭新的自行车供上下学使用。

许明丽骑车接近祥云小区门口大约四五米的时候,猛然看到前面有一辆黑色的小轿车,正在缓缓地向前行驶,车走得特别慢,按照在学校学的交通行走常识,于是她想骑车从轿车的左前方超越先行,谁知,自行车刚接近轿车的左后部,轿车冷不防往左又猛打了一把方向,许明丽啊了一声,手脚麻利地慌忙从自行车上下来。说时迟,那时快,还没等她弄明白眼前发生的情况,背后被一只结实的胳膊卡住了脖子,连她回神的工夫都没有就被摔倒在地,许明丽吓出了一身冷汗,倒地后开始拼命挣扎,无奈脖子被人死死地卡住,憋得满脸涨红。与此同时,轿车驾驶位上蹿出另一条大汉,抬着她粗暴地向车里硬塞,然后火速地把自行车向车的后备箱里一扔,神色慌张地开车消失在黑夜中。

小轿车一路朝着去山西省的方向开去。意识到自己遭到不明身份的歹徒绑架,许明丽有一种莫名的恐惧,一开始在路上,她情绪激动,多次想张嘴呼喊,都被身边的那个中年男人死死捂着,手脚并用来回想动,但始终被牢牢牵制。行走到无人的地方,两名歹徒担心被人发觉,干脆停到路边偏僻处,合起伙来,用黄色胶带把许明丽的双脚捆住,然后又捆住膝关节,蒙住她的双眼,用胶带封住她的嘴巴,往她的身上罩了一个红色的毛毯,接着又开车一路狂奔。

一路上,许明丽憋屈难受,强打起精神,极力想明白眼前发生的情况。但是,侧耳细听,两个男人说话的声音很微弱,像是在商量什么。从走走停停中,许明丽感觉小车在路上遇到了两次堵车,想求救但全身被捆得很死,她试图装着晕车呕吐,后座上的男人就把口上的胶带往下拉了拉,用卫生纸擦过后,警惕地又快速地贴上。

大约凌晨2点多钟,小车悄然地停在山西省晋城市城区后疙瘩闺女楼下,看到周围的居民都已熟睡,中年男人不由分说,扛起许明丽就走进1号楼401室,他一把将许明丽朝床上一丢,凶神恶煞般地把脸贴近躺在床上的许明丽:"哥们是只求财不要命,小姑娘你识相的话,就老老实实搞好配合,否则有你的罪受!"

这是一个蓄谋已久的绑架勒索犯罪行动。那个开桑塔纳轿车的年轻人叫平扬勇,中年的男人叫高建强,两个都是山西晋城人,因为曾经犯盗窃罪成为狱友,刑满释放后臭气相投走得很近。

1980年出生在山西省晋城市北石店镇一个矿工家庭的平扬勇,虽然和1976年6月出生在阳城县北留镇一个农民家庭的高建强,在年龄、生活的环境等方面有很大的差异,但因为共同贪婪的欲望,两个人时常厮混在一起做发财的白日梦。2007年春节前后,两人在一起闲扯时,再次说到各自经济紧张,面临的困境,商量来商量去决定到临近的河南博爱实施绑架,向被绑架的家人勒索钱财。他俩都到过博爱,知道那个地方有很多富裕的煤老板,找个有钱人的子女作为敲诈对象,不愁手里没有钱花。

计划商定好后,为便于看管绑架对象,平扬勇于2007年3月1日在晋城市城区后疙瘩闺女楼四楼租了一套单元房,然后开始寻找绑架对象。两个人先后去了3趟博爱县城,都没有找到合适的目标。他们感到没有自己的交通工具难成"大气候"。4月初,平扬勇分别在晋城和博爱偷窃两辆桑特纳轿车,然后继续在博爱县城暗中踩点。他们先后在博爱一中、秀珠学校、松林学校找寻"大鱼"。其间,为绑架方便,两人在博爱一个文具店买了四盘胶带,在移动营业厅购置了一张手机卡,接着继续留心发现目标。在转悠中,他们发现从博爱一中晚上放学后,有一个打扮时髦漂亮的女生,骑着一辆崭新的名牌自行车,经常出入"富人区"。两人一阵窃喜,从各方面情况看,猜想那女生一定是一个"富翁千金"。从4月2日开始,他们目光瞄准那位女生,进行跟踪摸底,明确她每天晚上的时间和行走路线,4月25日晚,万事俱备的他们,早早等候在那个女生回家的必经之地,贪婪的眼睛在黑夜中放着寒光……

身陷不测沉着冷静稳周旋

许明丽被绑架到平扬勇租住的小屋后,腿、脚、手和眼睛、嘴上的胶带被高建强三下五初二撕掉,还没有来得及松口气,又被两人放到屋内的一个铁床上,然后,用白纱布缠住她的眼睛,纱布外面又用胶带缠了几圈,双手被麻绳捆住,平躺着放到床上后,脚和腹部被麻绳缠到床上,捆住她不能动弹。许明丽嘤嘤地小声哭了起来。"不许哭,再哭把你的嘴也封上!"平扬勇断喝道。她停止了哭泣,声音温婉地哀求:"叔叔,我真的好难受,求你给我绑得别太紧,我不会跑的!"高建强冷笑一声,低低地吼道:"住嘴!谅你也插翅难逃,只要你乖乖的,就不会遭罪"。许明丽一听,一声也没敢再吱。

大概凌晨3点多钟,筋疲力尽的平扬勇向高建强再三叮嘱以后,留下高一人严加看管,自己回到邻近的女友住处休息。陌生的小屋,恐怖的氛围,寂静的暗夜,许明丽在惊恐和不安中苦苦等待一个没有答案的明天。

朦胧中,许明丽从蒙着的胶带隙缝中感觉出,天已经明了。她侧耳细听,屋里有男人时断时续的打鼾声。浑身被胶带封贴得很不舒服的她,平心静气躺在床上想着对策。她悄悄地把头移向一边的胳膊,把嘴凑近艰难地咬捆着的绳头,一下,二下……绳子终于松动了,"干嘛!想干嘛!"一阵轻微的响动,惊醒了正在一旁睡觉的高建强,他霍地从另一张床上腾起,一下子蹦到她的床前,不由分说,照着许明丽的脸上就是两个耳光:"吃了豹子胆了不成,还想逃跑吗!"许明丽两眼冒着金星,满含委屈的泪水小声慌忙辩解:"我……我是想解手的啊!"高建强骂了一句"就女人穷事多",就解开许明丽的双手和脚,扔过来一个便盆,要许明丽就地解决。她迟疑了一会儿,感觉高建强并没有性侵害的意象,为了不暴露自己刚才的意图,就硬着头皮就坡下驴地解了小手。

26日中午时分,平扬勇从外面回来,把高建强拉到一边嘀咕了一番后,坐到了许明丽的床边,阴阳怪气地说:"小姑娘,你家住得不赖啊!"许明丽一时丈二和尚摸不着头脑,她正要支吾过去,突然明白歹徒是错把三姨家当做她的家了,于是,她顺着他的思路回应着:"嗨,就是那回事吧,那里住的家户多着呢。"平扬勇和高建强相互对视了一下,继续问道:"你老爸是做什么的?"许明丽知道他们想要的是什么,就故作轻松地说:"我老爸啊,做的不过是煤炭生意,可整日东跑西颠的,听说这几天去了湖南,看他整天忙的!"看到他们目前并没有加害自己的动向,许明丽脑子里飞快地转动后,极力表现出柔弱和无助,故意天真地和两人套近乎:"叔叔,我看你们也不像坏人,只是想要点钱花花,对吧?你们放心,我一定听话。"

屋里沉默了一阵,许明丽凭感觉猜测,平扬勇和高建强钻到卫生间在小声地嘀咕着。她竖起耳朵,努力把里面的秘密谈话听仔细。"嘿嘿,是条……大鱼啊……一定稳住……也不知道她的家人报警了没有?不可操之过及,观察一下,先过……两天再联系她的……家人。"聪明的许明丽把两人在密室断断续续的交谈进行拼凑,得出的结论是,狡猾的平扬勇他们先控制住自己,接着查看父母那边的动向,等发觉没有警方参与的情况下,再实施敲诈。

许明丽突然想起了自己在学校学过的安全教育常识,听老师讲,在面临这样危险的处境,受害人越是让歹徒感觉对自己了解得越多,所处的危险越大,双方关系越僵化,矛盾越容易激化,受害者就越有遭遇不测的可能。现在的关键是,要沉着冷静装糊涂,麻痹对方,放松对方的思想警惕,等待机会寻找逃生的时机。一旦时间拖延,让歹徒知道了自己的底细,恼羞成怒,后果真的不可设想。

晚饭的时候,躺在床上的许明丽柔柔地对看管着她的高建强说:"叔叔,我好饿啊,能让我吃点东西吗,不然好难受的呦!"高建强黑着个脸,把两个烧饼和一碗开水放到了床前的茶几上。高建强解开抵着许明丽的双手,让她坐在床上吃了起来。"嗯,好吃,真好吃!"许明丽故意咂吧着嘴,一副很贪婪的模样。"你家那么有钱,还稀罕吃这个啊!"高建强看到她的馋嘴相随口说到。许明丽觉得这是自己释放烟雾弹的机会:"咱们河南还有这么好吃的饼饼啊,真香啊。"也许这句话让高建强觉得这个女孩的无知和天真很好对付,他自己像一个玩猴的高手,抱着戏弄的心态,和这个不知深浅的小姑娘,有一句没一句地瞎扯起来。许明丽也装做傻乎乎的、不谙世事的、带着书卷气的女孩,把恐惧和不安抛置脑后,和看管自己的高建强拉起了家常。

许明丽心里特别明白自己最后需要的是什么效果。

寻机脱逃获自由　绑匪难逃法网

看管许明丽的活儿,基本上都是高建强一人在张罗着,只有在吃饭的时候,平扬勇才回来到关押的小屋,让高建强出去吃饭,暂时替他看管一会儿。每次进来,平扬勇都要在屋里仔细查看一番,到许明丽的跟前观察绳子捆得是否牢固。有一次接替高吃饭的时候,当他看到许明丽和高建强拉着家常说闲话,就把高拽到另一间屋里训了他几句,高建强很不服气,在和许明丽又说起话的时候,无意中把这事给她讲了,许明丽慌忙奉承说:"叔,你心眼不坏,我不会给你添麻烦的。"

明显地,高建强在看管许明丽的时候,没有了一开始的剑拔弩张。吃饭的时候,都给她解开绳子,而许明丽每次吃了饭,都主动把高建强的碗也一起洗了,并把屋里打扫一遍。在吃完饭重新捆她的时候,许明丽觉得捆得也不再那么紧了,再想方便的时候,都是让她一个人进卫生间。

4月28日晚饭后,许明丽正和高建强闲聊,忽然,高的手机响了,看到显示的电话号码,高建强慌忙跑到卫生间接听,许明丽认真倾听,只听里面的高把声音压得很低:"我现在有事情出不去呀……什么……那你到楼下等我……你把钱交给我就行……好好……一会儿见!"卫生间的门吱的一声开了,高建强先探头看许明丽,许明丽装做一副若无其事的样子,好像什么也没有听到,自顾自地咳嗽着。

高建强像是很犹豫,一会儿看看表,一会儿看看眼前的许明丽。刚才一个哥们打来电话,想找他办点事情,推脱不下,只好让哥们把办事的钱送到关押许的小区健身器材小广场。他不放心地用绳子把许明丽重新捆了捆,就编造谎话吓唬:"这两天憋屈死了,我到门口透透气,你老实待着,敢让门外听到一点动静,小心我不客气!"许明丽心里有些明白,但嘴上却说:"叔,我哪敢啊,我很听你话的,放心吧。"

高建强看了看表,又吓唬道:"不能有半点响声,听到没有!"他把门打开后,刚关好门没有一分钟,就又走了进来,不放心地诈唬:"咋好像听到你响动啦?"许明丽很委屈地回应:"叔,我可真的没有动什么呀,真的!"

高建强一步三回头地出去了,并把门朝外锁上,就下了楼。许明丽心都提到了嗓子眼了,她意识到,这是自己脱逃的绝好机会,不能有半点犹豫。她麻利地用嘴拼命把捆绑胳膊的绳子解开,又快速起来解掉绑在腿上的尼龙绳,撕开缠在眼睛上的胶带,定了定神,这才发现这是一个两室一厅的居室,她没有一丝犹豫,疾步走过去想打开通往阳台的那个门,但发现被锁死,许明丽又把朝南的后窗推开,竟发现自己身处在四楼,她把绳子捆在了窗上,抓着绳子就往下跳去。头上磕了个大包,腿也扭伤,但她什么也不顾,拼命朝远处跑去。

许明丽一个劲地跑,大概跑了半个小时来到一条热闹的大街,在一个花圈店里,先给爸爸打了一个电话,又马上拨打了110,不到十分钟,一辆警车来到花圈店,下来两个警察把她带到了派出所,看到她身上有伤,随后又把许明丽送到了晋城市第一人民医院,第二天就和前来山西的父母亲人团聚了。

警方根据许明丽提供的线索,5月24日晚通过侦技手段在晋城将平扬勇抓获,平对犯罪事实供认不讳,后公安人员安排平用电话,将高建强约到晋城市永晋大酒店,5月26日当高赶赴时被设计抓获。

经过艰难的补充侦查与取证,2009年2月12日,经河南省焦作市检察院提起公诉,被告人平扬勇、高建强因犯绑架罪和盗窃罪,分别被判处有期徒刑20年和无期徒刑。

"这个小姑娘确实聪明机智。"2009年3月23日,焦作市检察院公诉处处长荆芙蓉在接受笔者采访时说,"对青少年遇险自救,也应该成为学校对学生进行安全教育的重要内容。"近年来,除了穷凶极恶的歹徒,绑匪犯罪主要还是谋财,被害的对象也主要是两种人:一种是物质条件丰厚的富人,另一种就是他们的子女。由于青少年的自我防范意识较差,社会经验不足,对事物缺乏全面的判断等,绑匪往往容易得手。

"但是,这起案件的女生成功自救纯属个案。"他建议青少年学生,一旦遭遇绑匪劫持时,一定不要惊慌失措,被抓时要大声呼救,奋力挣脱,尽量向人多的地方跑去。同时,假如被抓,不要大吵大闹,绝对不要激怒犯罪分子以免自己吃眼前亏,再者被看管的时候,暗中记清绑匪的外在特征以及周围环境,做到心中有数,但千万不要当面表示认识、认出他,以免狗急跳墙让犯罪人走向极端。最后,在被绑架期间,要尽量"配合"绑匪,尽量满足他的要求,比如问你家的电话或父母的名字等,并在可能的情况下,快速和外界取得联系,以尽快求助社会力量的救援。被绑架的过程,其实也是斗智的过程,要赢得时间,赢得主动权。

第五章 人在旅途

21世纪,对于追求安居乐业的普通百姓,尤其是刚刚走上社会,开始直面现实人生的普通青年来说,什么最闹心?

房子!房价!

于是,就有了《"80后"女房奴上演现实版蜗居》中江勤勤们在实现梦想中的无奈、焦躁和急功近利,就有了《一个都市"蚁族"的人生"蹦极"》中姬晨光们逐梦在城市夹层的挣扎、奋斗、彷徨和辛酸。

人生在世,尤其是人年轻的时候,面对太多的诱惑和选择!比如还有《公款成了哥俩好的"友情套餐"》中钱与朋友的问题,《一个花季女孩的杀人游戏》中关于生命态度的问题,《一错再错,"票女"深陷情欲迷城》中寻找"安全感"问题,还有《教材发行员的"足球博彩梦"》中如何勤劳致富问题等。

人生道路有鲜花,也有陷阱,有取还有舍,如何走好每一步,文中的他们无疑是一面镜子……

1."白领男"爱情至上变身"飞车党"

曾经拥有一份令人艳羡职业的青年白领汤枫俊,为一次列车上美丽的邂逅所迷醉,激情燃烧的日子,不惜辞掉薪水丰厚的工作,只身来到豫西北的沁阳市寻找心仪的爱情。然而,两情相悦需要玫瑰的浪漫,更需要"面包"的滋养。为和所爱的人长相厮守,在这个陌生的城市里,当务之急就是置办婚房。

无情的现实是,疯涨的房价让人望而却步,一推再推的婚礼变得遥远,情急之下,恶向胆边生的他,竟然伙同他人一起频频飞车抢夺无辜路人!2009年12月28日,河南省沁阳市人民检察院依法对汤枫俊抢夺犯罪提起公诉……

美丽邂逅:速配的爱情跟着冲动一起走

1981年7月,汤枫俊出生在山东省济宁市郊区一个菜农的家庭。从小家境贫寒的他,凭着自己的好学和勤奋,考上了河南某财经学院。毕业以后,回到家乡的汤枫俊在济宁市先后做过大型网吧网管、合资企业中层干部等,2006年被济宁移动公司下属一家分公司聘为客户部经理,月薪3000余元,在这座北方小城市成为一个名副其实的白领一族。

2007年10月,接到上级通知,汤枫俊要到北京参加总公司一个短期培训,在河南郑州顺道办完一件私事,他坐上了一辆开往北京的长途大巴。恰巧在汤枫俊的邻座,是一个青春靓丽的姑娘。年轻的心特别容易沟通,在寂寞的旅途中,两人兴趣高昂,很快聊得特别火热。

汤枫俊在谈话中得知,眼前活泼可爱的女子名叫章玢,小他4岁,家住黄河北岸的河南省沁阳市,时年21岁的章玢从焦作市某职业技术学校毕业后,在家人和朋友的帮助下,开了一家鲜花店,为学习插花技术,经熟人牵线介绍,准备到北京朝阳区典雅鲜花快递公司进行实习。

汤枫俊曾经谈过恋爱,在与女朋友相处的过程中,始终难以有"触电"的感觉,最后只好不了了之。而大巴上与清爽可人的章玢美丽邂逅,突然心中升腾一种异样的情愫。一路上，他们全然没有一丝疲倦，总有说不完的话题。彼此相互吸引，没有任何陌生感。

在北京培训的一个星期，汤枫俊总要在下课后，坐地铁赶往章玢实习的朝阳区，一起吃饭、聊天、娱乐，然后坐晚上的最后一班地铁赶回住地。来回辛苦奔忙，汤枫俊却乐此不疲。短暂的相识使他俩彼此吸引，分别变成一种折磨。

各自回到家乡的男女，非但没有因为地域的阻隔而让邂逅的爱情降温，反而利用手机短信、QQ 聊天等，不断使激情熊熊燃烧。

2008 年 2 月 14 日"情人节"的傍晚，汤枫俊如神兵天降，抱着一束火红的玫瑰，突然出现在章玢的面前。如梦般的场景，令生性浪漫的章玢幸福得眩晕，没有一丝犹豫，她忘情地扑到了汤枫俊的怀抱。

那晚，两人情不自禁地偷吃了禁果。事毕，汤枫俊紧紧地把章玢搂在怀中，发誓一定要尽快娶她为妻。冷静下来的章玢惊喜目光中掠过一丝忧虑，讲了自己家的一些特殊情况。

章玢出生在沁阳市郊区的农村，三代单传的父亲生下她和妹妹两人，由于妹妹从小就患有类风湿疾病，家人把日后的希望全部寄托在章玢的身上。按照农村的习俗，将来她找的对象应该是上门女婿。而如今汤枫俊远在山东，把自己的女儿远嫁他乡，父母那边显然就是一道难以逾越的坎。解决这个难题的唯一办法，就是让汤枫俊来沁阳结亲，但是，设身处地想一想：远离自己的父母，丢掉来之不易的一份好工作，只身走进一个陌生的环境，不是有点强人所难吗？

好一阵沉默，汤枫俊张着嘴半天没有吱声。想不到如此火辣醉人的爱情，在这点小沟小坎面前难住了。那一次，直到踏上回家的大巴，他都没有给满眼期待的心上人一个圆满的答复。

回到济宁的汤枫俊始终忘不了章玢幽怨的眼神，痛苦的抉择摆在面前，折磨得他吃不香、睡不稳。几经考虑，2008 年 10 月 9 日，他毅然辞掉高薪的职业，不顾家人和朋友的苦苦哀劝，身背简单的行囊，一路风尘赶赴爱情目的地。

置办婚房本无错,量力难行滋生"心歪歪"

汤枫俊为爱作出如此牺牲,让章玢特别感动。两人一见面,就同居了。

随后,汤枫俊在沁阳四处寻找就业机会,他先后到当地大型企业、移动公司等部门求职,因为难以接受从做最底层工作开始,高不成低不就,说话又有点好高骛远,结果都被婉拒。待在出租屋里的他无所事事,为排遣烦恼,整日用手机上网玩游戏,成为地道的"宅男"。章玢理解汤枫俊的处境,时常好言相劝,尽管每日在鲜花店忙得要命,回到出租屋后,变着花样给他做好吃的好喝的,说些外面的趣事逗他开心。

很快,两人的恋情传到乡下父母的耳朵里。一辈子做人处事谨小慎微的母亲,当即放下家里的活计,急冲冲赶到市区,没顾上喝上一口水,就劈头盖脸把女儿臭骂了一通:"你这闺女年龄不小了,还这么不让娘省心!对待自己的婚姻大事咋能这么草率呀!你俩相互都很了解吗?你找的人可是要托付他终身的呀!"当章玢把两人认识、相爱到同居的情况详细讲给母亲以后,章玢的母亲更是满腹狐疑:"闺女呀,你这样说,娘更难以接受!你想想,一个感情冲动起来,轻易就作出如此背离人情世故决定的男人,以后能靠得住吗?!"那日,母女俩谁也说服不了谁,最后不欢而散。

2009年3月12日,在章玢的软磨硬泡下,父母勉强答应让汤枫俊上门见一面。村里的街坊邻居听说章玢找了个山东的女婿,前来看热闹的人很多,得知他俩的浪漫故事后,说什么的都有。

风言风语传到章玢父母那里,更让他们铁定了心反对这门亲事。章玢的母亲毫不客气地告诉登门拜访的汤枫俊:"你抛家丢业来和俺家闺女恋爱,大娘也很感动,不过你们俩太不现实,我看你还是趁早回到山东父母身边去吧!"第一次上门遭此冷落,汤枫俊的心情非常郁闷。

章玢全然不顾周围亲朋的规劝,依然把汤枫俊当做宝一样供着,依然亲密无间,我行我素。气得父母病倒在床,整日唉声叹气、愁肠百结。章玢的舅舅樊栋在市区一家机关工作,见过世面"活动量"大,在亲戚的眼里是个"大能人",说话办事很有权威。2009年5月27日,他代表女方家属,找到汤枫俊摊牌:"知道你对小玢有感情。不过,爱情再伟大,也是需要柴米油盐的!现在能证明你对她真心相爱的,就是在沁阳市区先买一套新房,让爱有个落脚点,这一点也不过分吧?!"

闻听此言,两人觉得曙光在前,马不停蹄地在市区各房屋中介公司穿梭,打听市场行情,费了好大劲,在建设路一小区里,选中了价格8万元的两室一厅的二手房。当章玢把这个消息告诉舅舅后,舅舅不以为然地说:"不行!这可不是你爸妈的意思,住房一定不能太凑合。"他掏心掏肺地坦言:"相比之下,感情还没有房子靠得住!他要是真心想和你过一辈子,牢牢拴住他的心,就一定让他在这个城市买套好房哦,这其实也是考验他对你的忠诚度嘛!"

回到出租屋,当章玢把家里的意思告诉汤枫俊时,他一时无语。来沁阳时,他带有一笔钱,由于没有找到工作吃老本,身上现在仅剩不到3万元。汤枫俊马不停蹄跑回老家向亲戚朋友挪借,最后凑到4万元,最后章玢把自己的私房钱也拿了出来,一共有5万多元。于是,两人到房市去溜达,一打听行情,高涨的房价给他们浇了一盆冷水。稍微满意点的,仅首付最少就要8万多元,这又如何是好?!

"再等等,我们想法挣点钱再买吧!"汤枫俊在章玢的劝说下,又到劳动力市场求职,最后无奈之下,暂时到沁阳一家皮革公司上班,月薪1000元。

章玢的家人指望汤枫俊买婚房结婚,谁知道等来等去却没有了音讯。一问女儿知道原委后,便对他们的婚事下了限时令:截至2009年年底,必须在市区置办一套新房,然后举办婚礼,否则各奔东西!

房价一天天在涨,没有回落的迹象,而两人有限的收入,省吃俭用不吃不喝一个月才能买起房屋的一平方,这样婚事不成了水中月、镜中花?两个"穷二代"指望家里出钱不可能,周围认识的朋友,又都是工薪阶层,即便按揭买房,首付的钱该从哪里凑集?那些时日,两个恋爱男女急得抓耳挠腮,怎么也想不出一个好办法。

按常规无法实现目标,看来要如愿和心爱的人走进婚姻殿堂,只有依"非常规"手段来完成。而究竟用什么样的"非常规"手段呢?汤枫俊动起了心思。

"非常规"行动:都是逼房惹的祸

恰在此时,章玢意外怀孕。两人争来争去,最后瞒着家人,痛苦地作出流产的决定。因为在这个城市没有住房而无法走向婚姻的殿堂,汤枫俊情绪相当低落。

2009年7月的一日,汤枫俊闷闷不乐,和来沁阳后认识的小老乡刘君利在市区风味小吃店喝酒,提到自己的婚事,他唉声叹气心情烦躁,面对遥遥无期的婚礼,他不由得叹息:"像咱们这些小百姓,怎样才能发笔横财呀?"刘君利脱口而出:"只有去偷、去抢,不然就做梦吧。"

时隔两天,汤枫俊主动约上刘君利,找了一家偏僻的饭店谈"心思"。一关上雅间的小门,汤枫俊神秘地将头凑到刘君利跟前:"我想了好久,咱们要想过得有点做人的模样,必须去大干一场!"刘君利忙问:"你快说,怎么个干法?"汤枫俊如此这般地讲了自己的想法,刘君利大吃一惊,顾虑重重、犹豫不决。汤枫俊狠狠地骂了他一句:"缩头乌龟,什么大事也干不成!"

随后,两人喝起了酒。酒至正酣时,汤枫俊又提起那件事,也许是酒壮人胆,也一直为钱所困扰的刘君利满口答应,并催促行动尽快实施。

2009年8月3日,汤枫俊骑着摩托车载着刘君利,漫无目的地在沁阳市西环路逡巡。傍晚时分,他们突然看到一个打扮时尚的女青年,骑着自行车心思重重地独自行走。看到车篮里放着的精致手包,汤枫俊眼前一亮,他很快向刘君利使了一个眼色,装做若无其事的样子,悄悄地跟在女子的身后,等紧挨对方并行时,说时迟那时快,在刘君利快手抢过篮里的手包一刹那,汤枫俊加大马力,没等被害人反应过来,飞也似的消失在远方。

那一次,当两人躲到偏僻处打开手包,看到厚厚的一叠钞票,仔细一数竟有2000多元,不禁喜出望外,当即将赃款平分。汤枫俊兴高采烈地买了些女朋友爱吃的烧鸡和小菜,哼着小曲回到租住的小屋,自信心倍增。

时隔两天,汤枫俊和刘君利再次来到境内的新济路寻找目标,最后在行人稀少的小铁路附近,将一位单身妇女身背的挎包抢走。除了一些化妆品外,他俩每人分得现金1800元。一会儿工夫,就"拿"到在企业辛勤劳作两个月换取的薪水,汤枫俊似乎看到了"希望"。夜里,他紧紧抱着女朋友,底气十足地说:"玢,给我点时间,婚房会有的,面包都会有的!"不知底里的章玢轻轻叹了一口气,汤枫俊说:"相信我!"

就这样,汤枫俊和刘君利在短短的两个多月时间里,先后9次利用单身独行女性的麻痹心理,在行人稀少的路段,事先瞄准目标,在有机可乘、有利可图的情况下,骑着摩托车,出其不意将被害人随身携带的手包抢走,以最快的速度逃离现场。后据检察机关审查核实,共计抢夺赃款12500余元。

2009年10月21日,两人故技重演,继续作案时,被公安民警盯梢,当场被抓获归案。

得知自己心爱的人因购置婚房铤而走险去抢夺,即将面临漫长的牢狱之灾时,被男方家人视为"逼房女"的章玢痛苦不堪,几次自杀未遂。在汤枫俊父母面前,她长跪不起,直骂自己混账。而章玢的父母也是五味杂陈,痛悔不已。

恶有恶报,犯罪终将得到惩治。一桩看似简单的抢夺案件背后,留给人们太多的咀嚼。

2. "贴心小棉袄"投毒"问题妈妈"

2006年10月24日下午4点,家住河南省焦作市群英新村的20岁的李芳菲从朋友家玩耍回来,当她打开自家家门时,被眼前恐怖的一幕惊得目瞪口呆:母亲李莲云躺倒在自家厨房,口吐鲜血早已咽了气。在好心邻居的提醒下,她拨打"110"报了案。

在掌握了大量铁证后,警方很快将杀人者绳之以法。让人们难以接受的严峻事实是,凶手就是死者的亲生女儿李芳菲!

在焦作市检察院依法对李芳菲故意杀人一案提起公诉之际,被称为"神秘套中人"的李芳菲在高墙内痛哭流涕地袒露了自己的心路历程……

没家的感觉像在漂

我出生在河南省焦作市中站区一个普通工人家庭。在我20年的人生岁月里,也曾经有过短暂的快乐时光。那时,父亲在粮食系统工作,母亲在煤厂上班,家里虽说不上富有,一家三口其乐融融,生活倒也简单快乐。可在我即将踏入小学大门的时候,父母在一次大吵大闹之后,不顾我苦苦的哀求,决然离了婚。离婚不到半年,妈妈就和一个姓赵的男人同居了。我接受不了这一切,就和姥姥生活在一起。不到一年光景,听说姓赵的男人和前妻一直藕断丝连有瓜葛,我妈一气之下,又和姓赵的男人分手了,重新回到姥姥家和我们一起过日子。

我心中窃喜,以为父母一定能破镜重圆。哪里知道,母亲不仅严格监督我不让父亲和我接触,而且脾气变得越来越不好,常常拿我当出气筒,对我非打即骂。每次父亲偷偷来学校看我,我们父女二人总忍不住抱头痛哭。

在我9岁的时候,妈妈又和一个叫杨军林的男人相好了。1996年春天,母亲很快为我办了转学手续,强行将我从中站矿区带到市里,并把我的名字改为杨择慧。

杨军林也是离过婚的,身边还带着两个孩子。在这样一个特殊家庭里,刚开始时大家表面上还是和和气气的,但没有多长时间,矛盾就开始不断出现了。搅得家庭不得安宁,都是对待孩子亲疏上的鸡毛蒜皮的事情。最后可能大家都觉得忍无可忍了,在一起生活不到两年,这个重新组成的家庭又散了。无奈之下,母亲在太行路附近租了一间民房,这间小屋成了我们母女的临时小窝。

我是个女孩,平时看到同学与家人手拉手的亲热劲,真是甭提有多羡慕了。父母离异的消息,我千方百计地控制在最小的范围,只有身边几个最要好的同学知道。上小学六年级的时候,我父亲因病去世了,从来不愿和父亲再有任何牵扯的母亲,因为抚恤金的问题,和父亲的单位打起了官司,非要给我争取点抚恤金。为此,找各种途径把我的名字又改回李芳菲。为让大家知道我是我父亲的女儿,妈妈不顾我的感受和反对,亲自跑到学校,态度坚决地非让班主任宣布我改名的事情。那日,当班主任宣布以后,我简直羞得无地自容。很多同学议论纷纷,甚至问我究竟有几个爸爸。我发疯般举起拳头,咆哮着追打羞辱我的几个男生。

我背着母亲,多次跑到父亲的坟前号啕大哭。但母亲并不在乎我的痛苦,没过多久,她又和原单位一个有妇之夫闹出了风波,在亲人的指责下,母亲和那个男同事断了来往,旋风般地又结识了一个建筑队的包工头。两个人来往不到半年就又分手了。之后,妈妈和一个叫王其远的男人好上了,带着我一同搬进了王其远的家。在那个仓促拼起来的所谓的家里,一切都显得那样的别扭。那个男人比我妈妈大8岁,家里还有一个上大学的儿子。因为都不能容忍对方的不足,谁也不肯忍让后退,一年之后,妈妈和王其远大闹了一场,又带着我离开了王家。

随后的日子,母亲又陆续和几个男人相处同居,但每一次都无疾而终。我们母女二人像一叶浮萍,在这个城市艰难地生存。看着母亲每日来去匆匆的身影,我时常一个人蜷缩在小屋里,内心一遍遍地回荡着那首老掉牙的歌:"我想有个家,一个不需要华丽的地方……"

郁闷的日子透不过气

母亲是一个争强好胜的女人,当初满怀希望嫁给父亲,谁知没有多长时间就开始失望了。和父亲离婚的一个重要理由,就是嫌弃父亲没本事,整日喝得醉醺醺的碌碌无为。本以为再婚能够改变命运,可惜老天似乎总在捉弄她，母亲的日子总是过得一塌糊涂。

我是她唯一的女儿，于是母亲把所有的希望都寄托在我身上。从我踏进校门的那天起，她就按照自己的计划刻意打造我的生活。我的一切课外时间都被母亲安排满了。别的小朋友快乐玩耍的时候，我却只能跟着老师一笔一画练粉笔字、毛笔字、钢笔字；周末同学们都在家人的带领下，兴高采烈逛公园，我却要在借来的电子琴前弹奏枯燥的乐曲。好不容易盼到放了假，母亲一连给我报了舞蹈班、书法班。我心里很不情愿，可母亲的眼神是那样的坚决。

重压之下的我，慢慢变得不愿意和小朋友一起玩，害怕和老师说话，学习一遇到难题就惊慌失措，每次特别害怕考试。尤其是在考试的前几天，心情紧张，母亲越做好吃的我越难以下咽，总是担心考不好辜负母亲的期望。考场上更是紧张，双手发抖心跳加快，脑子里一片空白，连平时会做的题目也做不出来。考试成绩自然难尽人意。如此恶性循环，我的成绩越来越差。一开始，母亲只是责骂数落，后来索性对我动起粗来。很多时候，母亲都是一边用棍子打我，一边声泪俱下，絮絮叨叨抱怨自己命苦，竟然摊上这么一个"不争气的孩子"。

在母亲的安排下，我先后学过舞蹈、击剑、绘画、书法等，但都半途而废。我的梦想是当模特，渴望将来能走向T型舞台，成为名模。母亲知道我的秘密后，朝我脸上吐了一口口水，咬牙骂我不知好歹，说我靠脸蛋身材吃饭是"不要脸"。

在我12岁时，母亲把我送进了市里的体育运动学校，希望我将来能当个体育老师。但母亲的一切努力，又都白费了。我并没有如母亲所愿，最后在母亲的哭闹中，我进入市化工技校上学。

在我上体校时，母亲又和一个姓刘的男人交往上了。后来我一赌气，干脆吃住都在学校了，星期天也不愿回家。见我不肯回家，母亲便时常在半夜来到学校寝室"查岗"，发现我回寝室时间稍微有点晚，就当着同学的面，盘查个没完，有时甚至动手打我……这一切，使我心里产生了说不出的愤懑。

爱我又为何伤我

2003年，和母亲同居不到一年的男人在车祸中身亡。这个男人给母亲留下了一笔赔偿金。拿着这笔钱,母亲在山阳区购置了一套二手房,我们母女二人终于告别飘荡的生活,住进了位于群英新村的楼房。

生活安定下来了,母亲似乎有了"及时行乐"的想法。她白天做些推销保险、替人介绍对象的工作,业余时间都花在了跳舞上。周末我从技校回到家中,看到家里冷锅冷灶,而母亲总是夜深人静才拖着疲倦的身体从舞场回来,还没和我说上几句话,就倒头呼呼大睡。对此,母亲的解释是:"死丫头,到现在我总算想通了,什么也不指望你,我要为自己活着!"

2005年3月,化工技校即将毕业的我,被分配到市轮胎厂实习。刚到那里,我就认识了一个比自己大6岁的男青年魏冬,感觉他身上有一股男人的味道,很像自己的父亲。从他那里,我感受到从未有过的温暖和安全感。没多久,我就和魏冬正式恋爱了。9月我背着母亲和他在外面租房同居。

2006年新春刚过,我和魏冬开始筹划未来,我们俩东拼西凑,到处借钱贷款,购买了一套80多平方米的楼房。苦尽甘来,我终于有了自己的家。憧憬着美好的明天,我常常激动得彻夜难眠。

2006年8月的一日,魏冬吞吞吐吐地告诉我,自己的父母从老家过来,新房要让给老人居住,两人暂时不能同居在一起。我同意了,但没想到,之后我每次约魏冬出去玩,他都借口照顾父母推脱了。我想拜访他的家人,魏冬左推右挡不愿让我登门。我预感到出了什么事,三番五次质问他,最后魏冬摊牌了:他父母坚决不同意我们的婚事。原因是,我的家庭背景太复杂,一生清白的父母宁死不愿和这样的人结为亲家!

遭受失恋的沉重打击,我真是生不如死。苦苦哀求无望,我一气之下,吃下大量安眠药自尽,幸亏发现早抢救及时,才捡回了一条命。在我最痛苦绝望的时候,我母亲没有给我任何安慰,相反,在病房里,她逢人就大倒苦水;又当着我的面,在电话里和魏家人对骂。出院后,母亲又一个劲地催促让我去讨要"青春损失费"。我刚顶了几句嘴,母亲就破口大骂,什么难听说什么。

母亲跑到工厂找魏冬,找领导和同事,大吵大闹,终于弄得满城风雨,全厂的人都知道了我失恋自杀的事。一想到要面对同事们的指指点点,我实在没有勇气回去上班了,心一横,索性辞职不干了。

没有了工作,我只好整天把自己关在屋里长吁短叹的,不愿意出去见人。每天唯一能看到的,是母亲哀怨的眼神;听到的,是母亲责骂的声音。有一天,母亲又针对我的失恋开了火,说我赔上了自己,还没争取到"损失费"。我无地自容,和母亲大吵大闹,差点翻了脸。随后母亲像没事人似的,又呼朋唤友出去跳舞了。留下孤零零的我,又气又羞,独自在家失声痛哭。

我恨她!2006年10月16日晚上,我没有上床睡觉,一直等到夜里11点,母亲才从舞厅回来。我把母亲拉到客厅,恳求她别整日跳舞玩耍,也要顾及做女儿的感受和心情,哀求她以后多在家陪陪女儿,也好相互安慰安慰。不料,我的一番恳切的话语并没有起到任何作用,母亲态度蛮横,又对我失恋的事大加嘲讽。

那一夜,我对母亲彻底绝望了。连续几天,我们一直处于冷战的状态。2006年10月23日中午,我去看望姥姥后,顺路买回了两包鼠药。回到家中,看到母亲在外还没回来,我的心又一次冰凉了。我来到厨房,发现还有半锅稀饭。犹豫了半天,最后心一横,把一大包的剧毒药物,全部倒进了锅里……

第二天早上,我一早起床,母亲还在睡梦之中。我在惶惶不安中离开了家,去看望我最好的朋友。这一天,我一直心神不定,惦记着家里的情况。中午和朋友吃饭时,我忍不住多次往家里打电话,然而始终是忙音。到了下午,我实在撑不住了,带着复杂的心情推开家门,发现母亲已经横卧在厨房。我不禁悲从中来,对着尸体号啕大哭起来……

3. "80后"女房奴上演现实版蜗居

电视剧《蜗居》的热播,将人们的关注焦点拉向城市购房一族。剧中女主人公郭海萍的经历,让很多现实生活中的房奴找到了共鸣。家住河南省沁阳市的江勤勤和郭海萍有着很多相似的经历,只是郭海萍最终通过自己的辛勤劳动,实现了安居梦,而江勤勤面对房贷重负,走入了歧途。经沁阳市检察院提起公诉,2010年1月7日,江勤勤被该市法院以绑架罪依法判处有期徒刑8年,并处罚金2万元。

被虚荣绑架了的女房奴

1986年6月出生于河南省沁阳市郊区农村的江勤勤,2007年毕业于河南某科技学院。和所有"80后"女大学生一样,她曾经在心中对未来生活描绘出多彩的蓝图。

周围熟悉江勤勤的人都知道,爱说爱笑、喜欢逛街、喜欢吃零食的她,其实是一个特别有"小资情调"招人爱恋的姑娘。而追溯她什么时候不再从容渐渐变得心浮气躁,还要从她准备在城里购房开始。

江勤勤是一个从小就特别恋家的女孩,离家三年的大学生活刚结束,她就放弃在郑州求职的打算,回到家乡沁阳市四处找工作。即便是在离老家很近的市区打工,但江勤勤仍有一种漂的感觉。在她的心中有一种再简单不过的思想:"什么是家?就是一定有个自己的房子,一家人相处一起尽享天伦之乐。"基于这样朴素的想法,当也是"流浪族"的男朋友冯俊提出想进一步发展关系的时候,一心想摆脱乡村成为城里人的江勤勤,把一起在市区买房子,当做享受幸福生活必须实现的第一目标。

置身在购房风潮旋涡的城市,看着房价每天都在涨,再瞧瞧身边人们谈房色变的神情,办事果断的江勤勤牙一咬,当机立断决定在市区一处叫"流星花园"的小区购房。2008年10月,花了一个下午的时间和男朋友一起去看房,接着用了一个上午去办手续,然后哆哆嗦嗦和开发商签了一箩筐的字后,在沁阳市区"流星花园"按揭了一套总价30余万元的三室一厅。

首付10万余元,余下房款采用贷款,15年还清,月供1200元。两家当老人把节衣缩食拼凑的首付款,交给没有一点积蓄的他俩时,不无悲壮地交代:"孩啊,家底掏空就这么点,以后就看你们的啦!"

让江勤勤没有想到的是,本以为在这个城市黄金地段拥有了自己的房子,今后的生活质量自然发生改善,就能热情拥抱幸福的人生,谁知成为城市有房一族后,各种烦恼和重负竟然接踵而至。

江勤勤在沁阳一家皮革公司做质检员,月薪只有1000元出点头,男朋友冯俊在机械制造企业上班,每月工资也不比女朋友高到哪里。两人有限的薪水除了按揭房贷外,只能解决最低的温饱问题。自嘲为"穷二代"的他们,每天拼命工作,神经紧张而脆弱。物价上涨,银行加息,工资拖欠……每一次波动都触动着他们敏感的神经,生活完全被房屋贷款牵着鼻子走。

在家里从小没有过问柴米油盐的江勤勤,每天一睁开眼睛,就觉得自己很像杨白劳似的,为欠银行的钱而发愁。和大多数同龄女孩一样,她有抑制不住的爱好:逛街、买衣服、买化妆品,喜欢在商场里溜达。但是,自从买房以后,她不敢和同伴进商场,舍不得买喜欢的零食,买一件必需的衣服,总是打听什么时候打折,什么时候买合算,心里计较打着小算盘。在这个灯红酒绿的城市,她绞尽脑汁控制着每天的消费开支,为了节省钱,她一分钱掰成两半花,出门几乎不打车,不去下馆子,不和男朋友一起看电影、泡吧、唱K,每天在热闹的城市过着公司—租住小屋—菜市场的"三点式"生活。

作为年轻女孩子,谁不希望把自己打扮得漂漂亮亮的?时尚的衣裤、精巧的包包、高级的护肤用品等,哪个女孩能抵挡住诱惑?可是,对江勤勤来说只能忍。有一日,她实在憋不住难得"奢侈"了一把,花了210元买了一件紫色的打折休闲风衣,还没有来得及享受穿新衣的喜悦,就要为自己的"冲动行为"付出代价:那个月,她放弃坐公交车下班回家的习惯,每天来回40分钟徒步去上班,中午不敢再到食堂就餐,一个人悄悄躲到一边泡方便面充饥。

在苦苦挣扎中寻找"救命稻草"

紧紧巴巴的生活,使江勤勤这个"天之骄子"思想变得越来越狭隘,越来越现实,脾气也变得不再那么心平气和了。

两个热恋中的男女,本来正是花前月下享受浪漫时光的日子,然而,因为购房按揭贷款,整日为沉重的还款重负所累,相处在一起的时候,不是卿卿我我、甜言蜜语,而是闭口谈钱开口说款,谈恋爱变成了谈还贷,本该黏在一起笑语欢歌、温馨甜蜜,却时常长吁短叹、抱怨愁苦。江勤勤很想在男朋友每次来看她时,能够给她带来一点小礼物、小惊喜,可是却经常令她心里空落的是,冯俊大部分时候都是空手而来。两个人不想做饭到街上吃饭,从来不敢在有点档次的饭店门前停留,找的都是背街小巷几元店的小吃摊,在自己所爱的人面前,没有大方地豪爽过一次。她知道自己每月交的房贷,他也同样要交。和自己一样,每月留下还贷的钱,工资所剩无几,拮据的生活使他有心想表达而无力去实现。江勤勤总觉得心里有个沉甸甸的东西,特别窝火憋闷。

为了一点零花钱,江勤勤时不时悄悄地在单位收集一些废铁烂铜,然后偷偷地带出放到出租屋,隔段时间跑到废品回收那里讨个好价。有时江勤勤来就故意把废铁之类的给他看,并不无哀怨地诉苦:你看,你的最爱都沦落到如此地步,需要捡拾废品聊补生活,身为男子汉的你作何感想?冯俊嘿嘿一笑,毫无底气地应付:别这样啊,有我呢!江勤勤幽幽地说:不是一直有你吗,什么时候才能翻身农奴得解放呀?

江勤勤了解自己的男朋友,知道他是个特别本分的人,指望冯俊工资外再多挣点钱那是奢望。于是,她逐渐把希望寄托到自己身上。工作能加班就加班,节假日有双份薪水就坚决不休息,业余的时间,在挣"外快"上动起心思。2009年3月的一天,当江勤勤再次怀揣厂里的一块废铜准备出厂时,被保安发现带到厂部,很快就被单位炒了鱿鱼。

失去生活来源的江勤勤没有来得及忏悔反思,马上寻找新工作。她开始做推销化妆品的生意,一个多月下来,江勤勤跑断腿磨破嘴,把挣的钱一合算,除去租房费、生活费、电费、水费等生活开销,仅盈余126元。那一个月的按揭还款,一下子转嫁给了男朋友。

江勤勤急得如热锅上的蚂蚁,绞尽脑汁在想如何挣钱还贷,上网查致富信息,找有能耐的朋友讨教发财秘籍,和男朋友商量暴富捷径,但最后不是没有资金扶持,就是现实不尽如人意,最后在一声叹息中化为泡影。一切依然如常,不同的是还款必须继续进行。

有一日,一个"死党"来江勤勤出租屋小坐,面对自己如此的窘境,江勤勤喟叹:"现在缺的就是一个字:钱!当务之急如何找个来钱快的门路。"朋友不假思索地说:"呵呵,那只有抢银行或者绑架有钱人啦!"江勤勤猛然一惊,心里掠过一丝不安和惊喜。

2009年5月11日下午,江勤勤骑车路过某路段时,突然车子轮胎撒了气。恰好过去的昔日同事盛云家在附近,她就推着车找她帮忙。在那里打过气后,盛云热情相邀江勤勤到家中聊聊。听了江勤勤目前的情况后,一身珠光宝气的盛云以身说教:"俺家那口子过去安分守己上班,起五更爬半夜的,日子过得窝窝囊囊的。前年辞职干了两个建筑工程,现在房子、车子、票子都有了,俗话说的好啊,有福不在忙,没福跑断肠哦!"在送别江勤勤的时候,盛云在楼道口指着院里停放的黑色本田车:"喏,车子是老公刚买回来的!"

江勤勤若有所思地回到出租屋,把自己一个人关在家里,想好好梳理一下自己零乱的思绪。

她把幸福押在危险的赌注上

2009年7月1日傍晚,江勤勤打电话给17岁的朋友沈洋,说有急事见面。一见面,江勤勤就一脸兴奋地问:"现在有件好事,你干不干?"沈洋忙问何事,她就如此这般地详细说了自己的计划。一听说是准备合伙去绑架人,沈洋"啊"的一声惊讶道:"这不是犯罪吗?我可不敢去做!"江勤勤像江湖大姐一样低声骂了一句后,解释说:"看你小子胆小的,你只要把那个小女孩叫出来就行了,其余没有你的事!"沈洋瞪大眼睛像不认识她似的:"呵,你什么时候有这么大的胸怀呀?"江勤勤坦白地告诉他,都是让房子按揭贷款闹的,绑架的对象是过去同事的女儿,家里是个暴发户。她许诺,只要沈洋乐意把那个小女孩叫出来,以后勒索个几十万的,除了把房贷一次性还清外,其余的钱愿和沈洋一起平分。

胆小的他想了想退缩了。

江勤勤并没有气馁,她一面留意电视剧中有关绑架犯罪的作案细节,细细地暗地里揣摩研究,一面悄然跟踪盛云的女儿关艳枫,一面用心筹划如何实施步骤。她为自己找到的快速暴富门路而狂喜。她极其温柔地对男朋友说:"等有了钱还了房款,我们就踏上婚姻的红地毯!"冯俊惊讶地叫道:"还清贷款要等15年呀,不是让我们熬白了头吧?"江勤勤很自信地回答:"你甭管,今年年底我们就结婚住进新房!"不知底里的男朋友一脸苦笑地摇了摇头。

7月3日傍晚,江勤勤再次给沈洋打电话,约定在团结路大转盘附近见面。当她再次希望沈洋"帮忙"的时候,他犹豫着答应:"好吧,我帮你把人喊过来后,其他事情不关我的事哦!"江勤勤高兴地装上刚买的手机卡,递给他并作了详细交代。沈洋依照江的安排,假冒关艳枫的初中同学:"喂,关艳枫吗?我准备转学,晚上和同学们在草原之夜酒店聚餐告别,请你一定赏光啊!我是谁?呵呵,你来了不就知道了嘛!"说完,随手就把手机交还给了江勤勤。当她刚把手机拿到手,手机铃声又响了起来,一看是关艳枫家里的固定电话,她"嘘——"了一声,要他相机应付。

"你说的草原之夜饭店在哪里呀?同学们都在吗?"毫无防范的关艳枫仔细打听。

沈洋清了清嗓子假戏真做:"大部分同学都来了,你走到建设路万象迪厅附近再打这个号码联系吧!"说完沈洋如释重负,丢下一句"我可给你完成任务了"就回了家。

再说关艳枫得知同学聚会,没有追问打电话的是哪个同学,就慌张地骑车向所谓的聚会地点奔去。当她按照江勤勤电话中的指点,两人在团结路偏僻的小树林相遇时,并不认识江勤勤的关艳枫刚要发愣,江勤勤忙假意解释:"噢,你的同学想给你惊喜,都藏在小树林给你玩呢!"关艳枫仍然没有识破,放好车子,就径直向小树林深处走去。尾随其后的江勤勤突然从后面卡住瘦小的关艳枫,迅速掏出撒有迷药的小手帕捂住她的嘴,关艳枫刚想反抗,浑身却软绵绵的。江勤勤用事先准备好的透明胶,麻利地缠住她的嘴、眼和双手,然后用黄色的编织袋把她套起来,将她抱上125摩托车的踏板上,神色慌张地骑车消失在夜幕中。

约莫夜里11点,江勤勤把关艳枫带到临近博爱县亲戚家一座闲置的房子里,还没有来得及喘口气,江勤勤就急切地拿出关艳枫的手机,让她给其父亲关天打电话:"爸,我被绑架了!"江勤勤关掉通话,向她严厉作了交代,才把话筒递到关艳枫的嘴边："爸，人家只图财不要命，你千万不要报警啊！"

为不引起别人的怀疑，江勤勤把关艳枫结结实实地又捆绑了一遍，连哄带骗吓唬一番后，在半夜又回到沁阳市区租住的小屋。零点时分，她学着电视中的犯罪情节，装着一副凶神恶煞的样子，接连给关艳枫的父亲关天发了十几条信息，警告关天不许报案，否则就要"撕票"！让对方三天内准备100万"破财消灾"，她告诉关艳枫的家长："我不要你孩子的命，就要钱！"当被绑架对象的父母回信息，作出"钱我们给你准备，请你千万不要伤害孩子"的承诺后，江勤勤才关掉手机，躺在床上，兴奋得一夜合不上眼睛。

第二天早晨7点多钟，警察突然出现在江勤勤的面前，还没有等她反应过来，就被戴上了冰冷的手铐。原来，她作案路上骑着摩托车的诡秘行为，引起一过路群众的怀疑和跟踪。当夜，这名有强烈责任感的群众及时报案，为警方快速制服犯罪营救被害人赢得了最宝贵的时间。

庭审那天，站在被告席上的江勤勤，泪眼朦胧地不敢抬头去看一眼坐在旁听席上的父母亲人，当法官让她做最后的陈述时，江勤勤只是不断重复："我真傻，我真不该……"

4. 一个都市"蚁族"的人生"蹦极"

随着中国社会城市化、人口结构转变、劳动力市场转型、高等教育体制改革等一系列结构性因素的变化,一个伴生的新词汇"蚁族"应运而生。

所谓"蚁族",并不是一种昆虫族群,而是"80后",一个鲜为人知的庞大群体——大学毕业生低收入聚居群体,指的是毕业后无法找到工作或工作收入很低而聚居在城乡结合部的大学生。

姬晨光就是其中一分子。与绝大多数不畏困苦、勤勤恳恳、执著未来的"蚁族"不同的是,这个在亲朋眼中"潜力股"的大学生,为提速人生"幸福指数",公然以侵害他人作为发财捷径。2010年2月8日,河南省沁阳市人民检察院以抢劫、抢夺罪对姬晨光等人提起公诉,随着案情的明朗化,人们再次把关注的目光聚焦到"蚁族"的生存状态而由此引发的社会问题。

求富:逐梦在城市的夹层

夜幕降临,拖着疲倦的身躯,在城中村一排廉价的地摊前犹豫片刻,草草吃上一碗羊肉烩面,抹抹嘴穿行过灯光昏暗的街道,懒洋洋地打开合租的房门,然后猫在拥挤简陋的蜗居,在散发着霉气的床上做着五彩的梦。

这就是姬晨光的生活。

1984年出生的姬晨光,2007年从郑州一家民办科技学院计算机专业毕业,几经辗转,和一个有同样命运的男同学住进了两室一厅的出租房。

姬晨光的家在河南杞县农村,就是成语典故"杞人忧天"的发生地。他的父亲是村干部,家境在村里属于中游偏上水平。按照父辈的思路,大学毕业的姬晨光,托个关系在本乡谋份体面的工作,找家漂亮的媳妇,盖座大大的房子,生儿育女,过着悠哉游哉的日子。

"才不呢!大学毕业又回家,多没面子啊!"从乡村走出来的姬晨光,和没有见过世面的老一辈志不同道不合,无论父母如何苦口婆心,他毫不犹豫地决定留在流光溢彩的城市。

接受高等教育的姬晨光,在汲取知识的营养中,眼界不断开阔,心气节节攀升。过去,他家在小村受人羡慕。而来到大学,别人反过来成为他羡慕的对象。身边同学穿名牌、开好车的风度,高级消费场所尽情挥霍的潇洒,更坚定了他的决心。"王侯将相,宁有种乎!"姬晨光相信,只要在造梦的城市一番奋斗,自己照样可以出则名车,入则豪宅,过上众星捧月的高"幸福指数"的生活。

从理想回到现实,有思想准备的姬晨光还是倒吸一口凉气。拥挤不堪的求职市场,场场爆满的招聘会,无不昭示着这样一个无情的事实:"僧多粥少"!多次奔波碰壁,姬晨光不得不承认,像自己这样的末流大学生,与机关事业单位无缘,和大公司效益好企业难沾边。要想在郑州这个熙熙攘攘的城市立稳脚跟,只能从最底层做起。

姬晨光和三个同学在郑州南阳路合租了两室一厅,几经折腾,暂时在附近一家房地产公司从事售楼工作。"不签订劳动合同,没有三险,不提供就餐,底薪600元,看销售业绩提成!"负责人像机关枪一样,先撂下这些"丑话"。姬晨光牙一咬,点头同意。人在屋檐下,先有个饭碗端就行。创业初期,不谈专业是否对口。

每天,姬晨光带着客户,奔忙在林立的高楼中看房,宣传楼盘。跑断腿,磨破嘴,一个月下来,挣到的工资只有800多元!毫不气馁的他安慰自己,不吃苦中苦,难为人上人,将来要在省会大都市有一套属于自己的新房,就要像蚂蚁一样,埋头勤快,全力以赴。

夜晚,尽管累了一天,姬晨光和室友依然兴趣盎然,趴在窗台上看临街如海车流,赏城市变幻莫测的霓虹,聆听附近传来歌舞升平的音乐,观高档消费场所进出的人物。他们完全忘却了卑微和辛劳。

每年的春节,是最思乡的时候。而2008年的春节,姬晨光有点犹豫:"真的想家,但没有找到好工作就回去,遇到乡亲们怎么解释呀?说不定还被人笑话呢!"在姬晨光那个小村,和他一起长大的伙伴,初中或者高中毕业,就到南方去打工,自己是村里难得一见的大学生,那时考上大学,很是让父母在乡亲们面前露了脸,在村里风光了一把。现如今大学毕业,和打工的同学没有两样,怎么好意思呢。

但归心似箭的他,还是硬着头皮回到老家。看着那些打工的伙伴从南方带回来的一堆堆礼物,口袋里没有多少银子的姬晨光特心虚。好在他在房产公司里有个客户经理的称谓,不明就里的邻里,姬经理长姬经理短的,把他叫得心里暖烘烘的,在暗自脸红的同时,他下决心一定要名副其实一回。

在一番权衡下,经一个好友的牵线搭桥,姬晨光离开郑州,到位于豫西北的旅游城市焦作市区去发展。

仇富:为卑微的人生拾捡尊严

与郑州相比,这里"蚁族"的生存环境相对要好些。姬晨光就职的那家广告公司员工不多,但工作轻松,薪水也还说的过去。报到的那天,总经理拍着姬晨光的肩,热情鼓励:"好好干,这里有你的发展空间!"

为了在异乡证明自己的能力,姬晨光在公司特别卖力,起早摸黑,勤奋敬业,加上年轻脑子灵活,由他经办的业务,都令顾客相当满意,上司非常信任,被公司 MM 们暗地比做"潜力股"。

事业开始风生水起,渴望爱情的姬晨光也想在情感方面高人一等。几经一番探察,他将目光对准同楼办公的邻家教育培训机构的刘倪老师。

时年 23 岁的刘倪,娇小玲珑,冰雪聪明,是个人见人爱的漂亮姑娘。家住本市的她,是家里的独女,深得父母的宠爱。2008 年 10 月的一天,听说了女儿谈恋爱的情况,刘倪的父亲亲自找到姬晨光,明确反对他们的婚事:"你不是我们要找的理想女婿!"

面对父母坚定的态度,刘倪却不以为然。她告诉姬晨光,父母之所以反对,主要是觉得他家在农村负担重,尤其是在这个城市房无一间、地无一垄,担心女儿将来遭罪受。

刘倪顶着家人的反对,继续和他来往,这让姬晨光既感动又有压力。他心里十分清楚,刘倪很看中自己的大学生身份,觉得自己还有潜力可挖。由此,姬晨光在公司更勤奋上进,在心上人面前,也竭尽全力表现,好让刘倪觉得找对了恋爱对象。

然而,现实并非都随人愿。2009 年 1 月,由于激烈的市场竞争,姬晨光所在的广告公司无情地遭遇破产。辛苦拼搏奋斗,如今又回到原来的起跑线。来不及抚慰受伤的心灵,姬晨光支撑着继续在焦作寻找事业发展的空间。

也就在这个时候,父亲在老家县城托关系为他找了一个事业单位的名额,电话中催促他赶快回家上班。姬晨光死活不干,骗父亲说在焦作谋了一份薪水高、工作轻松的工作,又体面又有发展前途。而实际上,他跑了多家单位去应聘,最后勉强在喜多来大酒店做了一名大堂经理。

面对刘倪不解的目光,姬晨光这样解释:"这份工作与我的专业不对路,但挑战性强,很锻炼人,适合以后做大事!"其实,姬晨光比谁都无奈,现在竞争太激烈,当务之急是不能失业。如果没有工作,每月雷打不动的吃喝拉撒费用,又从何而来!

2009年春节过后的正月十五,姬晨光被刘倪硬拉着去参加一个小范围的同学聚会。在那次聚会女同学的男朋友中,有做生意的,有在机关上班的,有富裕家庭阔少的,很多都是开着名车过来,衣着光鲜,出手大方。席间,话题全是发财挣钱、豪宅好车等。其中一个女同学的男朋友,脑袋大脖子粗,只有小学文化程度,因为有一个当权近亲的庇荫,几年时间生意兴隆,年纪轻轻,已经是身家百万的小老板。志得意满的"大脑袋",俨然成了那次宴会的主角,大家众星捧月似的,脸上挤满谄媚和恭维。

回家的路上,女朋友特别感慨:"连个大老粗都混得人模狗样的,你说说这世界,简直让人不可理喻!"姬晨光莫名地嫉恨那个家伙,但心里也是感慨万分,像打翻了五味瓶,说不出的难受,隐隐感觉自己在刘倪心目中分量的失落。

接下来的一件事,更让姬晨光备受打击。2009年4月中旬的一日傍晚,姬晨光正在前台招呼客人,一位一身名牌打扮的富人匆匆走进大厅,正好和他撞个满怀,那位富人不由分说,傲慢地朝着姬晨光扇了一耳光,没等他道歉,就当着众人的面破口大骂。受此侮辱,姬晨光顾不得自己的身份,上前和他理论起来。富人哪里听的进去,就马上打个电话喊来一帮小兄弟,准备给他点颜色看看。幸亏酒店经理及时赶到,为息事宁人,当场将姬晨光辞退。

本来想在女朋友那里得到安慰,谁知遭到的是埋怨:"你做服务工作的,怎么这么冲动没有涵养,你和人家有钱人较什么真?"姬晨光不服气地顶撞:"此处不留爷,自有留爷处!"两人大吵一番,谁也说服不了谁,最后不欢而散。

此后,姬晨光四处求职,可由于他人生地不熟,心气又高,遇到问题不灵活,专业技术不是很精,换来换去,没有一份工作能做一个月的。刘倪的父母本来就不赞成他们来往,如今看到姬晨光像一个流浪汉,态度更是坚决,坚决不许女儿再和他来往。刘倪无奈地哭道:"我要婚姻是寻找一个港湾和一份安全,看来老人的反对是有道理的,我们很不合适!"

劫富:非常规行动提速"幸福指数"

爱情、事业处于人生低谷的姬晨光,内心充满悲凉和凄苦:难道自己就这样离开这个城市吗?何处才是适宜自己发展的地方?一个家人辛勤供养满怀希冀的"天之骄子",让亲朋好友知道自己如此的境遇,又如何颜面见家乡父老?!那段日子,姬晨光总是梦想着一夜暴富奇迹,唯有这样才能挺起胸膛挽回做人的尊严,才能赢得周围高看一眼,厚爱一分。他迷恋上买彩票,甚至参与地下赌球。然而,好运没有从天而降,反而使他经济拮据越来越入不敷出。

情急之下的姬晨光想过去偷,可是自己单枪匹马、势单力薄,怎么去下手?有道是:百无一用是书生啊!他突然想起自己在酒店打工时认识的董冬。时年35岁的董冬是焦作市下辖的沁阳市人,曾因吸食毒品,多次被劳教拘役过,对发大财、做富人有同样强烈的渴望。对方犯过罪、坐过牢,对作案一定很有经验,何不一起成就一番大事?

当姬晨光在电话中拐弯抹角地把想法讲出来后,两人不谋而合。几天后,姬晨光赶赴沁阳,在市区悄悄租下一间民房,开始谋划非常规行动。

商量来商量去,两人把目光对准了在路上行走的看起来富有的女性身上,利用摩托车做工具,瞅好目标,见机行事,实施抢劫。为壮威鼓劲多个帮手,董冬又把"毒友"孟正正拉来,一起成就"事业"。

2009年9月2日上午,姬晨光骑着一辆红色五羊125摩托车,带着董冬,在焦克路沁阳市路段行驶寻找目标,约莫10点,只见一位穿着讲究、骑着崭新电动车的少妇,独自在路上行走。看到女人身上挎着的名贵皮包,眼睛突然一亮,悄悄跟踪在后面。当他俩尾随到神农山万亩果园路段时,看到前后无人,正是下手的好时机,坐在身后的董冬轻轻拍了一下驾驶的姬晨光,心领神会的他猛打一下方向,将猝不及防的少妇逼挤到路边,董冬乘其不备,迅速猛拽对方身上的挎包,并将其拽翻把包抢走。等受害人醒悟过来大喊的时候,姬晨光带着董冬早已消失在远处。

第一次"做事"就干脆利落,战果辉煌。按捺激动的心情清点"成绩":现金2000元,一部"三浦"直板银色手机,一张农村信用合作社存折。看到轻易得来全不费工夫的"成绩",两人不由举杯庆贺。姬晨光一直以来紧锁的眉头舒展了。

紧接着,姬晨光分别和董冬、孟正正一起,在短短的两个月时间里,采取打一枪换一个地方的游击战术,先后在焦克路的博爱县、沁阳市路段,以摩托车作为交通工具,把单独行走的女性当做劫富的对象,趁路人稀少之际,快速出手,进行抢劫抢夺犯罪。

数着手中哗啦啦的钞票,姬晨光和同伙心花怒放:"咱也成有钱人啦!咱也是爷啦!"

姬晨光拿着抢劫来的不义之财,进出高档饭店,穿梭娱乐场所,全身高档服装地在以前认识的熟人面前显摆。邀请父亲从老家来,编造谎言做生意,演戏般让老人参观豪华办公室。为哄家人开心,姬晨光在三星级酒店为父亲接风,找一帮朋友捧场糊弄。不知底里的老人看到儿子异乡这般风光,临走殷殷嘱咐:"孩啊,干出个名堂给咱老姬家争个脸!"姬晨光相当自信地说:"爸,等着吧,2010年的春节您儿定会衣锦还乡!"

2009的11月24日中午,已经抢劫上瘾的姬晨光,伙同孟正正在焦克路西万沁阳辖区西万路段伺机寻找目标,殊不知已经被警方悄然盯上。当他俩看到一个时髦的中年妇女骑着名牌电动车,慢慢向东行走时,不动声色地跟在身后,当坐在车后的姬晨光向被害人伸出黑手的一刹那间——"不许动!"斜刺里前后冲出五个穿便衣的警察,两人见此情景,扔下抢来的提包,准备仓皇逃穿。机智的警察神兵天降般将两人堵截在中间,当场将之擒获归案。

据姬晨光等三人交代,2009年9月2日至案发,三人作案21起,抢劫现金3万余元,抢得女性手机、银行卡、化妆品、挎包、存折等无数,被害人均为外表时尚富有的女性。而由于诸多原因,警方在侦查取证时,尽管费劲周折,历尽艰辛,只认定案件事实9起,抢劫、抢夺现金1万余元。

2010年1月26日,河南省沁阳市人民检察院以抢劫、抢夺罪对姬晨光等人提起公诉,在新春佳节来临之前,他没有向父母兑现衣锦还乡的承诺,而是将伴随高墙铁网度过自己最珍贵的人生季节。

5. 公款成了哥俩好的"友情套餐"

齐林是一个家庭条件优越的"80"后青年,有着令人艳羡的工作,为人豪爽、仗义、热情、厚道,很够朋友。然而,时尚超前的消费观念,毫无原则的交友之道,胆大妄为的"男人魄力",使他一次次地不计后果,利用职务的便利,将罪恶之手伸向公款,以此来满足自己的潇洒人生。直至案发,他所贪污的上百万元公款竟然全部被自己和"朋友"挥霍一空。

2009年4月10日,经河南省焦作市检察院提起公诉,法院依法判决:被告人齐林利用担任出纳的便利,多次采取从单位账上取现金不记账、不正当转款等方式,侵吞单位公款159万余元,犯贪污罪,判处无期徒刑。同时,齐林眼中"兄弟加朋友"的同事严顺斌,也因贪污公款15万余元,以同样的罪名被判处有期徒刑十二年。

"钱不是问题,就缺朋友",2009年贺岁片《非诚勿扰》里一句耳熟能详的流行语,也成为本案引发深刻思考的沉重话题。

知心知底　　一起"月光"一起贪

齐林出生在河南省焦作市一个干部家庭,19岁从河南焦作艺术学校毕业后,他就轻松地被安排到焦作市某局管理一所上班,有了一个让人羡慕的"铁饭碗"。

齐林为人真诚,行侠仗义,是同事和朋友眼中难得的"好人"。

工作一年之后,齐林认识了严顺斌。严顺斌只身一人在焦作工作。看到同龄的他孤身一人在异乡打拼不容易,齐林对他特别照顾,平时有饭局,一定拉上严顺斌一起去;单位餐厅吃得不好,就时常邀请严顺斌到自家去打牙祭;有时两人上街去吃饭或消费,从来不让他埋单。时间长了,两人成了亲密无间的朋友。

齐林和严顺斌都是"80"后青年,两人有很多共同爱好,游泳、喝咖啡、电玩、泡吧、足疗、桑拿、蹦迪等。尽管单位工资高、福利多,但他们俩每月的开销都受到家人严格的控制,口袋里的一点零用钱根本满足不了消费的需要。为此,兄弟俩都是"月光族",常常同病相怜,徒叹奈何。

2005年年底,新婚不久的齐林被安排到局计划财务科任出纳,负责日常现金管理。看到齐林为人实在,年轻有活力,领导把本来应该由科长兼任的会计,也放心地交给了齐林。这样一来,齐林财务大权独揽,在单位俨然成了众人眼中的"人物"。

2006年新年之后,齐林和严顺斌迷恋上了网络游戏"梦幻西游"。这个游戏很快就使他俩沉迷进去。而玩这种游戏需要买梦幻币,设备软件价格昂贵,人民币成了"硬通货"。

2006年5月的一日,在单位附近网吧玩游戏正酣畅的齐林,又一次需要购买梦幻币。此前他已因为玩游戏向熟人借了不少钱,这回情急之下,齐林跑回办公室,一咬牙从保险柜里取出一叠钱,购买了游戏币后继续网上"西游"。那一个月,他不断拿公款去填补游戏窟窿,月末一计算,上网费用、充游戏点卡、升级等花掉了8000多元。

急得抓耳挠腮的齐林担心被单位领导发现,冥思苦想找对策。恰巧此时,局里要支付一笔修缮费,他从银行取出现金28200元,实际支出18200元后,将其余的1万元据为己有。"障眼法"让齐林暂时解了燃眉之急。

战战兢兢度过一段日子后,看到单位里没人发现自己的所作所为,齐林胆子大起来了,他悄悄地利用银行转款的方式,把形成账外资金的13380元装进自己囊中。有了这笔得来全不费工夫的人民币,他出手大方,消费阔绰,说话也比平时硬气了许多。

作为好朋友的严顺斌是个相当聪明的人,齐林的反常消费没能逃过他的慧眼。

一日,两人在一起吃饭闲聊,严顺斌突然歪着头问:"林哥,过去咱俩上顿不接下顿,整天叫苦不迭的,现在怎么不听你叫苦啦?"齐林脸一红,正支吾着,严顺斌四处一看,小声地问:"你是不是从楼上(特指齐林财务保险柜)拿的?"齐林慌忙掩饰:"不,不,我只是暂时从那里挪借的,回头马上就归还的!"严顺斌哈哈一笑:"你也知道,弟弟最近也特缺钱花,不行你也先给我拿点吧。"齐林抹不开面子,回到单位就从保险柜里拿出2000元,塞到严顺斌的口袋。

置身喝彩　　男人魅力如此提升

自从好朋友严顺斌也花销了公家的钱以后,齐林的心理恐惧感相对弱了许多。作为吃喝不分、穿戴不论的铁哥们,严顺斌在以后的日子里,时常向齐林伸手要钱,齐林也有求必应。至于钱从哪里来,以后是否归还,二人从不提起。

朋友的"担待和支撑",使齐林胆子变得更大了。此后,他每个月都要通过瞒天过海的方法,贪污单位的公款,最少一笔3000元,最多一笔18万元。从2006年6月到2008年4月,单位公款简直成了他自家开的银行,随取随花,任意挥霍。贪污腐败让他的"魅力指数"在不断攀升。

齐林用贪污来的公款,毫不吝啬地和朋友有福同享,有钱同乐。他隔三差五都要和一帮同学朋友聚会,最后都是他抢先埋单;单位同事出去办事,他也总是抢着付账;谁家有了事,齐林必到探望,礼物都是特别丰厚。

他和严顺斌天天泡在一起,不是电玩游泳,就是蹦迪喝咖啡,甚至经常包车到郑州过周末。单位门口有家小商店,齐林每月要在那儿消费上千元烟酒。

2007年2月,齐林在一家KTV认识了漂亮的平顶山女孩兰梦彩。为赢得美人归,他在第二天,就花了8000多元为兰梦彩买了一枚金戒指、一对金耳环、一条金项链,又托人从上海购回价格为6192元的手机送给她。两人在不到一个月的时间里竟花了两万多元玩电玩……大把大把的金钱投资,终于将美女征服。

为方便寻欢,齐林为她租下了一套高档住宅。只要兰梦彩想要的东西,齐林都想方设法去满足。平时给她零花钱,一出手就是三千五千。即便是情人,逢年过节也总能收到齐林每次最少上千元的感情联络费。当有人劝兰梦彩离开有家室的齐林时,兰梦彩态度坚决:"林哥是打着灯笼也难找的魅力男人,我割舍不了!"

而此时,"好兄弟"严顺斌也与一个叫卢源源的山东女孩打得火热,相隔两地电话信息不断,不到3个月,光电话费就达1.6万余元。齐林为成全好事,鼓励严顺斌发展关系,自然一切费用全部由他包揽。严顺斌要到山东接女朋友,齐林分两次共给了他1万元。卢源源到焦作后,齐林为严顺斌租了房子,又花2万多元替他们购置家具。

2008年春节,严顺斌陪女朋友回山东老家过年,齐林一出手就是2万元的新年红包。节后重回焦作,卢源源担心租房影响不好,严顺斌就把她安排在凯旋大酒店,住宿一个月,消费9860元,最后全部由齐林结账。其间,为让心情郁闷的朋友散心,齐林带着兰梦彩、好友严顺斌和卢源源,结伴到杭州西湖赏景,苏州河中游园,4万元的花费,自然悉数由齐林提供。卢源源领教了齐林的风采,为自己的男朋友有这样一个铁哥们而感到荣耀。

周围朋友的赞赏和羡慕,让齐林感到了自身的价值;出手的阔绰和大方,使他体会到一个成功男人的魄力,在喝彩和挥霍中,他暂时忘却了危险在逼近……

钱和朋友究竟哪个出了问题

2007年3月,齐林接到审计部门的通知,要对2006年账目进行审计。听到这个消息,他吓得出了一身冷汗,一个人躲到屋子一对账,发现陆续花费公款已经有十四五万元了。他慌忙找到严顺斌,密商如何补上这个漏洞,以应付审计。不知所措的齐林在好友的提醒下,决定做假银行对账单。严顺斌配合齐林,完成了假对账单数据的排序,又帮着花300元刻了一枚工商银行的公章。

为把账目做得天衣无缝,严顺斌悄悄配了单位办公楼的钥匙,半夜雇车将电脑主机拉到齐林的出租屋,夜以继日帮助齐林对账目进行重新调整。等把一切造假工作做好,齐林忐忑不安地接受了审计部门的审核。将近一个月的煎熬,结果有惊无险。齐林在最豪华的酒店摆了一桌丰盛的酒宴,专门犒劳在危急关头倾情相助的几个好朋友。

谁知一波未平,一波又起,正当齐林为自己躲过风险庆幸时,又来了一个坏消息。

2008年4月,上级要求上报第一季度报表。这个时候,齐林已经不像以前那样按照业务发生,及时在电脑上进行编制记账凭证记账了。而是按月或按季度在电脑上编制记账凭证记账。这样再打乱重新编制做假账,几乎变得不可能。另经粗略计算,他已经有100多万元公款的黑窟窿了。急得如热锅上蚂蚁的齐林,急忙再找好友严顺斌寻找对策,最后作出艰难的选择:让暴露目标的齐林一人出逃,留下罪行隐藏较深的严顺斌在家等待观察,以静制动走下一步棋。

2008年5月4日,严顺斌心情沉重地陪着好友悄悄回到单位,拿走随身的几件替换衣服,又偷偷从银行取走8万元现金,把齐林和兰梦彩送走了。

齐林两人直奔贵阳,接着辗转南宁,来到北海,去了三亚,在一个不知详情的网友的帮助下落脚深圳。其间,齐林用新买的手机卡和严顺斌的女朋友卢源源单线联系,及时了解焦作动向,不断调整行踪,掌握主动权。

令齐林欣慰的是,出逃的日子里,"好朋友"严顺斌每天都要通过卢源源给他安慰,转述单位动态,帮助毁灭罪证;经常去齐林父母家里,替他尽一个为人子的责任,甚至连平时自己都不干的换液化气的活儿,也卖力地代劳了……

然而好景不长。2008年5月12日傍晚,焦作市检察院接到报案,立即对齐林涉嫌贪污犯罪立案侦查。6月3日焦作警方将其列为网上逃犯进行追逃。7月21日,齐林在深圳市被深圳公安局抓捕归案。

法庭上,听到自己被判处无期徒刑,一辈子的生活将要在远离亲人朋友的高墙铁网里度过,齐林号啕大哭,痛悔不已,他当庭跪地,向疼爱自己的双亲忏悔:"儿子不孝,我太年轻不懂得珍惜啊!一切都明白得太晚了啊!"

6. 一个花季女孩的杀人游戏

2005年6月7日,经河南省焦作中级法院一审判决,被告人楚闪闪、路力峻因犯故意杀人罪,均被依法判处死刑,剥夺政治权利终身。

令人不寒而栗的是,一个正值花样年华的姑娘,无论在作案前、杀人过程中,还是在面对办案检察官时,都是一脸的镇定。别人的生命于她而言是淡漠的,甚至只是符号而已,在供述自己犯罪的事实时,就像在讲一个和自己毫不相关的故事,这不能不令人惊讶。

漂在城市边缘的"问题女孩"

楚闪闪出生在河南省原阳县一个农民的家庭。13岁初中没毕业,就随打零工的父母来到焦作市,过着一种漂泊不定的城市边缘生活。小小年龄的她,本应和同代人一样,坐在窗明几净的教室,享受着人类文明的熏陶,过着丰富多彩的校园生活,然而,闪闪却迫于家庭生存的压力,只能含泪望着身边的小伙伴,一个个兴高采烈地背着书包从眼前而过。

为此,她曾经在父母面前哭过闹过,但整日疲于为生活忙碌的双亲,也只能面对严酷的现实长吁短叹,无可奈何。为人父母的,谁不想让自己的爱女从小沐浴知识的阳光,接受正规的教育?!他们虽然住在这个城市,但一没正式户口,二没固定的住房,每日吃了上顿,还要为下顿寻思,平时连个小病小灾也担待不起,真正城市一"漂族"。对贫寒的家庭来说,为一个长大就要嫁为人妇的女儿,花费巨资供其完成学业,无疑是一种奢侈。

从小在父母叹息声中长大的楚闪闪,在不能享受书香的日子,到小饭店帮人端过盘子、洗过碗,去小卖部看过摊、打过杂,进理发店学过徒、扫过地,在批发部推销过酒、进过烟。她年龄不大,就早已开始进入成人的世界,也正因为如此,闪闪变得比同龄人更成熟世故。

生活的环境,决定了她结交朋友的范围。楚闪闪的父母一天到晚都很忙,即使夜里回到家里,繁重的劳动压力,已让他们身心疲惫,自然没有精力关注女儿的喜怒哀乐,一切所思所想,根本无从到父母那里去倾诉。处在那样的青春期,渴望交往、渴望快乐的楚闪闪,本该在校园获取友谊,在读书学习中得到乐趣的她,只能过早地周旋在复杂的成人社会,本该用乳汁喂养的时代,却灌满烈酒。和很多以她的年龄根本读不懂的人接触,和一些像她一样过早走出校园的同代人做朋友。而慢慢和闪闪走近的朋友中,不少是令人担忧的"问题女孩",缺乏辨别力的她,却又如此地难以抵挡这种命运的安排。闲暇的时光,她们在一起笑一起闹,一起打发寂寞无聊的日子。

和楚闪闪走得最近的女伴中有吴雨、田宵宵、柳鹃鹃等,而这几个同她特别要好的朋友,年龄基本上不相上下,都没有完成学业就踏入了社会,阅历复杂,都是在这个城市没有固定职业,没有固定收入,成年累月像一叶浮萍,这个地方做一段工,那个地方打一时杂。在这个对她们既熟悉又陌生的城市,她们很快学会了上网、蹦迪、酗酒、抽烟等,用于填充无聊的光阴,宣泄困惑。在周围人的眼中,她们"大错误不犯,小错误不断,气死公安,难倒法院",是一些令人头疼的孩子。

在没有老师教诲,父母无暇关注的日子里,楚闪闪就像一棵在野地里疯长的小草,扭曲变形地成长。时常,楚闪闪瞒着家人和一帮哥们姐们蹦迪玩到深更半夜,然后跑到小饭店,抽烟喝酒,装疯卖傻瞎胡闹。

闪闪最喜欢没事的时候到网吧玩游戏,有时高兴了坚持一两个通宵,不想回家就住到朋友家里,整日忙于生计的父母偶尔问起来,同伴就千方百计打掩护,轻而易举就把事情瞒过。一些不三不四的男人,见闪闪一帮小姐妹青春、叛逆,为人行事有点玩世不恭,就追腥逐臭,经常瞪着色迷迷的眼睛寻找机会,千方百计套近乎占便宜。经过太多的历练,她们变得相当的油滑和实际。楚闪闪们在很多属于她们父辈的不良男人面前,撒娇发嗲,打情骂俏,有时甚而牺牲色相,从那里得到经济等方面的满足。她们的青春,就是这样踏着疯狂的旋律"轻舞飞扬"得忘乎所以。

似乎是在不经意间,就让一条鲜活的生命消失了

个人生活的放纵,必然带来令人难堪的后果。

2004 年的秋天,有一段时间里,楚闪闪一直感觉下身有种说不出的难受,她悄悄地把自己的苦恼说给了最要好的吴雨、田宵宵。听了闪闪的抱怨,比她年长两岁的吴雨觉出问题的严重,就问:究竟是哪个男人造的孽,把

事情搞到这样的地步？楚闪闪和几个异性都有关系，一时也说不出个所以然。经过一番商量，楚闪闪怕在本地被人发现，就瞒着父母和熟人，到郑州一家医院进行彻底的检查。

医院诊断结果出来了，楚闪闪小小年纪居然患上了性病！发现自己得了这种说不出口的病，她脑子里一片空白，瘫坐在医院的坐椅上，不知如何是好。这种病的治疗，不但需要时间，而且要花费不少的钱。依闪闪个人的经济能力，是无法支付这笔开支的，向父母那里去要，既不敢，也是她打死不愿为的。

看到闪闪手足无措的尴尬，一向豪爽的吴雨从自己的口袋中掏出钱，先给她垫付出来，替她解了燃眉之急。后来，吴雨又带着她找到一个熟人医生，帮助看病，并把吃药打针的钱全部记在吴雨的名下。对此，楚闪闪很是感激，表示用不了多长时间，就会把欠下1900多元的账如数还上。

然而，时间过去了好长时间，楚闪闪也没有一点还钱的意思。吴雨不由得着急起来。在闪闪看病无钱时，是她在熟人面前大包大揽，如今，却是这样一种情况，吴雨自觉脸面无光，就多次找闪闪催要。

开始的时候，出于平时姐妹情谊，吴雨尽管内心有火，但还是忍着尽量不伤和气，一连跑了好多趟无果后，自然心急上火，脸慢慢变得难看，说话也不再那么客气。

有一次，吴雨实在被逼急了，就指着闪闪的鼻子臭骂了一通，限令时间必须把钱还上，否则就把她患性病的不光彩事告诉她的父母。

本来，借债还钱是天经地义的事，况且又是朋友在自己最困难的时候帮的忙。可是，在吴雨步步紧逼下，闪闪不从自己这方面反省，而是把怨气指向朋友的绝情绝义的话上。她特别担心吴雨真的把自己患病的事告诉父母，她心里一害怕，不由得乱了方寸。

楚闪闪四处找熟人借钱，但毫无收获。正在她一筹莫展的时候，忽然想起了一个叫路力峻的中年男人来。

路力峻，40岁，是一个经营批发生意的个体户，平日和闪闪的父母来往密切，也正因为有了这层关系，闪闪曾在他的商店帮忙推销过啤酒。

就是这样一位按照年龄应该叫叔叔的男子，一直以来对闪闪心怀歹意，两年前在他店里帮工时，就时常在无人的时候对闪闪动手动脚。但闪闪对他没有一点好感,只是逢场作戏,始终没让他美梦成真。

楚闪闪找到路力峻,充满柔情地撒了一回娇,趁他心猿意马的时候,就提出借钱的请求。

别看路力峻是个小老板,可平时老婆管得严,即使到外面买盒烟也要报告。现在一听说要借一千多元钱,头摇得像个波浪鼓,可他又不愿放弃讨好的机会,和闪闪一道,积极商量对策想办法。

2005年2月28日,吴雨最后向她发出通牒,必须在3月5日之前还钱,不然后果自负。闪闪了解吴雨的脾气,心里更加着急。她又一次找到路力峻,把问题的严重性告诉了他。商量的结果是:干脆把吴雨"干掉"算了,省得她让人心烦,心里堵得慌!

3月2日下午,闪闪假惺惺主动把吴雨约到自己家租住的地下室,然后借机溜出来,用公用电话给路力峻报了消息,等他来到闪闪家看到吴雨时,却怎么也下不了手,结果第一次犯罪没有得逞。第二天,闪闪再次把路力峻约出来,给他鼓气加油,权衡利弊解除路力峻的后顾之忧。

3月4日下午,闪闪把吴雨又一次骗到家中,接着通知了路力峻,把罪恶的黑手伸向正在熟睡的好友。

一个小姑娘对生命竟然如此漠视

这是一起典型的故意杀人案件。对一些案情细节的展示,也许更能触动我们内心深处的东西。

当路力峻猛然扑向正在床上睡觉的吴雨时,双手死死地卡住她的脖子,在遭到奋力的抗争后,楚闪闪牙一咬,随手拿起房间的一个空酒瓶,眼一闭说了声:"吴姐,小妹对不起了!"就操起酒瓶奋力朝吴雨头上砸去,一时吴雨血流如注,失去了知觉。等路力峻活活把她弄死后,两个人就把吴雨的尸体藏到闪闪卧室的床下。然后稳定了一下情绪,装做没事人一样,走出家门各干各事了。

为了掩人耳目,楚闪闪故意找到平时几个要好的小姐妹,如此这般地表演一番,千方百计给人一种假象,甚至主动找到和吴雨关系暧昧的男朋友,谎称吴最近心情不好,给自己透露想出远门等。

尸体在家里藏了三天后,楚闪闪突然听说父母在外经营的食堂要关门,当晚就要回家里来住。她一下慌了神,马上和路力峻联系,在当晚父母没到家之前,慌里慌张地在夜黑的时候,和路力峻一道,用一辆摩托车,把吴雨的尸体转移了出去。路力峻在前面骑车,闪闪大着胆坐在后面抱着尸体,可能是时间有些长了,尸体的腿特别僵硬,她就用自己的腿别着,一直坚持把尸体扔到北山的废弃的井里。

他们抛尸后第三天就被人发现了。担心罪行败露,两个人当天迅即走向了逃亡路。也就是在逃亡的第一天夜里,路力峻才在亡命天涯的惊恐中,第一次和自己梦寐多年的女人媾和了。这样的代价,是他做梦也没有想到的。

楚闪闪和路力峻一路仓皇而逃,山东、湖北、湖南、广东,最终也没逃脱法律的制裁。让人不寒而栗的是,在面对公安干警的多次审讯时,楚闪闪居然没有一点悔罪的表现,把杀死同伴多次说成是"把她干掉了",就像自己刚刚在一场网上游戏上"干掉"了虚拟的敌人,没有一点惊慌,没有一点内疚。办案检察官惊异于她的冷漠,在提审时多次提示她,她杀害的是自己好友的一条生命时,楚闪闪还是满不在乎地嘴里嘟囔:"干掉就干掉了,有什么办法……"

7. 一错再错，"漂女"深陷情欲迷城

2009年12月27日，根据河南焦作一个叫吴小军的山民报案，发现被抛尸在太行山一处乱石堆中的年轻女子方非夏，其状惨不忍睹：肚子上被捅了无数深深的刀口，眼睛拼命地睁着，似乎来不及明白眼前发生的一切……

一个青春美丽的姑娘，怎么会惨遭如此戕害？是自杀还是他杀？究竟是谁这么歹毒，作出令人惊讶的惨案？

追求新生活落入人贩圈套

1989年3月，方非夏出生在河南省林州市一个叫红峪的小山村。

村里也就百把户人家。都是石缝里生，土坷垃里长，偏偏方非夏出落得与别家姑娘不一样，按村里人的说法，那是韭菜地里冒出的一棵水葱。

方非夏17岁那年，高考落榜。从高中生变成村姑，她感觉有如从理想的天国，重重地摔在了现实坚硬的岩板上。她不甘心就这样一辈子窝在山沟沟里。

一个极其偶然的机会，方非夏的一门远房亲戚来她家走动。这位在河南省三门峡市打工的表姐，绘声绘色地讲述着外面的奇闻趣事，惹得方非夏非缠着表姐带自己到外面见识见识。

方非夏来到三门峡，表姐托人为她在酒店里谋了一份差事，尽管活儿有点忙，有点累，可比在家里玩泥巴轻松多了，尤其是闲暇时到大街上逛逛，招惹得不少小伙儿驻足忘返。

酒店靠近繁华路段，生意很红火，方非夏人勤快，肚里有点墨水，时间不长，就赢得马老板的另眼相看。她先是在厨房里洗碟洗菜，而后到前厅端盘子倒茶，再后来就干上了台前记账会计，工资长了不说，有时，马老板还偷偷地塞给她一份红包，说那是"贡献奖"。

那段日子，对方非夏来说是快乐的，不过她也隐隐有一种不安。凭着女人的直觉，她从马老板火辣辣的眼神中，预感到要有什么事情发生。

2007年10月29日晚上9点多,客人陆续散了,方非夏正埋头理账,忽然从外面哗地冲进三四个妇女,径直走到柜台前,口里一边骂着不堪入耳的脏话,一边从柜台里拉出方非夏,有的揪头发,有的捆耳光,有的往她脸上吐口水。

原来,老板的太太不知从哪得到风声,说方非夏凭着年轻貌美,用姿色去勾引老板,甚至准备取而代之。马老板的太太可不是善茬,哪容得自家失火,也不核实,就纠集了几位"铁姐们",狠狠收拾了方非夏一顿。

令方非夏委屈的是,马老板不知是慑于老婆的淫威,还是心里有什么想法,竟连站出来说句公道话都没有,反而听从老婆的主意,生生把她辞退了。

落难的方非夏听说广东省惠阳那里搞传销很来钱,便和表姐商量,离开伤心地,径奔广东"淘金"。

姐妹俩在惠阳东奔西跑,折腾几个月下来,人累得瘦了一圈,钱没挣到手,反倒赔了本。原来,那家公司属于非法传销,当地政府严令查缴,等她们再找到公司时,已经人去楼空,本钱也打了水漂。

姐妹俩抱头痛哭一场,一咬牙,又投奔汕头打工的一位亲戚那里。在汕头,她们费尽周折,总算在一家缫丝厂安顿下来。

缫丝厂在远离市区的一座山上,每日的劳动量很大,待遇很差,好虚荣的方非夏时常长吁短叹,度日如年。

2008年7月的一天,方非夏独自一人坐车到深圳办私事,在公共汽车上,与刘金芳相识,从此她的人生转了很大一个弯。

巧言令色的刘金芳,自称是方非夏的老乡,他告诉方非夏,自己在陕西西安有一家公司,正准备扩招业务人员,月薪500元,另有提成。方非夏听后,眼睛一亮,像抓住了一根救命稻草,想都没多想,就随刘金芳到贵州"谈生意"去了。

当方非夏跟着刘金芳走进贵州一个叫刘家涧的地方时,她才知道,自己落入了人贩子设下的圈套。无论她怎样哭闹,最终还是以5000元的价格,被一个名叫老娃的光棍汉抱进了洞房。

方非夏惨遭厄运,整日以泪洗面,乘那家人不备,历经千辛,终于逃离。在一位好心人的资助下,几经辗转,来到河南安阳市区。

寻找"安全感"　　掉进虚幻的玫瑰陷阱

陌生的城市,陌生的面孔,对方非夏来说,有一种前途没有依靠、命运没有寄托的空落感。

长夜漫漫,方非夏抚摸着自己渐渐隆起的腹部,独自坐在河畔,长时间地发愣。她曾经想到去死,但一想到父母含辛茹苦把自己拉扯成人,又不忍心。

方非夏来到安阳一家私人诊所,做掉了那个贵州人留在她肚里的孽种。随后,在一家洗车行当起了洗车女。

洗车行生意不错,司机们都是走南闯北的主儿,在等待车辆清洗的过程中,嘴巴自然也闲不住,此时的方非夏,已不再是天真的姑娘,她学会了和他们打打闹闹、嬉笑怒骂。时间不长,便为老板拉来了不少回头客。

在洗车行近邻,有一家红方块歌舞厅。方非夏慢慢和那里的舞厅小姐熟悉起来。都是二十多岁的外乡人,同处异乡,自然就容易接近。一次,方非夏患了重感冒,两天没有下床,老乡耿云知道后,带上水果,专门到方非夏的住处陪她。之后,两人的关系亲如姐妹。

有一天,方非夏出去买东西回来迟了,不好打扰房东,便径直去了耿云租住的地方。好不容易敲开门,里面走出来一个五大三粗的男人。耿云若无其事地告诉她,那是一位经常光顾舞厅的客人。方非夏过去也听说过这种事,不过,今天亲眼所见,还是吃了一惊。

想着同是女人,自己甚至比耿云漂亮几倍,而生活质量却悬殊之极,方非夏一夜没睡好觉。

人一旦用歪理想事情,一切也就变得无所谓了。

方非夏开始做起"拉皮条"的生意。她利用特殊的职业做掩护,把目光盯上那些前来洗车的司机们,而那些好色之徒,在这方面好像具有一种特殊的功能,几个回合,方非夏就能把线牵上。当然,很多人也多次想打方非夏的主意,但她给自己规定了"底线":不能随便和人上床!

前来洗车的越来越多了,方非夏通过滚雪球的方式,把一帮小姐笼络在自己身边,任她调遣,她则从中渔利。

就在方非夏快活地数着钞票时,令她心惊肉跳的一幕出现了:警方根据线人密报,当场把耿云和一帮小姐抓获。消息灵通的方非夏二话没说,慌慌张张逃离了安阳。

家,是不敢回去了。她像一只无头苍蝇,焦作、新乡、三门峡、平顶山,到处乱窜。每天都提心吊胆地生怕被警方捉拿。此时的方非夏这才感到自己模糊了的家乡,原来是如此可爱,几乎和自己的生命一样值得珍惜。

她太需要给自己一个归宿了。

2009年3月,在一位远房亲戚的引荐下,方非夏又到河南省焦作市一家养殖场上班。让方非夏永远也想不到的是,这里,竟成了她人生的终结。

这家养殖场,属于私营企业。老板原君齐,年过四十,半辈子走南闯北,当过兵,进过厂,见多识广,在周围人的眼中,颇有能耐。或许是经济效益好,养殖场不断扩大规模。他显得踌躇满志,派头十足,举手投足,流露出成熟男人的魅力。

方非夏进场后,常听人讲起老板的奋斗史,不知不觉,心中产生一种敬畏,多了一份好感,自觉不自觉总想走近他。

同年6月,场里需要到外面进料,原老板带着方非夏出了差。在平顶山进货期间,方非夏精明的算计,巧于周旋的社交能力,给原君齐留下了深刻印象。交易进行得很顺利,留下的时间也很充足。于是,利用闲暇,原君齐领着方非夏逛市场、进影院、转商场,像一位慈祥的大哥,关怀备至,体贴入微,着实让方非夏心中温暖了许多。

第四天晚上,玩累了的原老板与方非夏随便在街上买了几样小菜和一瓶好酒,在所住的屋内闲聊。

能说会道的原君齐整个一晚上,似乎注入了兴奋剂,一直讲个不停。他讲自己的创业,讲自己的不美满婚姻,讲人生的苦乐酸甜。方非夏听着不住地跟着感叹。

或许身处异乡无所羁绊,或许酒不醉人人自醉,原君齐一番火辣辣的表白后,方非夏半推半就,倒在了老板的怀中。

回到场里以后,原君齐对方非夏更加殷勤呵护,两人明铺暗盖,不时偷偷外出约会。情到深处,原君齐向方非夏发誓,一定想办法和老婆离婚,和方非夏厮守终生。

方非夏信了原君齐的表白,真的动起了心思。她在漂泊的日子里,也结交过几个同龄的男朋友,但都擦肩而过。他们也都和方非夏一样,事业无成,生活缺乏保障,似一叶漂泊的浮萍。

几经风雨的方非夏,需要爱情,更需要"面包"。她想,虽说原君齐年龄偏大,但他实力雄厚,成熟稳健,嫁给他,一步就可跃入"幸福平台",下半辈子有吃有喝,风风光光,再也不用为生计唉声叹气了。思前想后,方非夏铁定了心。

横刀夺爱　　魂归黄泉路

与方非夏结上那段孽缘后,原君齐既感到不安又觉得刺激,刺激的是他从方非夏那里,得到一种无所顾忌的宣泄和快感;不安的是,自己有妻室儿女,在社会上算得上有点"头脸",万一丑事张扬出去,岂不遭人耻笑?

每次偷偷约会,方非夏总要提及原君齐离婚事宜,原君齐总以花言巧语搪塞一番。在情场上,他是一位老手,他曾和场里好几位打工妹有过浪漫史,但激情过后,原君齐略施小计,便割断了情缘。因而,对方非夏他仍故技重演,推脱应付,他相信时间会磨平一切。

方非夏领略过生活的酸楚,漂泊的生活,使她尝尽了生活底层的痛苦屈辱,面前唯一的希望,就是出卖爱情婚姻,去求得一生的依靠。她明白原君齐并非完全真心,但一见到自己的"情敌",她的自信心又高涨起来,她毕竟比那个"黄脸婆"青春、漂亮、有魅力,还有心计。

在养殖场,方非夏故意在人多的地方表现得和原君齐关系亲昵,甚至不顾众人的目光,在原君齐面前嗲声嗲气,频送秋波,有时不该她当家,也敢擅自做主。令原君齐被动的是,方非夏竟告诉他怀了身孕!原君齐着实吃惊不小,他越来越感到方非夏的可怕。

2004年10月的一天,方非夏趁原君齐外出,大摇大摆走进原家,直言不讳地告诉原的妻子杨小华,她爱上了杨小华的男人,并有了身孕,让杨小华抓紧与丈夫离婚,成全他们。

蒙在鼓里的杨小华,听说此事后,一下子气昏倒地。她与丈夫同甘共苦走到今天,岂能容忍他人破坏自己的家庭?

当原君齐闹明白痛哭不已的妻子已经知道真相时,居然不知如何是好。

原君齐向杨小华痛责自己一番后,又去劝方非夏,拐弯抹角求她把肚子里的孩子做掉,好话说了一箩筐,方非夏又哭又闹,坚决不允许。原君齐只好指天发誓说早晚娶她。但方非夏的最低条件是,做手术时,必须让杨小华陪着,日后的护理,也得由杨小华照看。她就是要羞辱羞辱杨小华,让她产生离婚的念头。

可怜的杨小华,听了丈夫转述的要求后,沉默了好长时间,为挽救婚姻,这个软弱的妻子为保住这个家,竟流着泪顺从了。

方非夏在杨小华的陪护下,来到市里一家诊所,用假名做了流产手术。第二天,她坚决要回杨小华他们的家,不然就死给他们看。

不得已,杨小华只好勉强答应。方非夏回到原君齐家以后,像一个得胜的功臣,心安理得地享受着照顾。稍不如意,又哭又闹,甚至对杨小华动手。一直强忍屈辱的杨小华多次与她发生口角。每次吵完架,方非夏就对原君齐哭哭啼啼,耍脾气,闹得原君齐有时几日都不进她的屋。

手术后,本以为原君齐会更善待自己,却不料有时几日看不见他的面,方非夏心中难受得要命,她哭过闹过后,说话越来越不中听了。

11月25日,原君齐看方非夏身体如此虚弱,就想把她送回父母家,方非夏说什么也不同意,骂他无情无义,两人言语冲撞,不欢而散。

2009年12月19日,原君齐硬着头皮,再次迈进了方非夏的小屋。闲扯了一会儿,原君齐可怜巴巴地嗫嚅道:方非夏,看在咱们的情分上,能不能给我一条生路?

方非夏心中有数,让他往下说。

原君齐迟疑了半天,才吞吞吐吐地说:你看我这一把年纪,婚是难离得很,能不能给你些补偿,从此各走各的路?

方非夏一听,脸色大变,指着原的鼻子破口大骂,骂他背信弃义,骂他敢做不敢当,骂他玩弄感情。还说病好后,就去公安局告他,让他一辈子把牢底坐穿。

原君齐义随手拿起放在桌上的水果刀,不顾一切扑上前,发疯似地朝方非夏肚子上一刀刀捅去,咬牙切齿地不住嚷道:"我让你告,我让你告……"

方非夏越反抗,他用力越猛,就这样,折腾了一会儿,方非夏软绵绵地倒在地上,再也没有起来。

法盲的杨小华得知方非夏死去后,居然心中好一阵窃喜。除去了"心头肉",她又可以与丈夫守着家产"好好过日子"了。于是,她出主意想办法,和"当家的"一道,把尸体抛入离市区有20多公里的太行上的乱石堆中……

2010年3月22日,河南省焦作市人民检察院以故意杀人罪,依法将原君齐、杨小华提起公诉。

漂亮青春的方非夏死了,再也不能回来了,她死在了自己追的梦中。

8. 教材发行员的"足球博彩梦"

2009年6月13日,对于在河南省焦作某监狱服刑的蒋晓来说是为心中永远刻骨铭心的痛。这一天,是他最疼爱女儿蒋贝贝的13岁生日,而他,却有家难归,只能隔着身处的高墙铁网,流着痛悔的眼泪,仰望蓝天为爱女送上默默的祝福。

蒋晓,一个普普通通的教材发行员,原本有个幸福美满小家庭的他,为能活出"男人味",把"足球博彩"作为自己人生的事业来追求,痴心迷恋网上足球赌博,把学生家长的血汗钱作为赌注,疯狂地沉醉其中不能自拔,一共挪用学校教育辅导款达56万元,因犯挪用公款罪,被判处有期徒刑10年,无情的现实,使他一心追求的所谓的"男人价值"变成了一种遥远传说。

惊弓之鸟:噩梦醒来已成为追捕的目标

早晨的那个电话,让蒋晓坐卧不宁,再也沉不住气了。

2008年12月15日早上,蒋晓刚走出家门,就接到单位主管业务黄经理的电话:"马上接近年终了,抓紧把你负责的教材辅导款给店里结账吧!"

时年38岁的蒋晓,是沁阳某店一名职工,主要负责沁阳西片17所学校的教材发行和资金回收。按照单位惯例,每年年终,都要求具体负责教材发行的职工,准时到单位结账将资金回笼。

明明知道这是迟早的事情,但蒋晓接到那个电话后,仍然心惊胆战,头上直冒冷汗,脑子里一片空白,不知如何去应付交代。

他粗略地估算了一下,仅自己负责的教材款,就有50多万元的"大窟窿",梦想一夜之间中彩把缺口堵上,看来真的是一个泡影。电话里虽然暂时把"上边"糊弄了一把,但纸终究是包不住火的,下午黄经理就要一道去信用社查询,这又如何是好?!

那天有惊无险的是,幸亏信用社负责转账的人有事出去了,不然,天大的谎言当场就会被戳穿。经历了惊险一幕的蒋晓回到家中,一下就瘫软在床上。迫在眉睫的问题,就像一颗悬在头上滴答作响的定时炸弹,一分一秒在逼近。

蒋晓环顾这个熟悉的小家,突然感觉是那样的依恋和不舍,即便妻子的唠叨也变成了一种享受。夜幕时分,精神几乎崩溃的他,带着无限的依恋,迫不及待地赶往学校,隔着玻璃窗,心情复杂地凝视正在伏案学习的可爱女儿蒋贝贝一阵,任由泪水模糊了双眼,最后心一横,消失在苍茫暮色中……

匆匆出逃的蒋晓,慌乱中只是随身携带了几件简单的衣服,不离左右的是他心爱的手提电脑。他拿着先前从网上购买的假身份证,悄然打的到邻近的济源市一个小旅社潜伏起来。为避人耳目,他白天装着外出做事,晚上回到旅馆,一边继续利用手提电脑网上赌博,一边暗中打探,观察了解单位的动向。

同月21日,蒋晓得知自己成了检察院网上通缉的罪犯,似惊弓之鸟的他如末日来临一般,捂着被子痛哭了一场后,慌忙乔装打扮后,辗转洛阳、郑州、信阳,最后在人生地不熟的武汉下了车。

谁知,刚走出武汉火车站,携带的几件衣服就被人抢了,蒋晓怒气冲冲想要报案,又担心警察知道自己的底细,只好闷着吃个哑巴亏。在举目无亲的异乡,从没有出过远门的蒋晓,不但遭受饮食、气候、生活习惯的不适,而且在陌生的环境里,孤独寂寞恐惧不安时时蹂躏折磨着他。他出逃时身上只带了3000多元,担心出门打工被识破,网上足球博彩又没钱下赌注。经济的拮据,让他只好晚上到菜市场捡剩菜,在公园拾破烂,去夜市摊帮短工,找建筑队搞装卸等。

行踪不定的蒋晓,睡过公园草坪,躺过车站长椅,和建筑队民工睡过大炕。几次,被市民当做叫花子,遭遇奚落白眼。改名换姓的他,总害怕被人识破,甚至在睡梦中也念叨着自己的化名,唯恐别人了解自己的真面目。夜深人静的时候,躺在简陋破烂的小屋,思念父母妻女,想念亲朋好友,经常在睡梦中哭醒,在噩梦中惊怵。

有一日,他在建筑队干完活躺在大棚里睡觉,半夜警车鸣着警笛开进工地,蒋晓以为自己被发现,吓得当场尿了裤子,事后被工友们当做笑料戏弄。

当初,和亲人生活的快乐点滴,成为出逃后珍贵的回忆和精神支柱,唯有此时,他倍感自己曾经是那样幸福地生活过。有几次,他犹豫着试图拿起电话向检察机关投案,但最后都因缺乏勇气错失了投奔光明的机会。

2009年1月8日夜,当检察官神兵天降地出现在蒋晓的面前,他像小孩子一样地哭了,蒋晓主动伸出双手让办案人员把自己拷上,长长地吁了一口气:"生不如死的日子终于结束了,我总可以睡一个安稳觉啊!"

出逃不到一个月,蒋晓整整瘦了25斤。被押解回原地的蒋晓,走出沁阳的车站,没等检察官反应过来,扑通一声跪在地上:"我有罪啊,我悔不该当初呀!"

我是一只"小小鸟":想飞却迷失了方向

六年前的一次同学聚会,对蒋晓来说刻骨铭心。

蒋晓是从广播电视大学毕业的,同学来自同城的不同行业。那晚因为公事,他骑着自行车姗姗来迟,来到大酒店门前,就看到停满了同学们赴宴的各色高档轿车,刚想找个位置把自行车放好,就遭到门前保安的呵斥,幸亏一个煤老板同学前来救驾,不然憋了一肚子气的蒋晓,一定和这个势利的家伙干上一架。

大家多年不见,自然饭桌上的主题是叙旧唠嗑,而话题始终没有离开谁发了财谁升了职。聚会上,唱主角的是一个在学校经常照抄蒋晓作业的姓刘的同学,因为在外地开煤矿发了大财,包揽了聚会的所有费用,自然招惹无数艳羡的目光。酒足饭饱后,一拨人又准备去舞厅K歌,因为路途有点远,大家开着自己的车开始出发。蒋晓正想去找自己的自行车,那个有点喝高的姓刘同学一把拦住:"你坐哥们的车吧,享受享受豪华的感觉!"他支吾着:"不必了,我,我有车!"谁知那位同学哈哈一笑:"你有车?是两轮的大卡(自行车)吧!"顿时,周围一阵哄笑。

蒋晓不知道自己那晚是如何走回家的,但他发誓,不混出个"男人模样",永远不再参加这类聚会。

那夜回到家中,躺在床上始终难以入眠。那个让他蒙羞的场面,像一把钢刀,深深刺痛了他的心。

在外人的眼里,蒋晓的日子虽然没有大富大贵,但也应该是有滋有味。他出生在一个书香门第家庭,父母都是令人尊敬的有知识有教养的国家干部,夫妻俩也都有一份固定的好工作,女儿聪明漂亮,小家庭收入稳定,日子清闲。然而,和周围的人比较,比来比去,现实生活时常搅动得他心中不快,总觉着自己活得不顺畅,不"男人",参加工作至今,仍然是一个书店小职员,每月工资有限,前途难有大作为,不能让自己的妻女因为自己"风光"。总感到自家住房没有邻居的大,工作没有朋友的更体面,存款没有同学的数字大。痛定思痛,更激发了蒋晓要活出"男人味"的决心。

以后的日子,蒋晓不再埋头工作做"老黄牛",满脑子思考的就是一个字——"钱"。他与人合伙做过煤炭生意,但经营惨淡不欢而散,倒腾过服装,因为没有经验,被人暗中算计了一把。一段时间的奔波忙碌,非但没有捞到钱,反而自家还倒贴了几万元"学费"。父母规劝妻子争吵,蒋晓也自觉灰溜溜的。那段日子,他每天下班都把自己闷在屋里,一遍遍地听着歌手赵传那首无奈而沧桑的老歌:"有时候我觉得自己是一只小鸟,想要飞却怎么也飞不高……每次到了夜深人静的时候我总是睡不着,我怀疑是不是只有我明天没有变得更好……"

2004年6月16日晚,蒋晓一个人坐在电视机旁打发时光,当他看到河南电视台一档娱乐节目场外互动搞有奖竞猜,就抱着玩的心态,通过手机短信方式,把竞赛题答案发送到了节目组。让蒋晓惊喜的是,他居然猜对了,而且获得一台价值6000多元便携式摄录功能的摄像机。将奖品领到家后,引起邻里朋友的羡慕,置身在他人的称叹中,蒋晓虚荣心得到极大的满足。

蒋晓在学校上学期间,数学成绩是相当出类拔萃的,此次有奖竞猜,完全得益于他平时深厚的数学计算功底。受到启发,在朋友的鼓励下,他每天开始研究起体育和福利彩票,只要电视台节目搞有奖竞猜,都次次参加,随后,也有几次大小不等的中奖机会,尽管奖金小到几百元没有超过上万元,但中奖概率显然比周围的熟人朋友高,时常有人主动找他探讨交流,就连平时不大来往的同事,也乐意向他讨教中奖经验,他俨然成了这方面的"权威"。自己的特长得到了极大的发挥,蒋晓顿时找到了一种做男人的感觉。

2004年年底的一日,一个铁哥们儿悄悄地告诉蒋晓:"想要挣大钱,就要有大气魄!给你介绍个足球赌博网站,很刺激钱也来得快,依你的数学智商,一夜变成大富翁不是梦!"带着好奇和发财美梦,蒋晓依照指点,很快在网上找到润博公司。他全然不顾这是境外非法足球赌博网站,悄然办了两张银行卡,下载了一个软件,安装后注册后走进了一个全新的热闹世界。

笼中之鸟:幸福变成一种传说永远再难找到

走进"足球博彩",蒋晓一下子被别样的世界所吸引。

"足球博彩"是境外舶来品,是人们拿足球比赛结果、球员以及相关的事件进行赌博的行为。目前,在国内,除了足球彩票以外的"足球博彩"或"赌球",都是被严令禁止且非法的。神奇的高科技网络,足球的魅力,胜负的不确定以及金钱的刺激,让一些利令智昏之徒不惜铤而走险,以求一搏。

初试锋芒,蒋晓就旗开得胜,赢得"开门红"。拿着自己赌博挣来的第一笔5000元的"彩金",他高兴得手舞足蹈,领着妻女到商场购买最喜欢的服装,豪爽地邀约朋友到酒店海吃一顿。为赢得更大的"彩金",蒋晓到报亭自己掏钱订购了《足球报》、《足球》等十多份有关足球的报刊详细研究,登录有关足球网站和论坛分析探讨,观摩电视上的各类足球比赛,琢磨形成规模的欧洲等大型博彩公司的动态,时常为了看一场欧洲杯,深更半夜起床打开电视,饶有兴趣地不放过球赛的任何一个细节。

蒋晓有了自己感兴趣的"用武之地",人也由此变得神清气爽。他在自己的日记中踌躇满志地写道:"我终于找到自己人生的梦幻工厂。这是可以为一个普通人制造梦想的地方,一个可以为生命提速的战场,这场没有硝烟的战争其实就是一场智者间斗智斗勇的生死较量。"

自从和"足球博彩"亲密接触以后,蒋晓像变了个人似的,每天除了必要的工作外,一门心思全扑在博彩上,吃饭在想,睡觉在思,如厕在悟,张嘴"盘口"、"让球",闭嘴"独赢"、"贴水"等博彩专业术语,把博彩当做一种事业去追求,一门心思痴迷在赌球上。

赌场上输输赢赢是常态。在开始的一年多时间里,蒋晓有一个月输掉20多万元的,也有半个月赢回30万元的。报喜不报忧的他,败走麦城的时候闷声不响咬牙继续"战斗",得大彩后出手大方挥金如土,只要是自己心爱的女儿需要,多少钱眼睛也不眨一下。有了"事业"的他,感觉周围原先对自己有偏见的亲朋好友,态度变得柔和了,笑脸也多了,一些熟人甚至讨好地把蒋晓当做"摇钱树",出资鼓励他下大赌注自己发财。每当置身熟人圈中,权威地介绍有关足球和博彩方面的知识,看着人们聆听时的那份神情,蒋晓真切体味出"男人魅力"的美好感觉。

然而,短暂的快感后,更多的是一种焦虑和急迫。2006年年底,因博彩挪借了教材辅导款5万元的蒋晓,担心被书店发现,在年终上缴款时,悄悄从家中偷走存折,把"窟窿"补了上去。新年刚过,在收缴新学年教辅款时,赶忙把家里的亏空填了上去。一旦出现了"缺口",在博彩上拼杀的蒋晓开始拆东墙,补西墙,有时为赢得大彩下大投注,结果希望越大亏本越大。到2007年年底,和书店结账时,蒋晓亏欠单位23万元,无法弥补的他,只好欺上瞒下,谎称下边学校款未收回,采取拖的战术,继续硬着头皮梦想靠中大彩扳回败局。

对外人,他继续扮演"胜利者"的姿态,凭着自己诚实的扮相,极力忽悠经常接触的学校教师和身边熟人"下水",以高利息为诱饵,抓住人性逐利的弱点,利用外在的力量借"鸡"生"蛋"。

蒋晓把自己掌握的教材辅导款和一些熟人朋友的钱,当做掌中的玩物,为圆一夜成为百万富翁的美梦,采取高利息、寅吃卯粮、"救火队员"等拆东补西的拖延手法,试图中彩一鸣惊人的痴人说梦,截至案发,挪用教材辅导款达56万元,亏欠亲朋熟人30万元之惊人数字。

在沉沉浮浮的游戏梦幻中,一次次抱着侥幸想赌一把挽回败局,结果赌场如泥潭,不料越陷越深难以自拔。2009年3月10日,经过沁阳市检察院自行侦查并提起公诉,蒋晓因犯挪用公款罪被判处有期徒刑10年。铁窗下,如梦惊醒的蒋晓不无痛悔地仰天长叹:"没有正确方向感的人生,很容易丧失灵魂被魔鬼吞噬啊!"

第六章 深度关注

　　生活的五彩缤纷和光怪陆离,使我们不能肤浅地认识这个世界。有时候,没有穷追不舍地去接近真相,你就无法揭开《冠军车手离奇自杀之谜》,也难以理解《色魔猖狂只因无呐喊》,更难从《小票据爆出惊天"大文章"》。

　　为什么有的人眼里噙满泪水,却打掉门牙无处去诉说?有一首歌曲叫"最爱我的人伤我最深"。《家庭冷暴力:心中难言的痛》,说不清道不明。

　　这个世界需要思想,但不能任其疯长。像《劫富"小侠女"暗藏玄机》,只能"忽悠"那些心有"小九九"之人,而无论《"五毒律师"的铁血"小算盘"》打得多么天衣无缝,最终仍是"法网恢恢,疏而不漏"!

1. 冠军车手离奇自杀之谜

尹利雨，男，汉族，1973年元月出生，河南省焦作市温县人。极限越野车俱乐部车手。主要参赛经历：2003年河南省"孚迪斯"杯迎新春越野赛，A组第5名。2004年4月河南省汽车场地越野选拔赛，A组第1名。6月全国汽车场地越野赛河南站，A组第3名。7月全国汽车场地越野赛北京站。8月全国汽车场地越野赛花都站。8月全国汽车场地越野大奖赛顺德站，A组第1名。9月全国汽车场地越野锦标赛武汉站。10月全国汽车场地越野锦标赛德州站，A组第5名。11月，投案自首，称收购赃车。同月被警方刑事拘留。12月，在看守所突然自杀身亡。

全国著名的越野赛冠军车手在看守所离奇自杀，一时社会震惊，舆论哗然，谴责声和质疑声一片。

处在旋涡中的检察机关为了法律的公正，始终保持清醒的头脑，察疑释微，扭住疑点不放，和警方一道，与犯罪嫌疑人斗智斗勇，历尽艰辛，终于破解了悬在人们心中的谜团，并顺藤摸瓜端掉了捆绑在冠军车手身上的特大"定时炸弹"！

全国赛车界精英涉嫌犯罪投案自首

2004年10月16日，心情一直郁郁寡欢的翟欢，为了换一种心情，和朋友们一道，开车到省城郑州闲逛。

翟欢是河南省焦作市修武县的个体运输户，就在半月前的一个夜晚，自己停放在外的一辆价值27万元的大货车，不知被哪路盗贼神秘偷窃，费九牛二虎之力，也没发现被盗车辆的一点影踪。这么大的一笔血汗钱付之东流，难怪全家人耿耿于怀，愤愤不平。

从郑州回来的路上，也许是心有不甘，翟欢一言不发地看着车窗外，似乎想要寻找点什么。当途经武陟县境内的一家修理厂时，他突然眼前一亮，急忙让朋友把车停在路边，神色匆匆地走进了那家修理厂。

这是一个紧邻公路的小型修理厂,不大的院落里,稀落地停放着两三辆汽车。翟欢顾不得脚下的坑洼,三步并做两步径直走到一辆解放牌大货车旁,近距离在那里仔细审视起来。他翻来复去地查验车的后视镜、防护网、滤水器,惊喜地发现这辆改变了颜色的车,竟然是自己丢失的那辆,而且车斗里的铁锹还没扔掉!

他尽量掩饰内心的喜悦,轻轻蹲到在货车下面干活的工人身边,装做闲聊的样子,拉起了家常。原来,两个修理工正在给货车更换大架号,从互相的攀谈中,翟欢又发现很多疑点,更加证实了自己的判断。当得知货车主人马上就要把车开走时,翟欢急忙打电话报了警。

当警车呼啸而至时,车主和正在改车大架号的工人闻风逃散,只留下那辆赃车孤零零停在大院。

时隔不久的2004年11月22日,在河南省修武县公安局,一位特殊的人物走进了刑警队办公室,令人惊讶的是,此人竟是大名鼎鼎的全国赛车界名人尹利雨!随着他主动投案后的详细交代,一起涉及此案的收购赃物的前后过程,在尹利雨的表述中浮现出来。

时光倒流到2004年10月4日,尹利雨驾车去焦作市一家保险公司为其姐办事,在体育场门口,和一个保险公司业务员简单联系后,因为时间充足,就独自到市汽车八运公司,想顺路看看有没有可意的大货车可买。在销售大院转了有一支烟工夫,准备离开时,从里面走出一个三十七八岁的中年男子,自称有一辆用了半年的大型货车,因经营不善想尽快出售,并且价钱可以商量。听到这桩买卖有利可图,尹利雨就随那个自称曹军的人,到八运公司的老院看车。

老院内停放着两排新车,曹军转了一圈,接着掏出手机打了一个电话,结果十分抱歉地告诉尹利雨,自己那辆豫H58838的运输车,上山拉煤途中被堵在路上,紧接着,随手指着一辆浅绿色的解放牌汽车说,要卖的车和这辆基本一样。两人讨价还价了一番,初步以18万元谈好价格,并约定时间,到时一手交钱,一手交货。

回到老家温县,为免除后顾之忧,尹利雨动用各方面的关系,对这辆有牌号的大货车进行查验,在排除了疑点后,从家中带上12万元现金,第二天坐上一辆顺路的出租车,直奔预约地点。在见到那辆车后,因为觉得在价格上还有商谈的余地,就不失时机继续砍价,最后以16万元成交。在向曹军打了一张4万元的欠条,并给他留下身份证号、驾驶证号、联系方式后,就开着这辆车回了温县。

据尹利雨自首后交代,回到家后,因为想把刚买的二手车和姐姐家的那辆同样车型的货车共用一个牌照,以便省去各种管理费用,就到温县一家大修厂,把车改喷成和姐姐家那辆车一样的军绿色,停了几天,又和他人一道,到武陟那家修理厂准备改大架号,谁知竟然在那里被指认为赃车!在经过激烈的思想斗争和朋友的规劝下,特地前来投案自首。

警方问取了详细的笔录,又调查了一些证人证言,很快以涉嫌收购赃物罪,将尹利雨刑事拘留。而在检察机关对这个案件的审查过程中,却作出了一个异乎寻常的批准逮捕的决定,从而一下子暴露出此案的复杂性。

冠军车手看守所离奇之死

警方很快将尹利雨涉嫌收购赃物犯罪的案卷呈送检察机关,修武县检察院在严格的审查中,根据现有案卷掌握的情况,对此案罪名的定性觉得难以把握,考虑到多方面因素,同年12月7日,携卷到焦作检察院进行汇报。

此案引起主管检察长和侦查监督处长的高度重视,在检察官的字斟句酌中,暴露出的疑点和问题越来越多,尽管案件研究一直进行到第二天凌晨,大家依然毫无困意,围绕诸多问题逐一过滤,最后将焦点进行彻底的集中。

尹利雨既称在购车前咨询过权威人士,并在网上查验过购买的车辆不是被盗、被抢的,为什么在失主报警后,弃车仓皇逃跑?把购买的车辆刚刚开到家,有什么必要,非花大价钱迫不及待地改变车身颜色、变更汽车大架号?和自称是曹军的素昧平生,为对方打下一张4万元之巨的欠条,卖主会同意吗?同时,检察官们发现,尹利雨所提供的卖主曹军,经公安机关多方调查,纯属子虚乌有!

为慎重起见,焦作检察院抱着高度负责的精神,立即指派张南京、董增超两位责任心重、办案经验丰富的检察官,再进一步就本案的疑点进行实地调查。全面掌握尹利雨的盗窃证据,提前介入侦查阶段,指导公安查证办案。

在获取大量的材料后,焦作检察院认为尹利雨有盗车的犯罪嫌疑,以涉嫌盗窃罪更符合案情的实际,最后一致同意以涉嫌盗窃罪对尹利雨实施批准逮捕的决定。

鉴于案情背后令人难以消解的诸多问题,焦作检察院扭住疑点不放,决定全力追踪此案,并命令张南京、董增超组成检察指导侦查专案组,具体负责办理。

为准确掌握案情,2004年12月10日,两位检察官走进看守所,面对面对尹利雨进行了提审。

尹利雨是全国赛车界名人,走南闯北见多识广,首次和检察官交锋,依然口风很紧,避而不谈自己的犯罪,反而大呼冤枉,痛悔自己不该贪图小利葬送光明的前程,在不动声色的检察官面前,不时夸耀自己人生曾经的辉煌。张南京是个经验丰富的老检察,在与尹利雨的第一次较量中,他和一直冷静观察的董增超同时敏锐地发现,尹利雨的供述存在很多疑点,经过和办案警方的沟通,随即选择突破口,制定详细的侦查取证方案,指导警方继续深挖此案。

张南京和董增超两位检察官为慎重起见,决定在扩大收集尹利雨犯罪证据上,以尹利雨自己的供述为线索,采取排除假口供的思路,继而从中寻找新的犯罪证据,把案件办得更加扎实有力,最后彻底制服罪犯分子。

很快查明,10月4日这天,尹利雨的姐姐既没给他打过电话,他也没有给保险公司的那位业务员打过电话。在保险公司的原始记录中,也没有那份所谓的报单。10月4日是国庆长假,检察官在去调查八运公司的门岗,看门老头坚决地肯定,那天根本就没有把门打开。尹利雨既然觉得自己很委屈,那他为什么要提供那么多的假话?紧接着,在检察官的指导下,警方通过现代科学技术发现,尹利雨在修那辆被盗车的晚上,与自己的妻子和妻舅通话频繁,他一直自称在那天哪里也没去,手机一直关着,可是,有证据证明,那晚他就在被盗车辆停放的地方游荡!在深入的调查后检察官还发现,尹利雨的妻子和妻舅一同参与了赃车颜色和大架号的修改,有涉嫌犯罪的大量证据。

就在案情更加明朗,涉嫌同案犯罪的王言被抓获的第三天,从羁押尹利雨的看守所,突然传来令人震惊的消息:尹利雨在看守所自杀身亡!

尹利雨在此时离奇死亡，消息传出后，引起舆论一片哗然。

尹利雨在全国赛车界大名鼎鼎，涉嫌犯罪本身就引起各方极大关注，此时在羁押期间莫名其妙身亡，自然社会反应强烈，各种猜测接踵而来。他的少数亲朋好友借机煽风点火，四处告状鸣冤叫屈，尸体停放在殡仪馆迟迟不让火化，不断给有关部门施压，个别不明真相的媒体记者到处收集材料，针对尹利雨死因臆想推测，从而写出质疑尹利雨离奇自杀的负面报道，全国很多网站纷纷转载，不少网民都从各自角度，对尹利雨的自杀发表不同的看法，很多网友表示自己的强烈不满和愤怒，甚至在网上出现很多过激的语言，矛头直指办案部门。尹利雨的离奇自杀，一时搞得疑云密布，使本来就复杂的案情，变得更加扑朔迷离。

在外界的视野中，集中体现在对尹利雨自杀身亡表示怀疑，不少人认为他家庭条件富有，当初涉及犯罪只是销赃，里面有投案自首的情节，还有法律从轻处理的根据，推测他为此绝不会自杀，进而觉得他的死肯定有内幕！由于尹利雨死在看守所，死因又缺乏透明度，导致一些人怀疑执法单位是否有刑讯逼供情况，质疑会不会与司法腐败有牵连？！

来自网上的报道说，如果尹利雨真是自杀的话，肯定与检察院的这个批捕决定有关，文章有板有眼地分析认为，从刑法上讲，盗窃和购赃从处罚上是差距很大的，前者判三年以下有期徒刑，而涉案车辆价值20多万元，属于重大案件，尹利雨面临的是重罚，所以他可能选择了自杀的路！言外之意，是检察院的错误定性，导致了一位优秀冠军车手的毁灭。

那些时日，围绕尹利雨的自杀，周围一些不明真相的群众和网民对办案方充满了不满和质疑，似乎尹利雨，是司法腐败下的冤魂，是制造的又一起冤假错案！

赛车界名人竟然是一名盗车贼

处在这场急流旋涡中的检察机关，面对来自各方的压力，表现出对法律的忠诚和执著。焦作检察院检察长多次召集办案检察官，认真听取汇报，详细研究案情，一方面指挥检察官对尹利雨的死因进行全面调查，另一方面安排侦查监督处继续加大对侦查工作的指导，瞄准一切可疑之点，全面收网，固定证据，形成铁案。

很快,尹利雨的死因就被彻底调查清楚,排除了外界谣传的刑讯逼供的可能,很多事实和证据证明,尹利雨确系自杀身亡。另一路检察指导侦查组的检察官张南京和董增超,自领命后,与警方办案干警同吃同住同办案,不放过任何蛛丝马迹,过滤每一点可疑之处,不断筛选,步步为营,稳扎稳打。

在多次对案情进行模拟排查后,检察官张南京从几处不经意细小的地方,发现了矛盾的症结。在警方对尹利雨生前的多次讯问中,他本人多次提到在去焦作和所谓卖车的曹军第一次相识时,先前曾在焦作体育馆和保险公司与王军见过面,而对曹军的深入调查后,警方得出的结论是查无此人,但尹利雨生前却一口咬定不肯服输,那么,能够证明尹利雨那天是否来焦作的关键,只有保险公司的王军!因为,从尹利雨的供述中,只有这样一个特别重要的细节。

于是,检察官和办案警官立即行动,通过多方渠道,找到了叫王军的年轻的证人。不知底细的王军,认真回忆了那天的所有行踪,态度坚决地否认那天曾和尹利雨见过面,并找来单位其他同事,证明自己那段日子是在新乡开会,并提供了食宿等记录,使尹利雨生前的供述不攻自破,出现前后矛盾,一切都是谎言。

接着,围绕尹利雨提供的在案发前曾对车辆进行过咨询的具体细节,办案人员又马不停蹄地深入核实,结果发现,尹利雨在咨询的时间上,对办案人员打了一个马虎眼,他根本没在购车前对此车进行过咨询,而是在案发后,经"高人"指点,为掩人耳目,故弄玄虚前去做样子的!

在紧锣密鼓的深入侦查中,另一个举足轻重的证据,也在一丝不苟的办案人员的较真中被证实:尹利雨生前称购买的赃车是无牌照车,但在调查更换该车颜色的证人证实,在更换颜色前是有牌照的,印象特别深的是那辆车的牌照"8"字较多,并且肯定第一位是"5",最后一位是"8",与涉案车辆的"58838"正好吻合!

大量铁的事实和证据证明,尹利雨涉嫌盗窃的犯罪事实勿容置疑!

同时,在检察官的指导下,警方及时将涉案的尹利雨妻舅王言抓获归案,在强大的攻势下,他最后不得不承认帮助尹利雨窝藏盗窃车辆的犯罪经过。

据王言供认,2004年10月1日的晚上,王言正在家无聊地闲坐,突然接到尹利雨打来的电话,尹利雨用神秘的口气提醒他,晚上不要睡觉,也不要把手机关掉,有事在家等着。那晚一直到第二天凌晨3点多,尹利雨的妻子电话通知,说尹利雨开车已到温县沁河桥,让他抓紧到县城边接车,等他赶到时,尹神色慌张地将一辆大货车钥匙交给他,让他想方设法隐藏好。他不用问就知道,这是刚刚盗窃的。不过,王言交代,那晚见到尹利雨时,尹利雨的身边还有一个操外地口音的中年男人!

在收集尹利雨犯罪前后的电话记录中,细心的检察官张南京和董增超又通过科技手段,发现尹利雨在案发当晚,还和一个外地手机通话频繁,如今随着王言的犯罪供述,那个神秘的外地人,开始纳入办案人员的视线。

赛车冠军背后的特大盗窃机动车犯罪团伙

指导办案的检察官敏锐地发现这一案件的复杂性,紧紧抓住神秘外地人这一细节问题不放,和警方一道,决心穷追不舍,深挖严查,很快将参与作案的洛阳无业人员贾五周、靳定坤、高六合抓捕归案。

在审讯三名犯罪嫌疑人的过程中,办案人员没有就案办案,通过和检察官分析研究案情,制定科学的方案,采取分头出击、各个击破、步步为营、铁证合围等方式方法,历经一年的艰苦奋战,通过查处尹利雨盗窃案,从而挖出了一个跨地区专盗机动车辆的特大盗窃犯罪团伙,使这起倍受社会关注的案件,真相大白于天下,让人们真切地看到在鲜花和掌声的外表下,一个全国冠军级车手的扭曲人生。

1973年1月出生在河南省温县的尹利雨,凭着一股不服输的精神,在汽车越野赛中名声大噪,成为在全国叫得响的名人。毕竟,汽车越野赛只是近年来流行的一项时尚运动,因为它的价格昂贵,被人们称为一种贵族运动。随着交往的扩大,视野的开阔,名声的远播,经济并不宽裕的尹利雨,时常有一种英雄气短的尴尬,4年前一个偶然的机会,他与洛阳的"汽车大盗"贾五周等人相识,一段酒肉交往后,他们就成为无话不谈的铁哥们。

尹利雨明知贾五周等人是一个专盗机动车的犯罪团伙,但为了不失迅速致富的机会,他凭着自己的一点聪明,巧妙搭乘这辆"罪恶的战车"。

开始,尹利雨只是自己踩点,然后让贾五周等人"下手",等偷窃得手后,以极便宜的价格买走,一番瞒天过海的改装后,据为己有或转手倒卖,或跑运输发家致富，以为这样即便东窗事发，自己也能逃脱干系，最后，眼看贾五周等人吃香喝辣的那样自在，干脆什么也不管不顾，一起和盗贼们开始赤膊上阵。

尹利雨在被定性为盗窃罪以后，预感到自己的前途即将毁灭，特别是自己的妻舅被抓获，一下子陷入了绝望。本来自作聪明主动出击，想以收购赃物侥幸过关，不幸被较真的检察官慧眼识破，来自名人光环的压力，以及自己深陷的那个犯罪团伙的凶狠可怕，使他感觉自己就是一颗"定时炸弹"，倘若缺口从自身这里打开，无疑引爆的是震耳欲聋的巨响！

尹利雨带着太多的秘密解脱了，而经检察机关和警方一年多的合力追查，截至2006年4月底，已由此查处盗窃涉案团伙18人，到案批捕10人，涉案机动车辆48台，价值300余万元，其中，王言因窝藏赃物犯罪已被判刑，其余在逃人员也在紧张的抓捕中。

从尹利雨走进看守所的那一天起，因为他的名人效应，一直引起善良人们的极大关注，很多人从他投案自首中感到痛心惋惜，从他离奇自杀中充满愤怒不满，而今天真相大白后，露出的是震撼和惊讶，他背后牵出的那个罪恶的黑手，使人们不禁大出一身冷汗……在冠军的人生路上，不能自重自爱的他，由于放松自己的思想，竟不知不觉走进一个这么可怕的陷阱啊！

2. 家庭冷暴力：心中难言的痛

家庭，本应是温暖，是牵挂，是爱，是人人向往的宁静港湾。然而，对一些人来说，这只是结婚后的"奢望"。虽然，她们没有遭遇刀光剑影，拳脚相加，但是，夫妻关系却长期处于冷战状态，彼此有意或无意地用精神去折磨对方，使残存的那点有限的爱正在不断流失，使爱情之舟面临倾覆的危险。

我们姑且把之称为"冷暴力"。

其实，家庭的"冷暴力"，对婚姻的伤害要远远超过家庭暴力，是婚姻癌变的一种信号。倘若施暴者不翻然悔悟，不改弦更张，将会有更多的曾经爱他（她）们的亲人离开他（她）们。

为了今生这根"红线"的情缘，为了曾经花前月下的那份爱情的承诺，请读懂你身边最亲近的人吧。

我们的爱严重"缺氧"

秦棉，女29岁，中学教师，大学本科学历，家庭成员：丈夫吴凤启，儿子吴为。

我和吴凤启相恋在大学年代。他不大喜欢和人交往，说话不张扬，整日一脸严肃，但学习非常勤奋，很有点像日本电影里的"高仓健"。或许我正是迷恋上了他这一点，最后不顾家人的反对，最终和他结婚了。

或许是老成持重，不苟言笑的缘故，结婚后的吴凤启，在单位里是春风得意，仕途一帆风顺，很有点冉冉"新星"的味道，而回到家中，我们却越来越沉默无语，相对无言，夫妻间言谈举止，仍然一幅"公事公办"的模样，严肃正经得像"圣人"一般。尤其是两人独处时，假如我不打破沉默，永远也别指望他先开口。有时，在外面遇到点闹心的事，心里那个烦，特想得到丈夫的宽慰和安抚，可再看到他一脸苦大仇深的表情，心里更是憋闷。我是一个平平常常、普普通通的小女人，也有女人皆须的情感和被爱的渴望，每当看到别人夫妻间水乳相融，打打闹闹，就特别羡慕和眼馋，而自己家庭生活太古板、单调，就希望丈夫也能走进生活如常人一般。

说心里话,夫妻之间不是外交场合,没什么不好意思的。作为妻子,我首先要打破这种局面。想方设法制造一点浪漫情调,让夫妻生活过得轻松自在、无拘无束一些。

在我们结婚 5 周年纪念日那天,我专门请了半天假,精心准备了一桌丰盛的晚餐,为了不让打扰我们的二人世界,下午专门把孩子送到了奶奶家里。等他下班回了家,我突然把室内的灯光全部关掉,迅速点燃了蜡烛,在充满诗情画意的氛围中,我满含深情地举杯走到他的面前,很想温柔地坐到他的腿上把祝词说完,谁知,他大叫了一声,笑着赶快躲开了,嘴里不住地说:"别,别,这我受不了。"

那一刻,受不了的其实是我自己。我痛苦地怀疑自己的婚姻,我究竟嫁的是一个什么样的人?难道他是一个冷血动物?

就此事,我开始反思自己,难道我对生活太不切实际,为什么丈夫竟和我如此陌生疏离?

有一天,我实在受不了了,就当着丈夫的面,把闷在心里的苦恼烦躁一股脑儿全倒了出来,希望他能有所震动。而听了我的倾诉,他并没有想象中的那般惊诧,反而十分平静地反问:"难道这也是错吗?"

是的,在外人的眼中,我的丈夫堪称一位"模范"。事业心强,有地位,没有吃喝嫖赌的毛病,外面也没有情人。可我嫁丈夫不是仅让外人看的,我比谁都清楚,我们的爱情生活里已严重"缺氧"。

"缺氧"的日子是最令人难受的,缺乏交流,缺乏沟通,家庭生活中始终弥漫着食欲窒息的憋闷,甚至连对性生活也像完任务似的。有好几次,我真的有些挺不住了,想对他说,求求你,不要这样对待我,否则我真的要疯了。

枯竭的感觉

秦友君,男,33 岁,机关干部,大专文化程度,家庭成员:妻子翟丽,儿子孙晶晶。

我和翟丽是通过从他人介绍相识相恋,最后走向婚姻红地毯的。

翟丽在家里是独女,娘家条件不错。中专毕业的她,长得文文静静,平时说话有点腼腆,很讨人喜欢。恋爱时我滔滔不绝,而每当此时,她就像一个忠实的听众,微笑着一言不发,眼里充满敬羡和钦佩。

她虽然对生活没有过高的追求,但我对这桩婚姻相当满意知足。尤其是婚后,翟丽一门心思把家里操持得井然有序,有声有色,更使我觉得幸福快乐。

是什么时候,家庭的上空出现阴云雷电呢?我想,那大概是从我工作上小有进步开始的吧。

我毕竟是个男人,除了家,还有一份对事业的执著。因而,在单位里,时常争着抢着干些分外事,偶尔也要加班加点,有时星期天也得在机关,刚开始,翟丽颇有一些微词,劝我不必"太逞能",她说跟着我一辈子不图什么荣华富贵,过得普普通通、实实在在最心满意足。当时,听了她的话,我也没太在意,一句玩笑打发了事。

由于工作上勤奋能干,周围关系处理融洽,在我们结婚第6年,我被提升了职务,负责主持一个部门的工作。

负责的那个部门,业务量大,外面应酬多,自然平时和家人待在一起的机会就少了,为此,内心十分不安,回到家就慌忙干活弥补歉疚,讨好地向妻子说好话赔笑脸,而原本温柔体贴的妻子,则充满哀怨,说起话来渐渐阴阳怪气,话里带刺。这些,我都不怪她,我知道妻子渴求的是平静的生活,不想让丈夫在外面太"野"。

有一次,因疏忽,工作上出现了麻烦,闹得上上下下非议四起。心里那种受挫的感觉沉重得不行,能排解的地方自然是家里了。可妻子知道后,端坐在沙发上一言不发,那眼神中分明有掩饰不住的幸灾乐祸。

刹那间,我回忆起我们在一起的日子,谈起我们的工作、学习、事业来,她从没有说上三句话,生活的内容,除了吃喝拉撒,就是家长里短,在她的眼里,什么事业,什么学习,顶不了饥,解不了渴,一切都是自作自受。

那日,我第一次摔门而去,心里流淌着热泪在河边游荡,从不抽烟的我,一下午就猛抽了一包。

后来,女同事小郭走近了我,她是一个心地善良、善解人意的好姑娘。我们在一起,相处十分轻松,谁有了闹心烦闷的事,都愿意向对方倾诉,互相安慰,相互支持,但关系绝没有越雷池半步。

可不知什么时候,妻子知道了这件事,奇怪的是,她既不哭,也不闹,只是回到家中,再也见不到她半张笑脸,一连多天也不和我搭一句话,连夫妻间正常的生活也不让过。我本想主动一些,但又觉得自己没有做什么亏心事,就干脆也来个爱答不理。

"冷战"的滋味是最令人难以忍受的,在对方的眼中,开始你看着我别扭,我看着你不舒服,同在一张床上,却各怀着自己的心思。最叫绝的是,妻子的"冷暴力"不断花样翻新、升级换代。先是两在一起一句话不说,在夫妻生活上掌握"主动权",接着和孩子变着新鲜顿顿吃饱喝足,留着空锅空碗让我自己自由发挥。而每当同事们登门拜访,又换一副贤惠能干、知冷知热的好妻子的形象,忙里忙外,殷勤备至,极尽温柔、善良、顺从之能事,而待客人离去,家门一关,又马上冷若冰霜,抽袖走进卧室,留下我一人笨拙地收拾杯盘狼藉。

夫妻做到这份上,再也不敢等闲视之!毕竟,我还没有离婚的打算,也不想让自己的孩子蒙受骨肉分离的痛苦。有好几次,我主动地想和妻子来一次深谈,她却冷冷地笑:"谈什么谈!"即使是在妻子心情好的时候也只一句话:"我以前对你难道不好吗?现在嘛,那是换了一种好的方式!"

天呀,这是好的另一种方式?真不敢相信,今后漫漫的家庭生活,将与什么共度一生!

最难承受的是亲人的伤害

吕兰,女,32岁,人寿保险推销员。家庭成员:丈夫郭毅,儿子郭光。

我的丈夫郭毅,是一位中学音乐教师,这个身份,几乎与潇洒、细腻和感情丰富相通,而实际情况,他却是个所谓性格内向的人。

我的职业,基本上每天都是跑东跑西的,费尽口舌,赔尽笑脸,很不容易的。但为了生活,也只有四处奔波,与形形色色的人打交道。

或许是天道酬勤吧,我的业务直线上升,资金也厚实起来,在部门里很受领导的器重。可不知什么时候,背后却传来风言风语,说什么的都有,无非是女人凭漂亮的脸蛋"攻关"啦,或是来路不地道啦,等等。"没做亏心事,不怕半夜鬼叫门",对于这些,我只当是耳旁风,根本不予理睬。

谁知,丈夫却变了态度。回到家,我兴致勃勃地向他谈起外面的业务,想借此扯起夫妻的话题,而他却一副漠然的样子,沉默不语,眼神怪怪的,让人摸不着头脑。有一回,在外面遇到了难缠客户,气得我哭着跑回了家。原以为丈夫在我心情不好的时候,能说上几句体贴话,安慰安慰,想不到的是,他对我的伤心非但不安抚,反而用无所谓的超然来挖苦讥讽。那天,我真的是气坏了,大声地骂:"郭毅,你究竟算不算人?"他也不甘示弱,用阴阳怪气的腔调回敬:"谁不算人,外面的人说的可够清楚了!"

他的话,像利剑一样穿透了我的心,一时,满腹心酸,一下子涌上心头。我奔波忙碌,为的不就是这个家吗?外面遭受屈辱我不怕,而来自自己亲人的不解和伤害,无疑是雪上加霜。我图的是什么呀,我用辛勤和汗水滋养着这个家庭,难道得到的就是这种回报吗?

我像过电影一样,回想了我与丈夫婚后的日子。他就对我这份工作压根儿就抱有成见,却又无力为我调换一份他完全可以放心的工作,于是,心里自始至终别别扭扭,像闷葫芦似的,藏着太多不可言明的东西,稍有机会,绝不放过发泄的可能,用冷漠、讥讽搞精神折磨,以求自己的心里平衡。

我也曾想结束这场无聊的婚姻,但一想到可爱的儿子,心里就怯。孩子是无辜的,不能再让他幼小的心灵遭受伤害。日子嘛,就这么熬吧,可心里实在是太苦了。

读懂你最亲近的人吧

在对家庭中出现的"冷暴力"调查中,笔者采访当事人的同时,也与他(她)们的妻子或丈夫进行交谈。当得知秦女士坚决要和自己分手时,丈夫吴凤启百思不得其解,他撕裂肺地哭求:"别这样,我究竟错在什么地方?"

是的,在外人的眼中,吴凤启可算得上一个标准的"模范丈夫",但是,曾给妻子以承诺的丈夫,又的的确确患上了"情感缺乏症"。要知道,彼此相爱的伴侣,充满着各种各样的小情趣,或许,那些言辞和举动,让别人看来充满"小资"情调,甚至觉得肉麻,但对细腻而敏感的妻子而言,好比吸到了爱的氧气。当初,在充满幻想的小女孩眼中,冷面"高仓健",自然是帅呆了,酷毙了,可随着岁月的流逝,那冷峻的脸上,分明写满了生活女人的太多孤独。

在采访秦友君时隔几日,笔者专门把他的妻子翟丽,约到一家茶社交谈。当把丈夫那种痛苦,被枯竭的感受,和盘讲给妻子听以后,翟丽一下子沉默无语了。

看得出,这样同样痛苦的女人脸上,也分明写满了女人的孤独。一个下午的谈话,不可能完全改变这位女性的生活思维细节,但明显地,看出她心灵的震动不小。自始至终,翟丽从没有说出对丈夫的恨,有的,也只是凄怨!她说那次"第三者"的事件是否属实,丈夫对她都是一种背叛,背叛就要有报应,而当问她是否对丈夫还有爱时,回答相当肯定。

既然还爱,为什么用这种方式去对待我们的所爱呢?吕兰的丈夫郭毅幽幽地说:"就是心里不平衡,又无法说出来,不是滋味"。

在调查采访的过程中,笔者的脑海中,都会泛起一串难以释怀的心绪:"家庭冷暴力"的出现,原因固然很多但彼此缺乏相互的欣赏、相互的信任,激情过后的沮丧失落,责任的放弃和爱情道德感的沉沦,确是不容忽视的因素。我们彼此在造成伤害的时候,双方都负有责任,我们双方都有责任维持并尊重"相邻"边界线。合则聚,不合则散,解决起来简单又快捷,可婚姻毕竟不是一场游戏。难、难、难,做起来的确是难,一个人只要不放弃做人的责任,认真地去生活,一切做起来哪能不难呢?

恰好,案头放着上一本国际著名的婚姻问题专家加里·斯莫利的《现代伉俪谈心录》。书中,这位美籍专家和演说家,为我们的婚姻关系,制定了一部"宪法",挺耐人寻味,不妨摘录如下共赏:

尊重。我们的夫妻关系和为人父母的经验中最了不起的事情就是彼此尊重,尊重贯穿了我们的宪法的全部。它是根本,是我们做每件事的基础,包括我们的交流。记住,我将"尊重"定义为"将某人或某件事放在非常重要、非常意义、非常有价值的地位"。当我们相当珍视某个人的时候,我们就是在尊重那个人。我们不断地发现我们彼此之间那样恒久不变的情感是相互尊重的必然结果。

个性特征。我们要了解对方的个性特征,并且珍视它们,特别是在它们同我们自己的完全不同的时候。

消除愤怒。我们要将未被消除的愤怒逐出我们的家门,简而言之,我们只是想尽力在第二天之前消除任何受伤害的情感、挫折或恐惧。我们仔细倾听对方的意见,有必要说,我们会寻求或是给予宽恕。

身体接触。我们需要大量温柔而有意义的接触……

交流。我们同样需要定期进行健康的交流。

共同的经历。我们还把共同的经历列为首要——一起做一件有趣的事。

财政。我们的花费，支付、储蓄，还有其他的财政问题怎么样？

精神生活。精神生活是我们婚姻的一个重要部门。

3. 劫富"小侠女"暗藏玄机

"炫富男"情人节遭遇难堪的黑色幽默

在河南温县县城,提起事业有成的吴其正,那也是远近闻名的响当当人物,然而,因为一次"炫富",遭遇难堪的黑色浪漫,由此家庭战火骤起,濒临崩溃的边缘,成为周围人闲暇的笑谈,时至今日,仍然为此事难以抬起头做人。

究竟遇到了什么事情,让恃财傲物的他如此狼狈不堪呢?

那还是今年情人节前夕,吴其正喊来关系不错的两个铁哥们,怀着一种复杂心思,和两个女网友大吃海喝以后,昏昏沉沉倒在县城的一家名叫海天大酒店酣睡了一夜,谁知,2月14日早晨一觉醒来,赤身裸体的他竟然发现,身上的衣服不翼而飞,携带的三星手机、4000元现金、一条黄金手链及银行卡、加油卡没了踪影!

惊出一身冷汗的吴其正,慌忙叫醒正在沉睡的伙伴。蹊跷的事情同样在两个朋友身上出现:吴俊秀的摩托罗拉手机、1000余元现金、一枚黄金戒指,唐海枫的诺基亚手机、1200元现金,均无影无踪像在人间蒸发一般。三人相互对视着彼此的尴尬相,来不及多想,就迅速报了警。

一会儿工夫,"110"民警赶赴现场。在接受调查时,三人众口一词都说的是被盗,然而,在询问案发前相关的时间、地点、接触的人物以及被盗的情景时,本是受害人的他们,却支支吾吾,闪烁其词,似乎有什么难言之隐,环顾左右而言他。出现场的警察调查得很详细,问得三人头上直冒虚汗,最后问的急了,干脆以"没有丢大物件"搪塞,把民警支走。

事情到此并没有结束,到了当日下午2点左右,丢失钱物的唐海枫咽不下这口气,不顾朋友吴其正的阻拦,再次向公安机关报了案,主动要求处理自己被盗事宜。

损失重大却不愿报警,警察追问又三缄其口,提供案情还欲言又止,其中有什么难以示人的地方?

后来，当警方重新赶到现场，在再三追问下，受害人才吞吞吐吐，如挤牙膏一般道出了遭遇的尴尬一幕。

今年34岁的吴其正，是河南省焦作市温县一家私营公司老板，由于头脑灵活，懂经营善管理，生意做得风起云涌，年纪不大，在县城购置了豪华别墅，买了高档小轿车，成了周围人艳羡的"新贵"一族。家庭幸福的他闲暇之余，喜欢上网聊天。志得意满的他，在填写个人资料的时候，在职业一栏，毫不忌讳地写上"老板"，在个性签名上，留下"天予我财必有用，撒尽千金仰天笑"的张扬文字，一目了然的直白，请求加为好友的很多，尤其得到异性的垂青。

2009年新年刚过，QQ网名为"财富人生"的吴其正，在网上与一个"真水无香"的女网友打得火热，时间不长，两人就俨然老朋友一样，言语中充满暧昧和挑逗。在交谈中得知，"真水无香"时年25岁，家住相距四十公里外的焦作市区，因感情受挫，一段时间情绪低落，极度茫然。

临近"情人节"的一日晚上，两人在网上打情骂俏，谈到如何度过西方这个舶来的节日，"真水无香"轻叹了一声："唉，浪漫的时光，闻不到玫瑰花香，今年的节日一定很无聊啊！"听到这样的哀怨，吴其正喜不自禁，慌忙试探："我有一个美梦，不知能否与你共有？"对方扭捏了一番，"真水无香"提出远离喧嚣的城市，要到相对清净的温县和吴见面，用别样的情调，书写人生潇洒的一页。

一个年轻漂亮的女孩主动上门，要陪伴自己度过一个暧昧的日子，吴其正自然喜不自禁，兴奋异常。2月13日下午，当"真水无香"打电话说已到温县汽车站后，吴其正衣冠楚楚，开着自家崭新的尼桑轿车，把"真水无香"拉到了县城一家雅致的饭店为其接风。

看到"真水无香"还带来一个青春女孩，吴其正窃喜一番，悄悄打电话叫来唐姓、吴姓两个哥们，五人异常亲热地在饭店坐下，夹菜喝酒，无所不谈。席间，"真水无香"异常活跃，特别热情。最后，大家在饭店喝酒还嫌不过瘾，索性到大酒店开了间房，继续大吃海喝。也不知是酒醉人，还是什么魔法驱使，最后三位男同胞躺在床上，慢慢失去知觉，自顾自呼呼大睡去了。

显然，里面大有"文章"可做！温县警方在做了大量调查后，很快认定这是一起有预谋的抢劫犯罪案件！按照有关立案标准，凡是实施麻醉抢劫的,一律立为特大案件。因此,警方迅速成立专案侦察组,根据受害人提供的线索,把主攻方向放在网络上。

"80后""小侠女"网上劫富

狐狸再狡猾,总要留下蛛丝马迹。

警方认真揣摩对手的作案心理,仔细分析QQ聊天记录,进入"真水无香"空间浏览,研究筛选各类信息,在第三百零六条留言上,发现"真水无香"有这样一条回复:"我这个QQ号码不常用,你加我3735……吧!"侦查人员如获至宝,经上线查看,果然发现犯罪嫌疑人用"小侠女"在线聊天。

接着,侦查员在"小侠女"空间相册,看到有一张没有加密码的照片:大眼、圆脸、棕红色短烫发。经受害人辨认,果然就是"真水无香"!于是,警方办案人员以"钱途坦荡"的网名,与"小侠女"进行周旋。因为言语来往中故意流露出有钱人的背景,时间不长,对方就表现出极大的兴趣,没有几个回合,就同意了"钱途坦荡"的见面请求,约定2月14日晚10点,在焦作市人民公园北门"不见不散"。

当日晚10点,一名警察一身阔老板的扮相,准时出现在公园门口,"大哥,你是'钱途坦荡'吗?"一名穿着时尚的年轻女孩上前搭讪。办案人员仔细一看:不错,就是"小侠女"!说时迟,那时快,还没有等她反应过来,一把冰冷的手铐就卡住了"小侠女"。同时,负责外围警戒的民警,发现附近一名男子形迹可疑,遂上前将其控制,查证确认,是"小侠女"的男朋友。

经连夜突审,"小侠女"真名和源源,出生于1988年4月3日,家住焦作市解放区环城北路化三家属院,而那名叫焦雷的27岁男子,是焦作市修武县人,和源源的同居男友。面对威严的法律,两人对自己所犯罪行供认不讳,并供出其他两名同案人员的情况。

2月17日12点左右,经过跟踪追击,本案犯罪嫌疑人白惠(女)、陈应序相继落网。至此,这起特大麻醉抢劫犯罪案件告破。

案件侦破后,在当地引起很大的震动。据媒体披露,以年轻女孩和源源为首的抢劫团伙,采取聊天勾引、色相诱惑、酒中下药、麻醉抢劫等手法,先后连续流窜山西、焦作、温县等地疯狂作案,并屡屡得手,犯罪金额达4万余元,倘若不是受害人"被逼梁山",不知谁将成为下一个受害目标!

一个只有20岁的青春女孩,为什么会走上这条犯罪道路?犯罪手段并不高明,为什么受害人竟轻易上当?当办案人员斥责网上所谓的"钓凯子"害己损人时,作案女为什么不知悔过,反而嘲弄一切都"咎由自取"?遭遇明目张胆的抢劫,在警方前去调查时,受害人为何仍然躲躲闪闪,不愿出来作证?之所以被暗算,难道都是"善良"惹的祸?

2009年6月27日,随着河南省焦作市温县检察院对这起案件提起公诉,审判机关当庭宣判了对四名被告人的判决,这桩引发社会特别关注又悬念迭起的实施麻醉抢劫犯罪的案件,终于尘埃落定,一些鲜为人知的案外细节,再次引人瞩目,发人深思。

"80后"的和源源,出生于焦作一个普通工人家庭。职业中专毕业后,找工作高不成低不就,一直在家"蜗着"。

聪明漂亮的她有一个最大的爱好,就是闲暇时上网聊天。因为有青春美丽做资本,人又活泼直率,申请想加她为QQ好友的男性特别多。网络就像有人说的如森林,林子大了什么"鸟"都有。时常,有怀着复杂心思和她聊天的男性网友,没有说上几句话,就直接邀请见面、泡吧、喝咖啡,或者一起K歌跳舞休闲,开始的时候,她都一笑了之,婉言拒绝。有一次,在与一位本市男网友接触中,实在经不住对方死缠烂磨,终于答应出来见面。

有了第一次,从中得到启发的和源源,在网络上再有异性邀请见面,只要符合她的"三不政策",即不和在网吧上网的异性聊天,不理会没有收入来源的网友,不和想在网上求爱的楞头小伙搭讪,其余她都可以考虑。

网上QQ聊天,网下接受异性网友的吃喝玩乐,和源源在过着滋润生活的同时,也时常遭遇网友的性骚扰和暧昧的暗示。年龄不大但很世故的她明白,"天下没有免费的午餐",有人慷慨地请她吃请她玩,其实是"醉翁之意不在酒"。

有一日,和源源同居的男朋友焦雷查看她的聊天记录,无意中发现她和男网友很多隐晦暧昧的言语,特别的生气,就和她大吵了一通。两人经朋友相劝和好,最后达成的妥协是,以后凡是和源源上网时,必须有焦雷在场。

以后再上QQ,尽管有焦雷相伴,但依然有些网友言语过分,充满挑逗,甚至个别"炫富男"为吸引注意力,炫耀财富,卖弄家产,显摆"能耐",在视频中晒私车,晒豪宅等。"有钱就是大爷呀!"两人在愤愤不平之余,一个罪恶的念头开始滋生。

"鸿门宴"锁定在特定范围

2008年9月的一日下午,和源源无聊地在家用"真水无香"的网名上网聊天,有一个"尖锋时刻"的焦作男网友,刚没有聊两句,就请求视频。和源源打开视频一看,对方40岁左右,穿着一身名牌,脖子上挂着厚重的金项链,肥胖的手指上戴着金光闪闪的戒指,一眼望去,就是一个暴发户。

也许是惊喜聊天的对象时尚漂亮,"尖锋时刻"唯恐不能赢得芳心,曲意逢迎,无话找话,主动倾吐自己的发财历程,言谈中有意流露出成功人士的做派,聊天中几次大方地邀请和源源出来见面"潇洒"。正在这时,她的好友白惠上门来玩,和源源如此这般地与白惠一番耳语后,白惠听后非但没有阻止,反倒觉得刺激好玩,答应一道让露富的男网友"见点血"。

9月22日中午11点,按照事先约定,在工业路与塔南路口,和源源、白惠坐上"尖锋时刻"驾驶的本田轿车,没有一刻工夫就来到人民路温馨时光酒吧,在简单的寒暄后,双方再次做了自我介绍,"尖锋时刻"自称刘铁,经营一家煤炭营销公司,随后很有风度地拿过菜谱,豪爽地让两位"看着自己喜欢的随便点"。饱餐一顿,三人继续驱车到"东方前沿KTV恋歌房"消费。

那日,有美女作陪,红酒作料,刘经理显得特别亢奋。当刘铁去洗手间的时候,和源源迅速给白惠使了一个眼色,白惠慌忙到门口望风,和源源迅速从随身包中掏出捻碎的氯硝安定粉末,麻利地撒进打开的啤酒中,等到刘铁重新回到包房,假意相劝,继续让他喝酒助兴。不知是计的刘经理心花怒放,继续豪爽痛饮。

傍晚时分,看到药力开始发挥作用,和源源和白惠一唱一和,怂恿刘铁到附近宾馆开房聊天休息。刘经理接到美女暧昧的暗示,正中下怀,高兴地到附近的云海大酒店开一标间。三人进到酒店客房,打情骂俏,嬉戏逗闹。可叹刘经理来不及享受艳福,在药的麻醉下,躺到床上兀自呼呼大睡。

和源源喊了几声没有回应,兴奋地和白惠一道,摘下刘铁手上的黄金戒指,轻轻取掉脖子上的黄金项链,从手包中掏出内装的2000元现金,马上离开酒店,坐上来接应的焦雷的摩托车,一溜烟不见了踪影。

一开始,他们也曾经担惊受怕了一阵子,唯恐刘铁报警。多少时日过去以后,眼见风平浪静,估摸刘铁甘吃哑巴亏自认了倒霉,心里又开始蠢蠢欲动。白惠把此事当做笑料说给男朋友陈应序听,男朋友觉得好玩刺激,就和她们在一起商量做点"大事"。

"三个臭皮匠,胜过诸葛亮。"四个年轻人凑在一起,集思广益,不断完善着方案。他们也把这样的行动叫"钓凯子",主要由外表靓丽的和源源在网上视频聊天,"猎物"主要是年龄在35岁到50岁之间的"炫富男"。四个人研究分析,这个年龄段的"目标",要面子,注重社会形象,聊天的原因是心理有点阴暗,挨宰也不会轻易报案以免把事情搞大,网上张扬炫富,一般家底厚,受点损失不会心疼等。为确保安全,四人为"钓凯子"设置"禁令":一次一个目标,决不"恋战"!打一枪换一个地方!

以后的日子,网上聊天的"炫富男",就成为和源源们青睐的对象。曲意恭维,逢场作戏,暧昧挑逗,视频"面试",选择目标,接受邀请,伺机"下手"。在2008年9月至2009年2月不到半年时间,和源源一伙接受23人次的网上"炫富男"的白吃白喝白玩邀请,连续流窜山西、焦作、温县等地伺机麻醉抢劫作案,仅有案可查并认定的犯罪金额达4万余元。

对于在温县的"失手",直到身陷囹圄,和源源都觉得那是"疏忽大意"造成的。

那次和源源和白惠去温县约见"财富人生",一切都是有周密的计划的:女的负责约见网友,男的待在网吧随时等候听命。让他们没有料到的是,在和源源和白惠抵达温县后,主角吴其正临时喊来了另外两个朋友作陪,在吃饭中间,和源源趁大家嬉戏打闹中,从随身携带的包中,偷偷取出氯硝安定药粉,悄然搅拌进饮料和白酒中,等到药性发作,趁三人在宾馆酣睡之时,一个不留地全部"扫荡"一空,然后由两个男朋友接应护送,携带"战利品"凯旋焦作。让和源源后悔的是,面对三个猎物,一向谨慎的她事后直抱怨不该鲁莽行事,"失手"就是因为目标人数多,容易"翻船",结果还真的"栽"了。

6月27日,温县法院公开审理了此案。和源源、白惠、焦雷、陈应序因犯抢劫罪,分别被判处有期徒刑11年、10年、8年、6年。原本打算国庆节举办婚礼的和源源、焦雷,未进洞房先进牢房,白惠和已相爱两年的男朋友陈应序的爱情也要在高墙铁网中接受岁月的验证。

4. 女导游暧昧情感结沉冤

2008年11月22日,位于黄河北岸的河南省焦作市发生了一起令人震惊的血案:年仅29岁的漂亮活泼的女导游千佳桦,在自家的客厅,被深爱着自己的丈夫薛建国用利刃疯狂地捅了25刀。面对歇斯底里的薛建国,浑身是血的她试图还想争辩什么,却终因流血过多,瞪着眼睛永远没有醒过来……

他们到底发生了什么不可调和的矛盾,非置之死地而后快?千佳桦临终究竟还想去辩白什么,至死难以闭目?

2009年5月8日,经河南省焦作市人民检察院提起公诉,薛建国故意杀人一案在焦作市中级人民法院开庭审判:薛建国因犯故意杀人罪,一审判处死刑,缓期二年执行。

激情不再:婚姻生活走进迷茫的三岔口

1980年10月,千佳桦出生在河南省焦作市塔南路一个矿工家庭。18岁那年,就读于郑州职业技术学院旅游专业。在校的第二年暑假,返乡的路上和同校同龄机械制造专业的薛建国擦出爱情火花,感情急速升温,关系如胶似漆。薛建国的家也在焦作市辖的武陟县,虽然农家出身,却英俊帅气,在学校还是校学生会干部。因担心遭到家人的反对,两人瞒着双方家人暗地密切来往。

有爱的日子,甜美而浪漫。短暂的两年大专生活,千佳桦的感情生活充盈着幸福。2000年5月,即将走向社会的千佳桦在父母的奔波筹划下,在焦作市云台山风景旅行社找到了一份导游的工作,而薛建国的父母都是老实巴交的农民,自然无法在本地为儿子谋到可意的职业,加上家乡武陟大企业不多,专业难对口,薛建国只好在郑州人才市场到处找就业门路。

一个想回到父母身边发展事业,一个试图在异乡省会打拼,那段时日两人时常争得脸红耳赤,谁也不能说服对方。

爱情让千佳桦妥协。最终的结果是,千佳桦不顾父母亲朋的苦苦规劝,放弃老人费尽周折托关系求得的不错的工作单位,留在人生地不熟的省会郑州,应聘到郑州云海旅行社做了一名导游。而薛建国联系单位将近一个月,终于在郑州中原区煤矿机械公司,成为合同工。热恋的男女在花园路上租住了一间小屋,开始了试婚的新生活。

由于千佳桦人靓嘴甜脑子灵活,参加工作不到两年,就在全省的一次导游业务竞赛中,获得二等奖,在社里成为唯一获得名次的人,成了旅行社的"王牌导游",工资随之也翻了两番,并在 2002 年 11 月,被提拔为客户部经理。薛建国则默默无闻,事业毫无一点建树,收入也原地踏步没有业绩。看到女朋友漂亮能干比自己混得有头脸,薛建国心里酸溜溜的很不是滋味,时常为芝麻小事怄气吵嘴,甚至多次悄悄地跟踪盯梢,无端猜疑千佳桦有桃花运。时间长了,千佳桦觉得心里好累。

激情逐渐消褪的千佳桦,在繁忙的工作之余,慢慢不再眷恋那个曾经温馨浪漫的小屋,下班以后,她经常找借口泡网吧、咖啡厅和酒吧,有时一坐就是大半夜。为此,两人矛盾更加突出,经常进入冷战状态,昔日你恩我爱的爱情火焰,在斗气和龃龉中消融降温。

2003 年 10 月,极度苦闷的千佳桦意外地发现自己怀孕了。她本想不把这个秘密告诉薛建国,然后趁休息日瞒着他把孩子做了,但在她不经意遗落在卧室的医院化验单上,薛建国还是惊喜地发现了情况。

得知千佳桦肚子里有了自己的亲骨肉,薛建国惊喜万状,像换了一个人似的,整日对千佳桦曲意逢迎,讨好巴结,脾气变得出奇的有忍耐力。看到女朋友在是否要这个孩子问题上很犹豫,他就搬来双方的亲戚和好友,轮番做工作。"桦,求你留下我们的孩子吧,我今后会用百倍的爱报答你的!"毕竟是自己身上掉下的肉,千佳桦尽管对薛建国抱有看法,但心软的她答应不打掉孩子,夜晚也不在外面流连忘返了。

双方老人的思想毕竟都是特别传统的,看到事已至此,就催促两人抓紧把婚事办了。薛建国趁热打铁,随即向千佳桦发起求婚的攻势。千佳桦感觉没有退路,就向他提出三个条件:一是婚后薛建国不能干涉自己发展事业;二是今后双方经济生活实行 AA 制;三是个人的私人空间对方不得粗暴干涉。薛建国心里有点不大情愿,但想想只要能结婚,以后的事情都好商量,最后还是满口应允了下来。

2004年元旦,千佳桦和薛建国携手踏上婚姻的红地毯。同年9月,生下女儿融融。新生命的诞生,使这个小家庭有了欢乐和笑声。女儿半岁的时候,千佳桦就把送到焦作市武陟县的婆婆家,自己就回旅行社,继续从事导游工作。因为工作的性质,她不断地带团到全国各地的名胜景区去旅游,闲暇回到郑州,都想法抽时间回到离郑州五十多公里的乡下婆家去看女儿。

2006年4月,千佳桦被旅行社任命为总经理助理,除了继续带团外出,她的业余时间也安排得满满的,为了扩大业务,广开客源渠道,她的各种应酬应接不暇,即便在郑州,每晚都是很迟才能回到租住的小屋。

薛建国心有不快,但强忍着没有发作。每当看到薛的眼里充满怨艾时,千佳桦慨叹:"现在租住这样的小房子,是我们长久的家吗?女儿将来上学,难道让在你老家那种穷地方接受教育吗?你要是大款,用得着我整天在外赔笑脸,起早贪黑啊!可别忘了婚前你的承诺!"

2007年11月,薛建国所在的公司因经营不善破产。几经周折,他不得已应聘到凯旋门大酒店做了一名保安。夫妻两人在事业上明显的女强男弱反差,使婚姻生活充满不和谐之音,薛建国的脾气由此变得暴躁易怒,动辄找事动粗。千佳桦心生悲凉,几次动了离婚念头,但每每看到天真可爱的女儿,欲罢不忍,茫然不知所措。

"后院"隐患丛生:关于"蓝颜知己"有嘴不辩

2008年"五一"假日期间,千佳桦带团到伟人毛泽东故乡湖南韶山旅游。在风景秀丽的地方,她和高大英俊的张军慢慢熟识。体贴入微的关怀,尤其是他善解人意的笑脸,给千佳桦留下了特别的好感。

时年41岁的张军,和千佳桦同样出生在河南焦作。1998年从河北某部队转业到妻子工作所在地郑州,在郑煤集团下属公司任副处长。在那次"红色旅行"中,他和千佳桦一见如故,俨然一对相识多年的老朋友。回到郑州,两人言犹未尽,又到哥德咖啡厅倾心相谈到午夜,最后留下对方的联系方式和QQ,恋恋不舍地分了手。

尽管千佳桦和张军年龄相差12岁,但两人很投缘,他们时常在闲暇的时候,相约在一起聊天、吃饭、交流思想。千佳桦有什么心思和苦闷,时常向他倾诉。

有一日，两人在网上聊天，说到动情时，千佳桦问张军："军哥，网上讲现在的男女朋友有一种叫蓝颜知己，你能做妹妹的蓝颜知己吗？"张军回过一个俏皮的表情，马上打出一行小字："此话怎讲？请你道来！"千佳桦就按照网上流行的说法，认真回复过去："蓝颜知己嘛，就是比情人少一点，比朋友多一点，双方最注重的是思想的交流，柏拉图式的精神恋爱。"

2008年8月，薛建国瞒着妻子，悄悄到移动大厅拉出千佳桦的通话记录，发现一个月的时间，她和张军通话40多次，短信息更是多达70多次。他把记录单摔到妻子面前，让她解释情况。得知丈夫竟然调查自己，千佳桦非但没有解释，反而和薛建国大吵大闹了一通。两人都憋着一股气，谁也不再答理谁，开始进入家庭冷战。

千佳桦觉得自己和张军之间没有做见不得人的事情，就不管不顾，继续和张军频繁来往。薛建国强压怒火，暗地对张军进行背景调查。获知张军是一个外表帅气、事业有成的中年魅力男时，他心里酸溜溜的，特别不是滋味，几次寻访踪迹想对质，却没有勇气直接理论。

同年9月3日夜，千佳桦正准备上床休息，一个平时特别"铁"的女朋友发来短信，诉说和家里闹矛盾心情很郁闷。她怕打电话费用太高，就在被窝里发短信耐心安慰。坐在沙发上的薛建国一边看着电视，一边偷偷观察妻子的举动。他越猜测越生气，就阴阳怪气地狠狠甩出一句："好忙啊你，把工作都做到床上啦！"听着丈夫莫名其妙的刺耳话，千佳桦没好气地回敬："不会说人话就闭起臭嘴！"两个人互不相让，半夜大吵大闹了一通。

第二天，千佳桦把昨夜发生的家庭战争，在电话里向张军哭诉了一番。下班后，两人相约来到紫荆山公园，千佳桦痛快淋漓地把自己的委屈发泄了一番。时针指向12点，两人也舍不得分手，最后还是张军妻子的电话的一遍遍催促，他们才极不情愿地各自回了自己的家。

看到妻子半夜才归，薛建国猜出几分缘由，但他憋着气装着酣睡的样子，心里却一阵阵痛楚。他真的不想毁掉这个家，不想拖累父母，更不想让可爱的女儿失去健全的爱。他想来想去，决定硬着头皮找张军谈谈。

薛建国找到了张军的联系方式，就打电话想约他一起出来坐坐。对方的唐突，被张军断然地拒绝，他很快把这件事第一时间又告诉了千佳桦。千佳桦一听丈夫居然这样有失风度，马上打通电话，语气火暴地指责薛建国的无理。那夜,她没有回家,在流云快捷酒店开了一间房,打算暂住一晚,想心里好好静一静。

半夜,当她正在酒店房间用电话向张军倾诉,薛建国鬼使神差地找到了千佳桦。看到妻子有家不回,还毫不顾忌当着自己的面,和张军通话抱屈,他一下子被激怒了,发疯似的一把打掉妻子的手机,丧失理智地举起拳头,雨点般地砸向妻子的身体……

千佳桦哪里能忍受这样的委屈,也毫不退缩地和薛建国扭打了起来。她怕在酒店丢人现眼,就气呼呼地摔门而出,一个人漫无目的地在城市街头彷徨。

张军在电话里得知这边的情况后,向妻子撒了一个谎,就开车在动物园门口,找到了形单影只的千佳桦。此时已是凌晨2点多钟,他开着车向郊区方向驶去。在郊区一片小树林的路边,两人用不停的说话驱除睡意和不快。那夜,千佳桦在车上把头靠在张军的肩膀,哭着不停地倾吐苦水。几次,张军想解开千佳桦的衣服扣子,但都被她按住了手。杂乱的情绪和冷静的理智,没有让两人逾越雷池。

随后的几天,千佳桦没有再踏进那个租住的小屋。张军瞒着单位和家人,请假一直陪伴着她。两人都没有上班,一起逛公园,转商场,泡酒吧,开车到世界地质公园焦作云台山风景区散心。

9月11日傍晚时分,从黄河游览区归来,张军带着千佳桦到郑州一家小饭店吃饭,正巧被一直追踪的薛建国碰了个正着,薛建国不顾妻子的呵斥和张军的解释,掂起身边的凳子就向张军的身上砸去,结果被对方一脚踹倒在地,正欲起身继续追打,哪料不是当过兵的张军的对手,最后三下五除二就被制服。千佳桦冷眼相向,看着薛建国的那份狼狈,最后拉着张军离开了现场。那一场景,薛建国甭提有多难堪了。

疑似"红杏":被误读的情仇哪堪妒火焚身

同年11月9日,因婚姻生活乱麻一团的薛建国,在值班的时候神情恍惚,导致工作出现失误,被酒店罚款解聘。

事业家庭的不顺,让他心灰意冷,为排解胸中的郁闷,薛建国回到焦作市武陟县的老家,对老人谎称酒店装修放假,窝在屋里足不出户,懒得见人。

11月17日夜,薛建国正在家床上躺着想心思,妻子千佳桦打来电话,他一看熟悉的号码,以为对方要安慰自己,谁知按下听筒,里面话语相当冰冷:"租房的东家现在上门讨房租,你看着办吧!"薛建国刚想解释,千佳桦话语像机关枪:"一个男人,活得这么窝囊,还有什么脸在人前晃悠,你爱交不交,反正这个窝我是不会再待下去了,你看着办……"不容分说,啪的一声就摔了电话。

11月21日下午,千佳桦突然回到武陟县的婆家。薛家人看到儿媳妇回来,忙的又是做饭,又是嘘寒问暖,女儿融融见到妈妈,高兴地又是蹦又是跳,家里一时暖意融融,气氛温馨。

谁知,在傍晚时分,千佳桦来到婆婆的面前,说准备把女儿带回娘家小住几天。婆婆不知底里,把媳妇的想法悄悄告诉了儿子,薛建国一听,坚决不同意:"我现在在家里住,孩子没必要送给别人照顾!"千佳桦在里屋听到娘俩的谈话,掀开门帘走到了薛的跟前:"你来照顾孩子?你先照顾好你自己吧!"薛建国狠狠地瞪了她一眼:"要带孩子走也等明天,现在天黑啦,出门谁能放心?"说罢,头也不回就出了大门。

夜里,千佳桦带着女儿躺到床上睡觉,薛建国坐在屋里的椅子上,一支烟接一支烟闷头抽着,停了好久,他鼓足勇气来到妻子的床前:"佳桦,我们能好好谈谈吗?"千佳桦猛地扭过身子,嘴里哼了一声,再也没有理他。就在这个时候千佳桦的手机铃声响了,她腾地一下坐起来,拿起电话就准备走出内屋,薛建国挡住去路:"谁的电话?不能在这接听吗?"千佳桦用手推了他一把,薛建国此时也不知从哪来的一股劲,出其不意地将她手里的手机抓了过来,看到显示的是张军打来的电话,他不由怒火升起:"又是他!你说实话,你们这对狗男女到底是什么关系?这个家你到底还想要不要啦?!"千佳桦争辩道:"少向张哥身上泼脏水!我们没有你想的那么恶心!"

两个人你一句我一句,互不相让。当千佳桦听到丈夫还在拿张军和自己的事"恶心"她,随手拿起身边大瓶的雪碧,朝薛建国身上打去。薛建国忍着没有还手,想不到委屈的千佳桦又抡起雪碧,往卧室的电视机砸去。被惹恼的薛建国大声吼到:"这个家你还过不过啦!""不过啦,我回家就是想和你离婚的,你怎么着吧!"妻子的话,深深刺激了本来心情就不大好的薛建国,他当即递给妻子一把水果刀:"这不是有把刀吗,你把我杀了算啦!"

"你以为我不敢？"薛建国本以为能镇住妻子，没有想到，也是憋了满肚子委屈的千佳桦，哭着夺过他手中的刀，真的向丈夫的身上刺去……"哼，你不想让我活，咱们都不活！"见妻子这样对待自己，薛建国抢过这把刀，狠狠地一下下向柔弱的妻子捅去……

疯狂的薛建国不顾妻子的辩解和哀号，红了眼地朝千佳桦的头部、颈部、胸部等处猛捅20多刀，他长叹了一声，接着向自己的脖子猛扎数刀，想以此来结束两人的生命……

当薛建国醒来时，发现自己躺在医院，而曾经深爱的妻子，却因被刺破肺脏、心脏导致出血过多而死亡。

一场因为猜疑引发的血案，在当地惹的众多熟悉他们的人们唏嘘感叹。千佳桦身边的领导和同事，对她这个平时工作认真、个人生活严谨的业务骨干特别欣赏，特别叹息一个王牌的女导游，可以引领无数的顾客陶醉欣赏美好的风光，而自己的感情生活竟然这样苍白。

和她无话不谈的闺中密友小刘告诉办案件人员："其实，佳桦和张军真的只是很好的朋友，如果他们有什么错的话，就是男女之间，不应该走得那么近，以致给世俗的无聊之徒产生龌龊的想象空间！"而焦作检察院主办检察官王勇则告诉笔者："作为职业女性，家庭事业感情等方面的压力，寻找可以倾诉的蓝颜知己未尝不可，但身为已婚妇女，在处理两性关系时，一定要慎重把握好一个度，透明而不暧昧，到位而不越界，只有赢得家人的信任和理解，才能使这种真诚的友情长久。"

5. 情同手足的亲兄弟缘何"火拼"

身边埋下"定时炸弹"

2008年5月21日,一个极其普通的日子,而对于国有河南省三门峡神火资源利用公司总经理贺军喜来说,却是刻骨铭心的:一次激烈的争吵后,他愤然将有"反骨"的亲哥哥贺军庆逐出"利益圈",同时也为毁灭自己埋下意想不到的祸根。

也许真的应了一句老话:"爱之深,恨之切。"在商场纵横捭阖游刃有余的贺总,能容忍别人的背叛,但永远容不下自己胞兄有"外心",他们老哥俩感情太特殊了。

贺军喜1957年出生在河南省焦作市温县一个家境贫寒的农民家庭,五个亲兄弟靠着个人的勤奋和相互的搀扶,相继走出农村,先后在焦作、三门峡、郑州、温县等地,有了各自的事业和家庭。尽管成家后各自为生活奔忙,但感情笃深的五兄弟走动很勤,来往频繁,血浓于水的亲情,让彼此牵念相互温暖,特别让亲朋好友艳羡。

在五兄弟中,四哥贺军庆日子过得有点吃力,家里子女多,妻子是家庭妇女没有收入,自然弟兄们接济帮衬的时候就多。1977年,几个弟兄有钱的出钱,有力的出力,各自发挥八仙过海的能量,托关系找熟人,费尽九牛二虎之力,把时年29岁的贺军庆从温县机械加工厂,安排到焦作远方贸易公司开车,1986年又活动到焦作市一家金融部门工作。

2000年7月,因为工作上的失职,贺军庆被单位辞退回家。那年已经52岁的他,处于尴尬的年龄,再找一份工作相当困难,而家里负担重,经济压力大,那些时日愁得贺军庆吃饭不香,睡觉不稳,急得像热锅上的蚂蚁,整天烦躁不安。正在这个时候,从其他长兄那里了解四哥的状况后,已经升任老总的老五贺军喜,撇下繁忙的公务,火速回到温县安慰。在五个弟兄中,他和大自己9岁的四哥从小就相处和谐玩得最好,感情也最亲近。一番贴心贴肺的交流后,贺军喜答应再为四哥的求职"用用劲"。

时隔不到三个月,经过慎重考虑和运作,贺军喜把四哥不动声色地安排到自己所在公司下属厂开罐车。他虽然是公司老总,家人依然落户在焦作市区。常年在异乡商场打拼,身边有一个骨肉同胞,平时也好有一个"掏心窝"说话的亲近人,公司多一个"靠得住"的人,毕竟对自己有好处。

正因为这样,闲暇时间,哥俩坐在一起围绕公司的敏感话题,直言不讳交流得很多,对外人守口如瓶的商业秘密,他们之间也毫不防备。每当涉及公司核心机密,或者私人需要打通各种关节,贺军喜对四哥特别信任,甚至放心地交予办理,显然把四哥划为"圈内人"。

有做老总的亲弟弟"罩着",时间一长,贺军庆老毛病暴露了出来,变得目中无人有点飘飘然,不但平时和同事关系相处紧张,而且经常利用开罐车的便利,悄悄在修理费、运输费上,多次克扣做手脚,在单位影响恶劣,职工背地里议论纷纷。2007年6月,因为在修理费上又一次玩猫腻,被财务处当场戳穿,引起公司哗然。贺军喜知道后又气又急,最后不得不将四哥从单位开除。

贺军喜所在的国有企业生产粉煤灰,在长期的经营过程中,他强烈地感到这种可利用资源很有市场。通过暗中操作,他让妻子苏立以好友章凌云的名义,个人筹集10万元资金,在济源市注册成立远方贸易公司,利用"近水楼台"的便利条件,想方从所在的国有企业搞出粉煤灰,由自家公司赚取差价。

碍于各种禁忌,贺军喜不便自己抛头露面,只能做"幕后老板",而私家公司的事,很让他牵挂分神。恰巧正在凑建之际,四哥刚从身边丢失工作赋闲在家。生活的历练让贺军喜明白,商场如战场,多安置自己"心腹",生意就多一份希望,心里就多一份踏实。

于是,他毫不犹豫地将四哥安排到公司委以重任,进入商业"核心圈",放心地让贺军庆"挑起大梁"。谁知,公司经营一年多后,让他做梦也没有想到的是,最信赖的四哥,竟然恩将仇报,背着自己在自家公司也搞"小动作"。是可忍,孰不可忍!更不可容忍的是,在逐出公司后,四哥居然做起十足的小人卑鄙伎俩,收集黑材料,四处"告密",以掌握"核心机密"为要挟,全然不顾兄弟情分,利令智昏地狮子大开口,开出上百万元的大价,敲诈勒索要"封口费",步步紧逼要挟,试图巧取豪夺公司赢利分成!

不堪亲哥哥纠缠的贺军喜,面对难以理喻的现实仰天长叹:是四哥的神经有问题,还是这个世界开始变得疯狂?!

发育出肥沃的"敲诈"土壤

从小到大,在五兄弟中,贺军庆始终都自觉活得很委屈。

论智商,比心眼,谈"能量",都不在其他弟兄之下,而同是一母同胞,偏偏他的命运坎坷。折腾了大半辈子,始终是一个打入另册的临时工,扒拉半生,一直活在上气不接下气的日子里,像一只小小鸟,想要飞却总也飞不高。求职调工作,哪次都需要弟兄们帮衬,经济有了困难家里缺了吃穿,时常依赖手足周济。偶尔发挥点小聪明,总是弄巧成拙走"背运"。所有这一切,他都自认"命运不济"。

"投奔"老五贺军喜以后,他人性深处的一种东西悄然在发酵。

那时,老五贺军喜已是三门峡神火资源利用公司的老总,自己的顶头上司。表面看,都是一娘养的亲兄弟,但在公司里,他强烈地感到同是一母同胞,做人的差距就有这么大!老五是总经理,出则豪华轿车,住则高级宾馆,抽的是高档香烟,吃的是山珍海味,工资是自己的 N 倍。而再看看本人,整日灰头土脸的开着大罐车四处奔忙,天天累得要命,不但吃的住的和民工差不多,而且工资少的羞于说出口。和兄弟一比,简直一个天上,一个地下。

因为是亲兄弟,又身在异乡,偶尔,贺军庆在工余时间到老五那里小坐,每次都宾客盈门,兄弟俩很难完整地说会儿话。掌握着一方天地的大权,前来求老五的人很多,每个人上门都没有空着手,甚至有的公然塞上钞票"拜托"办事。都是自家亲兄弟,老五也毫不避讳,就像什么都司空见惯,没有一点别扭。

时间长了,贺军庆心里也开始激荡起涟漪。尽管他耳边听到不少社会上的腐败事,眼前也遇到很多不公的问题,可是,身边的老五对他刺激最大。老五小的时候,时常遭同伴欺负,脑子也没有老四聪明,每次受人欺负,遇到棘手的事情,都是由做四哥的"摆平",如今,天意弄人,物是人非,一切都好像来了个颠倒。

有时候在下边,职工暗地对老五有看法,贺军庆听到了,也曾规劝弟弟注意点影响,而志得意满的贺军喜很不以为然,对工人的反映不屑一顾,

"上边有人"成了老五有恃无恐的盾牌。

在老五的公司遭开除,对于贺军庆来说,不但没有一点羞愧,反而觉得是弟弟老五没有为自己"用心"。他很不服气,自己在修理费上玩点小猫腻,和当老总的老五比起来,简直不值一提。虽然老五贺军喜当着众多人的面,显得很大义灭亲似的开除了亲哥哥,贺军庆嘴上没说什么,心里却一直闷着觉得憋屈,他暗叹的是弟弟为保自己官帽,很会在人前演戏而已。

后来,老五贺军喜自己办公司,身份又见不得光,就借用妻子好友的名字,玩"障眼法",在济源注册私家公司,把四哥贺军庆安插到单位,更让他长了不少"知识"。

公司一成立,本着"肥水不流外人田"的宗旨,贺军喜和妻子一商量,就让四哥贺军庆掌管财务和负责跑业务,每月工资3000元,并且为其配备一部雪佛兰轿车,作为商务用车。因为占天时地利,货源充足,销售有市场,资金回笼快,2006年10月,小公司运转仅仅一个月,就获取纯利润10万元。面对得来如此容易的生意,兄弟俩举杯痛饮,欣喜若狂。

开门大吉,抬头见财,使贺军喜踌躇满志,决心好好大干一场。围绕如何打通"关节",挣更多的钱,谋取更多的利润,贺军喜时常与四哥寻找目标,研究对策,四处"通融",以钱铺路。

贺军庆"小聪明"有了用武之地,在家族公司里有了地位,不再是从前的他了。生意上有了过不去的坎,两兄弟就毫不避讳地一道找门路,逢年过节需要用钱打点的"关系户",哥俩也一起商量,登门送重金,笑脸去"拜佛"。为了赚取更大的利润,贺军喜暗地指示四哥,在账目上采用瞒天过海的战术,与税务部门捉迷藏,用少报、露报、不报的手段,大做文章,进行偷税漏税。利用一切可以利用的条件,疏通各种人际关系,在市场需求的不断增加下,公司生意越做越红火。

2007年年底,在公司生意蒸蒸日上的形势下,贺军喜给四哥结算了13个月的工资,当他把51000元交给四哥的时候,贺军庆愣了半天。尽管按照当初的说法,领取这么多的工资应该无话可说,但贺军庆还是觉得满腹委屈。公司成立之初,自己鞍前马后出了不少力,在经营过程中,自己更是立下汗马功劳,如今公司利润这么高,作为亲兄弟竟然把自己当做普通员工,连年终奖金也不发,就用这点可怜的钱就打发了,也太有点为富不仁!

以后的日子,贺军庆嘴上不说,心里很不痛快,对老五的怨恨逐渐滋生。2008年5月,在汇存一笔91万元货款的时候,他带着赌气的情绪,背着贺军喜,私自在公司的变更通知上盖上章,将货款悄悄存到一个由自己掌控的在三门峡农行开的账户上。事情败露后,贺军喜勃然大怒,和四哥拍桌子瞪眼睛。本来就窝着一肚火的贺军庆也不甘示弱,牢骚满腹地大吵大闹。于是,兄弟俩撕破脸皮各奔东西。

伤心透顶的贺军喜驱逐四哥出了公司门,自觉受了天大委屈的贺军庆岂会善罢甘休!

两败俱伤　没有赢家

"你不仁,休怪我不义!"被驱逐的那日,贺军庆咬牙切齿地甩出了一句狠话。

一些朋友知道了事情的原委,纷纷规劝兄弟俩和解,但双方都毫不相让。终于,曾经共患难的弟兄到了势不两立的地步,也在贺军庆的心里埋下仇恨的种子。

时隔几天,贺军喜正在上班,突然接到四哥打来的电话:"既然没有兄弟情分了,我也不是让你随便捏的,你给我150万咱们各走各的道!不然,我手中可掌握着对总经理大人不利的证据,千万别把我逼急了!"贺军喜也正在气头上,生气地说:"简直痴人说梦,一切随你便!"

2008年5月28日,在三哥贺军奎的斡旋下,剑拔弩张的两兄弟坐在了一起。谁知,还没有说上几句话,两个又争吵起来。贺军庆当着三哥的面蛮横地说:"老五办公司,最少先给我150万咱们再说事!"贺军奎惊讶地问:"什么啊?你再说一遍!"贺军庆不紧不慢地说:"我们合伙办的公司,我不要平分,但3:7总可以吧?"老三追问:"你和老五合伙办公司,手中有什么协议或者技术股份没有?"贺军庆奸笑地看着老五:"我们当初什么也没有,但我手里有足以让总经理大人毁灭的'撒手锏'!"

屋里的气氛一下子紧张起来,三哥惊慌地问:"别胡说,你手里到底有什么,都是亲兄弟,有话好说!"贺军庆冷冷地看了一眼老五:"哼!是什么,他心里最清楚。我今天把话撂在这里,不给我150万,休怪我无情!"说罢,夺门而出。

亲兄弟为利益相互争斗,传出去岂不遭人耻笑?!三哥不想让从小感情笃深的手足伤了和气。第二天就在电话里语重心长劝说:"老四啊,咱们老哥几个苦日子都熬过来,如今你生活也过得去了,别胡闹好不?"贺军庆振振有词:"老五有钱有势就太瞧不起人!我就是咽不下这口恶气!"三哥劝解:"你别忘了老五在你最困难的时候帮了你不少忙,再说,君子取财有道,施恩不图报,受恩要回报。退一步说,如果你真有困难的话,让老五给你弄个几十万算啦!"贺军庆显得特别激动:"我不要别人施舍,三哥,你甭管这事,150万他一分也不能少!"

几天后的一个下午,在焦作市新华街,贺军庆把正要回家的老五堵在楼下:"我给你说的150万你准备了没有,识相点,我的忍耐是有限度的,和你人模人样比,我可是赤条条来去无牵挂,惹急了可没有你好果子吃!"

2008年7月21日半夜,贺军喜正准备上床休息,家里电话响了起来,他不耐烦地刚拿起,就传来贺军庆不容置疑的口气:"限你三天时间把钱一分不少给我,过期后果自负!"

三天后,贺军喜依然没有理会,贺军庆也没有声响,然而,几天后,济源急报:国税局开始对公司报税情况重新进行稽查。贺军喜一听,心里明白这一切都是四哥出的毒招。他顾不得别的,急忙调动各方关系,忙前忙后,最后还是补交了53万元税款。

三哥听了老五贺军喜的抱怨,感到事态严重,又急忙召集有关亲戚商量对策,当老四刚走进三哥的家门,老五就扑腾跪在他面前:"四哥,求你别再闹啦,兄弟我给你叩头了!"贺军庆冷冷地说:"你这是干吗呀,我可受用不起!"老三走过来问:"税务局查了老五公司的账,说有人告他,咋回事啊!"老四装做很惊讶的样子:"我不知道这事,贺总能耐大着呢,自己就会摆平的!"随后扬长而去。

过后,贺军庆让一个侄女婿捎话:"税务查出老五偷税漏税,我也水涨船高,150万不中了,要185万,一分都不能少。不然,让他的下场更惨!"

接着,贺军庆又亲自几次给老五或者老五的妻子打去威胁电话,目的只有一个:"快点拿出185万来,我知道除了割肉疼,就是出钱疼,可不出点血,你就不知道我的厉害!"

2008年10月26日上午,不堪忍受敲诈纠缠之苦的贺军喜,带上两盘暗自录制的证据走进了焦作解放区公安分局。下午4点,当贺军庆再次实施敲诈时,警方当场在民主路将其抓获。

2009年3月20日,经焦作解放区人民检察院提起公诉,贺军庆因敲诈勒索罪被法院判处有期徒刑3年。一审判决后,贺军庆不服判决,随即向市中级人民法院提出上诉。首先,他认为自己兄弟之间的事情,没有犯罪的故意,判刑太重。其次,他认为自己在羁押期间,有戴罪立功的表现,应该量刑从轻。

原来,在身陷囹圄之后,贺军庆委托家人,写出书面材料,以翔实的证据,向三门峡检察机关举报老五贺军喜贪污受贿的犯罪事实。三门峡检察院于2009年1月7日,依法对贺军喜犯罪进行立案侦查,并于1月23日将其批捕。与此同时,贺军庆为进一步减轻罪责,又举报了两个郑州某铁路专线负责人受贿的犯罪事实。

2009年7月7日,焦作中级人民法院对贺军庆上诉一案,进行开庭审理。法庭没有当庭宣判,将择日进行公正判决。而不管最后是什么结果,原来情同手足的亲兄弟,再也难有那种血浓于水的亲情。得悉本案来龙去脉的人们,在唏嘘叹息中,陷入深深的思索:究竟是什么,使兄弟情深的哥俩走到这样的境地?

6. 色魔猖狂只因无呐喊

2004年入夏后,河南省沁阳市警方根据一条举报线索,经深挖细查,费尽周折,震惊中原大地的一起特大系列抢劫、强奸案方才告破。

罪犯张之峰,是一个年仅25岁的"二进宫"人员。从2003年7月至2004年6月,他流窜在沁阳市西郊一带,连续进行抢劫、强奸犯罪,受害女性有记载的竟达23名。

其实,这个案情本身并不复杂,罪犯作案手段也谈不上有多么高明,但由此案引发的话题却是沉甸甸的。

在这23名受害女性中,有干部、教师、工人、待业青年、打工者,学历最低者初中文化,最高者达大学专科。她们身遭不测的地点大部分都在家属居民区,有的甚至距国家机关所在地、公安专政单位仅有几百米之遥。受害的时间也基本发生在晚上9点至凌晨1点左右,也就是惯于消闲的人们纳凉之时。令人不可思议的是,面对强暴的歹徒,本可呼救一声、抗争一番就免遭不测的,但竟无一人奋起反抗,无一人事后报案。最后,还是一位在这些受害女性中学历最低、处于社会最底层的打工妹,因不堪罪犯不断的胁迫,几经犹豫,才奋然告发的。

案件告破,执法者并不觉得轻松。接下来,干警们根据罪犯供述,马不停蹄地向受害者调查取证。出乎意料的是,很多受害女性态度冷漠,有的避而不见,有的躲躲闪闪,有的干脆矢口否认……

受害者的隐衷:迈出这一步需要的是勇气,我没有这个胆量

金某(是此案受害者之一,高中文化程度,有一个幸福的小家庭):

我家住在西区一栋居民楼的四层。那日下班吃过晚饭,因为丈夫出差,孩子在奶奶家住,就我一人在家。插播晚间新闻时,也就是夜里10点整,猛然想起白天骑的自行车还停放在楼下。现在的小偷多,家属区丢自行车的事时常有,我不敢大意,就关掉电视机,锁上门,走下了楼。

家里在下面还有一间贮藏室。看到自行车还停放在那里,我就打开贮藏室推了进去。谁知,刚把自行车放好准备出去,冷不丁背后出现一条黑影,我吓得不待张口大叫,嘴就被一只大手死死地捂住。黑暗中,只听一个声音低吼:"甭喊,听话就留你一条活命!"

就这样,在自己的家门口遭到强暴,我又气又恨。歹徒在施暴后,早已逃之夭夭。我想喊,却没敢喊出声,我想叫,可怎么也叫不出来。其实,那个时候附近的一楼人家,灯光还亮着,隐隐还可听到里面的说笑声。也不知当时出于一种什么心理,反倒担心惊动了四邻,好像自己做了什么见不得人的事儿。

带着屈辱,我没有再回到家中。半夜里,敲开了最要好的朋友舒杨的家门。一见到她,泪水止不住哗哗直流,一切不知从何说起。等到心神稍微有点安定,舒杨才慢慢地细问原委。

等我吞吞吐吐地把事情讲完,舒杨气得满屋子跺脚,大骂世道的不公,大骂色狼的恶行。等骂够了,骂累了,又显出一副忧心忡忡的焦灼,问我准备怎么办。心灵遭此重创,乱哄哄的,自然理不出头绪。于是,舒杨显得很胸有成竹,细声慢语地劝慰我千万别去报案,并用身边已出现的人和事仔细分析,反复权衡利弊,得出的结论是:不管心疼肚疼,这口恶气也只能"打掉门牙忍着往肚里咽"了。

那些天,我思来想去,实在憋闷得发疯。我是一个女人,对孩子是母亲,对丈夫是妻子,在单位里是职工。今后要在家庭中生活,在社会上混个面子,这种事一说出口,丈夫怎么看,周围人如何饶舌?身边的例子不是没有,明明是受害者,名誉却无端被败坏,走到哪里都好像矮了半截,一辈子背上了精神包袱甩不下。闹不好,家庭还会破裂。屈辱伤害能忍则忍,而来自家庭和社会的误解,比刀子穿心还痛哪。

不错,公安人员第一次上门取证,我又恼又羞不予配合,态度也不大好。本来,这口恶气忍了也就算了,一切刚恢复如常,又要去揭那刚愈合的伤疤,不难受才怪。这下,事情大家都知道了。丈夫虽没有很责怪,可在家里的表情极不自然。他是一个很要面子的人,家里出了这种事,心胸再宽,思想上也一时难以转过弯。再看看周围人眼光中的那种复杂,谁能说得清道得明。出了这种事的女人,最说不得嘴呀。

当然,不反抗、不报案,绝不是把这件事看得很淡很淡。相反,它留在心灵的伤害,是很难弥合的。

此时此刻,我相当敬佩那些身遭不测而奋勇抗争,直至把恶人送上法庭的姐妹。要知道,那是需要多大的胆量和勇气啊。而我缺乏的,恰恰就是这一点。但是,我相信世上有因果报应,坏事做多了总会遭报应的,迟早会有人管的。

说这些话时,金某声音发颤,浑身发抖。看得出,这位曾身遭蹂躏的无辜女性,担心来自家庭以及社会的压力,更有甚于抚慰自身精神上的创伤。

作案者的坦白:假如她们反抗,
我也不敢那么放肆

张之峰(矮矮的个头,小小的眼睛,一副没精打采的孱弱身子。在高墙铁网下接受讯问,他显得十分猥琐,令人生厌):

我在家里是独子。中年得子的父母对我那真是含在嘴里怕化了,捧在手里怕摔了。自然,几个姐姐也处处让着、忍着。无形中,我在家里成了"老大"。

在这种环境下长大,培养了我任性、懒散、自私自利的性格。上学时,最讨厌上课,一听老师布置作业,就头痛得要命。因而,小学刚毕业,任凭谁规劝,我也不再念书了。

晃荡了几年,父母担心自己的儿子疯野了闯祸,就通过门路,在市里一家工厂给我找了一份工作。

那份工作比较轻松。无聊时,我常凑到工友之间,津津有味地听他们讲男女之间的那种事,或说笑着一些上不去台面的黄段子。那真是一剂吗啡,刺激得人异常兴奋。闲暇时,邀三两个臭气相投的朋友,溜到录像厅看录像,尤其是镜头上男欢女爱的事,觉得有滋有味挺稀奇。时间长了,难免就想入非非,不能控制。有一次,路遇一模样俊俏的女人,想强行和人家干那事,结果进了监狱。

你问我为啥又"二进宫"?我当然知道这是犯法的事,可总是抱着侥幸的心理。一开始,我也很害怕,有了上一次犯事的经验,做起"活"来谨慎多了。头一次,我一吓唬,受害的女人就像小绵羊一样,服服帖帖。过了一段时间,风平浪静,我的胆子越练越大。后来,我也琢磨,就把作案的时间都安排在晚上9点至凌晨1点左右,目标专门盯在单身独行的女子身上。遇到她们,我一诈唬,她们乖乖地跟着我就走。有时,作案时也碰到过相遇的行人,但现在管闲事的人不多,他们也不大理会我在干什么,加上女的又不敢吭声,因此也一次次都能得逞。

记得去年夏日的一天夜里,在离公安局只有几百米的路上,我又捕捉住一个"猎物"。不过,这个女人高个头,身体看上去很强壮。那时我就想,吓唬不住她,就赶紧溜。谁知,我掏出玩具刀,低声一吼,她就浑身哆嗦。不费吹灰之力,她就被我胁迫到附近一间废弃的小屋。

完事后,本想威胁她事后不准报案,想不到的是,她竟哭泣着低声央求:"我是有家有女儿的人,出了这种丢人现眼的事,让我以后咋抬头做人?求求你,咱们以后井水不犯河水,谁也别再找谁麻烦。"听听,她还求起我来呢。我吃饱了撑的,谁还敢再招惹你?

也甭说,还真有冤家路窄的时候。那也是去年秋天的一个中午,因为白日无事,我在市区里轧马路。在一家人来人往的商场门前,我驻足那里犹豫着是否进去闲逛。突然,一位熟悉的年轻女性,正好和两个女伴从商场中走了出来。刹那间想起,那位正是自己前天夜里强暴的女人!一时,我浑身冷汗直冒,心里狂跳不已:完了,完了。

躲避已经来不及。我正想拼命逃之溜之。奇怪的是,她瞅见我,先是一怔,随后脸马上红了,装做不认识的模样低着头从我身边擦肩而过,很快就融入了攘攘人流。

虚惊一场啊!犯法的事儿,我也胆战心惊。那次回去我才发现,裤档里尿湿了一大片。

做贼毕竟心虚,邪恶终究见不得阳光。可恶的歹人之所以连续作案得逞,就在于摸透了我们人性中的某些善良的弱点。

**旁观者的感言:对罪犯的痛恨自不待言,
但为了正义需要付出代价**

安姗(女,38岁,大学本科文化,中学教师):
因为和受害人小妮同一宿舍,平时关系又铁得很,肚里还真有话要说。

此案不发，我们真的一切都还蒙在鼓里。现在仔细一回忆，那时小妮也真有点反常呢：表情呆板，不言不语，整个人瘦了很多。劝是劝过，效果不大。女孩子的事多秘密，我误以为是恋爱正闹心哩，没往深处想。

问我遇到这种事咋想？假如我遇到歹徒，决不会像遭到不幸的姐妹那样忍气吞声，我会勇敢地捍卫自己的尊严。也不能说没有后顾之忧，家庭、社会的压力暂且不说，仅无休止地接受询问作证就让人受不了。

发生一起这样的案件，从受害人报案到最后结案，公检法机关都要询问被害人，自身心灵受到伤害，精神遭受创伤，往往不堪回首。然而，每接受一次询问，还要把细枝末节详详细细讲得清楚明白，提供那些令人难以启齿的证据，确实让人感情上难以接受。

有时，警车呼啸着直奔你的住处或工作场所，当着家人和同事的面，弄得满城风雨。本来是受害者，倒好像做了丢丑的事一样。碰到这种事，也真难为了无辜受害的姐妹们，不是有人说过："宁可打掉门牙往肚里咽，也不愿站出来去作证。"细想想，也不能责怪受害女性的软弱，什么事情总有它的深层原因。

当然，司法机关都是在按照法律程序办案。换一种角度看，人家没日没夜玩命，还不是图个国泰民安？我只想说，为了正义，有时的确需要我们付出一定的代价。

办案人的告诫：法律是最好的"护身符"，
保护自己就须知法懂法

吴大富（男，56岁，主办此案的检察官，从事法律工作22年）：

这桩特大系列抢劫、强奸案件，在社会上产生的危害是不言而喻的，也是我们政法机关历来严打的重点。

类似的案件时有发生，办理起来，我和同事们都有一个共同的感受，那就是，难！

很多受害的女性，在遭受狂妄之徒的不法侵害时，由于诸多内外因素，思想负担重，思前想后考虑的问题复杂，最后屈辱地只好吃"哑巴亏"，不敢报案，不去检举。即便报了案，因缺乏法律知识，不注重保存证据，时常延误了时间，给打击犯罪带来很大的困难。甚至有不少强奸案件的被害人，在案件进入诉讼程序后,经不住说情者的无理纠缠,担心日后遭到打击报复,或者经不住金钱物质的诱惑而半途翻证,使司法机关陷入尴尬的两难境地,而犯罪分子则逍遥法外。

当然,司法机关在办理此类案件时,也应在充分尊重女性的基础上,改进工作方法,讲求工作艺术,视受害者如亲人,树立紧迫感和责任感,以对人民群众高度负责的态度,帮助受害女性解除精神压力,解除她们的思想负担,鼓励她们勇敢地站出来,与犯罪分子作斗争,并恪守职业道德,严格按照法律对隐私案件要保密的有关规定,排除执法过程中人为因素的干扰,真正用法律去保护妇女的人身权利不被侵犯,使社会丑恶现象无处藏身,还我们社会一个明亮干净的世界。

对于身遭不幸的女性,全社会都有责任用爱心抚慰她们遭受的精神创伤,司法机关责无旁贷给不法之徒以严厉制裁。只有依靠法律讨回公道,才能赢得民心,赢得信任,赢得社会的安宁。但实现这一目标,仅靠公检法机关的努力还远远不够。

7. "五毒律师"的铁血"小算盘"

这是一起在当地引起很大震动的奸情谋杀案。本案的主角相当特殊,一个是有着崇高神圣职业的律师,一个是混迹休闲娱乐场所的"三陪女"。被砸死在乱石堆中的受害人,就是那个有着神圣职业男主角的"地下情人"!

绰号"五毒律师"的由来

此案的男主角,名叫王家斌。要彻底了解案情,必须要重新认识他。

时年35岁的王家斌,出生在太极之乡河南省焦作市温县泉镇,中等个头的王家斌,外表文质彬彬,风度翩翩,形象气质都不错,是一个典型的见什么人说什么话的人,城府很深,不打交道还真的不能了解他。

但是,他在熟人圈中,名声很不好,除了特别好色,人品也很难让人恭维。

王家斌的阅历比较复杂。当过兵,务过农,做过工,前几年不知通过什么渠道,从北京的一所大学搞来一张法律本科文凭,摇身一变,成为当地一家律师事务所的小律师,从此如鱼得水,派头十足。

他的为人,尤其与自己从事的职业极不相符,待人接物中,给人华而不实、唯利是图的印象。有一位姬姓的农民,因为房产手续,与邻居发生纠纷。也不知从哪里得到消息,王家斌骑上摩托车,跑了二十多公里地来找他,最后,骗得姬姓农民的信任,当场就就拿走500元"律师费"。谁知,王家斌一去不复返,人家几次找都不见人。时间一长,干脆什么都不承认,还指责这位老实巴交的农民凭空捏造,反要告人家诬陷,害得人家仰天长叹,直唾骂他"不值钱"!

王家斌在替人打官司中,难免要和公检法的人打交道。时间长了,他就把认识公检法里的某某,作为向外界炫耀的资本,承揽法律服务时,都不免要向当事人吹嘘一番。曾经闹过一个笑话:有一位叫秦民的当事人,因为离婚的事,在家里接待了上门承揽业务的王家斌。他刚在秦民的家中坐下,就昏天黑地地猛夸了一番自己,然后就瞎说和法院的这个法官是哥们,和那个法官关系铁,一听王家斌说起一个熟悉法官的名字,这位当事人暗暗好笑,不动声色地继续听王家斌把这个法官的情况编下去。最后,实在听不下去了,秦民才直言相告,王家斌所编造熟识的法官,其实就是自己的父亲。那一次,自以为是的王家斌,离开人家家门时,甭提有多狼狈了。

在采访中,有一位和王家斌认识的检察官介绍,王与人交往时,嘴巴特别甜,如果刚一接触,还真容易蒙住一些人。时间长了,就让人产生反感,不足为伍。有一段时间,王家斌因为一起伤害案件,经常往检察院跑。当他得知犯罪嫌疑人在检察环节不予批捕时,就多次往嫌疑人家里跑,猛往自己的脸上"贴金",说是"凭关系"才有这样的结局,硬是让嫌疑人家属"出血"。不知底细的当事人哥哥,只好怀揣600元钱,跟着王家斌来到检察院门口。在那里,王家斌让人家在门外等,自己进里面"打点"。王家斌随便在检察溜了一圈,就把钱往自己的另一个口袋里一塞,就出去对傻等的人说,事都办好了。

王家斌外表英俊,又通过花言巧语,费尽周折娶了一位漂亮贤惠的女教师为妻。可是,他并没有珍惜这份感情,经常在外招蜂惹蝶,闹出很多情色绯闻。在当地,重色轻友最为人所不齿,而王家斌,为了潇洒风流,全然无所顾忌。有一年的春节,一位朋友带着刚认识的女友找王家斌玩。谁知,王一眼就被朋友女友的气质折服。随后的日子,他背着朋友,集中时间对朋友的女友进行"感情投资",所幸朋友发现及时,才避免女友落入虎口。最后,几十年的交情,就因为此事一刀两断了。

因为熟悉法律,王家斌很会钻法律的空当。他抱着大错不犯、小错不断的玩世态度,披着律师的外衣,整日吃吃喝喝,玩玩乐乐,不时闹出点风流事,时常向求助者骗点小钱花花。为人不实在,做事不检点,被很多熟知的人私下里鄙夷,称其"五毒律师"。

几年间,王家斌在他所在的温县、焦作市,连续换了几家律师事务所,而他每在一家供职,也都时间不长,以致他的妻子,都无法说出王家斌所在的确切单位。有好多和王家斌共过事的人,几年前就预言:"这家伙,迟早要翻船!"不过,王家斌的"翻船",就是因为情色,而且最后走向的是人生的毁灭。

两个耐人寻味的女人

王家斌曾在酒桌上向人透露,在替人打官司的过程中,凡是有几分姿色的,只要他看中,就从来没有"失手"过,他的猎艳本领无从细加考究,而被王家斌揽入怀中的两个女人,则彻底改变了他人生的方向。

2002年夏日的一天中午,王家斌正百无聊赖地坐在办公室品茶,猛然见到一位打扮入时的少妇走了进来。他眼睛一亮,目光中透露出贪婪的邪念。

这位少妇就是张香。那些时日,张香和丈夫整日折腾闹离婚。好多法律程序不知如何走,就前来律师事务所求助。

遗憾的是,张香走进办公室,并没有直接找王家斌,而是径直到同办公室的律师王明身边,看样子,两个都相互认识,刚坐定就你一句我一句地开始交谈。

这期间,王家斌佯装看报纸的样子,竖着耳朵,偷偷把谈话的内容听个一清二楚。这个有几分姿色的女人,感情正在遭受磨难,王家斌不时偷看她曲线分明的背影,不由得胡思乱想起来。

其实在规矩人的眼里,张香平时的做派,的确有些"出格"。凭着自己相貌,平时并不安分过日子,而是整日跑东跑西的,和一帮不三不四的人鬼混。她的丈夫在外地打工,非常辛苦,可她一点也不关心,反而嫌弃丈夫没出息,独自在温县县城租了一间民房,一天到晚神神秘秘的,也不知都干些什么。

一个"采花高手",一个"问题女人",没有多长时间,离婚官司刚打完,两个人就黏到一起了。

在王家斌的眼中,激情过后,张香只不过是他征服女人的一个数字,而当初的甜言蜜语、山盟海誓,无非是一场游戏一场梦而已,全然没有放在心上。

张香则不然,她随着王家斌编织的童话,一步一步走进游戏的陷阱,在感情上弄假成真,越陷越深,全身心地把一切都投到王家斌的身上。

王家斌刚开始沾沾自喜,有一种掳获芳心的快感,时间长了,他有点厌倦,甚至讨厌。他有家庭,还有其她女友,不可能把全部的心思用在一个就是玩玩而已的情人身上。不过,王家斌深谙风月场上的事儿,虽然对张香失去兴趣,但也没有马上拔腿走人。他要慢慢进行"冷处理"。这种事,急不得,否则一下子就会闹出乱子来。王家斌要用时间,去退却一个痴情女人的热度。

就在这种时候,严求娣走进了王家斌的视线,说来也挺有意思,当初她俩的相识,完全是由张香撮合认识的。

自从与王家斌有了情人关系后,张香不但在感情上对他越来越依恋,而且逢人遇事,也不免把王抬出来炫耀一番。2003年7月,严求娣的丈夫因犯强奸罪,被公安机关抓捕。四处活动的严求娣,通过熟人介绍,和张香扯上了关系,自以为是的张香,在接受了严求娣一番恭维和宴请后,把她引荐给了王家斌。

了解严求娣丈夫的案情后,王家斌知道根本没有了"活动"余地,但是,面对风情万种的漂亮情感少妇,他根本不想拒绝。没有过多犹豫,王家斌就口若悬河地引经据典,云里雾里地神侃一番,然后,就自夸自己的关系是如何如何了得,拍胸打肚子地保证,要把严的丈夫马上"救出来",短期内一切搞定。

严求娣原是温县乡下的普普通通的初中毕业生,毕业后不想继续求学,但她又十分厌恶农村劳累的生活,就不顾家人的反对和苦苦规劝,在社会上闯荡。几年前,羡慕城市灯红酒绿的她,经不住五光十色的诱惑,到邻近的济源市、沁阳市等地,穿梭在娱乐场所做"三陪",也就是在是非之地,与现在的丈夫相识。哪知道,结婚不到两年,丈夫就锒铛入狱。

严求娣有事求人,王家斌花心欲动。两人在第二次接触后,没有多少曲折地苟合在了一起。

自从有了新的相好的,王家斌干脆就不再和张香来往了。没过多久,张香就发现了问题的症结。

心有不甘的张香,声泪俱下地在王家斌面前哭诉,纠缠着希望他"感情专一"。看到这方效果不大,她又跪到严求娣的脚下,求她不要再和王搅在一起,让王家斌再回到自己的身边。

严求娣虽然只有21岁,但早年混迹风尘,见识的男人多了,也无所谓什么真感情。从与王家斌上床以后,她只是认为属于一场交易而已。过了一段时间,当初王许下的诺言,并没有一点兑现,救丈夫的行动,根本就是白搭力气。她本来正想抽身而去,不想张香上门唱出这么一场戏,严求娣觉得有点刺激,改变主意陪着继续"玩"下去。

接下来的情况是,张香越是想打"爱情保卫战",王家斌和严求娣越是黏黏糊糊,好像十分恩爱似的,气得张香一改低眉顺眼的巴结相,对他们两人围追堵截,千方百计想搅乱。有一次,严求娣指着张香的鼻子嘲弄:"都什么年代啦,还死脑筋!你要玩不起别玩!"

垂死挣扎:"你不会害我的"

不知张香哪根筋出了问题,一门心思想要和王家斌将"爱情"进行到底。百般无奈的王家斌,只有惹不起就躲。

2003年9月的一日,王家斌和严求娣半夜正在出租房里偷情,冷不丁窗户上被啤酒瓶砸了一个大口,一声闷响惊扰了忘情的男女,接着有一束手电光在窗户上照来照去,使两个人特别的难堪。事后,王家斌知道了是跟踪的张香所为,他把事情给严求娣一说,两人狠狠地把张香痛骂了一顿。

尽管如此,在没有唤回"爱情"之前,张香什么也不管不顾,没有一丝退却的念头,看到这样不奏效,她又在深更半夜的时候,时常往他们两人的家中打骚扰电话。这一打不要紧,首先,王家斌的家开始"起火"了。

王家斌的妻子是个文静的女教师,心地善良,与世无争,在家中任劳任怨,一心相夫教子。王在外风流成性,却十分珍视家庭的安宁,在他的"潇洒"生活中,就是要"外面彩旗飘飘,家中红旗不倒"。

张香半夜打进的电话,时常是静音,心疑的妻子,就问其中蹊跷。王家斌心中有鬼,表面仍强装镇静,花言巧语搪塞。

严求娣不怕天不怕地,就怕父母整日为自己操心。家中不时接到大煞风景的电话,她把张香恨得牙痒痒的,和王家斌商量着想整一整这一多事的女人。

同年的11月13日,事先早已密谋好的王家斌,突然十分热情地邀请张香到焦作市游玩。同行的还有心怀鬼胎的严求娣,这一次,两个人一唱一和,把张香哄得神魂颠倒。

那日夜里,在焦作市区的一家旅店,喜出望外的张香,还特别兴奋地从外面买来酒菜,三个人对饮喝了个痛快。

第二天,王家斌表面上故意疏远严求娣,和张香亲亲热热的,所以,很自然他领着二人,到焦作凤凰影视城疯玩了一天。

据王家斌案后交代,那一日,他和严求娣有两次谋杀张香的机会。一次是中午在影视城山上的深沟旁,严求娣使过眼色准备下手,王觉得有遗患而制止,突然改变主意。另一次是那日夜里,三人到火车道上耍闹,一列火车刚好经过,在张香背后要伸出黑手的王家斌,考虑到诸多不利因素,临时又打消了恶念。

2003年11月16日,三个人在焦作市的各旅游景区转来转去后,又结伴爬来爬去,在将近黄昏时,疲惫不堪的三人在半山的一堆乱石上坐下休息。

因为远离景区位置偏僻,此时又值日落西山之际,除了他们的喘息声,周围静极了。

直到此时,王家斌主意才开始坚定。觉得再也不能错过这次行动的好机会,他和严求娣凶相毕露,没容张香明白过来,就突然从背后,一把把她推到大石缝间,两人拾起身边的石块,发疯似地朝张香身上砸去。

浑身是血的张香,直到临死也不相信眼前的一切,她一边揩着头上的血,一边呻吟:"王家斌,你不会害……我的……"

两人哪管这些,干脆一不做二不休,一阵乱石砸去,只有招架之功的张香,很快成了一名屈死鬼。

打扫完现场,两个男女趁着夜色,消失在远处的黑暗中。

除掉了心头之患,王家斌不愧是干律师的,他马上连夜潜回张香的出租屋,扯掉了室内的电话,切断外界的联系,拿走了和自己有关的一切东西,制造一种张香出远门的假象。然后,如此这般地向严求娣做了一番交待,就把她送出外地隐藏起来做"小姐"了。

王家斌凭着小聪明,躲过了一时的追查,过了几个月提心吊胆的日子,可笑的是,不甘寂寞的他,在张香的家人寻人就要失望的时候,竟然财迷心窍,向张家索要财物,承诺帮助寻找张香,得悉这一信息,焦作警方将计就计,迅速布控,在王家斌向张家要钱时,迅速将其抓获。

2004年7月30日,在大量确凿的事实面前,王家斌、严求娣被检察机关批捕,随后,经过一番艰难的寻找,张香早已腐烂的尸体,终于在神农山的一堆乱石中被发现。

　　狱中,接受采访的王家斌,继续推脱责任,把一切责任都往严求娣一人身上推脱。他甚至在案发一个月后,偷偷拿走严求娣戴的玉石,重新上山,故意把严的玉石扔在石缝下,以便将来事发,好推脱自己的责任。主办此案的检察官说,王家斌这个人太聪明了,聪明得透着一种杀气、寒气、市侩气,他做律师工作,简直是对法律的亵渎!

8. 小票据爆出惊天"大文章"

这是发生在河南的一起最大的虚开增值税专用发票犯罪案件。涉案票面金额近 4 亿元，虚开税款 6000 余万元，目前已有 15 名犯罪分子被推上了法庭审判台！

一群低素质的跳梁小丑，为满足不断膨胀放大的私欲，胆大妄为，视法律为儿戏，肆无忌惮地疯狂从事高智能的违法犯罪勾当。面对丑恶，肩负神圣的使命，公安机关雷厉风行，快速出击，一举制伏罪犯；疑点面前，抱着高度负责精神，检察机关穷追不舍，深挖细查，及时捕捉"漏网之鱼"，从而演奏出一曲公检联手惩治犯罪的正气凛然之歌。

如今，犯罪分子已为狱中之囚，此案经检方提起公诉，法院已开庭予以审理，其案件背后的新闻，成为人们关注的热点。带着读者诸多迫切想了解的问题，笔者翻阅了全部案卷材料，走访了解了此案的有关人员，与犯罪分子进行面对面的"零距离"接触……一桩令人深发诸多感慨的鲜为人知的故事，凸显出来。

竟有一条如此的"致富捷径"

焦作市兴旺物资贸易有限公司，从表面上看，十分不起眼。公司坐落在河南省焦作市钢材市场，办公用房四间，面积不足 80 平方米，平时能见到的公司人员，也就两三个人。可以说，门庭冷落，没什么特别。

然而，就是这么一家小公司，从 2003 年 3 月份以来，却受到了税务机关的密切注视。该公司疑窦丛生的怪异经营现象，不得不让稽查干部乔装打扮，像"地下工作者"一样，想方设法接近该公司暗中探查。同年 5 月初，通过外围的摸底了解后，税务机关开始与该公司正面接触，派员对它进行纳税评估。

而恰恰在此节骨眼上，平时基本天天上班的公司经理张迷，突然神秘消失不见了踪影。

因为有太多令人怀疑的理由，税务机关迅速把这一情况，向焦作市公安局经侦支队进行了通报。

焦作警方接到信息后,职业的敏感,使他们觉得必有"文章"可做。于是,通过与税务机关的详细分析,当即决定派出得力干警,化装成便衣警察,和税务稽查干部一道,继续进行表面的公干。

两个机关的人员一面与公司会计虚与应酬,一面暗地多渠道进行调查核实。很快,焦作市兴旺物资公司的问题,逐渐暴露在检查人员的视线中。

检查人员了解到,兴旺公司成立不到一年,却在短短的时间内,营业额高得惊人,尤其是2003年3月份至5月份,两个月时间竟有1.4亿元的交易!而公司内无仓库,也没有一点存货,票据上大都是钢材买卖,显然是在从事违法经营。

警方很快制定出侦查方案。为避免打草惊蛇,做出更大的"文章",一方面决定先稳住经理张迷,故意做出一系列假象,用智迷惑对方,让检查人员故意放出风声,说此次不过是例行检查,查出的问题也没什么大不了的,只要张迷脑子灵,肯给检查人员"意思意思",事情也就会不了了之。目的就是要让张迷露头。另一方面,警方以税务机关的名义,向外地有关税务机关请求协查,证实兴旺公司有关票据是否是"真货"。当然,这些工作都在秘密进行。

同时,警方又专门派出干警,对兴旺公司所有人员工作情况,开展外围调查,吃透问题,多管齐下,证实犯罪。

没有几日,外地税务机关就答复,兴旺公司的进项发票,全部都是假的!警方把兴旺公司的所有凭证汇票,送往银行核实,也发现大量疑点,特别是在汇票的日期、人民币的金额书写、有些字迹的违反常规上,都发现是在造假!

其他情况也陆续掌握在警方的手中。其实,该公司经理张迷,以及其合伙人张希增、张和国、张新齐等人,都是文化程度很低的农民,特别是经理张迷,小学也没上完。他们一伙都是来自河北省魏县的农民,刚刚来焦作开办公司,就挥金如土,醉生梦死,甚至大把花钱包养"二奶"。消费如流水,根本就难为正常生意人所能承受!

初步侦查结果,已充分证实张迷等人涉嫌犯罪。6月12日,在焦作市公安局经侦支队政委王六水的带领下,副支队长梁霞,干警王伟、王宇,经过乔装打扮,与犯罪嫌疑人斗智斗勇,终于在焦作市区的一处租房中,将悄然返回探听虚实的张迷,押上了蓝白相间的警车。

同月的13日、14日、16日、18日、20日,公安人员又一鼓作气,在当地同行的全力配合下,在河南省安阳市的不同地点,分别将犯罪嫌疑人刘庆军、张贵军、王贵堂、张大国、张希增、张新奇抓获。

没有几个回合,他们就不打自招,供述了自己利用兴旺公司名义,大肆进行虚开增值税专用发票的犯罪事实,从而使惊人的罪恶,露出"冰山"的一角。

穷追不舍 爆出惊天大案

焦作警方在初步掌握和侦破张迷一伙涉嫌虚开增值税专用发票犯罪以后,同年7月2日,将此案主要犯罪嫌疑人的犯罪证据,及时向焦作市人民检察院侦查监督处进行了通报,市公安局经侦支队副队长梁霞,专门对主要案情进行了介绍。

鉴于此案的典型性、复杂性,侦查监督处原处长荆芙蓉,迅速将这一情况报告主管检察长郝平均。具有丰富实践经验的郝副检察长立即指示,要派出得力人员,提前介入此案,发挥检察指导侦查的作用,固定证据,扩大战果,和公安机关一道,打一个漂亮的歼灭战。

与此同时,检察长种松志得悉这一案情后,亲自布置,详细安排,特别要求提前介入的干警,自我检查、自我供述、多媒体示证、技术鉴定"四合一"证据,在案件办理初期,就要办成铁案,防止因证据缺乏说服力,而改变定性方向。同时,不放过任何犯罪的蛛丝马迹,对侦查活动既要积极配合,又要搞好监督。种松志检察长特别告诫出行干警,对犯罪的一丝放纵,就是对党和群众最大的不负责任!

荆芙蓉处长奉命后,和处里主办检察官黄涛一道,深入公安一线进行侦查指导。检察官黄涛为尽快熟悉案情,和办案干警同吃同住在一起。检察官认真翻阅了案件材料百余份,查看相关票据上千份,通过内外了解,敏锐地感到案情的重大。检察官、警官反复分析,仔细研究,检方就下步侦查取证工作,提出五条指导建议:第一,应对提取的兴旺公司的进向发票,进行文字鉴定,从此来印证不供认自己犯罪,以及在逃几名犯罪嫌疑人的犯罪事实；第二，应迅速提取犯罪嫌疑人开出的销向发票，并进行鉴定，以确认他们所犯罪行应承担的责任；第三，对销向抵扣税款情况，快速进行查证，尽快挽回损失；第四，对兴旺公司聘用的人员，要详细进行取证，进一步证实、揭露或深挖涉案人员的犯罪事实；第五，要扩大战果，迅速抓捕中间介绍开票人，以证实主犯的犯罪事实。

警方及时采纳了检察官的建议，明确了侦查方向，迅速调整力量，加大办案力度，巩固以往讯问成果，争取发现新的犯罪线索。

7月13日，由于犯罪事实清楚、证据确实充分，警方以涉嫌虚开增值税专用发票罪，对10名犯罪嫌疑人提请逮捕，检察机关当即对张迷、张希增等10名嫌疑人依法批准逮捕。

张迷、张希增等犯罪嫌疑人，于2002年6月经人介绍，怀揣一颗发财暴富的心，通过关系搭桥，金钱铺路，以不正当的手段，利用假身份证，注册成立了焦作市兴旺物资贸易公司，凭着以往的犯罪经验，采取弄虚作假的伎俩，在发票上大做文章，通过购置假发票，暗中寻找需要方，在票据上买空卖空，致使国家6000余万元税源严重流失，中饱私囊，仅警方初步估算，张迷一伙仅此就非法获得直接"好处"500万元以上。

而张迷、张希增、张和国、张新齐等人拿到这些不义之财后，都干了些什么呢？因为钱来得太容易了，他们挥霍起来，简直是"潇洒"极了。整日进出高级饭店，出门住五星级宾馆，一件衬衫，竟花去5000多元。几个人竞相在女人身上"大投资"，泡小姐，找情人，其貌不扬，年过知天命之年的张迷，一人在几个地方包了两三个"二奶"，为取悦年轻的"蜜儿"们，他不惜四处高价购买壮阳药。其生活糜烂令人咋舌。

张迷、张希增等一伙的丑行，尤其是他们损公"慷慨"的嘴脸，无不激起正义人们的愤慨。一些知情群众，得知张迷等被捕的消息，不断主动上门，提供各种线索，还有不少干部和普通百姓，以各种方式，积极鼓励支持办案干警，有的偷偷往办案地门外，放些水果和食物。一位叫"盼望"的化名职工，在写给检察官的信中写道："说实话，今天的社会之所以让我有时产生不公的感觉，正是因为有了张迷们这些破坏着秩序的小丑，而支撑着我仍向往美好的勇气，正是来自我对共和国卫士们不变的信任。"

有什么能比信任更让人充满着崇高呢?! 追求司法公正的参战检察官，

面对此情此景眼泪模糊了视线,从不轻易动情的检察长落泪了。检察官手捧案卷日夜认真审查,不敢有一丝一毫的马虎。因为,他们知道,在自己的背后,有无数双信任的目光在期待。

捕捉"漏网之鱼",一个都不能少

检察机关接到警方的报捕卷宗材料后,一面及时批捕了张迷等10名犯罪嫌疑人,一面指示主办检察官继续紧抓不放,严格审理是否存在有"漏网之鱼"。

主办检察官接此命令后,也丝毫不敢有任何松懈,绷紧神经,继续对案件材料进行研究,仔细推敲,从中发现问题,提取线索,形成相互吻合的证据链。

在对案卷材料进行第五次"过滤"时,主办检察官发现,有一处犯罪环节有脱节现象,即犯罪嫌疑人张希增虚开给安阳等地大厂矿的发票,没有交代清楚,是通过何人介绍的,而张是一个农民,以他的生活经历,根本不可能认识那么多的人,据此推断,本案还应该有其他涉案人员。

7月14日,主办检察官冒着高温酷暑,继续对犯罪嫌疑人进行提审。开始,张希增挺"仗义",除了涉及自己的罪行,对其他的情况,始终避而不谈,有意躲闪,任凭检察官如何讯问,他还是不肯交代。

主办检察官黄涛耐下性来,用两天时间,在看守所里,与张希增进行心理的较量,运用人性化的文明讯问方式,用做人的道理去启发,亲情的关爱去感化,心理的暗示去调整,到第三天中午再次讯问时,张希增再也挺不下去了,索性放下一切顾虑,毫不保留地供出了其他涉案人员的犯罪情况。

很明显,新冒出的郜素云、李春慧、张希明、刘春富、谢家顺、全成、王延伟、梁艳、河北某公司的张某夫妻等10名介绍虚开的涉案人员,明显涉嫌违法犯罪。检察机关随即审查决定,建议公安机关追捕涉案的另10名犯罪嫌疑人。

7月25日,警方根据检察机关的建议,火速出击,在掌握大量的信息后,在河南省三门峡市的一家豪华宾馆内,出其不意地将河南省舞钢市某公司经营部长郜素云抓获。26日,又一鼓作气在安阳市,将神秘女人李春慧逮了个正着,并对郜、李所在公司的负责人李某监视居住。郜、李二人对自己所犯罪行供认不讳，而李一口咬定，不承认自己的犯罪事实。

在此情况下，焦作检察院继续派员进行指导，对一些具体的讯问问题，提出明晰的侦查方向，建议从外围证据的提取上，进行全面的收集，等等。

公安机关积极采纳建议，夜以继日，东奔西走，做了大量常人难以想象的工作，效果十分明显。最后，根据相关证据，对李某变换了强制措施，暂缓提请逮捕，而对犯罪事实清楚，证据扎实有力的郜素云、李春慧，以及另一涉案人张希明，向检察机关提请后，均被依法批捕。

在对第二批涉嫌犯罪人员的审查批捕时，检察官又对郜素云、李春慧进行了提审。在讯问中，经过主办检察官的耐心说服，郜素云交代了介绍张希增（已捕）为她虚开发票的中间人张金良，一名漏网之鱼又浮出水面。

张迷等人案发后，由于案件牵扯人员广，涉及省市多，所犯罪行又属智能型犯罪，无疑给焦作警方带来全新的挑战。但是，为了共和国的利益，公安干警克服诸多困难，历时数月，奔走于全国8个省市，行程3万余公里，调取证据材料上万份，取得了与犯罪分子作斗争的辉煌战果。

2003年11月，根据案情进展，焦作公安局又邀请市检察院提前介入指导此案，检察官们一点也没有放松，继续严格把关，积极进行指导。

在指导过程中，检察官对张迷所在公司的会计石全喜，又较起真来。他们发现，石全喜虽然属于兴旺公司的聘用会计，但在公司弄虚作假的犯罪过程中，所有税票都是由石开具，他无疑具有共犯的最大嫌疑，随即要求办案人员从搜集书证入手，对石的涉嫌犯罪行为进行深入调查，果然发现多份票据，由石为掩盖虚开税票犯罪而行伪造，从而又挖出一名犯罪嫌疑人。

面对无可辩驳的事实，石全喜在威严的法律面前，不得不供认了自己根据张迷的安排，虚开增值税专用发票185份，虚开税款299万余元的犯罪事实，检察机关遂指导公安机关依法将石追捕。

至此，在河南最大的一起虚开增值税专用发票犯罪团伙，在焦作公检两家的合力攻坚下，最终没能逃脱法律的无情惩处。

小票据背后牵扯的大问题

张希增、张迷等人，都是河北省魏县乡村的农民，文化程度不高，一辈子以土地为生，每个人都是拖家带口的，以前的日子，生活过得艰难而紧张。

一个偶然的机会,年过不惑的张希增,发现本村支书张文思(在逃)暗中出售假发票,从而发大财的秘密后,强烈的金钱欲,使他左思右想,决定在票据上干一番"大事业"。

于是,张希增找来本村村长张社成、邻村儿时伙伴张迷、张合国、张新齐等人,如此这般地一商量,大家竟不谋而合,随即离开家乡,到异地开始"淘金"。

2001年年初,张希增、张迷、张社成、张新齐、张合国等人,悄然来到山东菏泽市,通过张新齐的亲戚帮忙,花费不少钱财,几经周折,最终以张新齐的名义,开办了菏泽东胜物资经贸有限公司。在短短的一个月时间内,先后向邯郸市有关公司虚开专用发票21份,虚开税款235万余元,同时,为抵扣税款,冒用山西省闻喜县一些厂家名义,利用从他处购买的假增值税发票,为本公司虚开增值税专用发票168份,虚开税款232万余元。

毕竟是犯罪新手,公司开张不到40天,由于手段不够隐蔽,动作过于招眼,当地有关部门有所察觉后,几个人闻风而逃。

随后的日子,张希增们沉寂了一段时间。他们不是闭门思过,而是偷偷地聚在一起,总结经验教训,伺机重出"江湖"。

经过历练,张希增等人于2002年4月,采用欺骗手段,在山东省定陶县,注册成立了建陶物资贸易公司。

接受了上次的教训,张希增们在山东的违法犯罪,掩盖得相当有点水平。没有3个月,他们就通过虚开增值税专用发票,谋取了相当的利益。个个腰包落得鼓鼓的,很是风光了一阵子。

毕竟做贼心虚,在定陶开公司不到4个月,担心问题暴露,张希增一伙就见好即收,悄悄撤回兵马,班师河南省焦作市。

因为有张迷家在焦作亲戚的帮助,又有开办公司的经验,2002年7月,张迷、张希增、张和国等人,用不正当的手段,骗取有关方面的信任,注册成立了焦作市兴旺物资贸易有限公司,主要由张迷负责打理。

一开始,几个人就用假身份证作掩护,不动声色地分工负责,由张新旗、王贵堂等负责购置假发票,张希增、张全国等负责联系销向发票的出售,利润按比例提成,很短的时间内,把黑手伸向全国8个省市的数十家企业。开始,他们每个人的提成是票面价值的4%。后来,销售数目越来越大,连他们都觉得钱来得太过容易,几个人一商量,主动把提成比例降至3.5%。

2003年3月，做事谨慎、攻于心计的张希增，决定见好即收，委托张迷抓紧注销公司，及时收手撤离。而贪婪的张迷一边答应，一边暗中拖延继续犯罪。轻易得手的金钱，使张迷不觉大祸已经临近，他偷偷跑回老家，叫来自己的一位亲戚，疯狂地大肆攫取不义之钱，仅2003年3月份至5月份，张迷所在公司就虚开税款1.4亿元。难填的欲壑，成为埋葬他们的深渊。

张迷、张希增、王贵堂等虚开增值税专用发票犯罪团伙，短短的时间，在全国的6个地方，轻易骗取信任，很容易地能注册成立公司，不计后果地大肆虚开增值税专用发票，不费吹灰之力地堂而皇之地抵扣国家税款，除了犯罪分子的贪婪、疯狂、丑恶外，也暴露出我们一些地方的有关部门，存在着管理上的漏洞。张迷、张希增们之所以能有存在的土壤，正是因为我们的经济管理秩序中，既有制度上的缺陷，也有人为的因素。

2004年4月8日，经焦作市人民检察院提起公诉，张迷、张希增等15名被告人虚开增值税一案，在庄严的审判大庭开始审理，焦作市中级人民法院将择日进行审判，等待他们的，无疑是法律的严厉惩罚。

后　记

　　从某种意义上来说，法律就是洞悉人心的事业。有幸从事检察工作，不断接触形形色色的案件，时常同各色人等打交道，感触最深的就是，对于一个人，一个家庭，甚至整个社会来说，最幸福的事情，就是一切正常。

　　因而，由此悟出，人活在熙来攘往的世上，最需要的是要学会珍惜，懂得感恩。

　　我能健康地活着，我要感谢生命；

　　我能有哪怕一点点快乐，我要感谢生活的恩赐；

　　我能有勇气面对生活中的一切，我要感谢我亲人和朋友的温暖支撑；

　　能出版此书，我要感谢身处检察机关这个积极向上的温暖集体，以及为此书出版给予大力帮助、支持的生命中的"贵人"们。我永远铭记在心的善良正直的人们，是您们在我最需要支持、最需要温暖的时候，给予我无私的理解、支持和帮助，哪怕仅仅是一个善意的微笑、一句温暖的鼓励，我将永生难忘。

　　我不能一一列举我的感谢，我只想借此诉说，我是一个特别感恩的人。

　　谢谢！

作者
2010 年 11 月 19 日